作 女 Zuonv ....
时代出版传媒股份有限公司
安徽文艺出版社

【作者介绍】

　　张抗抗，国家一级作家、中国作家协会副主席、国务院参事、全国政协委员、中国文字著作权保护协会副会长、国际笔会中国笔会中心副会长。已发表小说、散文共计六百余万字，出版各类文学专著八十余种，获得"全国优秀短篇小说奖"、"优秀中篇小说奖"、"第二届全国鲁迅文学奖"、"中国女性文学奖"等诸多文学奖项。

　　代表作品有：长篇小说《隐形伴侣》《赤彤丹朱》《情爱画廊》《作女》《张抗抗自选集》5卷等，多部作品被翻译成英、法、德、日、俄文，并在海外出版。曾出访南斯拉夫、德国、法国、美国、加拿大、俄国、马来西亚、日本、印度，进行文学交流活动。

当代名家精品珍藏
Dangdai Mingjia Jingpin Zhencang

作 女
Zuo nv

张抗抗 / 著

时代出版传媒股份有限公司
安徽文艺出版社

图书在版编目(CIP)数据

作女/张抗抗著.—合肥:安徽文艺出版社,2014.9
(当代名家精品珍藏系列)
ISBN 978-7-5396-4932-0

Ⅰ.①作… Ⅱ.①张… Ⅲ.①长篇小说-中国-当代
Ⅳ.①I247.5

中国版本图书馆 CIP 数据核字(2014)第 085472 号

出 版 人：朱寒冬	丛书策划统筹：朱寒冬 岑 杰
特约组稿：上海之冠文化	插 图：蒋辉明
责任编辑：岑 杰	装帧设计：丁 明

出版发行 时代出版传媒股份有限公司 www.press-mart.com
　　　　　安徽文艺出版社 www.awpub.com
地　　址：合肥市翡翠路1118号　邮政编码：230071
营 销 部：(0551) 63533889
印　　制：安徽新华印刷股份有限公司　(0551)65859551

开本：880×1230　1/32　印张：13.25　字数：250千字
版次：2014年9月第1版　2014年9月第1次印刷
定价：32.00元(精装)

(如发现印装质量问题,影响阅读,请与出版社联系调换)

版权所有,侵权必究

目　录

第一章　你就"作"吧你 /1

第二章　你不也曾挺"作"的吗 /22

第三章　要是都像你这么个"作"法儿 /49

第四章　原来京城暗藏着那么多的"作女" /62

第五章　你不"作"我"作" /84

第六章　把爱给"作"没了 /102

第七章　这算不算是"作"呢 /121

第八章　"作"使我的人生有声有色 /142

第九章　现在不"作"更待何时 /165

第十章　男人"作"怎么就不叫"作"呢 /188

第十一章　好好的,又"作"起来了 /205

第十二章　男人和女人一块儿"作"才好 /221

第十三章　"作"的欲望从哪里来 /242

第十四章 "作"着能感受蓬勃的生命 /265

第十五章 碰上个"作女"算你倒霉 /283

第十六章 你敢把"作女"娶回家吗 /302

第十七章 "作"是一种创意 /319

第十八章 往死里"作" /337

第十九章 难的是一辈子"作" /356

第二十章 "作"就是不断地放弃和开始 /381

第一章　你就"作"吧你

在这个故事开始之前,卓尔已经结过婚了。结过婚自然就意味着后来很快又离了婚——既然她该做的事情都已经做过了,在精力充沛的卓尔身上,肯定就得发生另外一些事情了。

1

弯曲小腿、收腹、提臀、两只脚尖向前一蹬——卓尔觉得自己像一只仰面朝天的青蛙,猛地弹起身子,从床上跳起来。

那种事情一定不能让它发生在床上,尤其是自己的床。

单身女人的床,是女人为自己准备的收容所,是风雪迷途之夜撞上的一座破庵,是女人最忠实最可靠也是最后的栖息地了。极偶然的,卓尔在床上辗转翻滚,发现床垫的那种暄松柔软颤颤巍巍的感觉,就像小时候枕着姥姥的肚皮与臂膀。那个瞬间,姥姥昏花而痛惜的目光会穿过悠悠岁月,落在卓尔的床垫上,一根根扎透卓尔的后背,弄得她如卧针毡。

卓尔突然有点儿忌讳自己的床了。

但是,那种事情如果不让它发生在自己床上,又能在哪里呢?

她恰恰是在床上的酣睡之中,被那个突然袭来的绝招吵醒了。

卓尔光脚踩着地,哗地扯开了窗帘,眼前一栋接一栋高耸的楼房,像大幕拉开后的布景一样,突兀地显现在惨淡的晨光中。

卓尔刷牙。白色的牙膏沫像散弹发射出去,溅满了镜面。

看来,万不得已的情况下,那种事情只能将就发生在办公室了。下班前溜到外面去,给那家伙的办公室打一个公用电话,就说老总啊我有个问题要请教您,今天下班后您能不能留一留,咱俩一块儿加个班呀。声音要嗲一点儿,像一个悠荡的秋千,荡儿下就把人搞晕……好在那家伙早就心怀不轨,在走廊里遇见卓尔,说着话就在她的胳膊上捏来捏去。卓尔虽不漂亮也不够年轻,但对付老总应该是绰绰有余了。这天一定要穿紧身低领毛衣和露腿的短裙,必须用那种名叫"毒药"的香水,能少穿就再少穿些,豁出去顶多感冒吧。办公室的人都走光了,灯光昏暗,开始了,如此这般那般,一张桌子上趴两个脑袋,呼吸先行亲密接触,这叫做气味骚扰,然后就变成一条电鳗,浑身上下从眼睛到脚指头都开始放电。整栋楼里都已静悄悄黑了灯,四下无人。情绪准备好了吗?氛围酝酿好了吗?时间到了,就像英勇就义奔赴刑场,假装站起来到屋角去取东西,忽然一声尖叫,分贝高至震穿耳膜,撕心裂肺的,就像有抢劫犯从天而降。那叫声多么恐怖又多么性感,足以让他心急火燎地扑过来,妄图英雄救美,接着是受到惊吓的美人儿死死地勾住了他的脖子瘫倒在他怀里。他一边装模作样地问怎么了怎么了,一边趁势抱紧她,最后同她一起瘫倒在地上……

一只蟑螂!

哪儿呢哪儿呢我怎么没看见?有我呢别怕别怕有我在这儿……

她在他的压迫下惊恐地缩成一团,手忙脚乱地积极配合着他,一不小心却把他的程序破坏了。

事情几乎还未展开就结束了。但不管怎么说,这是一个发生了的事实。

毕竟是他自己把一根热手柄塞给了她。卓尔从地板上爬起来的时候,已经变得趾高气扬。

你不必为此不安,亲爱的老总。我正在让你回归人性呢,你该感谢我。如果你认为这是一个错误,我会给你许多机会让你改正,我们做一笔公平交易怎么样?

卓尔心平气和地系着胸衣挂钩,把自己收拾妥帖,就像什么事也没发生过。

不过,在办公室里做那种事情实在是太令人恶心了,墙壁的气味、地板上的污垢,想想都够了,还得预先准备一条毯子吗?真不如把他绑架了省事儿呢。

可绑架是犯罪,不能轻易走到那一步的。勾引只是道德问题吧?不过,那种事情还是发生在床上比较卫生,至少能让干净的身体挨着干净的床单——当然不是在自己家里。可是,用什么样的精心设计的情节才能趁着他老婆不在家的空隙里,把自己弄到他家的床上去呢?万一他老婆突然回来了呢?要是他兴趣高涨没完没了消耗她过多的投入成本岂不是大大的不划算了吗?那就索性到宾馆包房好了,在宾馆随时可能扫黄打非,彼此神经紧张肯定只能敷衍了事吧。但万一真的遇上警察把她当成了一只货真价实的"鸡"送到臭烘烘的鸡笼子里同一群叽叽咕咕的野鸡关押在一起,她岂不坏了名声更难以脱身了吗?不妥,更不妥。

那么就改成游泳得了。像一个开放浪漫而又端庄得体的良家妇女,彬彬有礼地邀请他去游泳。泳衣当然必须穿三点式了,无非是把肚脐眼露出来,毫发无损嘛。如今比基尼哪儿都有卖的,现买现用呗。当然,要是有国外那种沙滩天体浴场就来劲了,肯定是致命的诱惑了。糟糕的是从游泳池到床上还有一大段距离,恐怕是来不及了,她已经没有那么多时间去玩猫捉老鼠的游戏,她需要的是三下五除二尽快搞定,越快越好,今天?明天?过期不候……

本来,卓尔也许可以用送礼行贿的办法来解决自己的难题。但据她的初步调查,由于这本豪华版杂志销路奇旺,经济效益惊人,那个一把手老总腰包充盈不爱收礼——若是收礼只收活的东西:活的腮红、活的唇膏、活的体屑以及一切活跃于女人身上的活细胞。为此卓尔以前走过他的办公室总是尽可能悄无声息,而现在,她竟然在煞费苦心地谋划,究竟怎样才能把自己准确无误地发送给他。

卓尔飞快地梳着她的短发,发梢被无形的静电撩拨,一根根竖起来,在静寂的房间里发出吱吱的煳焦味儿,继而又东歪西倒地蓬松开去,就像她脑子里那团飞扬跋扈的思绪。镜中露出她额头下那两只圆杏似的小眼睛,扑朔迷离、一眨一眨地射出贪婪而邪性的幽光——天哪,这会儿看去,她就像老电影片子里,那种放荡无耻的坏女人。

是的,是勾引。千万别脸红。她早已决定要颠覆这个老旧陈腐的词语,把它置换成"性引诱"或是"性诱惑"会更具现代感。她一次次在想象中密谋着诱惑的多种方案,为自己想象力的贫乏而恼怒、沮丧,又在某一个极具创意的精彩场面中,体会着那座顽固的堡垒终于被轰然爆破成碎片的快感。

如今卓尔面对的,不是敢不敢,也不是能不能,更不是应该不应该,甚至不是时间、地点或是床的位置,以及操作实施的种种具体细节。卓尔心里非常非常清楚,真正的困难在于她本人——她担心自己的身体仅仅用头脑这一驱动程序来进行启动将是无效的,她的身体从来只听从身体本身,就像饿了要吃饭而不饿就不想吃饭那样。她身体的任何部位都会在需要配合大脑所做的全部策划准备(就算是赴汤蹈火)的那个关键时刻,突然发生无情的背叛。

比如反胃、呕吐、失控地大笑,或者不停地打喷嚏、拔腿而逃等等。

只要一想到那个冥顽不化的家伙,干瘦而多皱的皮肤、光亮的秃顶和口臭将贴近自己的身体,卓尔刚才还绞尽脑汁运作的多种方案,顷刻间便落花流水了。

何况,卓尔打算以英勇牺牲的悲壮情怀去换取的那个目的——如果那也算是个目的的话——同卓尔所支付的巨大精神损失相比,实在是太微不足道了。用陶桃学过的那套经济术语来评判,这叫投入和产出不成比例,绝对属于投资失误,陶桃一定会说:你疯啦!这个项目 pass!

卓尔毕竟心虚。她也怀疑自己这个心血来潮的计划,究竟是否值得她冒那么大的风险。这个风险指的是她必须要用自己的身体(以身殉职、以身作则、以身试法)作为赌注或是抵押。若不是走投无路,她又怎么会采用这种自我蹂躏、自我作践的极端手法和非常手段呢?

卓尔的目的很简单,简单到几乎单纯——她急切地想要离开自己目前供职的《周末女人》杂志社,而她的合同却还没有到期。主动辞职或是擅自离职,都会给她带来极大的经济损失,将直接影响到她下一步宏伟计划的实施。在焦虑与狂躁中,她产生了绑架、陷害、强暴老总的念头,决定以此要挟他,为卓尔留下批准她离职的宝贵签字。

就为了一个签字,以便能使她尽快滚蛋——这叫什么事儿啊?

一个女人走投无路之时,难道除了她的身体之外,就再一无所有了吗?

卓尔满心悲怆。

2

35岁的单身女人卓尔,在三分钟内将她的早餐:一杯牛奶、一个鸡蛋、一块面包胡乱塞进了嘴里。临出门的时候,她被客厅地板上的什么东西绊了一下,一个趔趄,总算站稳了,把东西一脚踢开去,才看清那原来是她自己扔在那里好几天的一堆杂志。她笑了笑。被自己扔的东西绊倒,此类事发生的频率也太高了。

当她收拾妥帖坐电梯下楼的时候,她已经彻底放弃了刚才那一脑子胡思乱想。她把手中的塑料袋,连同那个荒谬的阴谋诡计,啪的一声丢进了地下停车场门口的垃圾箱里。

她觉得自己这一大早真是有点儿走火入魔了。

自己的身体只有一个,而女人的智慧,是海里的游鱼、林间的精怪、山岚迷雾闪电酸雨。她就不信,除了那种办法,自己真的就黔驴技穷了。

卓尔开着自己那辆白色的"富康"驶出公寓大门的时候,已是春风满面。

车子很快就上了四环。从望京小区穿过三环到东二环她上班的地方,有许多交叉路口相通,走哪条路都可到达她想去的地方。但卓尔从不走相同的固定路线,她喜欢依照每天的心情、天气、路上的车流量等等因素,来选择判断一条不一定最近,但也许比较令人愉快的路径。尽管卓尔如此处心积虑地试图寻找路途的新鲜感,天长日久她发现自己仍然周而复始地奔走在一条条大同小异的街道上,就像一颗环绕太阳运行的卫星,永远无法逃脱那条早已被确定了的轨道。

遇上塞车,便是京城的汽车欢乐大聚会,一种以类似乡村赶集形式出现的,一次次越来越频繁的多种车型流动博览会。每天上下班时间无限重复着的那个启动—刹车——一步一步在马路上挪蹭爬行的动作,几乎要让她发疯。

但卓尔仍然喜欢城市,真心地由衷地欢欣,就像一只扑火的蛾子。

卓尔有什么理由不热爱这座城市呢?她曾经离开过但又回来了,她走得很远一直走到大洋彼岸,她像一只信鸽兜了一个大圈子,最终还是落在了这片低矮灰色的平房瓦顶。然而她热爱的不是那些辨不清颜色的大杂院,而是因为那些像一堆堆破墩布似的大杂院、像一根根脏拖把似的旧街道,它们正像涨潮中的礁石被海水迅速淹没,在原先拥挤肮脏的地盘上,眨眼间就耸立起了一座座光彩夺目的高楼大厦、喷泉、花坛、草坪,或是彩虹般从城市上空划过的高架桥、立交桥……它们看上去更像是一个大型的魔术,令人在惊叹之余总在琢磨着它在表演过程中可能出现过的破绽。有一段时间,卓尔一看见路边墙上用墨汁写的那个大大的"拆"字就无端地兴奋。那个"拆"字用一个巨大的圆圈圈着,给人以诡秘的魔术想象空间。

那个"拆"字消失之后,神速地取代它的将是又一栋矗立的大厦。卓尔有一次开车经过高楼密集的东三环也许是北四环沿线,突然觉得那些水泥森林般耸立的高楼,像极了一根根坚挺的男性图腾柱。

有人说,都市是雄性的象征。看那些建筑物,每一座的造型都是一个征服者。

卓尔反问:那么街道呢?如果没有街道,那些建筑物从哪里入口?

穿过街道,试着走进去,走进任何一幢豪华的庄严的"××广场"或是"××花园",你就会发现这个城市真正的秘密。它们隐藏在各种写字楼的各个角落,以图片、文字、模型、样品、说明书、数字以及最新的策划方案展示会、博览会的形式,以经理、董事、会计师、律师、经纪人、推销商、广告人、明星、记者的身份,联手合谋着都市夜以继日的狂欢。

化妆品、时装、内衣、首饰、鞋帽,从洗衣机到电冰箱到微波炉、小型电动熨斗、水果削皮机、豆浆机、烧烤炉、洗碗机……那些为企业商家带来微薄利润的日常用具、家用电器,不再以革命的名义而是以女人的名义,被源源不断地制造出来;住房、汽车从女人夜晚的梦想变成白天的现实;家具、厨具、洁具、卧具、玩具、文具,也在家庭主妇饥渴与挑剔的追踪下迅速更新换代;就连写字楼的办公桌椅、办公用品,也被设计成具有女性曲线的弧度,以女性的审美眼光作为借口部分实现了男人潜在的愿望。

所以卓尔怎么能够不热爱城市呢?在这里,女人所需要的一切,在百货商厦、购物中心、批发市场都应有尽有了。女人的痛苦只是牡丹卡上超支的款项数目。如今无数的年轻姑娘从乡村从小镇拥向城市,那些藏污纳垢的街巷,是女人独自谋生或是养家糊口的去处。在家庭中,全职保姆或钟点工百分之百都是女人。宾馆、酒店、商场以及所有的娱乐场所为男人提供的服务,都必须通过女人的辛勤工作来加以兑现。

所以在卓尔看来,城市真正的奥妙不在雄起的大厦,而在一条条繁忙喧嚣的街道。昔日那些狭长幽谧的胡同正在迅速地土崩瓦解,代之以一条条不断被拓宽的街道。那些越来越宽阔也同时越来越拥挤的街道,却在放肆的坦荡中,隐含了女人的全部欲望。夜晚的街道具备一切的女性特征,一盏盏路灯亮起来时,城市的灵魂随着女人飘逸的长裙闪闪烁烁。城市不仅能使女人的欲望得到实现,还能把女人潜在的欲望也一滴滴挤榨出来。

8

卓尔有一次问老乔:你知道你们男人如今在做什么吗?

老乔坏笑:还能做什么?男人本"色"嘛。

卓尔严肃地说:告诉你吧,男人们如今只做一件事,就是呕心沥血生产出女人所要的东西,然后再不择手段地去卖给女人。

卖了钱做什么?也交给女人吗?你想好事儿吧你。老乔不高兴了。

有了钱,才能用来消费女人啊。卓尔恶狠狠地瞪了老乔一眼。

卓尔打轮儿,车从四环快车道向右并线,下桥右拐,朝东三环方向行驶。

这也许是漫长的冬季的最后一天,阳光忽然变得柔和,窗缝里吹来温煦的风,竟有一种柳丝拂面的感觉。车走得虽慢却一路上连连绿灯,卓尔的心底也连连涌上来对这个城市的莫名喜爱。作为这座城市的一个标准白领(尽管卓尔从不认为自己是"白领"——一个天天埋头在图片里干活的人,充其量只算个蓝领吧),这个开着一辆中档私家车,月薪五千元,年底还有不低于五位数的年终红包,任某家时尚杂志的美术编辑兼任艺术总监的卓尔,享受着这个城市给予她的全部好处,她有什么理由不热爱这个城市呢?

她打算在上班途中,顺便到那家涉外旅行社再作一次详细咨询,然后来决定她那个宏伟计划的关键步骤。她把车停在了那家旅行社的门前广场上时,心里最盼望的答复是那个活动"因故推迟两周"。是的,就两周,她只需要两周。只要能再延缓两周时间,她肯定就能得逞了。

3

卓尔走出那家旅行社时,一脸懊丧。

活动不但没有"因故推迟",她还被明确告知,由于名额有限,需要尽快交付全部款项。如今报名的人越来越多,这个活动将成为今年秋季最为火爆的一次民间境外考察探险。也许到最后截止期,谁最先付清钱款,谁就获得了这次活动的参加资格,竞争激烈,淘汰将会十分无情。那个精瘦而精干的经理再三叮嘱她说,如果再不抓紧,到时候他也爱莫能助了。

卓尔砰地关上了车门。

她的怒气无处发泄。就算这家旅行社策划这个活动明显是为了赚钱,按照卓尔的理论逻辑,也是绝对地无可非议。因为今天的女人们只有充分地利用男人的商业策划,才有可能获得自身更大的解放。为了争取这个解放,就必须暂时忍受更大的束缚——卓尔一不小心掉入了自己的悖论,事情变得有点儿尴尬起来。

更糟的是,卓尔一时竟想不出她可以同谁来商量此事。

陶桃?阿不?老乔?卢荟?还有她的那些女友:A小姐、B小姐、C女士……

尽管陶桃应该算是她最亲近最知己的女友,但陶桃却是首先被她否定的人。

陶桃是一个渴望结婚,并正在竭尽全力往结婚方向努力的女人。这样的女人一般来说是比较正常的。卓尔若是对陶桃说出求助的理由,百分之二百,陶桃会斜睨着眼,冷冷地瞥她一眼,阴阳怪气地扔出一句话:有病啊!然后是:你就作吧你!她压根儿没有耐心听完卓尔的陈述,她对卓尔任何令人激动的动议、动静、动作,一向都置若罔闻不为所动,要不就是抱有高度的警惕。她像一个美丽的巫婆,一次次毛骨悚然地发出卓尔必遭不测的预言,然后一次次极其灵验地得到证实。这些冷酷无情的凉水像草坪上的喷灌,催生并激发起卓尔更大的热情,然后是更加严厉的打击。如此恶性的循环往复,却丝毫也不影响卓尔与陶桃的友情,因为卓尔知道自己是不能没有陶桃的。按照陶桃周密的计划,卓尔才能在经历了一次又一次惊涛骇浪之后奇迹般化险为夷,才能终于开上了私家车买上了按揭房,然后每天不苟言笑地坐在写字楼里,规规矩矩地开车上下班。卓尔的衣柜里那些乱七八糟的休闲装,已被陶桃扔得所剩无几,代之以陶桃竭力推荐并亲自选购的女式职业套装;卓尔以前的那些麂皮双肩背包、松松垮垮的牛仔包莫名其妙地不见了,一只只光亮、挺硬、方方正正、颜色冷冽的牛皮包不邀自来。那手袋看着倒是精巧,可一到紧要关头,绷紧的牛皮袋里往外掏什么都掏不出来……

近些年来,陶桃一直固执地教导着、试图引导着卓尔怎样做女人——一个像陶桃那样含蓄温柔、优雅贤惠,被人称作淑女、类似小资,有着含而不露的欲望和魅力的女人。卓尔在付诸实践的过程中,一次次承受了异常的艰辛和痛苦。单说走路的姿态吧——卓尔一向都是横冲直撞的,大腿小腿上的乌青淤瘢常年以新换旧,若是像淑女那样莲步轻移、裙裾飘摇、袅袅婷婷地走路,累得骨头架子散了不说,上班迟到了被老板开除谁来养活你呀?卓尔曾坦率地告诉陶桃,她那是痴心妄想、白费心思,但陶桃对卓尔的教诲仍是乐此不疲。

陶桃明明比卓尔小两岁,倒像是卓尔的姐姐,操心不见老。

你累不累啊你?有时卓尔会冲着陶桃嚷嚷。你不累我还累呢。

她不愿把自己的这个新计划告诉陶桃,不是不能,是不忍,不忍亲眼看着陶桃的一片苦心白白付之东流。她要在全部的手续和琐事都办理完毕之后再给陶桃一个突然袭击,比如在机场打个电话什么的,那时候陶桃只能干瞪着眼看她飘然离去,陶桃无论怎样地伤心,卓尔也是眼不见心不烦了。

偶尔的,卓尔会在某一刻忽然恼恨陶桃。她觉得自己心里的身体里的许多许多欲望,好像都被陶桃的琐碎和矫情,一点一点地湮没了。如果不是因为陶桃的规劝,她的生活会是怎样地无拘无束,上一天和下一天都会由何等不着边际颠三倒四的精彩片段相连接,每一个明天都是不可预测,充满了挑战和惊险。有那么多那么多的愿望在等着她去呼风唤雨,比如承包一座海岛,比如到一个偏僻的山村给每一个女童发放一台电脑然后教会她们上网,比如独自一个人周游世界……

可惜,那些愿望都需要用钱,要用很多的钱才能实现。

但卓尔没钱。她每个月的薪水都被各种按揭和保险扣得连过日子都朝不保夕。

陶桃应该是有钱的。虽然不多,但比卓尔多得多。不过,卓尔若是说出她借钱的用途,陶桃宁可把存折撕了也不会借给她的。卓尔可以肯定。

时间已是如此紧迫,那不是一个小数目,谁听了都会咋舌。但没有钱,卓尔的反抗就完全成为一个虚拟的游戏。从来都被卓尔藐视、蔑视、歧视的金钱,在卓尔最需要钱的时候,显示出它强烈的报复意识和阴暗心理。卓尔开车上路奔着杂志社而去,一辆奔驰又一辆奥迪傲慢地从她的车边擦过,这个城市里有那么多有钱人,她却不知道自己在哪儿才能弄到钱。

找阿不试试?这丫头也许有办法找到赞助商,还有 A、B、C 各位小姐,一个个都神通广大。但是不,卓尔不想让阿不过早地参与。阿不一旦知道此事,就等于半个北京的人都知道了,最起码是半个朝阳区吧。闹不好她也要去,闹不好她再捎带上三五个,那就谁也去不成了。不,不找阿不,阿不那丫头比卓尔更有过之而无不及,在大多数情况下总是成事不足而败事有余。

卓尔把车开入了慢车道,神情黯然。也许她应该换一种思路,比如说,试图从一些与她有某种特殊关系的人中间寻找帮助。通常女人总是向那些与自己关系暧昧的男人求助,暧昧会使男人缺少拒绝的借口。卓尔在心里把自己认识的人默默过了一遍,发现所有她熟识的男人,同她的关系都极其明朗,一点儿都不暧昧。卓尔不是一个暧昧的女人,所以想要有一个暧昧的男友不是一件容易的事情。

卢荟?吃饭、喝茶、郊游、看电影、逛商店,约会了有一年多,还是暧昧不起来。彼此兴趣投缘,相知友善,是聊天神侃解闷儿做伴的好友,可以无话不谈,就是不暧昧。卓尔曾经是想暧昧一下的,但卢荟的言谈举止一切都过于清晰,就像一台高保真音响,放不出失调的音乐。除了谈吃,他喜欢和卓尔谈书,这是卓尔对他心生敬意之处。卓尔对他的考察尚在进行之中,不能过早地把他给吓跑了。

那么,最后剩下唯一可考虑的人,只有老乔了。

4

这天上班,卓尔迟到了一个半小时。她在楼梯口堂而皇之地打卡,然后大摇大摆地走过老总办公室门口,故意把鞋跟敲得响亮。她眼角的余光瞥见老总光秃秃的脑袋如一只干瘪的柚子,不由得为自己清晨的妄念捏了一把冷汗。

从今天开始,卓尔必须改变自己在单位的形象,尽快制造一些不良记录。

午饭后,卓尔给老乔打了一个电话,说她要马上过去一趟。

老乔的声音有点儿疑惑,他说,你怎么改中午了?中午店里人多……

卓尔说,中午怎么了?我有急事儿要跟你说。

老乔在东直门外开着一家三层楼的"长流水"火锅城,在西城和海淀还有连锁店,生意一直火爆。前不久他把东直门的房产买了下来,除去一楼大厅、二楼包厢、三楼的会计室和会客室,等等,在三楼的走廊尽头,有一个套间,是他为自己安置的经理室。外间办公,里间有一张床可以休息,有时陪客人喝多了,就在这里过夜。

每隔几个星期,卓尔就会到这里来一次,一般都是夜里11点饭店打烊,伙计散尽以后。她会在这里待一个多小时,然后自己开车回家。

卓尔把自己不定期拜访老乔的行为,简称"理疗"。理疗原指用医疗器械对身体进行调理的"物理性治疗"。但在卓尔那里,可读作"理性的治疗"。卓尔的单身定义在最近几年有些含混,她发现身体反正闲着也是闲着,有时不妨从事一些简单的床上运动,既能防止内分泌紊乱,也比较有益于身心平衡。自从老乔这几年东山再起之后,对她一直旧情不忘、穷追不舍。有一次朋友们在他店里聚会,一个个都喝得半醉散去,老乔不敢让卓尔开车走,把她抱到了自己的休息室。第二天早晨卓尔醒来见老乔躺在自己身边,她的脖子枕在老乔的一条胳膊上。她记不得昨夜的起始经过,只是觉得几年来浑身绷紧的肌肉一下子都放松了,淤塞的血管和神经顿时都通畅了,全身舒坦到每一根手指和脚指头。她明白自己是该常做体操了,比较起来,同老乔在一起锻炼身体应该是最佳选择。老乔还算不让人讨厌,虽然说话粗鲁,但为人仗义、体格健壮、功力深厚;最重要的是,老乔有老婆孩子家庭幸福,不至于生出要想缠着她结婚的荒唐之念。所以,仅仅作为理疗之需,老乔是个理想的伙伴。

卓尔心平气和地系着胸衣挂钩,把自己收拾妥帖,就像什么事也没发生过。

每次卓尔深夜去找老乔,老乔总是会嬉皮笑脸地问:馋了还是饿了? 卓尔有时候说馋了,有时候说饿极了。老乔就会根据卓尔的饥饿程度掌握火候。最后老乔会问:饱了吗? 卓尔有时候说饱了,有时候说撑了,有时候说还要。

所以,卓尔和老乔的关系一点儿都不暧昧,蓝天是蓝天,白云是白云。

但卓尔从不允许老乔到她的住处去找她。她的床上有姥姥的针毡。

卓尔对那些抱有结婚企图的男士,总是敬而远之或闻风而逃。卢荟正因为从不提及此事,卓尔才能放心同他交往(不包括理疗的内容)。想想吧,像老乔这样的男人,接你一个电话,赶紧把牙刷了、把脚洗了、把厕所上完了,把污秽之物都留在老婆家里了,干干净净、精精神神、容光焕发一个人儿,来同你约会,然后把最美妙的东西献出来给你,你还有什么不满意的呢? 陶桃曾经认为卓尔与老乔的关系是瞎耽误工夫,卓尔是这样回答陶桃的:你真不明白吗? 这叫做"去其糟粕,取其精华"。我付出汗水换得精华素,不亏吧。就算一对情人好得像一个人,可睡觉还是得个人睡个人的吧。结婚? 我看不出来究竟为了什么。

老乔在很长一段时间里,都默认着卓尔的这种说法。直到前些时候,有一天完事后,老乔伏在卓尔胸前长叹一声说:我一直想着,也许你能慢慢爱上我,可我怎么使劲儿都白搭,我知道你还是不爱我。

老乔胸前挂着的一块椭圆形的绿玉坠儿硌疼了卓尔。卓尔想把他的身子推开,老乔箍着不让,拴玉的红丝线一下被绷断了,那块玉就从老乔脖子上滑到地上去了。老乔赶忙翻身下地去捡,卓尔随口问,那是什么宝贝? 比我还要紧? 老乔说那是一块家里祖传的翡翠,一面雕着牡丹一面雕着一只凤凰,是清宫中流传出来的宝物,那是真正的老坑种翠玉,如今值多少钱,说出来都能吓死你。老乔一边说着,光着身子把捡起来的翡翠递给卓尔看。卓尔偏过脸去说不看不看,我一辈子都不稀罕这些玩意儿。老乔慌忙地用丝线把那坠儿系好,套在脖子上了。

卓尔拍拍老乔肥厚的肚皮说:听着,你要是再跟我说什么爱不爱的,我就把你从床上踹下去!

那以后,卓尔有将近两个月的时间没到老乔店里去了。

卓尔刚把车停稳,就见老乔从长流水店门里迎出来,一脸坏笑着打趣地说:你瞧瞧,憋坏了吧,也不至于馋成这样,要吃午餐,我可只能给你三明治了……

卓尔冲他低声吼一嗓子:别没正经的,我找你说事儿!扭头径直走进大堂,找了个角落的位置坐下来,对服务生招了招手:上茶!

老乔刚一落座,卓尔就劈头说:老乔,我想跟你借十万块钱,要快!

老乔愣了愣,伸出一只手在卓尔脑门上贴了贴,疑惑地嘟囔说:你也没发烧啊,出什么事儿了?

卓尔气呼呼地说:你先说借不借吧!

老乔掏出烟来点上,慢吞吞地答道:我压根儿不知道你想干什么,我怎么借你?你要是吸毒我也借?要是挪用公款我也……

得得得,少跟我打岔。卓尔有点儿不耐烦,一口气喝干了杯里的茶,像是被茶水噎住了,半天说不出话。她的眼珠子转过去又转过来,那句话在嗓子里一上一下。她从老乔的烟盒里抽出了一支烟,老乔立马就把打火机递过去给她点上了。

好吧,看在咱们多年交情的份儿上,我实话告诉你——我想去南极!

老乔笑嘻嘻地盯着她看,丝毫不觉得惊奇,连眼皮都不眨一眨。像一个久经沙场的将军,对卓尔任何出格的怪招都见怪不怪了。

别着急,你给我好好说说,南极怎么个去法?去多久?干吗要那么多钱?老乔捺着性子把他在第一时间能想起的问题,一一详细问来。

卓尔一五一十地作了回答。面对老乔鼻尖上沁出的汗珠和急得挤成一团的眉毛,卓尔多少松了口气。她想自己到底没有看错这个哥们儿,他那副心疼她、怜爱她的模样就像是自己的哥(可惜卓尔没有哥)。这样的好人她怎么就死活没爱上呢?

卓尔在最后几句话上加重了语气:

其实你知道,知道我早就想去南极了,我都想了多少年了,我跟你说过吧。你想想,原来以为那地方是个禁区,只让外国科研人员进,一般旅游者去不了,没想到机会突然就来了!我那个兴奋!这不是一般的旅游,有科学院的人带队,是科学考察性质的,而且是一个月啊!整整一个月,你想那能学到多少东西。钱是多了点儿,但花多少钱我也得去!过这个村就没这个店啦……

老乔听着,一根烟没抽完又接着续上了一根。

老乔说:这些你都不用说了,没问题,我能帮你是一定会帮你的,但是眼下……他吞吐起来。眼下这刚买的店楼正在分期付款,每天的流水都攒着交房钱了。我老婆在钱上把得又紧,这你是知道的,我好容易抠出来点儿私房钱,除了抽烟、喝酒、打点周围的哥们儿,都用来还账了……

还什么账啊?

你忘了? 就是中关村那边的店啊。那会儿你非说我的长流水太土了,让我把涮肉馆改成宁波菜,得,连装修带设备请大厨,投进去十几万块,可北京城谁认这宁波菜呀,长流水一下子就成戈壁滩了,鬼都不上门,到了重又改了回来,折腾仨月,里外里赔了几十万,我老婆把我骂惨了,还不得靠我自个儿慢慢还着……

卓尔不吭声了。老乔说的是实情,那回瞎出主意确实把老乔给害苦了。她低头想了一会儿,说:要是五万呢?五万行不行?

五万?那不是还差一半儿吗?管什么用啊?

我要对他们晓之以理动之以情,让他们深受感动,同意我先付一半钱,把那个座儿抢先占上,再想办法不迟。反正,离出发还有半年多呢,咱这儿的冬天正好是南极的夏天。但组团当然得早,还有好多准备工作呢。卓尔在说服老乔的过程中,已经迅速地恢复了自信。再说,再说……假如我那个单位主动辞退了我,应该返还给我一笔保证金,我算了算,也差不多有五万呢……

你说什么?老乔嚷起来。什么叫主动辞退?你又打什么主意呢你?

就是逼着他们辞退我呀。卓尔得意地笑起来。按照合同规定,我要是提出辞职,就拿不到这笔钱;但要是他们不要我了,就得给我付这笔钱。懂了吗?我目前正在努力之中,只要先把旅行社稳住了,再过一个月,我准保能达到目的。

老乔生气地把一只空茶杯蹾了一下:你去南极,请一个月假不就得了吗,扯什么辞职呀?等你从南极回来,莫非你就变成企鹅了不成?南极企鹅还得抓鱼呢!你丢了这份儿工作,光写写画画就那么高的薪水,在北京再没地儿找去!

老乔!卓尔突然瞪圆了眼睛,压低了声音,一口气说:老乔你听着,你以为我每天写写画画就活得轻松自在了?那活儿我早就干够了,给人配图画版,一点儿创造性都没有。上班下班,看人眼色。重复,每天的日子没完没了地重复,就像一颗被送入轨道的人造卫星,绕着地球一圈圈转,一直转到报废,然后变成碎片消失在大气层里。我够了,再这样下去,我迟早会死掉的!

嗳嗳,别说那么严重啊。老乔的口气缓和了些,我就是那么一说呗。

算啦算啦,你不会以为我在敲诈吧!不跟你废话了,你就当我什么都没说。卓尔说着,猛地站起身来就往外走,引来周围顾客伙计一片惊愕的目光。

老乔追到大门外,一把抓住了卓尔的胳膊。

你听我说完啊,卓尔。卓尔能感觉到老乔的手在微微颤抖。我是说我自个儿一时半会儿拿不出那么多钱,但我可以帮你去想办法啊,那么多哥们儿呢,十万块钱算个屁呀。你等着,三天之内,我一准儿帮你把这数凑齐了!

当真?

只要是你的事儿,我怎么能见死不救呢?就像当初你对我那样。

行了行了。卓尔打开了车门,脸上已是一片阳光灿烂,扑哧一笑,说:你从来都不关心我究竟在想些什么,要不,我怎么老是爱不上你呢?

你总是来去匆匆,给我时间了吗?老乔刚张开嘴,又委屈地把话咽了回去。

卓尔在开车回杂志社办公楼的路上,手机铃响,是陶桃的电话。

陶桃的声音听起来甜蜜又慵懒:卓尔,干吗呢?

还能干吗,趴桌上干活儿呗。卓尔的回答听上去乖极了。

我刚往你办公室打过电话,说你出去了。

上洗手间了呗。

陶桃不再追究,问卓尔晚上有没有空儿,最好在一起吃晚饭。

无缘无故的,吃什么饭啊?卓尔脱口而出。眼下,除了去南极的那笔款子,她真是半点儿闲心都没有。她犹豫着说:晚上……我想……

陶桃打断了她:卓尔呀,你忘了我跟你说的那个人了吗?陶桃的声音里有一种难以掩饰的兴奋。就是……就是我那个新的男朋友……

哪个男朋友?卓尔心想陶桃的男朋友几年里换了又换,谁知道她指的是哪个。

就是那个你还没见过的。郑总嘛,想起来了吧?我都跟他好了快半年了,你还没见着呢。这个人实在太忙了,我都跟他说了多少次了,让他一定跟你见见。陶桃一口气自顾自地说着。正好啊,他昨天刚出差回来,今晚约了几个朋友聚会,让我也去,我就想把你也捎上。行吧?你不见他,我心里总不踏实,总是件事儿。你可一定要来啊,这人真的很合我意,你来了就知道了……

卓尔说:车要过十字路口了,警察在那儿戳着呢,待会儿再说吧。

过了路口,卓尔隐约记起来,陶桃最近确实有个新的男友,好像还是个什么老板。热恋中的陶桃,这阵子忙得很有几个星期顾不上卓尔了。卓尔巴不得。

老板?卓尔的心不知为什么猛地跳了一跳。

卓尔回到办公室,把即将下厂付印的新一期稿子,又从总编室要了回来,说是有几个地方还得加加工再处理一下。整个下午她都一直在埋头改稿,涂涂抹抹,快下班的时候,她脸上露出了几丝狡黠的微笑。

手机铃声又一次响起,传来陶桃有几分愠怒的声音,陶桃说都几点啦,大伙儿都在等你呢。卓尔心里一惊,才发现自己差点儿把陶桃的饭局给忘了。

第二章　你不也曾挺"作"的吗

1

那天的晚餐,卓尔一直无精打采。桌上的客人,除了陶桃,她谁也不认识。

她很快就发现,自己一点儿也不喜欢陶桃的这个新男友郑达磊。

就算卓尔迟到了半个多小时,她不是已经对大家说过对不起了吗?他也用不着这么摆谱儿,那一只伸过来的手像蜻蜓点水,冷冷一碰就缩回去了,名片不递也罢,却连正眼都不看她。他很少吃菜,喝酒也只是象征性地举举杯,只是连续地抽烟。隔几分钟他面前的手机就会响起来,有一次他站起来走到外面去听电话,卓尔发现他的个子好高、肩膀奇宽,遇到门框便习惯性地弯腰;戴一副无框的眼镜,那镜片擦得透亮得就像没有镜片,露出后面一双深思熟虑的眼睛。他的脸形方正,鼻梁以及嘴唇处处棱角分明,宽大光洁的额头上,几道粗大的横纹,在灯下给人一种历尽沧桑和负载过重的感觉。他看上去不像个什么老板,倒像个政府官员,说是深沉吧,也不尽然,倒是有几分阴沉;说是冷峻吧,也不准确,倒是有点儿傲慢。

手机又响了。他拿起电话,对方说得挺长,哼哼呀呀的,才一小会儿,卓尔看出他已经明显不耐烦了。他终于打断了她,叫了一个什么名字,然后说这不关我的事你去找谁谁吧我正忙着呢就这样！

座中有个女人朝他嗲声嗲气地举杯说:郑总刚才那样可不够绅士啊,一句话不肯多说就把人打发了,你难道没听出来,那女孩儿对你有意思吗……

郑达磊冷着脸说:你难道没听出来,我对她没有意思？

陶桃脸上飞起一层娇艳的红晕。

不好玩。这个人一点儿都不好玩。卓尔迅速在心里判断。一看就知道此人极不随和,像他这种类型的老板,肯定头脑清醒、意志坚强,绝不会几杯酒灌下去,就会心血来潮要给刚认识的女士,哪怕是女友的女友去南极捐款或是提供无偿资助的。卓尔立即对他失去了兴趣,连他究竟是个什么公司的老板也懒得弄清楚了,要不因为他是陶桃的男朋友,卓尔肯定抬腿就走。

只是到晚餐快结束时,有人提起了京城下个月将要举办的一次国际车展,他的浓眉才倏然一挑,眼镜片像两盏车前的远光灯,唰地亮起来。

这一回,听说要进来好多国际上最流行的新款车型,展览中心刚开始预售票就排起了长队。一位男士说,听说展厅将要配备同声传译系统。那是由世界跨国展览公司主办的。我看汽车杂志上说,有一种德国大众生产的"宝来"轿车,带天窗、多功能显示器、凤眼大灯、有加热功能的真皮座椅,是一种以驾驶者为产品开发核心的全新设计理念,价格也就和帕萨特差不多,也不知会不会参展……

开始犯困的卓尔一下子精神了,耳朵也竖了起来。

不过真的好车还得是奔驰,要不就是别克系列。在座的男人纷纷活跃起来。

卓尔忍不住插嘴说:动不动就奔驰奔驰,真要想在北京城里奔驰,还是小型车灵活,羚羊啦、赛欧啦,像只小耗子哪儿都能钻。不过嘛,真要有钱,本田雅阁我倒是首选。我喜欢小巧精致的车型,掉头灵活。

有人随口问:干吗那么在乎掉头啊?

卓尔说,遇到塞车,我好随时掉头改线重新择路啊。

那个叫郑达磊的男人忽然看了她一眼。

卓尔在过了32岁生日那天起开始迷恋汽车,至今已有三年车史。京城逢有车展,卓尔的身体里早早就加满了汽油。但卓尔爱车,爱的不是机器,不是发动机功率、仪表盘、保险杠、前灯后灯、那些功能性零部件,卓尔偏爱汽车外形的款式和颜色,还有座套呀、杂物盒呀、茶杯支架呀那些零七八碎的小玩意儿。卓尔开了三年车,座套已经更换过六次了,从夏季用的竹垫凉席珠帘,到冬天用的皮革混纺纯毛座套,挨个试了个遍。卓尔还有一个绝招,能从偌大个停车场上无数辆轿车里,一辆一辆地把每辆车车主的性别,不大离儿地一一指认出来。

男人和女人喜欢的车,就是不一样——卓尔的话多了起来:男人开的车,外壳上多一半儿总是落满尘土,玻璃脏脏的,后座堆满了各种东西。女人开的车,哪儿哪儿都是干干净净,座位上有漂亮的靠垫,座套的颜色鲜艳,驾驶台前面,一定挂着可爱的小绒猫、小布狗,还有香水盒、香水瓶什么的。如果是个有了孩子的女人,后座玻璃前的杂物架上,肯定堆满了玩具娃娃,金发的、黑发的、漂亮的、丑陋的排排坐,像个流动的商场货架,一路开过去,街上的行人全都免费欣赏。

陶桃插话说:这样的车最容易被人追尾,让后头的车分散注意力,造成交通事故。那天我就看到一辆……

有人打断了陶桃的话,问卓尔是怎样打扮自己的车的。

卓尔随口说:我的车里全是布娃娃,至少有一百多个吧,除了我开车坐的地方以外全都是,人都以为我是给娃娃工厂送货的呢。

那个晚餐接下来的时间里,座上的男宾与卓尔找到了共同的话题,那里头装满了汽车信息,从奥迪到雪铁龙,从劳斯莱斯到宝马,从速度到耗油,从安全气囊到未来的汽车卫星导航系统,酒店包厢变成了一辆高速行驶的超级轿车,越过了楼顶在空中呼啸。

而女主人陶桃,却是一个沉默的乘客。陶桃一言不发,因为陶桃插不上话。陶桃是银行的部门经理,办事用银行的车,有司机。上下班有班车,节假日上街就叫出租车。陶桃说女人开车太紧张容易长白头发,她不喜欢开车但热爱坐车,所以卓尔有空儿时会拉着陶桃到处去逛,远到京津高速公路边去吃海鲜⋯⋯

郑达磊的手机又响了,他听了一会儿,放下电话对大伙儿说:对不起,刚出差回来,公司有点儿急事,我得去处理一下,失陪了。郑达磊看了看表,对进门来送水果的服务生挥了挥手:小姐,埋单!然后又俯下身对陶桃说话,让她自己打车回家。签完单后,他从衣帽架上拿起外套和公文包便匆匆走了。

2

卓尔当然不能让陶桃独自一人打车回家,她只能说:陶桃,我送你。

你觉着怎么样啊?陶桃刚一坐进车里,就迫不及待地问卓尔。

什么怎么样?卓尔故意装傻。

问你对郑达磊的印象啊。陶桃嗔怪地说。

你问我?不等于白问?你还不知道吗,我这人对男人一向感觉错位,不是麻木不仁就是自作多情。卓尔敷衍着。你自己看着好就行呗。

卓尔的回答显然很让陶桃有些失望,轻声加了一句:我不是早就在电话里跟你说了嘛,这几年遇过那么多人,就他真让我动心了。

卓尔盯着路前方的红绿灯箭头,过了左拐的大弯,突然问:

陶桃,这个郑达磊真的很有钱吗?

陶桃想了一会儿才回答说:他原来是搞技术的,后来下海创业,组建了这家公司,说是个总裁,其实也是给人打工。不过那家公司规模挺大,他好像还占有干股,每年年薪加分红,十几万总有吧。哎,我可不是看上他有钱,他吸引我的是魄力、魅力和实力……

卓尔嘻嘻一笑,蹦出一句话:

陶桃,依你看,像我这样的人,在哪儿才能弄到钱啊?比如,嫁给一个有钱的老头儿继承遗产什么的……

陶桃在卓尔腿上狠狠捶了一下,说:以前有那么多机会,都被你糟蹋了,到手的钱也不识数,怎么突然又喜欢上钱了?

卓尔差一点儿就要把南极的事告诉陶桃了。终于忍了又忍,苦着脸说:是啊,我已打算痛改前非,重新认识金钱的价值。哪天你带我到银行去参观参观,看看天下究竟有多少钱在路上旅行。

一路上卓尔胡乱瞎扯着,连她自己也不知道在说些什么。把陶桃送到楼下,车子没熄火,她看着陶桃余言未尽地一步一回头,慢慢走进黑暗的门洞。卓尔等着陶桃一步步爬上楼梯,望着五层楼上那个漆黑的小窗亮起来,然后,会有一只柔软的胳膊从窗口伸出来,朝她挥挥手。陶桃手指上的那枚珠戒在灯光中幽幽闪烁,像一只掠过夜空的萤火虫。

每次她们都这样告别。其实卓尔并不觉得有这样的必要,但陶桃说她害怕。如果回来得晚,她必须要让送她的朋友,亲眼看到她开了灯上好了门锁再离开,才会觉得安全。这个大都市里的独身女人,像大商场晚间打烊时的珠宝黄金柜台那样,把自己隔着玻璃一道道上锁。

但卓尔不。卓尔不害怕,卓尔练过几天跆拳道,总希望能有机会露一手。

卓尔把车小心掉了头,猛地启动,一会儿就上了白颐路。

都市的夜晚,似乎比白昼更明亮。金色的街灯、橙黄的桥灯、血红的霓虹灯,像是有无数个太阳正在升起;家家窗口泻出来的吊灯、筒灯、台灯温柔的亮光,连月亮也不再有阴晴圆缺。车灯如流星雨横着狂扫街市,银白色的一条河,流着流着就流成了红色。都市的夜空夜夜星光灿烂、日月同辉。

都市没有黑夜。都市的女人就被黑夜照亮了。

卓尔没有像往常那样打开车里的音乐,她不想让无论是快乐还是忧伤的音乐,给自己乱糟糟的思路添乱。郑达磊临走的时候,那道询问的目光,从他的镜片后面透出来,越过了陶桃的头顶,像一根根雨丝般的细针扎在卓尔脸上。她握着方向盘的手,此刻仍留着那一阵犀利的散箭,凉飕飕划过皮肤的感觉。

一盏硕大的红灯,如同一头巨兽血红的独眼迎面扑来,飞碟般发出炫目的光芒。卓尔急急刹车,她系在车前窗下的那只小绒兔子,也摇摆着长长的耳朵,剧烈地晃动起来,在红光的映衬下竟然像被剥了皮似的鲜血淋漓。刚才的饭桌上,卓尔逗那些人说自己车上有一车娃娃,其实,这只独一无二的小绒兔,才是她的最爱。

她为什么就不能把南极的事告诉陶桃呢?自她搬到望京去之后,她和陶桃的见面少了许多。也许是由于郑达磊的出现,前一段陶桃也没工夫搭理卓尔了。但卓尔还是觉得,在她和陶桃之间,好像有一种比地面距离更无法测量的东西,正在一点点把她们隔开。卓尔说不出那是什么,她看不见它,只能偶尔察觉到它,如同一条游动的蛇,冷不丁从草丛中蹿出来。

卓尔忽然觉得怪对不住陶桃的,为着刚才在车里,自己对陶桃急切的提问,表现得那样漫不经心、不坦诚、不热心和不够意思。

如今陶桃有了一个可心的男人,她本该为陶桃感到庆幸的。

毕竟,她和陶桃有过那么一段共同的漂泊岁月。就像苍茫的大海中随波逐流的两个落水者,抓住了同一块浮在水上的木板。她们彼此都已是衣衫褴褛,甚至赤身露体,由于她们身体上最隐秘的部位都已暴露在对方面前了,她们之间再没有什么可保留可难为情的。她们把手里仅剩的一块被海水泡涨了的饼干,还有盛着最后一滴雨水的水壶,交到了对方手里;她们用自己的长发披散下的阴影,为对方遮挡阳光;用两个人的双腿作桨,合力在水上划出一个个前进的漩涡。她们小心地避开鲨鱼,绕过无人的荒岛,一个睡去的时候,另一个数着天上的星星;一个饿昏了的时候,另一个轻轻地用歌声唤醒她……终于她们的脚趾触到了柔软的沙滩,一只手拽着另一只手,她们爬上岸的时候,连头发都缠结在一起了。

那时她们比现在年轻。两个年轻的单身女人,从两个刚刚结束了的故事中走出来,正要走进后来的两个故事中去——无论是鲨鱼还是荒岛,是风浪还是舢板,都正好符合她们关于历险的全部理想。

红灯消隐在黑幕中,窗前的小兔子忽然像是钻进了草丛,闪着绿莹莹的眼睛回头瞪着她。卓尔踩了一脚油门,刚想加速,却发现自己并错了线,这意味着她得从前面的桥下绕一个大圈,才能走上回家的路。

3

那一年,卓尔刚刚从加拿大回到北京,原先和刘博结婚时住的他父母的房子,是不能再去了;卓尔的父母都已先后去世,虽然弟弟卓越有房,但卓尔希望能有一个自己独立的空间。那时候中国的广告业好像还没有完全觉醒,卓尔拿着她在国外的那张工业设计毕业证书四处求职,一时竟无人赏识。卓尔只能用她有限的一点点钱,先租一处价格低廉的小房子,住下来再去找工作。有朋友给她介绍了地铁沿线八角站附近的一套两居室,与人合住,房租一人一半。

急于安顿下来的卓尔,把她的全部家当——两只大箱子和一大堆纸箱,塞进了那套窄小的单元房门厅时,看见另一间屋严严实实地上着锁,她这才发现自己竟然没有想起来问一声,那个"同居"的房客,究竟是男的还是女的。

卓尔走进了只容一人转身的卫生间,在厕所蹲坑一侧的洗手池上方,一眼望见了与那灰蒙斑驳的水泥墙极不相称的一面精致的镜箱。打开镜箱,里面的玻璃隔板上,有一瓶浴液、一瓶发露、一瓶摩丝,都是启了封的,晃一晃,里面咣咣响,剩了不少。还有一把梳子,上面沾着一根丝线一般长长的栗色头发。

是个女人。卓尔松了口气。

但卓尔入住后,一连半个月从来没有见到过那个女人的踪影。卓尔每天早早起床,搭早班地铁进城,满世界奔走去寻找合适的工作,回到住处早已天黑,身子累得散架,胡乱吃些方便面、包子什么的,倒头就睡。她是从厨房的垃圾桶里,以及厨房外的阳台晾晒的衣物上,琐琐碎碎、点点滴滴地熟识她的同屋的——

比如说,"娃哈哈"酸奶的空盒、"燕窝莲子八宝粥"的空罐、法国"卡泊尼深圳红"葡萄酒的空瓶、"德芙"巧克力的包装纸、"德利斯"火腿肠的塑料袋、"无锡排骨"的锡纸、新鲜的荔枝壳和柚子皮,还有吃剩的速冻饺子和馄饨,就连方便面都是碗装的,用完就扔了。那种碗装的"辛拉面",卓尔从来舍不得买,卓尔吃的都是比较价廉物美的简装"康师傅"。有一次卓尔在厕所的塑料纸篓中,瞥见一种"丝网超薄护翼卫生巾"的包装袋,那是最贵的牌子,像个吸血鬼,一个月就得被它吸去几十块钱。那些在阳台上湿淋淋滴水的乳罩、内裤什么的,卓尔本不想理会,但卓尔也得晾衣服,将那女人的东西往旁边挪一挪,商标就蹦到眼里了——"黛安芬"肉色蕾丝胸衣及底裤、"ESPRIT"名牌内衣。卓尔刚从资本主义国家回来,国内的名牌不甚了了,但"ESTEE LAUDER"也就是"雅诗兰黛"这样的国际化妆品名牌,还有"CHANEL"也就是香奈儿这种国际名牌香水还是认识的。卓尔想自己是遇上个富婆了,人未见已是先声夺人。再转念一琢磨,觉得不大对头,既是富婆,还用得着在这月租八百块的旧房子里,跟个陌生女人合住吗?京城什么样豪华气派的高尚住宅,没给富爷富婆们预备下吗?

这是一个奇怪而神秘的女人。卓尔觉得自己像一个拙劣的侦探,被迫窥视着同她不相干的个人隐私。那个女人把自己琐屑的垃圾一件件摊开来让卓尔过目,令卓尔有些难堪。

每天清晨,卓尔拎着那些垃圾袋去楼下倒,她是侦探兼清洁工了。

有时卓尔故意晚些出门,希望能等到那女人起床,但那个女人似乎总是要等到她走了才会醒来,卓尔只等到过一张纸条,请她把当月的房租四百块钱留在桌上。那字儿是用碳素笔写的,使卓尔意外的是那字迹居然中规中矩,十分秀气。卓尔按照要求把钱留在桌上,觉得有点儿像毒品交易的方式。半夜时分,熟睡的卓尔偶尔会被房门上钥匙转动的响动声吵醒,蒙眬中,听见高跟鞋嗒嗒的脚步声,然后是卫生间长时间哗哗的流水声。若是卓尔要上厕所,刚拧亮自己屋的灯开门出去,只见长裙一闪,那女人的门已关上了。

没多久卓尔发现,比垃圾更难堪的,是声音。

这种建于上世纪60年代的老房子太不隔音,有一次,她似乎听见了一个男人低沉的说话声,就在贴着她床边的那堵墙后面嗡嗡嘤嘤,后来是女人嘻嘻的笑声,再后来,女人长一声短一声的呻吟与哼哼,夹着男人粗重的鼻息……卓尔用被子捂住了耳朵,那女人的声音最后变成了起伏的尖叫,竟然穿透了厚重的棉絮,在卓尔的耳膜上吱吱钻孔。卓尔差点儿以为那个女人被谋杀了,但卓尔那时没有手机无法报警,惊骇中,却听见那声音戛然而止,过一会儿,传来了叽叽咕咕的亲密低语……

卓尔恍然大悟,一阵脸红心跳,竟有了类似偷儿的感觉。第二天早上她很晚才醒,踮着脚去卫生间洗漱,见那女人的房门依然紧闭,里面悄无声息。

卓尔终于见到那个隐身人般的同屋,是在一个星期日的下午。那段时间她正在同朋友们合伙卖书,就是通过关系从出版社批发一些最低价的工具类和典籍类的实用书籍,然后到一些大单位去卖,由于价格便宜,销售量也算不错。那天傍晚她办完了事,正好就在苹果园附近,便回去得早些,却见昏暗的门厅显得比往常亮了许多,原来是那扇紧闭的房门打开着,亮灿灿的斜阳如同一盏巨大的探照灯,从门那儿斜射过来。靠近窗边的一把椅子上,坐着一个女人。令卓尔十分惊讶的是,椅子旁边的小桌上竟然堆满了书——那个女人竟然趴在书堆里写着什么。

那女人站起身,在夕阳下背着光迎着她走过来。卓尔最先看到的是她一头乌黑飘逸的长发,遮住了她多半个面孔,一条雪青色碎花的无袖连衣长裙,使她修长的身材显出几分窈窕。她甩了甩头发,在逆光下侧过了半边脸,脸上的皮肤在光的暗影下过于苍白,却如丝绸一般光洁柔滑;高挑的鼻梁和眉骨,有些像混血的女子;只是深眼窝下那两只浅褐色的大眼睛,虽有几分妖媚,却掩不住疲倦和忧郁的眼神。卓尔很快判断出她并没有化妆,那湿润而鲜亮的嘴唇是天然丰满的,细长的秀眉弯曲得恰到好处。她朝着卓尔走来,卓尔进一步看到了她丰满的胸脯,用那种尖尖的胸衣罩杯箍着,夸张地突出了乳房的高度。她几乎碰到了卓尔的肩膀,那么无意地柔软地一触,一下子破坏了卓尔刚才的第一印象。

卓尔一时很难判断她的年龄——二十多岁人的眼睛是清澈而单纯的,不似她的眼神那么游移沧桑;若是三十多岁,眼角无论如何也该有了年龄的细纹,皮肤不该像她那么光滑细嫩。卓尔曾在国外见过一些有钱的贵妇,把自己搞得像个瓷人儿似的真假难辨。卓尔迟疑着,不知该如何开口。

那女人把两张单据递给她说:正好你回来了,这个月的水电煤气费,一共七十四块八毛,上个月我一个人住,是三十二块三毛,我很少在家,除了洗澡也不用什么水电。所以我想你应该多分担一点儿,算你四十块整吧,怎么样?

卓尔把单据接过来,把背包放下,伸手从里头找钱包掏钱。她打开钱包,然后愣在那里。

她的钱包里一共只有三十五块零五毛钱。她想起来,离结账发钱的日子还有六天。

卓尔当然不是那种死要面子活受罪的人,卓尔根本不觉得没有钱有什么不好。她没好气地对那女人说:先欠着行不行?你看我的钱包,这么瘪,还得吃饭呢。再过几天吧,加上利息,我付你五十块,行吗?

那女人也愣了一下,忽然朗声大笑起来。她说我的妈呀我还真没见过这么瘪的钱包呢,你那两年在国外都干啥来着?行啦,五十就五十吧,你可别赖账啊。顺便问一句,你用了我的摩丝和发露没有?卓尔从"我的妈呀"那熟悉的语气声调里,听出了眼前这个女人的东北口音,还有鼻腔里那种靠后发出的嘹亮的共鸣音,也是东北女人特有的。那个她幼年时曾经坐过雪爬犁的大荒原,忽然勾起了卓尔一种遥远的亲切感。差一点儿,卓尔就要问她从东北的什么地方来。话到嘴边,忽又想原来她也同样在窥视着我呢,她怎么知道我曾在国外待过?她抬起眼好奇地往那女人的屋子瞥了一眼,一只小床上一条玫瑰红的床单、玫瑰红的枕头、玫瑰红的窗帘,使得她的房间像一座玫瑰花圃,一阵阵花气袭人。桌上的书也被码放得整齐,若是同卓尔混乱的房间作个比较,她那种女人的温雅与洁净,真有点儿让卓尔惭愧。

那女人又说:以后你洗完澡,把地擦干了,别弄得一地水进不去脚。厨房、卫生间隔三岔五地常收拾收拾,早晨走的时候关门别太重,我都是晚上的课,早上起得晚,别吵我。要是有人找我,就说你刚搬来什么都不知道。

卓尔心想,我还兼保安和传达员哪!有点儿欺人太甚了吧。我本来就什么都不知道嘛。晚上的课?是你给人上课还是你在听课呀?

卓尔不吭声,径自回屋关上了门。卓尔决定若是再有男人半夜在墙上"钻孔",等她挣到了钱,一定另找一个住处,房租哪怕贵点儿也不在乎。

卓尔一周后付清了那五十块钱,后来的几个星期里,卓尔和那个女人"声音相闻、垃圾相见",却是老死不相往来。那个东北女人没有再带男人回来过夜,卓尔一时也没有找到更便宜而又交通便利的住处,就那么凑合着住了下去。有一次卓尔有急事,跟那女人借她的手机用,那女人竟然问她是打本市还是长途。如果后来不是发生了一件特别的事情,卓尔很难想象自己会和她这样的人交往下去。

卓尔的富康车驶入了高楼林立的望京小区,在楼下转了好几圈,才找到了一个窄窄的停车位。下车前,她照例拍了拍挂在挡风玻璃前的那只小绒兔,对它说了声晚安。雪白的小兔在银色的路灯下,像月光下的一片云彩,呈现出腾空飞翔的姿态。

卓尔进一步认定,私家车当然是有性别的。

4

卓尔开门进屋,顾不上将旅游鞋的鞋带解开,硬是把两只脚活活挣了出来,一下甩得老远,然后仰面朝天地躺在了客厅中央的地毯上,长长地吁了口气。

她得先把自己彻底地放松一下。这个仅有五十平方米的一室一厅,再简陋也是自己的窝。虽然她喜欢背着房子上路,但她的蜗牛壳也是需要睡觉的。

小客厅的灯光从她头顶上泻下来,那是一只纸质的白色大圆球,白天的时候,它像一只五洲四海都被冰雪覆盖的地球仪,只等灯一亮,那些冰雪在光影的旋转下一滴滴融化了,变成乳白色的奶油淌下来,把她包成了一根爽滑柔润的雪糕。同这雪白的灯光形成强烈反差的是屋子里的家具:两把黑色的椅子、黑色的餐桌、黑色的电视柜、黑色的电视、黑色的音箱、黑色的电脑、黑色的画框,差一点儿,卓尔就把墙也涂成黑色了。卧房却是全白的,白墙、白床、白柜、白床罩,点缀着一只黑色的床灯。房间里再没有什么多余的东西了,比如说那些时髦的铁艺和玻璃砖装饰物。

搬家后,陶桃特地来参观过。陶桃发表了三点观后感:一、除了电脑外,几乎全是伪劣产品;二、客厅是个黑夜,卧室像个病房,整个儿黑白颠倒;三、面积太小。只容二人勉强过夜,将来若是有了孩子,得重新换房,分期付款得不偿失,属于投资失误。

卓尔问:孩子从哪里来?真新鲜。

陶桃说:孩子?孩子本来就在你身上哪,只不过是由另一个男人把他唤出来而已。我已经掐死了一个,你还想跟我一样?

陶桃的声音就在天花板下荡来荡去,随着地球仪上融化的奶油,一滴滴淌下来,浇淋在卓尔的头发上。卓尔觉得自己的手掌上沾满了陶桃呕吐的黏液,还有黑褐色的血块,像被绞肉机绞碎的肉末,从锋利的刀片下一团团挤出来……

卓尔交了水电费后半个多月的一个深夜,卓尔躺在床上看书,正要迷糊入睡,听见门厅里有什么东西重重地摔倒了,接着是微弱的呻吟,挣扎着往卫生间去了。后来卓尔听见了从卫生间里传来的叫喊声,是被撕裂或是被剜剐却又极其压抑的喊声。卓尔什么都来不及想,跳下床就拉开了卫生间的门,她看见那个女人的下身全是血,地上和她的睡衣上也都沾满了血腥的污物。卓尔跑回房间把自己所有的大小毛巾都翻出来为她止血擦身,再用吃奶的力气把她抱回房间,那女人面色蜡黄,气息奄奄,浑身都已被汗水湿透,喃喃地说她快要死了,让卓尔快把她送去医院,现金在她的手袋里。卓尔穿着睡衣跑到大街上拦出租车,塞给司机二十块钱让他把那女人背到车里,等到卓尔把她送进急诊室,那女人已近昏迷。填写病历时,卓尔傻眼了,她发现自己根本不知道这女人叫什么名字。

陶桃……陶瓷的陶,桃子的桃……那女人忽然睁开眼,异常清醒地说了一句。

一个小时以后,当陶桃从手术室内被推出来时,卓尔才知道陶桃的病是药物流产引起的大出血。药物流产的安全系数应是百分之九十九,而那个百分之一却让陶桃遇上了。

卓尔就是在这种情形下,才与这个同居一室已久的女人正式相识。然后是护理、探视、接回去、再护理。卓尔去买红糖、鸡蛋,买乌鸡煲汤,买红枣、桂圆,买油、盐、酱、醋、挂面、大米……卓尔像个小保姆似的忙里忙外,那个月她卖书三天打鱼两天晒网,差点儿让合伙人给开除了。

陶桃这个名字,是和"流产"两个字一同出场的。一个漂泊在京城的流产的单身女人陶桃,竟没有一个男人出现在她床边,更没有一个人像西方的爆炸案发生后那样,声称对此事负责。卓尔轻手轻脚地走进陶桃的房间,见她苍白的面孔像一朵被遗弃的白玫瑰,正在迅速枯萎凋零。卓尔握着陶桃的手,那手是冰凉而干涩的,就像那枝白玫瑰的花茎,正在萎缩、腐烂下去。卓尔觉得有点儿恶心,一种鄙视的、厌恶的感觉,像苍蝇一样在她头顶上嗡嗡盘旋不去。她为陶桃所做的一切,与其说是同情,不如说是无奈;她无法扔下陶桃不管,任何一个女人若是处在她的情形下,也许都会这样做的。没有生育过甚至没有机会流过产的卓尔,觉得自己像一个过路的游侠,背着一个她无意中碰上的弃婴,行走在一片人迹罕至的沙漠上,却不知前方何处才能找到水井。

那个叫做陶桃的漂亮女人,此时她变得多么丑陋呵。往日瀑布一般的黑发散乱地蓬松着,枯草似的缠绕着黯淡的脖颈;玫瑰色的被单下,丰满的胸脯塌陷下去,不会有乳汁从那里流出来。那个曾经给予她欢爱的男人在哪里呢?她究竟为什么要独自一个人偷偷地去做流产？曾有那么一个小小的无辜的生命,悄悄地钻进了那个温暖的子宫,却猝不及防地被他的母亲,如此粗暴地强硬地驱逐出来了,变成了一摊血块和肉渣……卓尔的鼻子酸了一下,喉咙堵住了,喘不过气来。黑色的沙漠无边无际,没有云彩的天空中,连一只秃鹫、一只老鹰都看不见……卓尔回想起来,陶桃服药后的最初两天,本应是肚子疼痛最厉害也最难受的时候,而住在隔壁的卓尔居然没有听到过她的一声呻吟和叹息,陶桃始终就没有央求过卓尔的任何帮助。她宁可一个人独自挺着,一直熬到实在熬不下去了——女人的自尊和承受力竟然是如此巨大的吗？卓尔在那一瞬间不由得对陶桃心生怜悯,心里忽然涌上来一股温暖的水流,就像人们所说的分娩后胀痛的乳房溢出了浓甜的乳汁一样。那水流来得湍急汹涌,从深山里的一眼暖泉中奔泻出来,冒着雾状的热气,一点点扩散开去,然后蓄积成一汪波光粼粼的池塘,将陶桃整个身子轻轻环抱。温泉的清水浸润着洗濯着陶桃的手脚,陶桃的脸上开始泛起了淡红的血色,她的手指变得柔软,她的眼睛重新有了亮泽,她的唇线一点一点渗出红光最后勾出了嘴唇的形状,当她把嘴唇张开的时候,卓尔知道她不会死了。

躺在床上的陶桃很少说话,她总是闭着眼,说过一声谢谢后再没有任何表示,她从未向卓尔解释过流产的原因,卓尔从她偶尔睁开的眼睛里,能感觉到一种无从发泄的懊恼,倒好像是卓尔造成了她流产,或者是卓尔凭什么知道了她流产。清醒后的陶桃对卓尔说的第一句话是:劳驾你把桌上的电话本儿和手机拿过来,给我那个学校打个电话请假,说等我阑尾炎手术恢复了,我会把课都补上的。

卓尔就是在那一天,才知道陶桃在一所大学的金融专业念自费走读生。这似乎比陶桃做人工流产更让卓尔惊讶。

卓尔终于原原本本地获知有关陶桃的全部故事,是在稍迟些日子以后了。未等卓尔反应过来,接下来发生的事情使卓尔突然变成了陶桃仍在进行中的故事里的一个不光彩的同谋。

陶桃的"病"稍好了些,依旧每晚去学校听课。那个晚上卓尔正在自己的小屋里听音乐,有人很重地捶门,卓尔隔着门问是谁,一个男人的声音说找陶桃。卓尔又问那你是谁,那人说我是陶桃的老公。那种很特殊的广东口音,在瞬间激活了卓尔的记忆,她想起那个半夜,隔着墙壁传过来的男人的声音。可是他如果真是陶桃的老公,陶桃流产的时候他干吗去了?再说陶桃从来也没有说起过她有一个广东老公啊。平日里马马虎虎的卓尔,忽然记起陶桃第一次向她收水电费时的叮嘱,顿时心生百倍警惕。卓尔是那种在大多数时候都处于松弛懈怠状态,而一旦出现"敌情"便即刻变成大智大勇的人。卓尔冲着门缝大声说:陶桃早就搬走了,你怎么不知道?那男人说我给她手机打电话有半个月总关机,我找不到她了。卓尔说我真的不知道,你快走吧。那男人还在门外磨蹭,卓尔把音响开到最大挡,对门外的苦苦哀求充耳不闻。

那天晚上陶桃回来的时候,像是被什么东西绊了一下,在走廊里弄出很大动静。卓尔开门开灯,见门口堆着一些花花绿绿的东西,陶桃抱着一只系着彩带的金色巧克力盒,神色紧张地问卓尔,是不是有个广东佬来过了?卓尔点头:那人说是你老公。陶桃咬着嘴唇不说话。卓尔又说,我告诉他,你搬走了,不知道去了哪里。陶桃的眼睛抬起来,巧克力盒掉在地上,她伸出胳膊环过卓尔的肩说:我的妈呀,没想到你这么机灵。

那天晚上,陶桃坐在她玫瑰色的床单上,给卓尔讲了一个故事。其中的男主角,一个矮矮胖胖的私营企业老板,按月把她上学所需的学费和生活费打入牡丹卡,但他绝不会一次支付超过她基本需求的钱数。他每隔一段时间从深圳飞到北京来一次,为女主人公购买各种高档的衣物和食品,然后同她睡觉。她流产的孩子就是最近一次睡觉的产物。但她不想要那个孩子,因为她不想同那个人结婚。

卓尔走神了,她想起了厨房的那些垃圾。卓尔把话咽了又咽,终于还是没忍住:你不想同他结婚,干吗还用他的钱?

陶桃理所当然地回答说:我得把学上完啊。

故事讲完已是深夜,卓尔的脑袋沉沉,像被灌满了糨糊。她似乎懂了陶桃,又好像更不懂。

5

卓尔终于懒懒地从地毯上爬起来,伸着懒腰到卫生间去洗澡。她在小小的浴缸里放满了水,倒上了泡泡浴粉,然后像一条光溜溜的鱼一般滑了进去。她看见自己娇小的身体,在水中白色的泡沫里浮起来,只露出浴缸尾部两只脚上十个半圆形的脚趾,像十只排列整齐的小簸箕,在云纱般的泡沫上随波逐流。她把身体尽量放平,深深吸了口气,随着身体的晃动,雪花飘飞的水波里有两颗粉红色的樱桃,躲躲闪闪、若隐若现;可惜托着那樱桃的白色冰激凌圆球太小了,在水面上几乎看不到它们,只有一丛黑色的水草,在泡沫中羞答答地时起时伏……卓尔的手从胸脯往腰下的大腿一一轻抚,温水和泡沫的爽滑,带给她一种漂流的快意,使她禁不住微微战栗起来。

"人的任何部位和器官都属于自己,一个女人当然有权支配自己的身体,无论是出售还是出租。"——那个晚上卓尔在感动和感慨中,对陶桃脱口而出这一番惊世骇俗的格言,令她自己也颇为惊讶。第二天早晨卓尔醒来时,才发现昨晚的宣言并不包括她自己。因为她并未亲临陶桃那样的山穷水尽,她除了身体之外,还有许多东西可用,比如说,头脑。

陶桃为了躲避那个所谓的广东老公,一连几天借住在外没有归宿。那些价格不菲的食品在门外堆放了多日后终于一件件少下去,最后不翼而飞,实在叫卓尔痛心。陶桃开始说服卓尔尽快搬家,她说两个人继续合住肯定能够找到合适的房子。卓尔那些天的销售正忙在关键时刻,她显然尚未敏感到陶桃的建议背后,藏匿着更大的忧虑和隐患,所以抱着侥幸心理一天天地拖延着,直到另一个男人在一天晚饭后突然出现。

那是一个瘦高个子的中年人,像大多数东北男子那样,嘴唇上方留着两撇杂乱短粗的日本式八字胡须。他面目憔悴,两眼黯淡无神,穿一身皱巴巴的深色西服,拎一只瘪瘪的灰皮包,破旧的黑皮鞋上落满尘土。那时卓尔正好打开门去倒垃圾,守候在门边的人影把卓尔吓了一大跳。他用一口浓重的东北方言,小心翼翼地打听陶桃是否住在这里,又很快更正说陶桃的父母告诉他陶桃的地址,所以肯定没错。有了上一次成功的经验,卓尔不假思索地说这儿根本就没有这个人,她不认识这个叫陶桃的女人所以请他快些离开。

那人又嘟囔着说了些什么,终于期期艾艾地退去。卓尔没有手机所以无法给陶桃打电话询问,她想若是每隔两周就有一个陌生的男人来找陶桃,那也就不必大惊小怪了。但事实证明那天晚上卓尔犯了轻敌的错误,当深夜时分卓尔终于等到陶桃用钥匙开门的声音,扑在她怀里的陶桃竟然面如土色,满脸是血,身上是泥,眼角青紫,半边脸都肿起来了。陶桃不说话,跌跌撞撞地走进房间翻箱倒柜,然后拿着一沓用橡皮筋箍着的百元大钞走出来递给卓尔说:麻烦你把钱给楼下那个男人送去,刚才你见过他,不要认错了。

卓尔慌慌张张地冲到楼下,那个男人果然在拐角等着。他把钱胡乱数了数,塞进那只灰皮包,把拉链小心拉好。他脸上完全没有了傍晚那种谦卑,小胡子恶狠狠地翘着,对卓尔说:你听着,这不是敲诈,你报警也没用。这钱是她欠我的,她害了我一辈子,她就是躲到天边儿,欠我的情也得还上!

那人消失在黑暗中,卓尔魂飞魄散,上楼时腿都软了。

那个深夜在卓尔的脑中留下了近于惨痛的记忆。那是她第一次看见陶桃流泪,一滴一滴、一串一串,而后涕泪滂沱,从无声地饮泣到小声地啜泣到激烈地抽泣,直到最后号啕大哭。陶桃扑在她玫瑰色的枕套上,泪水像山洪暴发一般倾泻而下,把她美丽的玫瑰园冲出一片深坑与黑洞。卓尔拧了毛巾递给陶桃,她发现陶桃的眼泪原来竟像苦胆一样黏稠,它沉淀了陶桃二十多年咽下的全部苦水,然后从泪腺里猛然突围出来。

那个晚上,卓尔也哭了。她搂着陶桃说别哭了别哭了,自己却放声哭了起来,她哭是因为不知道陶桃为什么而哭。泪水流进了卓尔嘴里,从未似这般酸咸苦涩。卓尔终于感觉到有一种叫做同情的东西,从她心的深处一滴滴分泌出来。

过了几天后,陶桃告诉卓尔在城南找到了新的住处。她们手忙脚乱地搬家,像一次不可告人的仓皇逃窜。新的住处墙皮一块块脱落,天花板渗漏着泛黄的水迹。但卓尔手舞足蹈充满了历险的亢奋,趁机将杂乱的家什一件件重新布局。有一刻她的耳边突然响起前夫刘博的声音,他说卓尔你真是一个唯恐天下不乱的人。卓尔觉得刘博那人其实优点挺多,比如这句评语,就具有某种预见性。

搬到新居后的陶桃,与以前的冷漠傲慢判若两人,她主动对卓尔说,既然我住的是大些的房间,房租我出五百你出三百好了,她买来金黄色的水蜜桃、碧绿的砀山梨总是同卓尔一人一份,下一碗馄饨也要分给卓尔一半。那个学期白天她开始在银行实习,晚上若是有空,她会给卓尔讲一些自己以前的事情,给卓尔人生道路上的种种盲区(主要是男女关系)填充许多实用的知识,并不断纠正着卓尔的散漫和愚钝。卓尔一步步走近陶桃,一天天看着陶桃把做女人的全套硬件和软件,从南辕北辙的电子公司采购齐全,然后自行配置成为她最需要或是最适合她用的一架性能精良的微机。

6

卓尔从此再也没有见过那两个倒霉的男人。陶桃从那所大学的金融专业毕业后,不知道通过什么关系,顺利进了一家银行工作,几年后当上了部门经理。陶桃很快帮卓尔物色了一份做保险业务员的工作,然后把自己所有的亲朋关系都介绍给了卓尔,卓尔的保险业绩因此很是出色。有一次陶桃天刚亮就来找卓尔,让她赶紧到东北去一趟。陶桃的老家有人告诉她一个信息,说是嫩江地区自产的联合收割机价格比虎林一带低了许多。她让卓尔带上所有的钱到嫩江去找一个人,预付百分之三十的定金,买下了十几台崭新的康拜因。卓尔雇了十几个司机,亲自押着那个车队,就像赶着一群步履沉重的大象,慢吞吞地沿着公路爬行,一路风餐露宿昼夜兼程,终于赶在麦收前,把十几台康拜因全部开到了虎林县城。卓尔从车上跳下来的时候,场上的一群孩子被吓得四散而逃,以为野人从天而降。康拜因转手出售,一家伙赚了十几万,而陶桃却分文未取。她指点卓尔用这笔钱与人合伙投资,在一条公路边上建了一个加油站,加油站建成后不久,高速公路擦边而过,加油站转手卖了高价,卓尔就像做梦一样摇身变成了一个小小的款婆。

上世纪90年代前半期,似乎所有的中国人都陷入了疯狂挣钱的漩涡。卓尔发现钱这个东西原来是一种潜伏在人体内的病毒,到了适当的时机就会不可遏制地无限复制,进而全面发作。卓尔内心的欲望被莫名其妙地激发起来,抱着她的钱罐漫天寻找着下蛋孵鸡的机会,终于在一年后把那笔钱像满天鸡毛一样抛洒得上天入地踪影全无,最后带着自己瘦得像苦瓜似的小脸,两手空空地回到了陶桃身边。

卓尔事后回想,自从她挣得第一桶金之后,太忘乎所以自以为是了。后来所有的转折关头,她都没有听陶桃的指点劝告。但如今悔之已晚,金钱像只小鸟,飞去不再飞回。陶桃哀其不幸怒其不争,苦口婆心的训导从深夜持续到凌晨。

一开始卓尔还捺着性子听,到了后半夜,便是忍无可忍:

你明知我不会算账,干吗让我去冒这个风险?你有经商头脑,你自己干吗不去?你要是下了海,不比我强一千倍一万倍,何苦让我去受这个罪啊⋯⋯

陶桃冷冷地看着她,一副痛心疾首的样子。

后来陶桃说了一番话,这番话让卓尔至今刻骨铭心。卓尔发现自己从那天晚上开始才真正了解陶桃,尽管她觉得陶桃的说法可以算得上一种奇谈怪论。

陶桃说:这世上的事儿,我比你看得透彻,一个女人不能太优秀了,要是一不留神当了女强人,这辈子就没好日子过了。远的有那个希腊女船王什么的,她到死都不知道那些男人究竟爱的是她这个人还是她的钱。近的例子呢就不必多说了。我已经颠簸得太久了,一个女人是经不起几年折腾的,我可不想把我这份好工作折腾没了。你记住,女人的幸福跟男人是不一样的,女人首先要有安全感,这是女人的生理特性决定的,人一旦违反自然规律肯定没好结果,将来有一天你会明白这是一个颠扑不破的真理。至于你(陶桃欲言又止,但卓尔猜出了陶桃的意思,完全是出于礼貌,陶桃不好意思说像卓尔这样不够漂亮的女人,当然是要靠自己的),我原以为你有多能耐呢,拿得起放得下的,天生是个能折腾的主儿。看来,是我看走眼了,你必须得赶紧悬崖勒马回头是岸呀。

陶桃紧急制订了挽救卓尔的计划,把一败涂地的卓尔介绍去了一家跨国医药经销公司做代表,也就是向京城的大小医院推销进口的西药新产品,然后按销售额分成。那一段时间,卓尔收入颇丰,买车和买房的预付款就是那时候攒下的,但卓尔很快就对推销厌恶至极。那时候广告业已经如火如荼,她试着做了一些广告设计,竟然大受欢迎,不久后有一家新创办的豪华女性时尚杂志招聘美编,她去应聘,一举击退众多对手,短短一年多便升任艺术总监的位置……陶桃曾因卓尔的"叛变"而恨得咬牙切齿。其实,那时候陶桃就该明白,她根本改变不了卓尔。

你知道哪儿能弄到钱吗?

卓尔曾经有过很多很多钱,有钱的时候,整天得琢磨着让钱下蛋,忒累得慌!

你知道哪儿能弄到钱吗?没钱的时候,她才发现拥有几根鸡毛也是好的。

卓尔困得眼皮都抬不起来了。她打开了浴缸塞子放水,让那些泡沫拥挤着从孔道中不情愿地排出去,用淋浴器的花洒马马虎虎冲了冲身体,飞快地把自己擦干。她看见身上的红樱桃与洁白的冰激凌圆球,清晰地凸现出来,水草蓬松、土地湿润。"但你自己是吃不到它们的,你只能体验别人享用它、抚摸它的快感。"卓尔脑子里闪过陶桃的语重心长的教诲,又想着老乔的钱不知什么时候才能弄来,一头扎在乱糟糟的床上,昏昏然睡去。

7

陶桃至今租住在一座旧民房五层上一套两居室中,并不是陶桃买不起房,而是陶桃暂时不打算买房。对于未来的住房,她有长远而缜密的考虑。

她在窗口望着卓尔的白色富康车,像一只脱兔猛地蹿出去老远,很快消失在稠密的车流里,陶桃放下窗帘,在沙发上坐下来。

她拿起电话拨了郑达磊的手机号码,传来占线的忙音。

她还不想睡。她觉得今天晚上的聚会,不像她事先想象的那么开心。

卓尔始终不肯说一句郑达磊的好话,这种女人的小心眼儿,陶桃见多了。女友之间的嫉妒,微妙得像眼影的颜色,那是因为卓尔遇不上像郑达磊这样多金而又专情的男人。郑达磊在晚餐上一言不发,显然也是做给陶桃看的,他很懂得那个不要对女友的女友过于亲密的戒律,这正是郑达磊为人厚道、处事谨慎的地方。可惜他总是那么忙,大家还没尽兴就散了,真是让人扫兴……

陶桃起身为自己冲了半杯咖啡,斜躺在沙发上。灯光朦胧,她依稀闻到,空气中还浮游着几天前郑达磊留下的气息。那条雪白的长浴巾,是郑达磊用过的,她任它按着原先的姿势依旧搭在椅背上,那种毛茸茸的暖白色,像天上飘来的白云,把她的记忆轻轻地覆盖了……

她看见了一条白色的冰河,从北方的雪原上蜿蜒穿过。冰排碎裂了,发出惊心动魄的吼声。原野绿了,河水变得宽阔而清澈。草叶黄了,一行行大雁往南飞去。在河的尽头有一个黑点,缓慢地往下游驶来。那是一条半新不旧的客船,只有在每年夏秋,才会十天半个月在小镇码头上露一次头。一个 21 岁的高个女孩儿从小镇陡峭的河岸上走下来,拎着一只人造革旅行袋,坐在河堤上等船。那个留着小胡子的男人追上了她,拽着她的胳膊拉她回去。那男人说我不是已经为你离了婚吗？我不是已经让你当上打字员了吗？我很快就会提拔到县里去了,我准能当上县委办公室主任、人武部部长啥的,你还想要什么？你早已是我的人了,跟我回去结婚吧,咱好好过日子……她挣开了他的手,摇摇头,朝着那艘越来越近的船走去。她知道若是错过了夏末这最后一班船,冰封的河面就会冻结她最后的希望。男人的泪流下来,像那条河一般湍急。男人说你还想要什么你说,你想要腊月里嫩江冰底下的重唇鱼,我也能给你逮上来……她一只脚跨上了搭在船舷上的木跳板,回过头来对他说：你啥也给不了我,因为我不想让我的孩子日后在这百里地见不着人影的江窟窿里刨鱼,一开口说话就带一股子大渣味儿……

　　那条河流到一个县城,她在那里换汽车,踏上了哈尔滨的江堤。松花江波涛汹涌,比故乡的河宽阔、气派,但雪花飘起来的时候,封冻的江面却和老家的河没什么两样,把她所有的梦想都封存在厚厚的冰层下了。她在一个教授家当了几个月保姆,挣够了火车票钱,便坐上火车往那个没有冰雪的南方去了。深圳的每一座高楼的窗口都在向她召唤,街上的车流喇叭声声,像海边一艘艘的远洋轮正在鸣笛起航。她在一家餐厅当服务员,所有的人都称她为小姐,但小姐一个月的小费只够用来买衣服和廉价的化妆品。几个月以后,一个矮个子的广东男人出现了,他把她带到了郊外一座三层楼的大房子。那房子到处都是五颜六色的壁灯吊灯,每一个房间的墙上都包着大块的锦缎,看起来就像一座餐馆或是歌厅。那个男人看上去是真的喜欢上她了,他说北方的女人就像模特儿一样,生出的孩子定是优良品种;乡下的女人是矮脚鸡,两个矮子生来生去也只能生出一棵矮脚黄杨木。她住在那所大房子里,过了一年百无聊赖的日子,她听不懂那个矮男人的话,听懂了也没有话可同他讲。终于有一天她对他说,结婚可以,你得送我去读书。要不将来的孩子就像你一样没文化。要读书就得去北京,你三天两头不让我睡觉,我读书怎么读得好,毕不了业到哪年哪月才能同你结婚?

她终于坐飞机到了北京。那是她第一次坐飞机,天空多大啊,只有在飞机上才能一眼把世界看遍;比起来,嫩江平原就只是天空的一个角落了。飞机不是交通工具而是一个高度,坐过了飞机,才知道地上的人都像蚂蚁一样了;飞机是一种速度,在飞机上,你才知道青春的岁月没有车轮可以追回。她从此再也离不开飞机了,在中国,也只有从首都的机场,才能飞往全世界任何一个地方。

没有人知道她最后是怎么彻底摆脱了那两个倒霉的男人,就连卓尔也不知道。往事不堪回首,不谈也罢。某些情况下,过错是能用钱来抵消和赔付的。

在多次更换过一个个有钱但没文化、有文化但没地位、有地位但没钱的男朋友之后,陶桃终于如愿迎来了三项指标均高于合格底线之上好大一截、这个有钱有文化也有一点地位的中年男人郑达磊。

她和他是在一笔银行信贷业务中认识的。陶桃一把就抓住了生命中最重要的一次机会,使得郑达磊后来在他公司的融资拆借各种金融业务中,都会事先征求她的意见。他频频地约她喝茶吃饭,陶桃很快得知,郑达磊几年前就离了婚一直独身单过,有一个女儿已经被送往英国读高中等等,统统是利好消息。

一个女人若是干得不好,又怎能嫁得好呢? 陶桃觉得那样的女人真是愚蠢,但一个女人若是干得太好,嫁给谁去呢?她时时提醒自己不要犯更愚蠢的错误。

她又打了一次郑达磊的手机,被告知暂时无法接通。

第三章　要是都像你这么个"作"法儿

1

三天后一个风沙尖啸、黄尘弥漫的下午,老乔亲自给卓尔送来了五万块钱。

就五万啊? 卓尔伸出手,在老乔空空的文件包里又搜索了一遍。

老乔说,五万还少呀? 差点儿没倾家荡产了。

卓尔又高兴又失望。她忘了对老乔说谢,抱着钱就走。她蹿出写字楼,到停车场发动车,从老乔身边擦过,一溜烟儿不见了影儿。

她赶到那家旅行社,当时就把钱拍上了。人说哎哎这位小姐,你还差得远呢,还差七万。卓尔说你急什么,我这是先把名儿给报上,五万,报名费总够了吧。

人家笑而不答,递过来一张表格,说是填好了要送有关部门审批的。卓尔唰唰地一会儿就写完了,人家就给她单据,让她收好了。人家又再三叮嘱她说交费截止到从今日起算的第十四天,那时候务必把全部款项一次交清,然后就等着领通知。

等到通知以后呢? 飞机票什么的……卓尔问得迫切。

那还早着呢,还得办理护照、参加培训、置办寒带服装、鞋帽等一系列有关赴南极考察的具体事宜,最后才是签证和飞机票。那人耐心地回答。

出了门,卓尔忍不住咧着嘴乐,一阵狂风袭来,灌了卓尔一嘴沙子。卓尔伸出舌头把嘴唇上的沙子舔了,满嘴喊里咔嚓响。她想就当是吃一口南极的雪吧,极地的冻雪一定硬得像沙,先锻炼锻炼啊,要不到时候吃不惯呢。

一线阳光穿透混浊的黄沙横空出世。满街的汽车都在嘿嘿哼哼地笑着,像一场轰轰烈烈的集体婚礼。

那表格上有一栏问:你为什么要参加这次南极考察?

卓尔不假思索地写上了:因为我始终活在一个个未知的悬念和想象中。

多精辟啊,简直是格言。若不是那一栏的空白太狭窄,卓尔差点儿就把她一生的梦想全给填上了:世界三极——南极、北极、珠穆朗玛雪峰(珠峰极顶不敢奢望,哪怕到达海拔四五千米的大本营,也算去过喜马拉雅山了吧)。

如果那一年她不是由于过分贪心,把已到手的百八十万又给折腾光了,也许她这三个梦想早就实现了。

也幸亏没实现,否则她的生活中还有什么可盼望的呢?

2

卓尔在惶恐不安的等待中熬过了两个星期。

那一天,卓尔上班时,在电梯里遇见了老总和副老总。

副老总对老总说:昨天的发行会议上,您老那句话说得真是精辟极了,我想了一晚上,还真是那么回事。

老总温和地问他指的是哪一句话。

就是那句嘛——您说,报纸是给男人看的,杂志是给女人看的。副总讨好地笑着。我下了班坐地铁,果然哟,一张张报纸后头,都是男人的脸;而女人,手里拿着一本儿杂志,慢慢翻着,看得

他脸上的五官扭成一团,唾沫四溅,转身从文件框里翻出一摞稿件,哗地摔在桌子上。你再看看这期的清样,最新的一期,啊,无论是版式还是图片,那个丑陋不堪、那个陈旧落伍、那个……简直不忍卒读。幸亏我及时发现了问题,否则的话,经济损失将无可挽回。

可仔细了,一页都不肯落下。走到胡同口,嘿,一点儿没错,坐家门口树底下看报纸的,全是老头儿。您真神了,我怎么没发现呢……

老总谦虚地摆了摆手说:平时要注意研究问题嘛,尤其是男性和女性的区别。比如说,男人看报纸是看信息,女人看杂志是看情调。杂志是一种专门的情感纸,可以满足女性经验分享和缓解压力的需求。干咱们这行的,不就是服务女性、仰仗女性、女性拥有了我们也就拥有了自我吗……说到这里,他侧过脸看了卓尔一眼。

副总喏喏点头。电梯的门开了,卓尔闪身先走出来,老总在身后把她叫住了。

老总刚才还晴空万里的脸色忽然变得阴沉,他说卓尔啊今天你又迟到了,最近你没有一天不迟到,请到我办公室来一下。卓尔的脚步一个急刹车站住了,心狂跳不止,呼吸急促、手心出汗,却竭力做出一副无动于衷的样子。电梯外正是三月天风和日暖,而她日日祈求的那一场沙尘暴就要在办公室里天昏地暗地刮起来了。

老总把一本杂志啪地扔在她面前,喑哑着嗓子说:

你看看,你自己看看吧!

卓尔歪着脑袋看一眼,小声问:怎么啦?

不要明知故问了,你自己心里很清楚。你看看这封面人像,谁让你把原来我亲自定下的那个当红歌星换成了这个毫无性感可言的女骑警?你看看她这发型,啊,像个劳动模范吗?你看她这肩膀,像个卖菜的,读者一看这样的封面谁还愿意掏钱啊?我对你们讲了多少遍了,媒介是人的延伸,而美女,是零售终端购买杂志的男人和女人共同的理想。男人看美女杂志,是因为封面女郎比街上的小姐更容易抚摸;女人看美女,因为美女是她们的迷幻药,具有自恋式麻醉的催眠效果。这是不可抗拒的现实,美女经济就是我们办时尚杂志的经济增长点,谁要是违反了这一条谁就是找死……你把封面搞成这个样子,真是不可理解。

卓尔听着,不置可否地点头又摇头。

你再看这儿,啊——

卓尔顺着他细长的手指,看见第×页上的内文一片模糊,亚光铜版纸的灰蓝色把内文中的黑字完全盖住了,即便是卓尔这样一点二的视力,要想看清那篇文章的内容,也几乎是不可能的。

两年多了,你在这儿工作两年多了,怎么会犯这样低级的错误?一个攥着外国文凭拿着高薪的高级美编,连颜色的分辨率都不懂吗?这期是你到印刷厂最后签字付印的,你这不是存心的又是什么?老总终于愤怒地吼起来。你打算搞垮这家杂志吗?你想让我破产吗?你怎么能这么干呢?这简直是愚蠢至极,不,是无耻!

他脸上的五官扭成一团,唾沫四溅,转身从文件框里翻出一摞稿件,哗地摔在桌子上。

你再看看这期的清样,最新的一期,啊,无论是版式还是图片,那个丑陋不堪、那个陈旧落伍、那个……简直不忍卒读。幸亏我及时发现了问题,否则的话,经济损失将无可挽回。我曾经一再强调,这是一个读图时代,一份杂志能不能吸引读者,美编要负百分之六十的责任,所以才会付你那么高的薪水嘛。美编的好坏,在很大程度上决定了杂志的命运,所以我不得不怀疑、不得不追究——为什么这连续两期杂志突然大失水准,出现严重失误,你不认为这十分奇怪吗?

卓尔强忍住心里的乐,看着地板,低声说:

您的意思,我是您的竞争对手派遣来的间谍了?

我、我可没那么说啊,我是让你给我、给我解释清楚了。

我解释不清楚。卓尔抬起头,望着天花板。我要是知道原因的话,我不就不会犯这样的低级错误了吗?您想想,天才都有江郎才尽的时候,我一个半路出家的普通编辑哪能回回胜人一筹?这只能说明我的平庸无能,我的疏忽大意,我的审美判断力低下,我的……

老总打断她:行啦,别往自个头上扣屎盆子了。我是说,你最近……该不是失恋了吧?

卓尔差一点儿背过气去,好容易缓过神来,一字一句地说:

老总啊,既然您这么关心我,我就跟您实话实说了吧。一直没敢告诉您,前一段时间,我的身体老不舒服,发烧、腹泻、头疼,怕您担心,我其实一直是带病坚持工作来的,三天两头跑医院,也查不出个所以然。噢,当然肯定不是艾滋,这您尽管放心。但如今天底下什么怪病没有?等查出来,那人也就完蛋了……

老总惊愕地张大了嘴。

要不是这两期刊物发生了这么严重的问题,我还以为自己能坚持下去呢。卓尔的语气诚恳、表情沉痛,泪花在眼眶里转悠,马上要掉出来了。您想想,我在这儿待了两年多,大伙对我都不错,又拿着这么高的工资,上哪儿找这么好的工作呀?我凭什么不好好干呢?

老总点了点头。卓尔从眼角的余光中瞥见,他的脸上写满同情而眼神里充满疑虑。卓尔看见自己离目的地只有一步之遥了,再使把劲儿,差不多就该得逞了。

卓尔终于声泪俱下:

刚才您的批评使我认识到,我错了,大大地错了,甭管我过去曾为它赢得了多少读者,这次的失误都是不可原谅的。所以,无论您怎么处置我,我都不会有怨言。我对不起大家,我真的很难过。如果您还会给我改正的机会,我会愿意留下来,我真的舍不得离开这儿啊。但我只怕自己力不从心,再给您惹出什么麻烦,就是把我卖了也赔不起您的损失啊。再说,我也不得不正视这个事实,女人一旦过了30岁,对生活就缺乏敏感了,搞出来的东西一不留神就会老土,我一直在努力避免出现这种情况,但没想到这一天会来得这么快。看来,女人过了35岁,确实不适合再做时尚类杂志的编辑了……

这一天,卓尔还不算拙劣的表演,在老总再三的安慰与抱歉声中草草结束。老总在情绪上虽然受到了惊吓,头脑依然清醒如初。他说他将与社长商量一下,尽快决定对卓尔的处理。本着人道主义的原则,他希望卓尔安心看病养病,不要再继续承担如此劳累而责任重大的工作了。因为,对一家时尚杂志来说,唯美是女性读者的最爱,任何一个细节的缺失,包括色彩、版式的失误,都会无情地失去女读者的青睐。所以他本人只能非常遗憾和惋惜地忍痛割爱了。当然,他将会用卓尔喜欢的方式,给予她满意的补偿,以感谢她两年多来为杂志社所做的一切努力……

卓尔心上悬着的那块重物悠然落地。她差点儿笑出声来了。不,她紧皱双眉,脸上出现了更为痛苦的神情。她说:您看,不好意思,我又要……又要上厕所了,对不起啊,回头再谈……

她冲进洗手间,插上锁匙,捂着脸弯着腰,一个人叽叽咕咕地笑得肚子疼。

3

对卓尔的"处理"或者说"处分"结果,第三天就下来了。老总亲切沉痛地找她谈话并宣布了请卓尔离开的决定。一切都在卓尔的意料之中,或者说一切都按着卓尔的预谋在顺利进行。老总在临近谈话结束时,终于提到了卓尔最关心的,也是最具实质意义的

"补偿"。老总顺便告诉她,因那笔钱数目不小,要等财务有了现金再付。她可以回家去等。老总还说了许多感谢和鼓励的话,卓尔胡乱地一一应承。

那几天里卓尔忐忑不安,度日如年。她一次次打电话给那家旅行社,告诉他们那笔余款很快就将送去。接电话的小姐永远态度热情和气但内容模棱两可。卓尔搜索了家里所有的抽屉、箱包,翻烂了仅有的一张存折、钱包夹层以及一切有可能暗藏钱款的角落,居然凑足了一万元,其中包括果断克扣下来的当月应缴水电费、电话费、物业管理费、下季度养路费等固定支出,在万不得已时均可挪作南极旅资。

如果再不够,实在不行就把那只滑翔伞卖了,打个五折也能卖上万把块钱吧。

那一天的天气很好,起床时一只喜鹊喳喳叫着临窗飞过。

上午果然有电话来,是财务让她去取钱。

卓尔看了看账单,单位的"工龄"补贴加上退还的医疗住房保险,再加辞退的三个月工资补偿,总共四万五千块左右。她觉得眼前有点儿模糊,又看一遍,还是那么多。她摸着那包钱,手指有点儿僵硬,她不想再跟他们废话,弄不好夜长梦多连这笔钱都没了。她想单位之所以那么痛快地付清了这笔钱,当然也是不想再跟她废话的意思,他们肯定开始怀疑她究竟是真病假病,所以赶紧把她打发走了一了百了,免得她真是哪家杂志的间谍,哪天冷不丁又搞破坏,实在是防不胜防啊……

卓尔抱着那包钱,顾不上清点数数,心急火燎地冲出了大楼。当南极的企鹅在冰上度过漫长的冬夜时,春天的第一缕阳光已经率先投在了她的脸上。

她已是心满意足。一个愿打一个愿挨,天下还能有比这两厢情愿更公平更圆满的事情吗？没有了。卓尔真该为自己这一次天衣无缝的绝妙策划，为自己的聪明才智痛痛快快干一杯！不，不要美化自己，应该说是狡猾，是伎俩，是不择手段。人活着，最重要的是该知道自己心里在想什么——你真要是特想干点儿什么，想得走火入魔，一定要赶紧去做，一考虑后果一计较得失，那就什么快感也没有了。

可惜，卓尔如愿以偿的这个阴谋，却无人与她分享成功的快乐。

卓尔抱着钱，也是抱着她的南极，扬扬得意地推开了那家旅行社的玻璃门。

她想说我来了，我很守信吧，你们真以为这点儿钱就能把人难倒、困死吗？总共不就是十二万块吗，钱能挣但岁月和生命是钱挣不出来的，所以南极比钱更重要……

无人招呼她。办公桌前的人像桌子一样冷漠，电脑前的人像电脑一样安静。

卓尔觉得气氛有点儿不对，先前扑面而来的笑脸都哪里去了？还有承诺和信誉。她想大声喊叫，她没喊出声来却径自闯入了经理办公室。

那个精瘦精干的经理平静地告诉她：截止到昨天下午，报名活动已正式结束。按照这个计划规定的名额，前十六位报名者已经全部交清了考察活动的款项。所有的名单已封存并上报国家海洋局极地办审批，余下未能及时交费的人员，当然就只能割舍了。他们会按规定，把她已经交纳的钱款如数退还……

卓尔尚未去南极，南极寒冷彻骨的黑夜，就这么突然降临了。这是一个倒霉的日子，真是应了乐极生悲的那句老话。

卓尔即刻翻了脸，她大声嚷嚷推倒了一把椅子，掀翻了一堆文件。她的脸由于气愤而扭曲,声音由于激愤而变调,她大声说我答应过你们我就一定会做到,你们答应过我你们也该做到,你们这是欺骗,是讹诈,是混蛋,是虚假广告,是皮包公司,是……

她听见自己词不达意、颠三倒四的声音在空中飞舞,她不知道自己都说了些什么。她身上要是有打火机,就把桌上这些堆积如山的狗屁文件统统一把火给点着了;她要是有槌子,就把这亮晃晃的玻璃全砸了。此刻卓尔的脑子已是一片空白,她无法遏制自己的愤怒和失望。很多天以后当她冷静下来,再回想自己当时的失态时,她定会为自己感到羞愧。

幸亏那位经理是如此好脾气,并不与她一般见识。经理说这事怨不着我们,这几天我们一直给你打电话但找不到你。我早就告诉你名额有限让你抓紧,我已经为你把名额保留到最后一天,但别人先交了钱,我们无权拒绝别人享受这个名额,旅行社也是经济单位,不是慈善机构,不是大学招生考试。你消消气儿,会知道我说得没错。

卓尔无言以对。那个瞬间她脑子里闪过一个又一个抢救或补救的办法,比如报警、给报社打电话、给市长办公室打电话、上法院起诉这家旅行社,等等。但她知道这些办法都救不了她,名额已满,她能把谁撤下来再把自己放上去呢?到时候当被告的就该是她自己了。她站在那里傻傻地愣了一会儿,对经理说她要找总经理说话。经理像一个电影院的领座员把她带到总经理办公室,她对那个胖胖的总经理说,为什么不能向旅游总公司或是有关部门请求增加赴南极考察的名额?总经理拍拍她的肩膀回答说:这个民间考察计划前后酝酿了三年,任何一项更改,比如增加名额,都需要同南极科学考察基地协商,目前几乎是没有可能的。

没等她惊叫出声,总经理温和地补充说:这样吧,离 11 月份出发去南极,还有半年多时间。这期间,万一有人突然因故放弃了,去不成了,我们就把你作为替补队员放上去。你排第一号候补,行不行?

卓尔将信将疑地望着他,不吭声。

我再给你透个信儿。总经理拍拍她的肩膀,又说。我们这次组织去南极,不是一槌子买卖,我们打算先做个试验,探探路,要是各方面反应都不错,费用也能承受,我们在下半年或是明年还会再接着办。我可以负责地对你说,到那个时候,我们一定优先考虑你,怎么样?小王经理,你可记着啊。

卓尔走出旅行社大门的时候,涣散的目光穿过林立的楼群间狭窄的天空,那线状的、井字状的灰色缝隙,犹如南极臭氧层无形无色的危险空洞。

4

卓尔的南极之旅,"出师未捷身先死",尚未出发就夭折在那包迟到的钱款上。看来"功亏一篑"这个成语依然适用于现代社会,天下还有比考大学差一分落榜更窝囊的事吗?没有了。但对于卓尔来说,又岂止是功亏一篑呢?为了这个伟大的计划,卓尔把工作弄了,是她自己挖空心思、千方百计地弄没了的,那可是一份人人羡慕的高薪呵;弄没了也罢,南极也一块儿没了。就像冰雪融化时,把南极大陆一块儿融化了似的。世界上竟然会发生如此荒诞的事情,而这样的事情,不发生在卓尔身上又能发生在谁身上呢?

丢了工作无所事事万念俱灰的卓尔,把她的满腔怨气都发在了老乔头上。

那天深夜,卓尔敲开老乔的店门,一口气冲上三楼,把一个纸包砸在老乔身上。她说老乔这五万块钱还给你,这下你该踏实了吧!南极没了,还有北极呢!北极没了,还有喜马拉雅山呢!哪天我就是上月球,也绝不会再管你借一分钱!

老乔把纸包打开,抖开皮筋,掂起一沓沓钱,放在桌上的验钞机上,唰唰地过了一遍,一串钥匙哗哗响动,他开了保险柜,把那包钱放进去小心锁好了。

老乔说:等我还完了账,你就是去火星,要多少钱,我都包了。不是借,是赞助,听明白没有?哥们儿不是吹的,我说话算话,不信你等着。

卓尔扑在老乔怀里,嘤嘤地哭起来。

有你这么个"作"法儿的吗?要是都像你这么个"作"法儿⋯⋯老乔絮絮叨叨地拍着她的后背,但老乔没有更好的办法来安慰卓尔,只好叹着气把她抱到了床上。筋疲力尽的卓尔在床上活了过来。已是凌晨时分,卓尔却不急着走,她搂着老乔的脖子,忽然问道:哎,你那块宝贝东西呢?我说今儿你胸口怎么空荡荡的。

老乔纠正说:不是"东西",是翡翠。你放心,丢不了,在典当行里存着呢。明儿我差人去把它赎回来。我的翡翠抵了你的南极,这回南极没了我的翡翠还在。你知道什么叫"报应"和"活该"吗?⋯⋯

卓尔的眼睛酸了酸,使劲儿捶老乔,捶够了又吻他,老乔嘿嘿地乐,说你别走了吧,天都快亮啦。

天亮前卓尔还是开车走了,晨光熹微的大街上空无一人,卓尔觉得自己的身体也是空的。但她听见自己的汽车轮子轻灵地擦过街道平坦的路面,就像熟睡的城市在梦里发出均匀的鼾声。街道因她的介入被激活被惊醒,由于一辆车的驶过,陡然有了生气。她忽然发现街道两边的建筑物,已被永远地固定在街道两侧,它们巍峨雄壮却无法行走;但街道却是一条流动的河,每一天每一个小时都不会歇息——行走的车辆如同舰艇划开水面,每一道水波都漾起女性的曲线与柔情。

那些雄峙的高楼,若是没有街道的环绕,永远也不能成为一座城市。

那些街道的两侧,假如没有建筑物的围困,那也不能称为街道,而只能叫做公路了。公路是一根脐带,把从城市里分娩出来的汽车,一辆辆送到更广大的人世间去。公路与街道的区别,在于街道造就了城市,而公路只是城市与外界的通道。

街道与大厦同在,大厦与街道同构,它们相偎相依形成了我们今天的城市。这听起来有些绕口,却是一个简单的事实。那些对富于女性意味的街道视而不见,而把城市等同于大厦、塔楼的人,是多么短视和偏执——卓尔飞速地从二环驶入三环然后是四环,从一个略小的环形街道进入另一个更大的环形街道,这座城市正在延伸拓宽的街道中被一天天放大,卓尔的车轮是否也将由于街道的兴盛而获得更多的空间呢……

卓尔在家里无所事事地待了整整一个星期,除了吃饭睡觉就是看电影光盘,武侠片、警匪片、艳情片,把以前没工夫看的烂片一口气全扫荡了。她愣是忍着没有把自己丢工作的事告诉陶桃。她可以告诉阿不,但她不想告诉陶桃。她不愿再次聆听陶桃的训斥或是教导,也不想再一次让陶桃为自己谋划新的工作。反正热恋中的陶桃,没有急事是不会把电话打到《周末女人》的办公室去的。需要留神的是,陶桃一向是《周末女人》最热心的读者。两年多来,卓尔一直负责向陶桃提供新出版的《周末女人》。所以千万千万别忘了,隔三差五地得上报亭去买一份《周末女人》,假模假式地按期给陶桃寄去。

没有工作的日子是多么好啊,那种散淡、清闲、无聊与沮丧,不用登上宇宙飞船,就能体验到宇航员在月球表面飘浮的那种失重感。

到了第二个星期,她起床后把自己认真收拾一番,开车到登山协会去了一趟。她的运气不错,居然撞上了登山协会的副秘书长。卓尔把自己有关雪山、有关登山的知识,狠狠地滔滔地展示炫耀了一番,并且对登山活动的进一步发展提出了颇有见地的建议。秘书长对她极为赏识,彼此相见恨晚,十分投缘,这天下午令人愉快的神侃闲聊进行到最后阶段,卓尔不失时机地提出是否能够让她加入今年9月去梅里雪山的业余登山活动,秘书长当即叫来他的秘书,发给卓尔一份表格,明确告知她目前首先需要做的是:

每天坚持爬香山鬼见愁地九个来回……

每天早晚洗冷水浴各一次……

每天练习哑铃、举重若干次以增加臂力……

卓尔从登山协会回来后,对登山基本丧失信心从此萎靡不振。她收起了旅游鞋,把所有关于登山的资料统统卖给了收破烂的,然后像一只饥饿的野猫,每天出没于城里的各个角落——那些以前没工夫去的展览馆什么的。有时候,她觉得自己像一只识字的蜘蛛,在博物馆的墙上爬来爬去。

第四章　原来京城暗藏着那么多的"作女"

1

京城的春天多风,还有时时突袭的沙尘暴。明朗而诡谲的风沙天气,作为今天都市女人的活动背景,比较贴切。

卓尔吊在半空中,晃晃悠悠地掠过了山顶。

秃了一冬天的山,已经变得毛茸茸的,一层淡淡的绿,就像一个光头刚刚长出一层头发楂子,发根盖不住头皮上的那些乱石疤痕。脚底下的灌木稀稀拉拉,若有若无,一眼望去倒是绿了一大片。再细看,岩石上一棵突兀的小树,发出了一片片晶亮的嫩叶儿,阳光从背面照过来,那树叶薄如蝉翼,能掐出水来似的;就像卓尔小时候,夏天逮了萤火虫,灌在一根葱管里,一亮一亮的那种半透明的葱心绿。

山绿了,草绿了,水绿了。有人说,每年一到这时候,京城里憋了一冬天的男男女女,就像猫叫春儿似的,开车就往郊外去了,越远越好。

她的手机忽然响起来。起初卓尔以为是鸟叫,在空中,小鸟欢叫着与你擦肩而过啊。她四下找那只鸟,最后发现鸟叫声是从她背包的侧袋里发出来的,她伸出手去掏手机的时候,座椅猛地晃了一下,明知有皮带扣拴着的,也吓出她一身冷汗。

卓尔哆嗦着说:哎哎,你猜我在哪里。在天上。你肯定想不出在空中打电话的滋味儿,就像外星人,真的……

电话里的声音说:你又上蟒山森林公园啦?

可不嘛,我得对得起这一顶两万多块钱的滑翔伞啊。

卓尔正在玩一种滑翔伞。它有点儿类似小型热气球,长方形的扁平双层气囊浮游在半空,像一顶小小的降落伞,人"吊"在下面的悬空座位上,有高度表和各种控制方向、用来拐弯或是"刹车"的线绳,可以从容地操纵气流,在周围这一片天空中自由悠荡。时而悬浮不动,时而飘过山巅。山下的人假如仰头望去,卓尔就像一只正在打捞空气的吊篮。

电话是一个叫阿不的女孩儿打来的。她的声音像一支水枪,冲着卓尔猛灌:

卓尔你快回来,那个DD要上狼牙山自杀,已经上了长途汽车了,幸好让A小姐发现给追回来了,我们大伙儿正劝着呢。不不,她这会儿已经好多了,说下回不上狼牙山改吃安眠药。你听听,咱可不能不管她呀。大伙儿说好了,今晚在火焰山聚会,让DD散散心,给她一点儿重新生活的勇气……

一阵风来,卓尔呀了一声,身子歪了歪,手机差点儿就成个炸弹垂直落下去。

阿不其实是个外号。阿不姓布,原名叫布小霞。阿不得这个外号是罪有应得。无论是谁跟她说个事儿,她吐出的第一个字儿准保是个"不"。比如说,卓尔问她,你新买的那件衣服是什么料子。阿不说:不。卓尔说是棉布的呀?阿不又说:不。两个"不"都是"不",但前一个"不"不是棉布的布,后一个"不"是真的不。这种回答问题的方式真是令人烦透了,这么费劲谁还跟她说话呀,但卓尔偏喜欢跟她这么扯来扯去的,孤独的阿不就跟卓尔成了莫逆之交。阿不向卓尔透露:这个毛病是她妈给惯出来的,自小她妈就告诉她,人跟你说话,你先得说一声:对呀。然后再表示反对不晚。阿不照着她妈教的去做,不知怎么的就把"对呀"学成了"不"。

卓尔是在同一大堆互不相干的人结伴去爬山时认识阿不的。那天下了山,大伙儿去乡村野店吃晚饭,吃饭规定是 AA 制的,吃完饭交了费,正要起身走人,从卓尔腋下伸过来一只手,一把抢过卓尔身边那个小伙儿面前的一只烟盒,使劲晃了晃,笑出声来:哈哈,还有一根儿,算我捡着!抓着那烟盒儿就跑了。卓尔抬头看,却是个女孩儿,18 到 28 岁之间吧,看不太准确的。出了大门,那女孩儿已在卓尔的富康车前等着。她把烟头一扔,说:搭你的车行不?我身上一分钱都没啦。

后来卓尔一直好后悔,那天应该回答她说:不!

但卓尔从不忍心对阿不说不。去年秋天,有一次阿不说卓尔我带你到我乡下的庄园去做客吧。一听庄园,卓尔的眼睛都直了。不过阿不没有车,是卓尔开车带着阿不去的。乡下好远,翻了好几座山,眼看都山穷水尽了,前面总算出现了一些东西。卓尔没有看见庄园甚至也没有看见房子,只是看见山崖下一片废墟样的残垣断壁,一个皱巴巴的老农还有十几条凶恶的黑狗。那些狗看见阿不,嘴里都发出了"不不不"的狂吠,阿不说你听啊,它们都在说欢迎欢迎……卓尔的目光掠过山坡下大片大片的玉米地,阿不自豪地介绍说这就是庄园的主体工程。卓尔不解地问阿不干吗种那么多玉米。阿不说那是用来喂狗的。卓尔又问阿不,养那么多狗干吗呀?阿不奇怪地反问说:干吗?看守玉米呀。

卓尔笑岔了气。

离开庄园的时候,阿不送给卓尔一大堆金灿灿的老玉米,装满了汽车的后备箱。阿不在车里频频回头对卓尔说:你看吧,这座山早晚会变成森林,等我再有钱时。

阿不18岁高中还没念完,就辍学去了俄罗斯,在布拉戈维申斯克附近一个中国人开的农场,承包了几个大棚种植平菇、香菇和凤尾菇,几年下来赚了不少钱。她带着钱在莫斯科彼得堡玩了一大圈,最后在莫斯科郊外的白天,认识了一个英俊的俄罗斯金发小伙儿,他们的交谈不用语言,只需要眼神和动作就够了。阿不和他在一起度过了无数个树叶沙沙响且夜色很好的晚上,有一天早晨小伙子单腿跪地,吻着她的手吐出一大串混浊的语音,当阿不终于猜懂了那是在向她求婚,吓得她第三天就飞回了北京。回来后,她用剩余的钱在北京郊外买下这片荒山,说是为了到这里来看星星看月亮,这么蓝的天空,种出来的玉米都是蓝色的呢,像俄罗斯小伙儿的眼睛。

阿不的每一次爱情,如风如雾又如电,来无影去无踪。

卓尔怎么能不喜欢阿不呢?就像阿不喜欢卓尔那样。

但卓尔并不经常和阿不泡在一起。

因为卓尔不想把自己变成阿不。当"另类"变成刻意地模仿被趋之如鹜,当所谓的另类已变成主流,有一些人必定要悄然退场的。卓尔不喜欢"另类"这个词,因为她天性叛逆,她不入任何一"类",她只是一个单纯的个体。

卓尔用对讲机与地面的教练说话,说她有急事要回城,希望立即降落。教练回答说目前的风向没问题,可按规定动作往山下的滑翔基地降落。教练似乎有点儿不放心,又在对讲机中一步步指挥着她这样那样,怕她操作不当伞绳拧在一起造成滑翔伞失控。卓尔刚刚单飞的那会儿,有一次就差点儿直直地坠落到十三陵水库里去,吓得那个教练从对讲机里传来的声音,刹那间变成了乌鸦惨烈的怪叫。

此刻的卓尔在空中轻舞飞扬,操纵绳在指间得心应手,像一片徐徐飘飞的树叶或是一只乘风归来的仙鹤。几年前有一次她和朋友们到蟒山爬山,头顶上飘过一只色彩鲜艳的滑翔伞,一下子就把她的视线吸到天上去了。那一阵子她狂热地迷上了这种被她称为"幽浮"的运动,她当即报名参加了那个华联航空俱乐部,花了一千多块钱参加培训,然后买下了自己专用的滑翔伞。

对于京城白领热衷去的郊外度假村,那些关在屋子里玩的保龄球、乒乓球、台球什么的,卓尔从来都不屑一顾。她只喜欢户外运动,比如说蹦极、攀岩和滑翔伞……

想想啊,从山顶上的那座塔基起飞,忽地离地升空,飞过湛蓝的水面,越过绿色的山峦,像一只大鸟在风中游荡,那是怎样的无羁和放浪呢?

卓尔一直都渴望飞翔。

但卓尔与滑翔伞的热恋很快降温。她发现自己仅仅只是在空中滑翔而已,那伞的形状是固定的,它不是翅膀,真正想飞是飞不起来的。由于没有动力,卓尔擅长的主动性与进攻性,全都使不上劲。大多数时间,她只能被风左右着,顺风漂流,真正想要操纵它,比如加速啊、翻飞啊、俯冲啊,都是不可能的。她觉得自己就像坐在一只大风筝上,被一根无形的线连着地面……

但卓尔在地面上实在已经待得太腻烦了,就算滑翔伞没有翅膀,到天上来透透气,也算是一种精神享受吧。这叫休假吗?不对,是放风,憋了一冬天啦,也该给自己这个城市囚徒放放风了。

尤其是,卓尔如今既然去不成南极,不到天上来溜达溜达,又能去哪儿呢?

2

卓尔慌慌张张地赶到那家叫做"火焰山"的酒店。这家酒店以宽敞的大堂和歌舞闻名,天天宾客盈门。到了晚上10点以后,顾客就可以同表演者共舞同乐,阿不选中这个地方,要的就是这里的气氛。

她刚一进大厅,就听见一阵放肆的哄笑,像下了油锅的青菜噼啪炸响。其中那个尖锐犹如鸽哨的声音,绝对是阿不无疑了。在大厅的一角,A小姐、B小姐、C小姐正围着D小姐,笑得人仰马翻。DD染成赭红色的长发像一束火把在脑后晃荡,细眉高挑、面色粉润,一点儿都看不出要去狼牙山自杀的样子。卓尔的目光飞速地从那些女友们容光焕发的脸上扫过,一个个都是风轻云淡、神闲气定。卓尔松了口气,心想如今还是女人爽快,说自杀就自杀,说不自杀就不自杀了。

大家见了卓尔,都站起来与卓尔抱成一团。DD眼泪汪汪地把卓尔搂得好紧,说卓尔啊你的气色不太好呢,又遇到什么不顺心的事了?说出来大伙儿给你摆平——倒好像几个小时前想要轻生的是卓尔似的。

莫非她们都知道南极的事了?不像啊。真有点儿风吹草动,她们关于南极的提问就会像彩旗一样哗啦哗啦飞舞了。这会儿,她们已把卓尔扔在一边,兴高采烈地开始谈论SOGO——崇光百货最新的皮鞋款式,谈论百盛打折的女士皮衣,还有电视剧和美国大片。女人的话题像一个旋转的彩色魔方,一个格子一个格子随意拧过去,一会儿组成一个单色的整面,一会儿又跳跃成绚丽的图案。

卓尔准备好的所有那些安慰DD的话,看来一时还用不上。

卓尔开车的一路上,搜肠刮肚地考虑着如何才能拯救 DD 小姐,把她从绝望之中拽回来。一个女人若是为情轻生,心伤无药,靠她自己用时间去养,天长日久,养好了就活过来,养不好,人活着心已经死了。友人的语言慰问只是膏药,涂上好一阵儿,不涂就复发,说到底是没用的。但 DD 不是为情而是为财。去年她把亲朋好友集资的一千多万投入纳斯达克股票市场,没多久竟然翻了一番。但那笔巨款未等兑现,DD 已经迫不及待地在京城用前夫留给她的一处郊区别墅作抵押,贷款几百万投资了一家网络公司,就等着把天下的财富一网打尽了。好梦刚开了头,纳斯达克却像尼亚加拉大瀑布一路狂跌飞流直下,那一千多万连个影儿都没见着就已化为乌有。等她发现网络公司每台电脑都是个漏钱的网眼,那一根根电线连通的全是一个个无底的黑洞时,贷款已经升至她无力偿还的数额,并且利息惊人。亲朋追索集资款加银行讨债,弄得 DD 焦头烂额。听说 DD 要把别墅低价卖了,但如今别墅太多一时还卖不出去,只能到处拆东墙补西墙,没有人知道她将如何收拾残局,不上狼牙山还能怎么着呢?卓尔想一想,都出一身冷汗……

　　卓尔唯一能为 DD 做的,也许只能是暂时先让 DD 的心里得到某种慰藉与平衡。卓尔决定把自己人生最悲惨最黑暗的往事讲给 DD 听,好让 DD 觉得倒霉的事情并不止发生在她一个人身上。卓尔也曾辉煌过啊,百十万元的资产,也算是小富姐儿一个了吧,还不是说没就没。在北海那个鬼地方,在地产价格最高的那一年,卓尔执迷不悟地倾囊而出,结果全砸在手里,最后低价卖出,几乎血本无归,连飞机票都买不起灰溜溜坐了三天火车回到北京……最后怎么着?还不得用自己的舌头舔干净身上的血再咬着牙好好活下去……

一个女人若是经历过这样的大起大落,还有什么事儿招架不了的呢?

人齐了,上菜!有人喊。红的白的啤的,刚才都点完了,一块儿上!

白色的泡沫溢出来,是女人心里的烦恼;沉淀下来那半杯黄色,是女人的胆汁;红酒是女人的血,由于被生活太多的抽取而日渐稀薄;白酒浓烈,看上去却是透明得什么都没有,像女人未来的日子;酒杯碰撞,破裂得清脆而温婉。一条条细细的小溪,带着朝露晚霞与落叶的颜色,从女人身体中流出来又流回身体里去,渐渐地热烈、激越起来,开始湍急地奔流。辛辣酸涩搅扰着、刺激着女人的身体,腮边挂上了干红的颜色,头脑里泛滥着米黄色的泡沫,就连举止也带有了白酒的夸张与力度。酒精混合着五色的菜肴,女人的话语变得缤纷而眩晕……

卓尔想起来,那个刚把小酒杯换成了大酒杯的 B 小姐,原本有个开公司的男朋友,钱挣得多多,人也是好脾气的。每一次到外地进货,都给 B 小姐买回来一大堆名牌时装,皮鞋呢,每一双都是进口货,价格从没有低于千元的。有一天傍晚时分下了雪,B 小姐打电话给她的男朋友,说要去京郊西北的那个大觉寺喝黄酒,大觉寺里有个绍兴菜馆,这样的下雪天,要是温一壶滚烫的黄酒,喝得微醉然后踏雪赏竹听泉,该是怎样的浪漫呢? 可惜她的男友那天已经同另一拨哥们儿有约,若是临时撤了,去陪女朋友赏雪,男人觉得很没有面子。男朋友说明天吧,明天不也是一样吗? B 小姐说不一样,明天的雪就不新鲜了。你去不了我也是要去的。由于男朋友分身无术,等到跟哥们儿酒足饭饱地出了酒店,大雪已经给这座城市穿上了一层铠甲。他开着车杀开一条"雪"路,赶到那个遥远的大觉寺已是午夜,亮晃晃的雪光下,但见那座古寺门前的台阶上,有个雪人儿背靠着高高的门槛蜷在那里,扒拉开一看,正是他的宝贝 B 小姐,浑身冒着酒气醉倒在山门前。他把 B 小姐抱到车上,那女孩儿又吐又呕、又哭又笑地说是还没喝够。车到了 B 小姐楼下,不知该往哪一层送了。以往每一次他都是送她到楼下,所以门牌号码是不知道的。但任凭他怎么摇晃她,B 小姐都记不起自家的门牌号码了。那个男朋友翻出了她手袋里的通讯录,一个电话就打到卓尔的手机上了。卓尔说连她自己都不记得自家的楼号,我怎么会记得?我给你找一个 B 小姐家的电话号码,你自个儿去问吧。那个好脾气的男孩儿最后总算把电话打进了 B 小姐家里,是 B 小姐的爸下楼来把她背上去的。那男孩儿在回家的路上,车轮打滑侧翻在路边的沟里,折了一条肋骨。等伤好了之后,B 小姐把那男孩儿先前送给她的东西全都退还了,说如此没有情调的男人不要也罢。相比之下,还是酒更热烈、更过瘾、更令人销魂。那段时间,B 小姐天天来找卓尔喝酒,最高纪录从中午喝到晚上前后一共 9 个小时,喝空了整整一箱啤酒,然后把体己话装满空酒瓶。

这个时候,酒才是最好的朋友呢,它使你麻木和忘却。卓尔忽然觉得自己刚才为 DD 准备的那些话,像饮料一样淡而无味,可有可无。DD 此时最渴望得到的,是把她心里的郁闷和无奈,像垃圾一样从每一个毛孔、每一条血管往外输送、排泄、挥发,直到燃烧成粉末和灰烬。

她们吃着喝着,挽起袖子露胳膊,让额上、脸上的汗水给自己洗一个美容桑拿。她们说着笑着,谁也听不清别人在说什么更记不得自己说了些什么。美酒像雨水将身体淋湿的时候,女人的话语就变成了一条河,从身体里滔滔不绝地流出来……

哎哎,你们听说人造子宫了吗?简单地说,就是从女人的子宫内膜提取部分细胞,把它植入一个、一个,怎么说呢,一个由生物分解原料制成的框架内,它有点儿像模拟子宫,细胞就在框架内繁殖,再注入荷尔蒙等养分,人造子宫就形成了,最后把少量胚胎植入这个人造子宫内,胚胎在其中着床生长,等到胎儿成熟,剖一刀就把那个婴儿取出来了……

这不像是生孩子,是种西瓜、切西瓜。

一个生命诞生于西瓜,哈哈,比孙悟空更环保更生态。

那我一定要制造一个女孙悟空,到火星上大闹天宫。

好啊,女人不用生孩子是我的梦想,我不要孩子就是因为分娩太可怕了。

那男人们会说"我们再也不需要女人了",我担心女人由于生育功能被取代,她们的优势也会因此逐渐消失。

那好啊,女人再也不会作为生育机器了。

我抗议,这绝对违反自然规律,那样的孩子,肯定有先天性情感缺损。

算了算了,操那份心干吗,你愿生就生呗。

我前几天在网上看到一个打工妹跳楼的事儿,看得我毛骨悚然。

我知道,有人逼她卖淫,她不干,宁死不屈又无路可逃,只好从窗户跳下去了。

死了吗?

高位截瘫,脑部受伤,完全丧失劳动能力了,生不如死。

我心里怪不忍的,给她寄了点儿钱去,女人总得帮女人吧。

物质援助和道义支持肯定没错,但我不同意有些媒体的宣传导向,拼命在那两个字上做文章。

什么什么？什么意思？

舆论把宣传要点放在——她宁可舍弃生命,也要捍卫女人的尊严。这个尊严后面没有说出来的,是"贞洁"这两个字。

有没有搞错啊,都什么年代了？

贞洁？我从来没听说这个词儿,是宗教上专用的吧。

这几天我老在想,贞洁难道比一个女人的生命和健康更重要吗？

网上有帖子说,那个打工妹的行为是一种无奈的反抗,虽然可敬,但是万万不能作为一种让女人学习的榜样,媒体大肆鼓吹一个女人在暴力威胁下,为了保全贞洁而跳楼致残是多么高尚的行为,这绝对是一种误导。

对啊,我同意。还是得加强妇女组织和司法机构的力量,才是真格的。

听说好多人贩子都是女的呢,你以为女人都是受害者？

我那老板就是个女的,那叫自以为是,成天训这个骂那个的。我不早就跟你们说了吗,我最害怕有权的女人,女人一有权比男人还狠。

那是你自己有问题。

我从来不想成为男人,但我天生就是喜欢男人。

你喜欢上半截儿还是下半截儿？

都喜欢啊,缺哪个半截儿都不叫个男人了。想想吧,这个世界上要是没有男人,我们该多么辛苦、寂寞,那些重的体力活儿让谁去干呀？

我在一本杂志上看到有人说:男人的爱情发源于生殖器,止于头脑;女人的爱情发源于头脑,止于生殖器。男人和女人,说到底就是下半身和上半身的对话。哇,真的好精辟。

其实呀,男人就是那么一种动物,你跟他较什么劲儿啊?我早看透了。

如果有一天我要举行婚礼,不是在海底,就是在飞机翅膀上。

要不现在城里的人怎么都往泸沽湖跑?没听说吗,早晚的,全世界都得改成走婚制。没看如今老外都一窝蜂跑到香格里拉去取经吗?

不瞒你们说,我早都已经走了好几年婚了,其实,是他在走来走去,我等来等去,我看走婚还是女人吃亏……

打住打住!我一听怨妇那套话就浑身起鸡皮疙瘩。我才不管男人怎么样呢,我的事儿是把自个儿伺候好了,我优秀所以我不在乎。

你那是自欺欺人。女人为什么没有勇气问问自己?女人不是天生的而是后天造成的,请问那个"后天"又究竟是怎么形成的?

得得得,开研讨会呢!烦不烦啊?来来来,喝酒!喝!干了这一杯!

3

卓尔一仰脖,把一满杯红酒,一口灌了下去。

她觉得微微有些眩晕,是那种轻飘飘悠悠然的感觉,就像坐在秋千上荡来荡去,又像浮在水面上的一片树叶,随波逐流地顺水而下;她看见一只小鸟倏然掠过的水面,湖面上的涟漪一圈一圈地漾开去,浅绿中隐现着一道道深蓝色的波纹,像风中抖动的小鸟尾翼上的羽毛。

她抢过酒瓶,自己斟满了,扁圆的酒杯,像一只红色的小鸟胖嘟嘟的圆肚皮。她用手指抚摸着它,听见它怦怦的心跳声,那颗小小的心脏,一下一下泵出来的全是鲜红的酒浆。她把酒杯凑近唇边,吻着它光滑的脊背,它回转颈子啄她一口,悄无声息地就从她喉咙里滑下去了……

有一阵尖锐的疼痛,在身体里哪个隐秘的角落悄然闪过。

这天晚上卓尔说了很少的话,喝了很多的酒。她为安慰 DD 而来,但 DD 不知道也没有人知道,卓尔也是一个需要安慰的女人呵。她不知道自己该怎么打发往后的日子,如果南极能徒步走得到,卓尔是会走着去的。

此时此刻,快乐酣畅。女人们在一起的时光是多么好呵,她们无拘无束、无忧无虑,她们调笑、撒欢儿、耍泼、癫狂,她们彼此欣赏、互相赞美,像一支铁杆儿同盟军,气势轩昂地即将远行出征。但她们务必时刻提高警惕,一旦视线中出现了慑人的猎物,那支亲密无间的队伍会即刻土崩瓦解。其实,远方的敌人永远只是她们内心一个虚设的靶子,她们一次次射中的靶心,都仅仅是游戏和演习。她们真正的敌人就在眼前——自己的身体和头脑深处,而她们恰恰时常扮演帮凶的角色。

微醺之中,卓尔望着眼前的女友,她们的面孔正在一点点变得朦胧而模糊,她们的声音变得悠扬而飘逸,像一个个正欲乘风飞升的精灵,盘旋在这个城市上空。

这些女友的"事迹",比起卓尔来,一个个都是有过之而无不及的。

A 小姐人称"月光女神"——月月挣下的钱,月月花光。

单位到年底发了一千五百块奖金,A 小姐下班时揣着钱路过一家商场,出来的时候,那钱变成了一条裙子,一千五百块不够还添了一百块。

1999 年 12 月 31 日,世纪末的最后一天,A 小姐和她的同伴们已经买好了飞机票,打算飞到浙江温州再转乘汽车,到一个叫温岭石塘的地方,去看新世纪的第一线曙光。据说石塘镇上所有的房子都是用石头砌的,号称"东方的巴黎圣母院"。A小姐对石塘仰慕已久,好多次梦见了海上的阳光,一根一根地撬开了那座石头古堡密封的门窗,有无数美丽的幽灵在尘埃中舞蹈……到了那天中午,她老板的秘书抱来了一大堆资料,告诉A小姐有一个重要客户的急活儿,必须立即加班,相关人员都必须在子夜12点打了卡才能离开,否则就扣去当月奖金。A小姐十万火急地跑去向老板请假。老板说:在办公室迎新年,这也算千年不遇吧。A小姐当时就嚷嚷起来:过了12点哪儿还有飞机呢?就算是开车去,等我赶到那儿,新世纪的太阳都下山了!

老板说:那就13点吧。

A小姐一怒之下,当时扭头就离开了她工作三年的地方。为了看这第一线曙光,A小姐这条干硬的鱿鱼,到了下一个世纪春节过后,东跑西颠地干上了人寿保险。她说服的第一个客户就是卓尔。

C女士正靠着柱子在吞云吐雾,那个烟雾缭绕中的C女士,因为开车时倒着追尾碰扁了卓尔的车头,却同卓尔一头碰出个知己。

C女士大学毕业后回到江南老家一座富庶的小城,在一家报社当记者,采访编辑样样拿得起,几年后提了总编室主任,又过几年老总编退了休,她顺水做了总编。没过一年,她便辞职不干了。说是这总编再当下去,她就得变成个哑巴了——她随口问一句同事,那个某某牌子的衣服在哪里买的,第二天她想要的那套衣服就有人送到家里了;她若是说某某厂家的某某产品质量好,没几日那产品准保就会出现在她的办公桌上。她说自己变成了一棵泡在粪缸里的菜,不腐败也得腐败了。在这个地方再待下去,她不完蛋也得完蛋了。有人把这话汇报了上去,有人来找她谈话了。最后C

女士离开了那个小城,到京城租了房,当起了自由撰稿人。以前 C 女士出门都是有专车和司机的,到了这么个辽阔无边的京城,C 女士只能上驾校去学车了,刚赚了一点儿钱就赶紧买了一辆二手车。第一次开车去跑新闻,一路上熄了七次火,最后一次在立交桥的上坡路上,坡起熄火,赶紧拉了手刹。身后的汽车喇叭鸣成一片。再坡起,还是不灵,那车直直地往坡下出溜,倒着就往卓尔的富康车头上贴,活活地就把富康的鼻子给碰扁了。卓尔下车去同她理论,吵着吵着卓尔就乐了起来。没人知道卓尔为什么乐,也没人听见那 C 女士同卓尔说了什么。反正等交警来了,这里已是什么都没发生过,没人知道她俩究竟怎样达成了和解。过了几天,等到那两辆车都修好了,卓尔就和 C 女士成了好朋友。卓尔三下五除二就把 C 女士的坡起技术给教会了,从此 C 女士上桥下桥如履平地。卓尔对 A 小姐说起 C 女士,口气是十分景仰的:你想想,小 C 刚出驾校就敢上街,不会坡起就敢上桥,简直就是一个克隆的我呀。

　　这些女友的共同特点是,大多都有一份说得过去的工作,以及养活自己还绰绰有余的薪水。她们不需要给男人当小秘和二奶什么的,她们自己有钱,一个女人若是花自己挣的钱,就不需要看人脸色,即便挥霍起来也是理直气壮的。她们一周有整整五天时间在玩命地工作,一分钟都不敢懈怠,周末也常常加班,有时一大早从这个城市飞往另一个城市,转了一圈办完了事回来,这个城市的同事还没下班。

　　但这些女人多半神色怠倦、神思恍惚,她们经常光顾的地方,除了服装店之外,便是化妆品柜台了。她们不得不用各种化妆品——那些韩国的、日本的,还有中法中美合资的化妆品,掩盖自己疲倦憔悴的脸面。她们还有一个常去的地方就是药店,在那里寻找安神补气的镇静药或是安眠药,以便到了夜间能让自己尽快入睡。除了不需要担心失身、失恋之外,她们害怕失业或是失眠。白天的城市对于她们来说,是一个巨大的疲劳漩涡,那上面没有一根漂浮的木头可以倚靠,就连稻草都没有一根。

她们大多没有结过婚。没有结婚不是因为找不到可以结婚的男人,而是她们压根儿不想结婚。不想结婚不等于没有男朋友和"情儿"什么的。但那些男朋友,并不是为结婚以后给孩子当爸爸预备的,而是给未来没有爸爸的孩子预备的。她们中间的一些人,有一天会突然疯狂地想生孩子了,却只想要个孩子仍然不想要丈夫。更多些的女人,男朋友只是在休闲的时候用的,比如喝喝咖啡、吃吃饭,双休日一起开车去短期旅行比如漂流呀、攀岩呀什么的,当然上床是其中一项重要的活动内容。

京城的方言中,有一个专门的字,用来形容这类的女人。

这个字写出来,是个"作"字。但是念起来,不发去声,不念作品的那个作,而是平声,念"作坊"的那个"作"——一长声平着拖过去,不轻易结束的。

其实,在东北以及上海、苏州、杭州一带,方言中都是有这个"作"字的,意指那些不安分守己、自不量力、任性而天生热爱折腾的女人。可以肯定不是褒义词,但贬义又有些含混,不肯直截了当说明白了,留着给人自个儿琢磨反省的余地。

卓尔长大后,第一次得到这样的评价,有几分沾沾自喜。

后来发现不对了,就问:为什么不说男人"作"呢?

没人搭理她。

卓尔又想:天下的男人任是怎样地上蹿下跳,怎样一败涂地又起死回生,都说那男人如何厉害如何富于创造,顶多是如何不知天高地厚,总没有人说那男人"作"的。但女人若是略有几分顽劣,男人随口扔过来一句:你要作死啊! 一骂就骂到了终点。可见男人之"作"自古以来天经地义,而女人的"作"才刚刚起了个头儿啊。

卓尔重新高兴起来。卓尔一向都喜欢开头。至于有没有结尾,是不重要的。

可如今究竟为什么天底下突然就冒出了那么多的"作"女呢? 至少在卓尔的周围举目望去,春风一吹,野草一大片绿。小A、小B、小C、小D们,哪一个不是上天入地的主儿啊? 比如像DD这样,"作"到赔进去一千多万,就连卓尔也不得不认为她真的有点儿"作"大发了。

而现在DD真正需要的,其实不是酒,也不是聚会,而是实实在在的帮助——DD怎么才能度过此劫绝路逢生呢?

卓尔突然重重地放下了杯子说,我有个提议——

酒都喝得差不多了,趁着大伙儿脑子还好使,我想说,咱得合伙儿想想办法,帮DD渡过难关。我有个法子你们看看行还是不行。DD如今最打紧的,是得把那些亲戚朋友投在股市上的钱,还有银行利息,先还掉一部分。用什么还? 她要卖房子,房子卖不出去,钱就压住了。我想呢,最实在的,就是咱们合伙儿把DD的房子买下来,你一万我一万地凑呗,也可以向社会募捐啊,有个一两百人,那房子的钱就有了。房子的产权是大家的,咱们就用那所大房子办一个妇女避难所,让那些遭受家庭暴力离家出走、离了婚没地方去、农村来的打工妹、受了委屈的女人,都有个地儿躲躲风雨,等养好了伤再走。咱们这些房产拥有人呢,每到周末,就上那儿去当义工什么的,大家轮流呗,就算周末度假吧,还可以办一个离婚男人培训班呀什么的,弄好了说不定还会有经济效益的。我想来想去,就这一招儿最管用了……

立即有人嚷嚷说,那房子还得交物业管理费呢,买得起住不起可不是闹着玩的;有人说妇联才管这事儿,妇女避难所是你办得了的吗?到时候那麻烦可大了;有人说不行不行,你没听说有人利用别墅搞卖淫活动吗?别弄误会了到时候把咱给收容了……DD低下了头一言不发,卓尔的声音淹没在餐厅一片喧嚣的摇滚乐中,她的宏伟蓝图顷刻间被撕得支离破碎。

阿不摇摇晃晃地站了起来,她举着一只空杯子搂住了卓尔的肩膀。她对卓尔说,亲爱的,我出两万怎么样?我把那座荒山,还有那些狗和玉米都卖了,肯定不止两万了……不不,就是不知卖给谁去……

实在不行,我只好找个有钱人嫁了,就当是舍生取义吧。B小姐说。我一个人就把那房子买下了,省得大伙儿费事……

要不,从明儿起,我改写肥皂剧了,我决定堕落一把。C女士郑重表态。问题在于这个过程太长,等我写出来把钱拿到手,起码得明年吧……

钱到用时方恨少,看来这是绝对的真理。酒过三巡,女人们醉眼蒙眬却是一筹莫展。阿不说那就接着喝呗,我就不信喝不出一个绝招来。

4

餐厅正中央低低的台子上闪过一道绚丽的金光,就像突然蹿出了一只金色的小豹子。一个穿着用金线编织的短丝裙、缀满金色珠片的小坎肩、金灰色长筒靴、一头金发蓬松的姑娘开始唱歌。

她弹着吉他,边唱边跳,餐厅里的顾客随着她的舞蹈节奏,拍手击掌地呼应着,发出高一声低一阵的喝彩。有个光头的男孩儿跳上台去,跟着她一起转圈,台下的观众越发地兴奋,站起来跺着脚高声尖叫。有锐利的口哨声冲上房顶,电吉他、电贝斯、架子鼓等所有的声音都搅拌在一起,地面发出轻微的震动,所有的人都像是醉了晕了——一个亚麻色头发的高个儿老外,手舞足蹈地跳到了阿不面前,伸出长长的胳膊做了一个邀请的姿势。阿不站了起来,她一把扯去了薄羊毛衫,露出里头的彩条吊带小背心,牵着他的手走到邻桌,那是一张刚刚撤去杯盘清理干净的空桌子。阿不用手腕撑着桌子的边缘,一撅臀就跳到了桌子上。

阿不踩着音乐的节奏开始跳舞,笨重的木桌在她迷乱的舞步下发出吱吱咔咔的颤响。她随心所欲地晃动着、摇摆着四肢,好几次踩着桌子的边缘差一步就要掉下来,A小姐吓得尖叫,阿不若无其事地对她做了一个飞吻,那个老外弯下身子去吻了阿不的鞋,阿不伸出手把鞋脱了甩得老远。没人能看懂她跳的究竟是什么舞,但阿不神采飞扬,每一根眉毛都在发光。

卓尔看看表,表面的指针在昏暗的灯光下显得模糊不清,她猜好像是快11点了。她觉得小腹被太多的啤酒撑得发胀,便起身往洗手间走去。眼前有点儿模糊,她撞上了好几个人,几乎在大厅里转了整整两圈儿,才算找到了地方。她在洗手间烘干了手顺便补了唇膏,身子一阵轻松,脑袋却似乎越发眩晕了。她从原路走回自己的位置,一路上目不斜视,却总是觉得脸上像是粘着什么黏糊糊的东西,像影子一样一直跟随着她,当她飘然走过前台时,被一双手拦住了。

那是一个身着黑衣黑裤的年轻人,留着长长的黑发。他很有礼貌地说,小姐能请你跳个舞吗?我已经等了很久了。卓尔斜睨了他一眼,看不出他有什么恶意。卓尔忽然觉得自己其实也是想跳舞的,只不过没有合适的舞伴儿罢了,于是粲然一笑说,好啊,跳就跳吧。话音未落,一踩点就开始动起来了。那个年轻人走上来一把揽住了她的腰,按着音乐的节奏像是要跳快三步。卓尔一向都是蹦迪,很少跳交谊舞,便觉得有些别扭。她不习惯被人带领的,更不习惯那样严格的节拍,刚跳了几步,脚下就乱了。她勉强跟了一会儿,很快就不耐烦了,在手臂上使了点儿劲,想要把那人的舞步扳回来,那年轻人笑着说,小姐太主动了,我带不动你。卓尔挣开了他的手要走,但一曲未了,走得灰溜溜的倒又不甘心了,便索性自顾自地对着一面墙跳起来。跳着跳着,眼光停留在墙上,脚步忽地停住了。

昏暗的灯光下,她迷迷糊糊地看见了墙上那幅招贴画,像是一本书的封面:一个女孩儿亲热地挽着一个男人,一只手伸在他的衣兜里。画面上有一行大字:教你如何花光男人的钱。

卓尔的脑袋一下子涨得大大的,心里有一股邪火冒出来。她转身冲着一个服务生招招手,说把你们经理给我叫来。一个马脸经理出现了,问小姐什么事。卓尔说请你把这幅东西拿下来,你以为女人都是花男人的钱吗?你看看那一桌女人,都是 AA 制自己埋单。经理一脸疑惑地分辩说,这是推销书的广告画,关你什么事儿?卓尔说当然关我的事啦,我是女人但我不花男人的钱。经理说那我管不着,这是饭馆儿也不是你家,你说拿就拿呀,我不拿怎么着?那么多男人女人在这儿吃饭,谁也没像你似的跟我较这个真儿……卓尔的嗓音一下高了,说你少废话,让你拿你就得拿,小心我找人把你的饭馆儿砸了。经理涨红了脸也嚷嚷起来:你是喝多了吧,你再胡闹我就叫警察了……卓尔伸手去撕那张画,经理把她的手按住了,卓尔想把他的手掰开,经理不让掰,她就和经理扭到一块儿去了。许多人散开去,许多人围过来,卓尔看见阿不挥动着她裸露的胳膊闪亮登场,还有 ABCD 小姐们摇晃的裙摆,像一朵朵盛开的罂粟花,覆盖了杯盘狼藉的餐桌……

后来的情形,卓尔就记不清了。很多天以后,她仍然无法真实地回忆起那天晚上的事情。她似乎听见了阿不同经理激烈的争吵声,听见了小 A、小 B、小 C、小 D 的尖声怪叫,然后是一声巨响,像炸弹爆炸的声音,玻璃的碎片如雨点纷纷坠落,餐厅内黑色的大理石地面被撒满了玻璃花透明的花瓣……

卓尔在慌乱中四处寻找阿不的手,却有一双温厚的大手一把将她拽住了。那双手紧紧地牵着她,把她拽出了餐厅,不由分说地塞进了一辆停在门口的汽车里。车子开动了,有清凉的风从车窗里吹进来。车开出去好远,卓尔睁开眼,脑子刚一清醒,警觉地想自己一定是被绑架了。赶紧转过脸去看开车的人,隐隐约约,她觉得那人似乎在哪儿见过,却想不起来了。那是一个中年男子,戴一副深色的宽边眼镜。

那人开口说:郑达磊。陶桃的朋友。想起来了吗?

他侧过身看了她一眼。这一眼神落在卓尔脸上,卓尔忽然觉得脸上黏糊糊的,刚才那个影子又出现了。她定了定神,想起自己在餐厅里转悠的那会儿,就是这道目光,一直尾随着她来着。

郑总怎么也会到这家餐馆儿来呀?她用讥讽的口吻说。

应酬。他回答。有的时候,客户想去哪里,我们是不便拒绝的。

卓尔飞快地记起了第一次同他见面时留下的坏印象,心里好不恼恨。今天这一场意外风波,竟然被他撞了个正着,实在无趣得很。卓尔赌气一声不吭,一路上他也没再说话。

幸亏卓尔还没醉得忘记自己住处的门牌号码。她一路指点着郑达磊往哪儿开怎么拐,居然顺利地到了望京。郑达磊把她送到楼下,嘱咐一句让她明天别忘了到那家餐馆门口去取自己的车,掉过头就走了。很久以后,有一次郑达磊与卓尔偶尔谈起此事,郑达磊淡淡地说,那天晚上当她微醉的步态像一片树叶飘过大厅,他就想起了这是陶桃的女朋友,他有责任不让她酒后驾车回家。所以,玻璃飞起来的时候,他就赶紧把客户提前送走了。

卓尔明白郑达磊平时是怎么哄陶桃的了。

几天以后,阿不从拘留所被放出来,绘声绘色地讲述了她在那里的见闻,她告诉卓尔,有什么呀,吃窝头还减肥呢,再就是做笔录呗,我是这么对警察说的:当时,我抓起一只小馒头想往那幅画上扔,因为那幅画确实损害了女性形象。但我抓起的不是馒头,而是一只杯子。谁知那只杯子在中途又拐了一个弯儿,奔着玻璃去了,我让它回来它也不听我的呀……

阿不被罚了几百块钱作为打碎玻璃的赔偿。她心甘情愿地去送罚款,回来时路过火焰山,望见墙上的那幅招贴画已经不见了。

阿不给卓尔打电话说:赔得值!再拘留我一礼拜也不亏。

就在阿不放回来的那一天,卓尔一激动,就对阿不说了南极的事,还有丢工作的事。阿不听后傻了眼,说下回无论如何得叫上她才好。缓过神儿,阿不问卓尔往后怎么打算,卓尔说她也不知道。

为了帮 DD,惹出来这么一场风波,DD 和女性避难所的事,一时也没了下文。

第五章　你不"作"我"作"

1

星期六晚上8点多钟,卓尔刚刚爬山回到家,接到陶桃的电话。

陶桃问:明天你打算干吗?

卓尔说:不干吗。

陶桃又问:卢荟呢?你们没有约会吧。

卓尔回答说:卢荟同志目前正在医院里护理他妈呢,他妈妈还没脱离危险期,最近这几个双休日,他都在医院值班陪床,哪儿有心思跟我约会呢?

陶桃说:那你就不能跟他一块儿上医院待着去呀?

卓尔说,他一边儿看着点滴一边儿抱着本书看,我多碍事呀。算了吧。

卓尔不想告诉陶桃,其实昨天晚上卢荟从医院偷偷溜出来,和她在一家叫做"流浪者"的酒吧坐了一会儿,卢荟看上去疲倦不堪就像一片枯叶,一捏就会碎掉。他要了一杯朱古力热奶,一只手撑着下颌,始终一动不动地看着卓尔,温和的眼神就像一只正在哺乳的母羊。卓尔给他带了一本纳塔莉·安吉尔著的《野兽之美》,说在医院里看最好,能够减轻对于人类痛苦的怜悯。卢荟用纤长的手指一遍遍抚摸着书的封面,慢声细语地告诉卓尔,他之所以能读很多很多的书,就是因为他善于把一本书读薄,而不是越读越厚。

卓尔之所以必须对陶桃淡化卢荟,是因为陶桃恨不能让卓尔明天就嫁给卢荟。

卓尔对陶桃说:我正闲得难受呢,你就说你想干吗吧!

陶桃说她想约卓尔明天一起过星期天,她们已经很久没有在一起过星期天了。在陶桃的计划里,她们要先去美容院做皮肤护理,然后去一家新开的法式西餐馆吃那种带血丝的牛排,下午逛商店,去国贸看服装,去"宜家"看看灯具和厨具,晚上去看电影,最后去桑拿……

卓尔对着电话大叫道,你把日程排得跟总统访问似的,累不累呀?看什么灯具、厨具,早着呢,等你结婚时再说吧。还有,我在加拿大的时候都不吃西餐,在北京吃什么西餐呀,饶了我吧。

陶桃说:随你吧!不过,你可不许睡懒觉,早点儿起来接我。

卓尔本想说昨天刚去云蒙山爬过山,两条腿都不是自己的了,明天早上无论如何也得过了9点才能起床。又一想,这么丰富多彩的活动日程,一天都怕是不够用呢,就把话咽了回去。放下电话后,再一想,觉得哪儿有点儿不对劲,究竟是哪儿不对劲呢?一时也不大明白。洗了澡躺在床上听了一会儿惠特尼·休斯顿演唱的CD盘,脑子没睡着身子已经睡着了。

卓尔醒来的时候,觉得自己飘在一团紫粉色的雾里。一睁眼,阳光亮晃晃的,正在她的鼻尖上跳跃。原来是窗帘没拉严实,倒是阳光把她叫醒了。卓尔跳下床去洗脸,冷水一激,昨晚上那不对劲的感觉,一下子就豁然了。她想起了陶桃的男朋友,那个叫郑达磊的人,他最近不是每个双休日都和陶桃在一起的吗,他肯定是出差了,陶桃才会把卓尔给想起来。

2

陶桃望见街边绿化带上一丛丛粉艳的榆叶梅开了,像是被无数花朵捆绑的胳膊,一个个举手投降。洋槐一点儿动静都没有,黑褐色的秃枝只给嫩绿的柳树做了陪衬。一阵泡桐花甜腻的香味儿飘过,捎来几分乡村的感觉,却是吝啬而短暂。空气中残留着沙尘的气息,随着飞舞的柳絮贴在生锈的纱窗上。前些天那场浩大的沙尘暴袭击了这个城市之后,那些飘浮的尘土随狂风一路南下,郑达磊告诉她说,其中那些最轻最细的颗粒已经远渡重洋,抵达了太平洋东岸的北美洲。

郑达磊一大早就从上海给她来了电话,两人东拉西扯地说了半个多钟头。放下电话,陶桃的心情有如粉艳的榆叶梅,树枝上一长串的花苞,刹那间一朵接一朵地开了,开得喜气洋洋。

车子上了三环,往正西方向走,金红色的阳光迎面扑来,晃得陶桃睁不开眼。她侧过身打量卓尔,见她今天穿一件乳白色棉布衬衣、一条米白色宽松休闲裤、雪白的休闲鞋,这一身白色系列,被街边满目的嫩绿色树叶衬托得越发鲜明,溢出一阵阵撩人的春天气息。陶桃暗忖:这个平日常常穿错衣服的卓尔在自己不厌其烦的指点下,总算有了一点长进。

在陶桃看来,卓尔的外貌长得也还凑合,身材还算匀称,胸部却平淡无奇,从外面几乎看不出乳房的凸起,像个没有发育完全的少女,缺少那种成熟女人的风韵。但卓尔却从不担心发胖,一贯贪吃冰激凌和各种美食,让陶桃好生羡慕;卓尔的皮肤虽然不够白皙,但却奇妙地透出一层玫瑰般的亮色,使她在任何时候总是显得神清气爽。可惜卓尔的眼睛小了点儿,眉毛淡了点儿,鼻子塌了点儿,嘴巴扁了点儿,那五官拆开来看,哪个局部都有极大缺陷,却不知卓尔的娘有什么组装的窍门,耳朵、鼻子七拼八凑地糅在一起,把那些毛病都卷巴卷巴,塞进了卓尔的黑眼睛里藏好了。一眼看去,就望见卓尔一双黑亮黑亮的小眼睛,冲人那么微微一眯,竟有几分媚气。曾有人说卓尔虽然不算漂亮,但挺顺眼、挺耐看。也有人说卓尔是那种不算好看却暗藏魅力的女人,那魅力不是通过外表,而是从全身的毛细血管里像电波一样发散出来的。这种女人最容易让人失防,也最危险。对于这个评价,陶桃始终不太理解,这么多年,她怎么也看不出作为女人的卓尔,魅力究竟在哪里。

陶桃在心里把卓尔评点了一番,觉得卓尔跟自己的距离还是很远的,便笑着打趣说:卓尔,你今儿气色不错,不会是昨天爬山又遇上哪个帅哥了吧?

卓尔打了一把轮儿,把车嗖地并入了右拐线,嬉笑着说:哪儿呀,别说帅哥了,连丑哥都不正眼瞅我。哪次爬山都是妞儿比帅哥多,没爬一会儿,这个崴了脚,那个擦破了皮,就跟上战场似的,一听枪响就趴下了,恨不能让人背着抱着走了。我想我这不也太孤独了吗,我哪儿受过这个呀?且得跟她们逗个闷子,让她们少在我跟前儿狂。你猜怎么着,昨儿我穿了一条牛仔裙,那叫短,再短一公分就成裤衩了,两条腿,五分之四都沐浴在阳光下啦,要是走在大街上,回头率也是百分之百的。这一招还真见效,我走得那叫快,那帮帅哥呼哧带喘地在我身后跟着,一步不落呀。我只要一歇下来喘气儿,他们立马就蹲下来系鞋带儿,你懂什么叫仰望了吗?哈,牛仔裙可比伟人塑像生动多了。等到下山时,一个个都上我前头去了,跑得那叫利索,动不动就回头,回头仰望呀。我心想,有什么呀,不就是两条腿嘛,看去吧!留神脚底下啊。结果还真有个人一脚踩空,摔了一跤,把牙都磕掉了半拉。到了山下,那帮小妞儿都气疯了,没一个人跟我说拜拜……

陶桃笑着说:没错儿,你能干出这事儿。可就你这德行,更没人敢要你了。

卓尔说:不是谁敢不敢要,而是我想不想要。

陶桃叹一口气说:如今,我可不敢像你这么"作"了……

卓尔甩了甩头发:所以嘛,你不"作"我"作"呗。

陶桃轻轻地摇头。若是为卓尔着想,在那几个常来常往的男朋友中,陶桃比较倾向于卢荟那个大龄未婚男子。老乔有老婆,再说一个火锅城的老板,也有点儿不上档次吧。卢荟和卓尔结识已有一年多了,是一个什么部委机关的公务员,虽说工资不太高,但毕竟是个副处级国家干部,还没结过婚。卢荟与卓尔同岁,挺文静、儒雅的一个人,正好可与卓尔的性格互补。据说卓尔是在一次朋友的家庭聚会中认识卢荟的,过后就有了来往。但卓尔总是对人说,卢荟只是她的朋友,不是男朋友,可以说是"蓝颜知己"吧,大伙也就听着。卓尔交朋友比较庞杂,男的女的已婚的未婚的,不大容易辨别真伪。陶桃经过几个月的观察分析,发现这个卓尔虽说嘴上并不很在乎卢荟,一有时间却总是跟他泡在一块儿,卢荟倒也真有耐心,连卓尔去美容院弄头发,他都会在旁边等着。有一次陶桃去找卓尔,正碰上卢荟在卓尔那里,系着围裙一头大汗地忙着做饭,而卓尔竟然跷着腿一边嗑瓜子一边看电视。

这样的情形,在陶桃和郑达磊之间,是绝对不可能发生的。陶桃只和郑达磊去过一次国贸,郑达磊就像结婚多年的那种丈夫,让她自己进去购物,而他坐在车里抽烟。陶桃心里有点儿发酸,她把嘴边涌上来的唾沫一口一口小心咽下去,转念一想,即便卢荟真是个新好男人的典型代表,要让她在卢荟和郑达磊之间选择,她还是宁可选择郑达磊的。

前面那个红绿灯右拐,再往前一百米就到了。她对卓尔说。

3

陶桃经常光顾的这家"佩尔嘉莉"美容院,位于四通桥附近闹中取静的一条小街上。门面上镶嵌了四根白色的石膏罗马柱,显出一种典雅的欧式风情。

陶桃几乎每周都会抽出时间来这里一次,全套皮护加上头发养护整理,既放松身心又权当休息。为此她专门办理了贵宾卡。她详细地阅读过所有的美容杂志,然后从中选用了原装进口的德国BC骨胶原蛋白面膜。虽说优惠百分之二十,全年价格还是在一万元之上,但陶桃舍得花这个钱。按照陶桃的理论,一个现代女性,首先要学会对自己的身体投资。"身体是革命的本钱"那句过时的老话,只需修改两个字,改为"身体是女人的本钱",便是颠扑不破的真理了。旧式妇女的落后性,就在于她们任凭日复一日的辛苦劳作,毁坏了她们的容颜和躯体,由于身体的丧失必然导致自我的丧失,而生命无情地流逝,再没有补救的余地。今天的白领丽人虽是用头脑挣钱,但女人挣的钱若是不花在自己身上,挣下的也是保不住的。觉醒的当代女性若是不懂得爱护自己,极有可能患上自虐症,是陶桃最不能容忍的。女人用挣得的钱回归自己的身体,就进入了一个良性循环,那姣好的容貌和身体,才能把丽人的最终归宿安置得妥妥帖帖。

因此陶桃上班办事,经过书店或是书摊,凡是有关美容、服装的时尚类杂志,一律统统买下,毫不犹豫。她通晓几乎所有的化妆品,广告上每出现一种听起来还算诱人的新品牌,陶桃是一定会掏钱买下,亲自试用的。如今陶桃的柜子里,放满了各种各样用过一半的瓶子,蝶妆、羽西、兰贵人、海琳娜、郑明明、绵羊油、羊胎素、芦荟精华素眼霜……郑达磊曾嘲笑说若是把这些东西都抹在脸上，她的皮肤起码厚上一寸不止。陶桃反唇相讥，说那些东西实际上是被他享用了。郑达磊倒也默认。

　　陶桃款款走进大厅里面的美容室，每一张小床之间，都用白色的纱帘屏风隔开，银灰色的离子发生器，像一只修长的手臂，忠实地呵护在枕头上方。美容小姐温柔的微笑如同淡雅的香水，在屋子里无声荡漾。今天幸亏来得还早，否则星期天弄不好就没有空位。陶桃抓紧时间在床边上坐下来，却发现卓尔没跟着进来。她只好重新站起来走到大厅去，看见卓尔正对着一张海报发愣。

　　那是一张化妆品的广告，画面上一个青春靓丽的女孩儿，辫子上缠绕着花绳子。一个男子一只手拈着一朵花放在身后，另一只手拿着一个放大镜，照着她的脸。男子头顶上一句广告词为："哇！连放大镜都失去了作用。"下面还有一行小字：用了×××粉刺一搓净，你看我的脸好光滑，男朋友好喜欢啊。

　　卓尔见陶桃回过头来，愤愤地说：这个广告设计人肯定是男的。要是让我来做，我的广告词就会写：哇！这么快就没有了，我还没来得及欣赏自己的青春呢。

　　陶桃捉住她就往里走，说你怎么见着图片就眼晕，职业病啊？

　　总算是躺在了洁白的床单上。陶桃刚调整好身体的位置，听得邻近的卓尔大叫：蒸汽离远点儿，我怕烫熟了。陶桃知道卓尔在故意捣乱，每次来这里她总会弄出些不情愿的动静，就好像那是别人的脸似的。陶桃不理她，低声对美容师A小姐说先给我去死皮。那小姐说您上个星期不是刚去过吗，去得太频繁会伤皮肤呢。陶桃说我让你去你就去，不去死皮我就活不过来。A小姐诺诺应声，一边轻手轻脚地忙碌起来。

　　陶桃盖上了毛巾被，闭上了眼睛。

细碎的皮屑微粒,随着按摩膏的粉渣,从脸颊两侧窸窸窣窣地滑落。陶桃觉得沾附在面孔上一周的浮尘污气,正被小姐纤柔的手指一点一点搓下来,一层一层地脱落,就像剥下一件穿脏了的内衣,露出里面新鲜娇嫩的肌肤。离子发生器无声地喷吐出白色的雾气,额头眼角上的皱纹,在温热的蒸汽中渐渐舒展。细微的毛孔,在热气的浸润下如同花瓣一般迅速开放。小姐柔软的手指在每一个穴位上轻轻按压,有酸胀的感觉从血管或是颅骨深处传来,她一寸一寸、一圈一圈地反复循环,耐心抚平着那些细纹和褶皱,犹如捧着一个面庞大小的花绷子在绣花,一针一线都不可大意疏忽。陶桃喜欢这种绣花般的感觉,比如修眉,比如上睫毛膏,比如涂眼影,在那些繁琐的操作过程中,她眼前经常会掠过女人绣花的影子。那是在嫩江边的小镇子上,童年时依偎的奶奶。现在的女人不绣花了,就拿自己的面颊来修理,慢工细活中有了另一种满足。面颊是最要紧的部位,腮上的肌肉一旦松弛下来,整个脸就像塌方一样地土崩瓦解了。按摩就是要把每一块肌肉的连接处紧上一紧、托上一托,让它们重新处于少女般的羞涩状态,使得每寸皮肤和肌肉都互相贴挨得密密实实,一丝缝隙没有。

　　你觉得这一次怎样啊?陶桃问 E 小姐。

　　挺好的。你的皮肤总是那么细润,一点儿不像三十多岁的女人。E 小姐回答。

　　你这小嘴儿真会说话。

　　是真的嘛,我们老板也这样说的。

　　好了,上次左眼下的那块小斑,淡些了没有呢?我一直用祛斑霜来着。

　　淡得多了,不注意差不多就看不出来。

　　最近又来什么新的面膜?

有一种进口果酸,美白效果特别好,就是贵,你要想试试,加点儿钱就行。

你拿来我看看,真的好,不怕贵,就怕蒙人。

E小姐做完按摩,用海绵给陶桃把脸洗净,拿来一小袋全英文商标的面膜给她看。陶桃研究了一番,欠身问邻床的卓尔想不想试试。卓尔不语。再问一遍还是没有答复,倒听见轻轻的鼾声,高一声低一声地传过来。那位跟你一起进来的小姐睡着了。E小姐抱歉地说道。陶桃把面膜交给她说:不管她,我先试吧。小姐把面膜打开调匀了,用木质的小铲一点点铺排覆盖在陶桃的脸上,一种淡极致无的幽香,软软地绵绵地飘过来,将她的脸完完全全地罩在其中。陶桃觉得自己像是躺在草地的花丛中,又像是漂浮在一片温煦的海面上,在海水的抚爱中缓缓沉下去……

脸上的皮肤渐渐地绷紧了,她能听见面膜中的维生素、精华素、蛋白质和果酸,正从脸上放大了的毛细血管中,滋滋地渗透着、滴灌着,就像一片雨中干渴的土地,将上天降下的甘霖大口大口贪婪地吞下去。面膜中的养料被皮肤吞噬着,然后慢慢发干,像一个石膏制成的面具,变得有些沉重起来。这个时候如果照镜子,她的面孔活像一个山林中走出来的狰狞女妖,在惨白的面具中抠出黑洞洞的眼睛和鼻孔。即便这样,假如一周不来这里,她就会觉得脸上的"土壤板结",毛细管堵塞,连笑容都是僵硬滞涩的。但是等她一旦卸下了面膜,摘下了面具,那下面将会露出一张犹如少女般鲜嫩粉润的面孔,每当她从这里走出去时,脚底生风、呼吸通畅,像是一个千变万化、日新月异、妩媚而鬼魅的女妖,在众人头上飞舞。

究竟是从什么时候开始,她的面孔越来越依赖美容院?弄得她每隔一周就得上美容院来定期给小姐们发工资。

陶桃仍然闭着眼睛,一层黑雾悄悄漫上来,雪地的反光使黑暗变得迷茫。

在那样漆黑无边的夜里,她常常感到惊慌失措得透不过气。她梦见自己变成了一个衰老而丑陋的老太婆,就像冰封的嫩江边上孤独的茅舍里,那些个佝偻着腰背缩成了一粒干瘪的葵花子的老女人,然后无声无息地消失在春天的黑土地里。她曾无数次从梦里惊醒,长久地抚摸着自己丰满的胸脯和光滑的腹部;她会在半夜里起床,打开所有的灯,在镜子里端详自己的面孔,搜索着隐隐出现的眼袋和斑点;天亮时她昏沉沉地从床上跳起后迅速清醒,然后一遍遍做仰卧起坐再拿尺子量一遍腰围……

其实陶桃很清楚,她心里躲藏着一个叫做"恐惧"的幽灵。

这种恐惧不仅仅来自生命,而是来自女人的生命。

一个30岁的女人,无论从哪儿说起,都已是强弩之末了。在她的老家,过了30岁的女人,已经开始在琢磨孩子将来的婚事了。可是陶桃至今还没有把自己嫁出去。她曾有很多次机会可以嫁,但她没有,因为她想把自己嫁得更好些。可惜当她做完了所有的准备工作时,还没等戏开演,新一拨的女孩儿已经在逼迫她谢幕了。岁月流逝,年龄渐长,女人的容貌却往反方向一路下滑,她的身体,就像一匹同火车赛跑的马,距离越长,越发捉襟见肘后力不足了。陶桃觉得身为女人真的是很不幸,30岁以后的男人,正在一天天得到他们前半生拼搏所希望得到的一切;而女人呢,花容惨淡、资本锐减、资产流失、产品贬值,正在一天天丢失她们前半生积攒的一切。若是一个事业型的女人呢,陶桃已见得太多——几乎可以说,越是成功的女人,实际上恰恰离自己心里真正想要到达的目标越来越远。比如说爱情。

但陶桃不甘心。像陶桃这样走过那么多地方、经历过那么多事情、心气儿那么高的女人,绝不会像她老家的女人那样,听任白头发和皱纹像枯藤一般,把自己姣好的身体一年年缠死。陶桃拯救自己、挽回败局的决心,早在 30 岁之前已经下定,她要用精料夜草把那匹马悉心喂养,然后把它送上飞机,从火车的头顶上越过去。陶桃绝不是目光短浅的普通女人,这一点,其实就连卓尔也是看不透的。

据说,京城的一家美容院,已经开始将面部的皮肤护理扩展为全身呵护,把面膜变成了"体膜",也就是在一个撒满了玫瑰花瓣的浴缸里沐浴后,用核桃、杏仁、西洋参、芝麻、蜂蜜和印度香料制成的特殊原料,敷在身体上,一边敷一边按摩,然后把一层塑料薄膜包裹在身上,让身体充分吸收养料。冲洗掉体膜原料后,美容师还要在人身上涂抹一种叫"原聚素"的纯植物精华,隔天再洗澡,全身的皮肤就能充分吸收养料,让身体变得像牛奶一样细腻白润。这种体膜的单价是一次八百元,陶桃打算最近就抽空儿去试试。还有一种面部注射用的美容液,四十八小时后能把脸上的皱纹统统消除,最近也是大爆冷门,虽说它也许仅仅只能维持四十八小时,但有的时候,四十八小时很可能就决定了女人的一生。

E 小姐已经不声不响地为她做完了全套头部和肩背按摩,用手指按了按陶桃脸上的面膜说:干是干了,卸不卸呢?陶桃闭着眼说:再敷一会儿吧,时间长效果好些呢。E 小姐刚要走开去,陶桃只听得邻床的卓尔重重地打了一个哈欠,伸出一条胳膊看手表,怪声怪气地对 E 小姐说:到时间啦,你把 F 小姐请来快给我卸膜。

F 小姐端着清水和海绵过来,开始为卓尔卸膜。过了一会儿,陶桃听见卓尔长长地出了口气,重重地翻身坐起来,嘀咕说:唉,总算是做完了,可憋闷死我了。

卓尔下了床,开始梳理头发。陶桃也只好匆匆卸了膜洗净脸,因为她还需要费一点儿时间化妆,怕卓尔等得不耐烦。卓尔果然不停地在她旁边走来走去,似乎故意要制造一点儿压力给她。卓尔说:陶桃你知道女人化妆的三十个禁忌是什么吗?

陶桃正涂眼影,不便说话,敷衍地摇摇头。卓尔一脸坏笑地说:那天我偶尔看了一张报纸,可惜三十条禁忌我就记住了最后一条,那是:小心眼影粉落入眼中。

陶桃也忍不住笑起来,眼皮一颤,眼影抹出了界,只好擦了重来。陶桃说:卓尔你别捣乱了,这样我更慢。卓尔不走,把双手插在裤兜里,在原地转了个圈说:女人最好的化妆品是什么? 我可有一个祖传秘方,你想不想知道?

陶桃瞪了她一眼。

卓尔咯咯地笑:你别太敏感啊,我没说别的,我是说,女人最好的化妆品是——天天好心情。

陶桃不理她,草草勾了眉、上了唇膏,连腮红也没用,在心里说:以后再上美容院,说什么也不带卓尔了。

4

出了美容院,陶桃和卓尔按事先的商定去一家西北风味儿餐馆吃了午餐,卓尔要了八个羊肉串、一盆手抓肉、一大碗羊肉汤,吃得满头大汗;陶桃只是象征性地尝了尝,生怕放肆的吃相会破坏了脸上的妆。卓尔忙不迭地说陶桃你吃啊,今天别 AA 制了,我请客。陶桃撇着嘴说:卓尔我真不明白你怎么会喜欢吃这种东西。

下午去逛国贸,陶桃看中了一套白缎无袖旗袍,桃红色窄细的滚边,从领口、袖口一直镶到开叉,在左胸上方和旗袍下摆的右角,各有一朵绣工精美的深红色玫瑰,加上一串弧形的深红色琵琶盘扣,含苞欲放地点缀着。陶桃问售货员小姐还有没有小号的,小姐说有。陶桃对卓尔说:你也来一件? 现在流行旗袍,真的好美,可以当晚礼服穿的。卓尔拼命摇头,说我上哪儿去呀,冬天牛仔裤套头衫,夏天短裤T恤,以不变应万变,经济实惠。后来她倒是看上了一件灰不出溜的吊带露肩纯棉小布衫,说是韩国货,价钱还真不低。陶桃看得直嗳气,说卓尔你穿的那些,跟地摊货没两样,送我都不要。

又逛了一会儿,陶桃看了鞋和皮具、名表和化妆品,卓尔也忙不停地翻看各种商标图饰,最后只买了一瓶洗发水。陶桃说累了,两人在底层的咖啡座喝了一杯咖啡,然后各自拎着东西出来。迎面的大玻璃明晃晃地照出两个人的身影,一个长裙飘逸、长发披肩,一个一身短衣、短发露耳。卓尔忽然觉得她和陶桃走在一起,就像一对儿说相声的,个头、服饰都弄出个反差极大的舞台效果,哪儿哪儿都显着不协调,不觉嘿嘿地笑出了声。她心想自己其实和陶桃是那么不一样,从吃东西到买衣服,哦,还有男人,大多数想法都搞不到一块儿去,可是两个人怎么就老是腻在一起,而且还能觉得开心,真是奇怪得很。也许正是因为她们太不相同,所以才会觉得互相需要。

出了国贸,陶桃说今天先不去宜家了,不如就近去中粮广场,那儿的家具、灯具都是最具品位也最豪华的。卓尔也想去看看中粮的橱窗设计,就把车开出来,一溜烟儿上了建外大街。建国门内外正是新建筑集中的地段,几天不留神就又是一座大厦矗立在那里了。卓尔对陶桃说,你看那座绿顶灰墙的楼,像不像一个戴瓜皮帽穿西服的男人?北京城里尽是这些戴绿帽子的家伙。话刚一出口就觉得自己失言,忙把话题扯开了。好在陶桃对建筑并不感兴趣,还在继续同她讨论刚才看过的一双法国梦特娇高跟鞋。

进了中粮广场,陶桃拽着卓尔,直奔二层的家具精品城去,没走几步,忽然听见有人喊陶桃,卓尔回头一看,见一个中年男子正笑眯眯地朝陶桃走来,亲热地一把抓住了陶桃的手。陶桃侧脸对卓尔飞快地说了声:我遇到熟人了,你在旁边等我一会儿啊,就和那男人站到一边去说话了。

卓尔站在原地愣着,却也不便这样一直站下去,就转身往相反方向走开去,又不敢走得太远让陶桃找不着。正不知该从哪里逛起,一抬头看见左边的柜台,挂着"天琛珠宝"的字样,那柜台晶莹璀璨,满目生辉,倒是好看得很,便就近走了几步,隔着那层差不多就像没东西的透明玻璃,无目的地欣赏柜台里的首饰。

卓尔长到三十五六岁,其实从未认真地看过一次珠宝(包括老乔那个玉坠儿)。以前是没钱,有了一点儿钱之后,也没有因钱生出对珠宝的兴趣。一个连妆都懒得化的女人,往哪里佩戴首饰哪?卓尔的抽屉里,顶多有几串儿送都送不出去,比如那种热带奇异的大树种串儿、木变石、绿松石、珊瑚串儿、海螺串儿等等乱七八糟的所谓项链,在陶桃看来那些东西是根本不能被叫做首饰的。所以卓尔往柜台前一凑,眼前一片珠光宝气,顿时脑子就忽悠悠地晕了。

她使劲眨了眨眼睛,终于看清楚,她面对的是一个玉器柜台。

那些玉佩、玉坠、玉戒、胸针,碧绿的、奶白的、淡红的,嵌着黄绿相间、红白相间的花纹,手镯一个圆圈一个圆圈地摆在丝绒的锦盒里,就像无数只圈套泛着诱人的幽光。那些兽形的、元宝形的、树叶形的玉坠儿,像一个个含义不明的符号,无从解读。卓尔发现其中一只翠绿色的手镯,绿得像一汪深潭上漾动的涟漪,叫人真想伸手去把那水撩上一撩。里面有一丝丝兰花般的波纹,水草似的在清澈的潭中荡漾⋯⋯

这位小姐,想看看什么呢?

卓尔慌忙抬头,见柜台里竟是一个老者,白发素衫,精神矍铄,正慈眉善目地望着她,轻声地问。

卓尔佯作无辜,退后一步说,随便看看啦。

那老者又把她认真地看了一眼,脸上浮出笑意:玉可不能随便看,真要弄懂了它,你这辈子都受用不尽啊。玉石被称为东方宝石;而翡翠,正是玉中之王,最具收藏和玩赏价值。天琛公司的产品全部从缅甸进口,价格合理,你看的这些东西,都是一分钱一分货,件件靠得住的。

卓尔心想今天遇上了一个闲人,正闲来无事想找个人聊天呢。看他那样子,肯定是公司的高工或是什么高级管理,利用双休日到自家公司柜台做市场调查来了。卓尔斜眼去看不远处的陶桃,她与那男人正谈得火热,好像世界上根本就没有她卓尔这个人了。卓尔有点儿生气,望着眼底下那五光十色的美玉,倒是萌发出兴致来,两只脚交叉着搁在柜台的踢脚线上,把身子靠稳了,一根手指点着刚才看过的那只翠绿色的玉镯说:我看看这个吧。

老者小心地从柜台里把那玉镯取出来。卓尔低头看一眼标价:七——后头四个"0"——天哪,七万,不由得倒吸一口冷气。

那老者笑着说:小姐真是好眼力。这是真正的翠,翠为硬玉,硬度为七,比钢还坚硬。俗话说,家有万斤翡翠,贵在凝绿一方;又说黄金有价玉无价,贵就贵在这翠的色泽上了。你现在手里拿的这只镯,"正、阳、浓、和"四个字都有了,色泽艳丽、纯正、浓重、均匀,是翠中上品……

老者那一长串热情澎湃的京腔,像大鼓书词一般向她甩过来。卓尔听得云山雾罩,这才明白自己被人家当做广告宣传对象了。要想拔腿就走,人家谈兴正浓,又是个老头儿,一时也抹不开。捺着性子听下去,脸上已是一片茫然。

要不,你再看看这个?老者似已看出面前这个女人不属于翠中极品的消费对象,利索地收起了那只浓绿的翠镯,又飞快地拿出了另一只锦盒。这是一只暗红色略带些淡紫色波纹的玉镯,像一抹彩霞倒映在雨后的湖面上。

这也是翡翠吗?为什么是红的呢?卓尔好奇地问。

刚才那只镯是翠玉,这一只是翡玉。老者答。

你说什么?人们总说翡翠翡翠,难道翡和翠竟然不是一种东西吗?

当然不是。小姐有所不知,翡翠翡翠,只是硬玉的统称,真正内行的叫法,红玉为翡,绿玉为翠,这是不能混淆的,如今都让人给叫乱了。

卓尔惊讶地瞪圆了眼。她把那只翡玉镯子拿起来,对着灯光照了照,那红色并不鲜艳,似蒙着一层雾气,玉质倒是细腻,但不通透,有一种暗暗幽幽的感觉。细丝绳上的标价是一万两千元,比刚才那翠玉便宜了许多。卓尔天生是个好奇之人,一时心里竟生出许多问题,便也把陶桃忘在一边,只顾兴奋地同老者攀谈起来。

卓尔问:翠玉的价格比翡玉贵吗?

老者答:一般是这样。但要是碰上亮丽的鸡冠红翡,也是了不得的。

卓尔问:翡玉除了红色还有别的颜色吗?

老者答:还有黄翡,橘黄色、蜜糖色的,上品可称为金翡翠。

卓尔愣愣地问:既然翡翠产于缅甸,那它传入中国有多少年了呢?

老者嘿嘿一乐,说这位小姐倒真是个有心之人,只是要记得把我所说的,再多多地讲给别人听听才好。卓尔拼命点头。老者说,中国素来被称为玉器之国,浙江的河姆渡文化遗址中已有玉璜、玉佩等饰物了,都是和田玉那一类的软玉。18世纪之前,中国人并不知道硬玉这种东西,一直到清初,也有人说是明朝,翡翠从缅甸传入宫中,这样才开始流行,用来做朝珠、板指儿、翎管、鼻烟壶什么的,成为上等贡品……

卓尔急急地打断他说:那"翡翠"两个字,最初是缅甸语的译音吗?

问得好!老者头顶的白发跳了跳,脸上的皱纹像波浪一样荡开去。在他守候了一天的柜台上,眼前的这位小姐,大概是唯一真正对翡翠发生了兴趣的人。他的谈兴也由于卓尔穷追不舍的提问而被充分激发起来。于是他转身到背后的柜台上拿过一只搪瓷茶缸喝了口水,然后不急不忙地从容说起来。

我先给你讲个故事吧,你当成个传说来听也行,当成个野史来听也行,可有意思呢——在中国古代,翡翠原是一种鸟的名称。鸟的毛色那叫漂亮,有蓝的绿的黄的红的好多种。通常呢,雄鸟为红色,谓之"翡";雌鸟为绿色,谓之"翠"。到了清代,翡翠鸟那么好看的羽毛,让人送入了宫廷,被皇宫的贵妃们插在帽子上,作为发饰。那些翡翠鸟的羽毛被制成的首饰,都带有个"翠"字儿,什么钿翠啦、珠翠啦,都是形容翡翠鸟的。后来呢,大量的缅甸玉也传进宫来了,嘿,那缅玉的颜色,恰恰也是红的和绿的两类,那么光滑鲜亮,特别像翡翠鸟的羽毛颜色。这样呢,宫里的人干脆就把那些红色的玉称为翡,把绿色的玉称为翠。你可别说,这名儿还真是贴切又传神,很快就一传十、十传百地叫开了。翡翠就是这么来的,这来历不俗吧?

卓尔微微张开了嘴,听得入迷。她真没想到,翡翠竟然还有这么好玩儿的来历。也许应该说,有点儿传奇色彩,甚至诗意。

老者余兴未尽地继续说道:那翡翠鸟其实就是现在的翠鸟,喜欢待在水边儿捉小鱼,老乡也有叫做鱼虎或是鱼狗的,你要是到南方去旅游,没准儿在什么湖边、沼泽、树林子里,还能寻见它们呢,从水上飞过,就跟往天上扔了一块翠玉似的,一道绿光闪过……

卓尔的眼神忽地暗淡下来,心里像是被什么利器划过,猛地一阵撕裂般的疼痛。她的眼前飞过了一只碧绿的小鸟,像一片坚韧的榕树叶在空中翻卷。不对,是两只,另一只是红色的,像高高的树冠上一朵盛开的木棉花,被风吹起来,然后轻轻扬扬地飘落。它们一前一后快活地追逐着,从蓝莹莹的湖面上掠过,消失在幽深的树林里。事情突然变得不那么好玩儿了,卓尔眯起了眼睛。一层绿雾涌上来,忽又殷红殷红。卓尔的手有点儿发颤,她把那只翡玉的镯子递给老者,说了句:谢谢你给我讲了那么多,等我有空儿再来。扭头就往大厅门外跑去。

陶桃的高跟鞋嗒嗒地紧追上来。陶桃说卓尔卓尔你去哪儿,我不是已经完事了吗,咱这就走,看电影去。你要是不愿洗桑拿,就按你说的去打网球好了,随你的便。卓尔头也不回。陶桃说你生气啦,至于吗?卓尔冲到大门外,背对着陶桃说:好陶桃,我不舒服,逛完了你自己打车回去吧,我先走了,对不起。

任凭陶桃怎么喊她,卓尔仍头也不回地走。她把那辆富康扔在了广场的停车场,伸手拦了一辆出租汽车。

第六章　把爱给"作"没了

1

那只小小的红色翡鸟，一动不动地栖息在树枝上，就像悬挂在树梢上的一朵火红的石榴花。它的黑眼睛如同两粒油亮的树籽，发出黑宝石般的光泽。

那棵树其实并不高，仰头就能望见它的树冠，在背对着阳光的那一面，覆盖着毛茸茸的青苔，散发出潮湿的气息。在南方的热带雨林里，比它粗壮高大的乔木举目皆是。但这棵树的叶子很美，像一片光滑的手掌，伸出五个错落有致的手指。阳光就从指间的缝隙里射下来，将翡鸟的羽毛染成斑斑点点的金红色。

那只翡鸟耐心地蛰伏着，像是在等待着什么，只是偶尔转动一下细巧的颈子四下张望。后来它抓住树枝站了起来，朝着天空发出了一声悠长而清脆的婉鸣。

一只胖嘟嘟的翠鸟，像一个成熟的青橘，从碧蓝的天空垂直地落下。它从很远的地方飞来，豆绿色的羽毛上落满了灰尘。它穿过密密的丛林，钻出涂满了阳光的叶片，最后，悄悄地停在了翡鸟的身边……

透过茂盛的草叶，可以望见林边上那个幽蓝的小湖，被风吹起了一层层浪花。

不。这个城市里没有翡翠鸟。在北方，卓尔再也没有见过它们。

你就"作"吧你——

那个"作"字儿平着拖过去,拖得老长,口气听着就不是个好词儿。早几年,这词儿就像天气预报中的大风消息,隔些日子就会卷土重来。那是刘博的口头语,刘博没辙,两手一摊,眼皮往上一翻,扔下这句话摔门就走。他走了以后,这句话就吊在房间的天花板底下,像蛛网和灰尘一般荡来荡去。

刘博是卓尔的前夫,一个比较文学博士,如今留在加拿大一个城市的大学里,安安心心当他的副教授。

你就"作"吧你!被激怒了的刘博冲着她无奈地低吼。

那一定是卓尔又干了一件什么违反常情常规的事情了。比如说,本来明明在报社总编室干得稳稳当当的,突然一心想调到研究部去。理由呢,干吗要什么理由啊,在总编室待腻了呗;在研究部干了没几个月,你想想那研究部三百六十五天如一日的办公室该有多么乏味啊;幸亏报社正物色派人去建西藏记者站,卓尔就挺身而出了。临走前卓尔游说刘博,让他到拉萨去教书,刘博那时在念GRE,正要申请到国外去读博士,一天里除了书堆儿连厕所都很少去。卓尔独自在西藏待了三个月,藏羚羊、野驴什么的全见过了,打电话给刘博,说她决定在西藏生活一辈子。话音刚落,没过一周卓尔就被飞机送回了北京,是高原反应引发的心肌炎,医生的结论是卓尔不适合继续在西藏工作。卓尔出了院,捧着刘博送给她的一束康乃馨,眉毛一直耷拉到眼皮,面色晦暗、神情沮丧。回到家,喝过刘博千辛万苦专门为她煲的鸡汤(事过多年,卓尔还拂不去那鸡汤散发的怪味儿,千真万确,她从鸡肚膛里夹出了一只完好无损、圆鼓鼓的鸡嗉子),两个星期之后,卓尔容光焕发地从报社回来,她告诉刘博,她已经决定到海南记者站去工作。

刘博脸上一片混沌,就像沙尘暴降临前的天空。

其实,刘博同学又不是不知道她卓尔这一贯的脾性。大学同窗四年,卓尔的真实表现早就像回旋曲一样,在他耳边翻来覆去地演奏多次了。那年暑假,卓尔背一只书包去了山西,开学时回来,私下里跟几个要好的同学说,她真想休学到太行山一个什么什么山沟里去办学,可就是缺资金。有同学给她捐款,消息传到刘博那儿,他当即把当月的生活费全掏给了卓尔。刘博没有了伙食费,天天在食堂里舀大桶里的米汤喝,喝得米汤里照出的小脸只剩下一双眼睛。卓尔把自己的伙食费拿出来,买了蛋糕去看望刘同学,刘博当场昏倒在卓尔怀里。卓尔后来当然没有去成太行山,她为了如此纯真感人的爱情,留在了昏倒的刘博身边。

那时候,刘博怎么就不说她"作"呢?那叫有个性,有创造力,敢为天下先。那叫可爱,叫生动,叫卓尔不群。刘博曾经是多么迷恋卓尔呀,他竟然写诗了,现代诗、旧体诗像织布机,生产出成匹成匹的诗献给卓尔;那时的卓尔认为自己就是要想去火星,刘同学都会帮她去找梯子的。卓尔果然非刘博不嫁了。

可结婚才几年工夫啊,刘博的眼睛怎么就不是原来的眼睛,嘴巴也不是原来的嘴巴了呢?老刘原形毕露得也太快了点儿吧。直到分手那天,卓尔也没明白,究竟是婚姻改变了刘博,还是自己当初热昏看走了眼。

所以离婚后的卓尔对婚姻抱有高度而固执的警惕。她绝不想再一次掉入那个温柔而危险的陷阱里去了。

2

热带的雨林没有季节,那是一个永远过不完的夏天,时间停止了,但生命却以分分秒秒的速度在雨水中生长。

那只翡鸟扬起了它坚利而粗长的喙,温柔地梳理着翠鸟流水般光洁滑溜的背羽。翠鸟翅上的羽毛,在油绿中闪烁着金属般的蓝光。它们的腹部都是棕色的,散发着紫檀木色沉着而润泽的光彩。它们的尾羽短小,有一种收敛与含蓄的气质,不似那种翘翘的长尾大鸟那么张扬。无论是雄鸟还是雌鸟,双脚都是细弱的,它们紧挨着身子,用并拢的脚趾紧紧抓住树枝,就像是贴着树杈长出来的两个新鲜的果子。那只蓝绿色的翠鸟看上去更活泼些,它开始用尖直的喙不停地啄着翡鸟的颈与翅,是嬉戏和玩耍的那种啄,轻柔而又热烈,活脱脱是两个顽皮的孩子。

它们亲切地交颈私语,然后开始唱歌,一先一后、一高一低,长长短短、叽叽咕咕,歌声是不连贯的,随心所欲地创作出来,深情地咏叹之后常常突然休止,改为短促的呼叫,像嘹亮的小号,把四周的树叶都吹得忽忽悠悠地飘荡。歌声充满了抑扬顿挫的节奏,听上去就有了歌词内容。树叶在风中湿重地哗响,湖面上不时有鱼扑哧跳起来再落下去,谱出单纯而协调的和声,为它们的歌伴奏。

那一天,卓尔听懂了歌词大意。当时她用圆珠笔将它们写在一件白色的T恤衫上,但那件T恤后来被一场大雨淋湿,洗去了所有的痕迹。

不。这个城市里没有翡翠鸟。在北方,卓尔再也没有见过它们。

刘博也许直到结婚以后,才有机会真正面对一个具体到头发丝的卓尔。

最初的冲突,由于发型。当然是卓尔的发型。

结婚的那一天,卓尔一头长发飘逸,顺畅的黑发垂肩,柔情似水,甩过来抛过去,掩了半边脸忽又阳光灿烂,刘博脸上的笑容也随之飘过来荡过去。过了些天,半夜里卓尔被他急促的抚摸弄醒了,只觉得一只大手在她脑袋上胡乱摩挲,刘博喘着粗气说卓尔卓尔你的头发不见了。卓尔迷迷糊糊地答道,你怎么才发现啊?刘博醒了一半儿,说那它们到哪儿去了?卓尔说我把它们扔在美容院啦。刘博完全醒了,坐起来说:我还以为我抱着个小男孩儿呢。卓尔不高兴了,说我本来就不是淑女呀!刘博揉着眼看了她一会儿,说了句下回你理发提前告诉我一声,也好让我有个思想准备。卓尔翻身爬起来开灯照镜子,怎么看怎么觉着自己这一头短发挺别致,甚至可以说性感。

到了深秋,卓尔的短发养长了许多,那天来了寒流,卓尔突然感觉冷了,就到美容院烫了一个大回环的波浪形,毛茸茸的好暖和。走到家门口,卓尔才想起忘了提前通知刘博了。她有些忐忑地进门,倒着身子走,不想看刘博的脸色。她没想到刘博在门厅里大喊,哎哎,你这人,你怎么随便跑人家来?你怎么有我家钥匙啊你?你快给我出去,让我老婆看见该闹误会了……卓尔转过脸,刘博愣在那里,说原来你又改戏啦,我还当是个别人呢,差点儿不认识了。他摘下眼镜把卓尔仔细瞧着,竟然很满意,说那你以后就梳这个发型吧,挺雍容、挺华贵的呢。

一个星期后来了暖气,暖气片就在卓尔身后,卓尔觉得热了,卓尔下班时去了美容院。她花了价格不菲的工钱,把一头卷发拉直了,清汤挂面似的,半长不短地拢在耳朵后面。卓尔神清气爽地回家,她知道所谓"热了"只是一个借口,重要的是她不喜欢雍容、更不喜欢华贵。她只喜欢刘博的惊喜,说实话,她就是想给刘博一个惊喜才这么干的。

但卓尔没有见到她期待的惊喜,而是见到了刘博的惊讶,更准确地说,是惊恐。在中文里,这三个词一字之差,谬误千里,那是卓

卓尔在刘博那所大学的学生公寓里住下来后,先攻英语然后学开车。短短几个月后,诸如怎么换乘地铁、在哪儿能买到价廉物美的食物和电话卡、去哪里洗衣服这类平常生活琐事,卓尔已是路路精通。

尔后来才体会到的。刘博惊恐地拈起她的一根头发,放在眼镜片下察看,说你那弯儿呢弯儿呢,卓尔说直线是最近的。刘博说不对,你离我远了,我感觉怎么好像老是在换老婆。卓尔说这不正好,我就是想给你新鲜感啊。刘博认真地想了想说,不对,老婆只能有一个,我要一个老婆就足够了。

卓尔的发型惨遭失败,卓尔的热情也同时严重受挫。自那以后,她无论是盘头是扎马尾,即便是剃成秃瓢儿,刘博也视而不见。发型事件使得卓尔对于婚姻的认识顿开茅塞:丈夫刘博最需要的是稳定感,在如此诡计多端的现代生活中,一个女人固定的形象必定代表着她从一而终的心态,那种一成不变的妻子才能让人觉得踏实心安。

可是,在卓尔生活的这座城市里,所有的街道、马路、广场都正在不停地拆迁整治之中。到处尘土飞扬,开膛破肚,一座新建的大厦被定向爆破炸毁,说是规划不合理;刚种下的杨树被一棵棵连着泥团挖出来,说是要改种银杏。前几天还是灰色的大楼,一转眼就被刷成了橘红色。如果用刘博的话说,这正是一个使劲地疯狂地在"作"的城市。每一粒弥漫的灰尘中都飘浮着许多陈旧而又新鲜的故事。既然马路在"作",楼房在"作",道路、树木在"作",卓尔为什么就不可以"作"呢?

3

那只翡鸟突然像一支箭似的直射出去,然后朝着蓝色的湖面俯冲。几乎在瞬间,就从水里叼起了一条银色的鱼。它把鱼衔在阔长的嘴里,展开双翅骄傲地迎着那只翠鸟飞过去。但翠鸟并不理会。它悠闲地抚弄着自己的羽毛,只用黑亮的眼珠斜睨着平静的水面。就在翡鸟落在了树枝上的那一刹,它忽地腾空而起,在空中划出了一个优美的弧线。未等你看清它的去向,它已贴近了湖水,那一刻它就像一只没有鱼竿的鱼钩,不知从哪里甩出,须臾间却已经钓上了一条细长的鱼。那条鱼是金黄色的,鳍上有灰黑色的花斑。翠鸟在空中扇动着翅膀,像一架直升飞机般地悬浮在水面上,然后迅速地将鱼大口吞食。它冲着翡鸟叽叽地叫着,发出急促而欢快的呼唤声。翡鸟不再迟疑,那条银色的小鱼即刻就消失在它张开的大嘴里。

翡鸟从树上飞下来,它们一前一后地在水面上追逐,细细的脚趾撩起碎玉般的浪花,贴着湖水直线飞行。有时它们忽然升空,就像两只一红一绿的风筝,在蓝天下翩翩翻滚。它们飞翔的影子在波浪中闪烁,嘴里衔着一条小鱼,那鱼头在空中而鱼尾却分明在水里扭动,它们边吃边玩儿,玩玩吃吃,捕食成为顺理成章的娱乐,或是某种艺术表演。

卓尔傻傻地吞咽着口水。为了小鸟们如此新鲜的美餐,如此的好胃口。

不。这个城市里没有翡翠鸟。在北方,卓尔再也没有见过它们。

曾经多么浪漫的关于吃饭的理想啊。

是刘博摧毁了她的理想。

在吃饭的问题上,卓尔倒不像那些蔑视厨房的现代女性,为了保持身材而像松鼠那样只吃一些坚果,连喝水都用量杯计算。卓尔的食欲旺盛,对天下美食具有浓厚的兴趣。但卓尔上大学前在家吃饭不擅厨艺,上了大学吃食堂,一直没有机会操练。结婚后终于自家开伙了,美好丰盛的餐桌叫人想一想都感到无比幸福。两个人过日子,就算早餐买着吃或是免了,午餐在单位吃盒饭,也会有个每日晚餐和星期天的肚子等着。卓尔在星期天一大清早拽着刘博起床买菜,到书摊上买来菜谱,在调味的各种瓶瓶罐罐上贴纸条以示区别,厨房里一地的鸡毛、鱼鳞、菜叶。起初卓尔还抱有幻想,企图说服刘博掌勺,但刘博声明自己从小一闻厨房的油烟味儿就会头疼欲裂,卓尔虽然对家务劳动分工持有坚定的女性立场,但为了爱护丈夫的身体,也只能暂时将理论搁置。卓尔不做饭则已,一旦系上了围裙,饭菜就奔着艺术品的水准去了。没过多久,卓尔端上桌的食物竟然有了模样,刘博眉开眼笑地伸长筷子,说真是色香……没等"味"字出口,筷子入嘴,眉头已紧,急忙改了口,说这菜看着让人食欲大增,吃到嘴里那味儿怎么就不对了呢?

卓尔隔三差五地对着菜谱演练,等到刘博的胃口终于通过了答辩,她做饭的热情已如潮水般退去。一天她问刘博,干吗非要照着菜谱做菜呢?干吗非要跟别人吃同样的菜呢?比如说西红柿炒鸡蛋,干吗不能用草莓炒鸡蛋呢?比如说排骨冬瓜汤,干吗不做个茄子排骨汤呢?刘博哼哼着不置可否,卓尔第二天就做了一道新菜——红枣海带虾仁,红、白、黑三色赏心悦目。

卓尔开始对创造各种新菜产生了难以遏制的兴趣。其实,新菜的工艺并不复杂,无非就是把各种荤素菜重新进行组合,把一般人不敢也不擅用的材料搭配在一起而已。比如说牛肉加鸡肉清炖、胡萝卜烧鱼、蜂蜜菠萝豆腐等等,想象的空间很大,可以无穷无尽地变化下去。当然,必要的时候,也得注意引进外埠的品种,使之更为丰富多彩。卓尔从新疆采访回来,立马就给刘博做了一个羊肉抓饭,那香味儿都快把人口水引出来了。只是不知道为什么,吃到一半两个人已是十指"鲜血"淋漓,红色的浆汁顺着手腕流淌,却嚼不出有什么东西吃到了嘴里。刘博说,卓尔你是不是记错了?这该不是羊肉捞饭吧?卓尔望着碗里的稀汤,嬉皮笑脸地说对呀对呀,羊肉抓饭新疆满街都是,可这羊肉捞饭你上哪儿找去?吃完了羊肉捞饭,剩下一锅红艳艳的油汤,第二天接着下面条,经济实惠啊。卓尔还为刘博做过一次西湖醋鱼,刘博夹了一筷子,说卓尔你行啊,这酸菜粉条跟我妈做的味儿还真不一样。卓尔把一盘醋鱼拿去给邻家的猫,猫一闻就把脑袋背过去了。

这样的日子过了几个月,卓尔发现刘博开始频频出入于厨房。他把小油菜或是大白菜切好后送进微波炉,烤得烂熟,然后浇上一勺色拉油,撒上盐拌一拌,像只兔子似的干掉一大盆。刘博变成了一个素食者。再后来,刘博说他加班,总是到了晚饭后才回家;到了星期天,刘博说要改善生活,拉着卓尔回他妈那儿去吃饭。卓尔去过几次就不再去了,她发现婆婆每回都做两个菜为刘博改善生活:醋熘白菜、红烧肉,而刘博居然百吃不厌。

卓尔明白了:她的刘博士习惯每天都吃同样的东西。二十多年来,刘博一直吃着白菜和红烧肉成长,如果不吃白菜和红烧肉,刘博的那一顿饭就算没吃。

刘博为了爱情,做出了多么巨大的牺牲。卓尔感动了一会儿,竟有些难过。难过之后,卓尔很少再进厨房了。她每天都在食堂和食街里买些现成的东西吃,中午吃担担面,晚上吃馄饨;第二天中午吃牛肉面,晚上吃包子;第三天中午吃米饭、炒菜,晚上吃饺子。卓尔独自一个人吃饭,吃得随心所欲。卓尔的原则是饭菜好坏无所谓,却不能重复。卓尔最讨厌吃同样的东西。

卓尔在结婚以后才知道,原来爱情的质量和吃饭有关。假如两个人连饭都吃不到一块儿去,爱情能量的补充从哪里来呢?

4

从那架炮筒般长长的望远镜里看去,翡翠鸟把它们的巢穴筑在了湖湾深处的一座山崖上。那是一片被灌木和杂草覆盖的高地,高地上陡立着一座赭红色的土坡,向阳的那面,能看见一个个碗口大小的土洞,像被微缩了的敦煌石窟,错落有致地排列,洞口的土坡上挥洒着白色的鸟粪。当灰蓝色的雾气从湖面上浮起,迷茫的暮色在黏湿的山风中降临,成双成对的翡翠鸟,在坡前崖上穿梭盘旋,它们飞上去又飞下来,在洞口往返流连,几乎等到天完全黑下来的时候,才会叽叽地唱着歌归巢。它们在洞口收拢了翅膀,把身子蜷起来,粗长的喙先试探地伸进去,然后哧溜一下就不见了。通常总是绿色的雌鸟先进去,然后是红色的雄鸟,随后而至的沉沉夜幕,替那巢穴轻轻地掩上了门。

有一天清晨,鸟儿们都已早早出去玩耍,他们径直走到了那面坡崖下,但坡崖太陡了,没有人能够攀援上去。后来卓尔爬到了那土坡对面的一棵大树上,在树杈上架起了望远镜,早晨阳光的角度恰似一只探照灯,斜斜地照过来,在那里他们可以清晰地看见其中一只鸟巢中的情形。卓尔发现那土洞竟有五六十公分长,差不多两尺吧,像一条笔直的隧道,通往山岩深处。那隧道至土壁的末端,竟扩出了一个宽敞的平台,几乎可以算得上是一个正规的"窑洞",在"炕"上那一堆柔软的枯草和毛絮中,他们隐隐望见了几个圆溜溜的小白球。他告诉卓尔说,那是几枚鸟蛋,秋天到来的时候,会有四至七只羽毛丰满的小翡翠鸟从这个洞穴里飞出去。

卓尔举着望远镜的手臂酸乏,眼睛一眨也不敢眨。她用一只手紧紧抱住树干,生怕自己会兴奋得掉下去。阳光慢慢地移开,洞内变得幽暗模糊。卓尔只能靠在树枝上,想象着在那个温暖的巢穴,曾经发生和将会发生的一切:当暴风雨袭来时,矫健的雄鸟用它粗长的喙,一遍一遍地替雌鸟舔干被雨淋湿了的羽毛……

卓尔的泪水像雨水一样淌下来,滴在镜头上。

不。这个城市没有翡翠鸟。在北方,卓尔再也没有见过它们。

婚姻是一所学校,婚后的日子迫使卓尔反省自己,逐渐认识到自己的一大堆毛病和缺点。因为有一天刘博严肃地对卓尔说,我发现你原来是这么一个喜新厌旧的人啊。卓尔默然。

卓尔原来真的是喜新厌旧啊——你看看,遥控器干吗老拿在手里,不停地按按按跳跳跳烦不烦啊你,你能不能让我好好把这个节目看完。刘博冲着电视低声抱怨。卓尔说我在找那个频道,我找一个比这好看的给你,它跑哪儿去了呢?对不起,我还得调台……

下个月不订这家报纸了啊刘博,一版版尽是广告,举得我胳膊疼,我要改成那一家报纸了啊,卓尔说。你买的酸奶没味儿,我买了另一个牌子啦,手纸的牌子也得换换,这纸太薄了,刘博。这条裙子的颜色怎么就和昨天在商店里看时不一样呢?我得到西单去一趟,晚一天就怕人家不给换了,还有那瓶面霜……

假如卓尔的倒腾仅仅停留在她自己的化妆品和裙子方面,刘博也许可以视而不见。但精力充沛的卓尔竟然忘乎所以地侵犯了刘博的领地,刘博终于忍无可忍了,是为了他的那些书、那些资料、那些不能随意改变位置的一切用品。

同刘博分手以后很久,卓尔偶然还会反省自己的错误。她想如果能在结婚之前,就知道她与刘博的生活习惯竟会有那么大的不同,她是一定不会嫁给刘博的。刘博的毛巾不能动,移动了位置,刘博就怎么都看不见了;刘博的眼镜盒、茶杯、电动剃须刀不能动,一动就怎么也找不着了;刘博的鞋子、袜子不能动,一动就会穿错穿反了;刘博的写字台更不能动,一动他就写不出字来了。刘博所有要用的东西都必须放在一个绝对固定的地方,任何时候刘博一伸手,它们就会主动跳到他的手掌里。任何时候刘博奔着他的东西去,它们都老老实实在那儿等着他。

偏偏卓尔这个人是不可能不动的。卓尔不动就会死。卓尔的妈妈在生前一直怀疑卓尔患有幼年以及成年多动症。

卓尔和刘博婚后,住在刘博父母补差得到的一小单元两居室。老楼的结构陈旧,只有一个极小的门厅,一个卧房,客厅是书房兼用的,但比起无房租房的同学,卓尔已经心满意足,两个人马马虎虎收拾了一番就急着搬了进去。

住了不久,卓尔就觉出不方便和不顺眼来了。何况呢,就是再方便,天天看也会腻味,一腻味就不顺眼了。卓尔不习惯在一个地方住得太久,卓尔从小就习惯了不停地搬家。如今在这样横平竖直的城市,既然无家可搬,那么把家具挪一挪也是好的。所以每隔几个星期,卓尔就琢磨着把沙发换到窗口去,或者把床从东边移到西边。刘博的书实在是太多了,一本本摊开着,无论在哪里坐下,准能一屁股坐在他的书上,所以需要在墙上做几个小书架,或是把所有的墙面都做成书柜……卓尔说干就干,像一只小蚂蚁拖动着一粒硕大的饭团。她不想请刘博帮忙,那样根本就什么都做不成了。卓尔忙得汗水流进眼睛里,等到刘博从图书馆或是父母家回来,自己的小家已是焕然一新了……

但刘博不领情。刘博说,你总是改来改去的,烦不烦啊?这还是不是我的家啊,家是什么,就是一进门来,永远知道自己的东西在哪儿,家就是一个窝儿。

卓尔好委屈。卓尔分辩说,每天都面对着同样的东西,你烦不烦啊?

刘博有些痛心了。刘博说,我没错怪你呀,你就是一个喜新厌旧的人。

卓尔低声说,是你,是你自己把日子过旧了。

刘博摔门走了,把声音夹在门缝里:你就"作"吧你!

卓尔苦着脸望着这个日新月异却是空空荡荡的窝儿,总算彻底明白了自己与刘博不可兼容的原因:刘博是一个巴望每天的日子都一样的人。而她,恰好相反,她希望每一天都不一样。她的人生,每一天都应该是有变化的。

卓尔改变不了刘博,但卓尔绝不会改变自己。冷战开始了,冷战无休止地持续下去。有一天晚上刘博忽然变得温存,刘博说我们要个孩子吧,要个孩子你肯定就没有工夫折腾自己了。卓尔说不,我还没折腾够呢我哪有空要孩子?!

卓尔开始拒绝刘博,在床上。她拒绝的原因更多是由于厌倦。刘博的欲望虽然强烈,表达的方式却始终如一。婚后不久,卓尔就发现,刘博每次做爱的程序都是一模一样的。首先洗澡,然后亲吻抚摸,然后插入——就像打开电脑后按部就班进入到文件那栏,一步都不能错的。假如卓尔歪在床边上,刘博是肯定要把她挪到床的正中央,她的位置必须是固定的。刘博从来没有过一次即兴的、随时随地的那种,比如说突如其来的,在地板上,或是沙发上。卓尔翻身,卓尔翘臀,卓尔一跃把刘博压在身子底下,卓尔说你试试嘛,我想试试。刘博涨红了脸说,快别这样,我不习惯。卓尔若是再想折腾下去,刘博手足无措地忽然就萎靡了,卓尔只好怏怏地作罢。这样的情形出现了多次,卓尔兴味索然。

卓尔觉得结婚一点儿意思都没有。床上运动就像广播体操,一节一节地做,可以喊一、二、三、四。那些文学作品把性爱写得那么欲仙欲死、心荡神迷,卓尔却找不到一点儿感觉。婚后与刘博第一次做爱,除了疼痛与慌乱,卓尔再没有留下什么印象。有一本书里写一个女人的初夜,竟然要了一次又一次,每一次都兴趣高昂贪得无厌,卓尔认为这个作者肯定有臆想症。也许卓尔在性爱上比较懵懂迟钝,她的性觉醒到来得太晚。卓尔真正体味到做女人的美妙,是很久以后的事情。

卓尔萌生了离婚的念头。她对刘博直说了,刘博问为什么。刘博的惊讶和奇怪没有半点儿作假。他甚至懒得听到卓尔的回答就说:你不嫌麻烦我还嫌麻烦呢,我可不想跟着你一块儿"作"。

5

后来刘博就接到了多伦多一所大学的录取通知书,硕升博,五年的全额奖学金。刘博去了加拿大,很快给卓尔办好了陪读。卓尔虽然一直很想到国外去逛逛看看,却不想跟刘博一块儿去,但不跟刘博一起去,卓尔的那个一塌糊涂的 GRE 分数,总是申请不到学校,一时半会儿看来也去不成。卓尔在出国和刘博之间比较选择,决定做出妥协的姿态。她和刘博之间毕竟没有深仇大恨,既没有第三者也不为争夺财产,离婚不离婚其实也是无所谓的。卓尔甚至看到了一线光明,盼望着国外新奇的生活会改变刘博,将他以往的种种陈规陋习来一次彻底的革命性颠覆。卓尔在睡梦中怀抱着如此热烈殷切的期待飞过太平洋,一觉醒来,刘博在机场听到她的第一句话是:我带你到一家中餐馆去吃晚饭,那儿的醋熘白菜比我妈做得还好吃。

卓尔在刘博那所大学的学生公寓里住下来后,先攻英语然后学开车。短短几个月后,诸如怎么换乘地铁、在哪儿能买到价廉物美的食物和电话卡、去哪里洗衣服这类平常生活琐事,卓尔已是路路精通。刘博不知道的事情她全知道,刘博不认识的人她也认识了。卓尔在一个陌生的国度过得如鱼得水,如果照这样下去,再过几年卓尔去混上哪一个冷门的博士后,也不会是什么耸人听闻的事情。

但卓尔与刘博的婚姻却真的走到了头。

这问题要是放在别人身上,很可能根本就不成什么问题,但到了卓尔这里,这道坎儿就无论如何迈不过去了。卓尔不是一个善于忍让与凑合的人,在国内时那些磕碰,到了国外不但没有减弱,反而越发地扩展放大了。那么自由的一个地方,人的心思和个性,自然会随着空气一起膨胀。没有战争的和平年代,当然不需要生产压缩饼干嘛。

比如说,住学生公寓还是到外面租房的问题,买车和不买车的问题,番茄酱和味精的问题,假期是打工赚钱还是去自助旅行的问题,跳槽选一个自己喜欢但没有奖学金的专业,还是继续读那个无趣但将来容易找到工作的专业的问题……

卓尔觉得自己快要爆炸了,她变得容易发火。她每次提出一种设想,无一例外都会遭到刘博的否认,她每一个计划都在刘博的反对下破产或是流产。在加拿大读着博士的刘博,比生活在中国时更加恪守所有的规章制度,比在北京时更准时更严格更律己更不可更改。卓尔忍到第十三个月,刚刚办好下一年的陪读签证,终于还是忍无可忍了。

那天晚上卓尔早早躺下了,她觉得手心有点儿发热,头也昏昏,浑身酸疼,也许是感冒了。床头的写字台亮着灯,刘博在写论文。开着灯她睡不着,只好随手抓过一本杂志来看,那故事吸引了她,一时倒没了睡意。忽然觉得有只手在扯她的睡裤,刘博不知什么时候爬上了床,脱得精光,在她身上摸索着。卓尔说别,我不想。身子却软软的没有力气把他推开。那时的卓尔还不知道有婚内强奸这个概念,刘博一时变得雄起赳气昂昂,弄得卓尔很无奈。卓尔侧身背对着刘博,就是不把身子转过来,不理不睬地捧着那本杂志看。那天晚上的刘博一反常态,卓尔不转身,他不勉强,将自己滚烫的身体贴在卓尔后背,两只手扳着卓尔的腰,忙碌了一番,居然从卓尔身后进去了。卓尔一惊,心想你终于开始改革了,可惜太晚了,这会儿我没情绪。她心里有气,又挣扎不动,只好继续看自己的杂志。她对自己说你做你的我看我的,我当你根本不存在,不存在就等于什么也没做……这个想法虽然有点儿自欺欺人,却是卓尔唯一能做出的反抗了。刘博自己还在动作着,也许觉着挺刺激,居然很快兴奋了,哼哼着一把揪住卓尔的头发,一泻千里。

完事后,刘博仰头望着天花板说:我真服了你,我干你,你竟然还能看书。

卓尔的眼泪涌出来,她闭着眼说:你也一样,我在看书,你居然……

刘博长叹一声说:确实没法兼容,死机吧。

很久以后,卓尔回忆那晚的情形,她发现自己回国的决定,就是在刘博的那声长叹中做出的。那种心底深处涌上来的屈辱,使卓尔对自己无比痛恨。第二天早上,卓尔就出去找房子,等刘博下课回来,卓尔已经在收拾行李。刘博望着一地狼藉的衣物说:你如果离开这儿,咱俩就算完了。

卓尔是自己把自己逼到死胡同里的,她已经没有退路。她搬进一个老外出租的阁楼,然后去唐人街洗盘子甚至给人看小孩。她本想把飞机票钱挣到了就回国,但等到手里有了一点儿钱,有一天她在报纸的小角上发现一个广告,一所工艺设计学校正在招生,看上去不那么正规,但学费倒是不贵。卓尔想自己至少应该在这里学点儿什么再走不迟,何况,其实她早就喜欢设计,不管设计什么都行。

进去后她才知道那实际是一所广告设计学校。在西方国家,广告学早已热得如日中天。在此之前卓尔对广告一无所知,这恰好满足了她一贯的好奇心。与刘博分居后,卓尔一直庆幸自己及时选择了自由。在那片陌生的土地上,她独自一人过得随心所欲。事实上她只需要很少一点儿生活费,就能让自己快活。她在街上捡了一台音响,又捡了一台电脑,读到下半个学期,"老板"给她一些简单的广告活计,拿到家里来做;由于她来自北京,又有朋友介绍她去华人社区教授国语,尽管价格低廉,还是能挣到一些钱。有了钱,卓尔便开始想入非非,她用自助旅行的方式,把北部的冻原地带和西部的落基山巡视了一遍。还觉得不过瘾,计划中,等到钱再多一点儿,卓尔是要去环游世界的,至少是欧洲大陆。

那一年的时间里,卓尔真是大大地开了眼界,还有什么样稀奇古怪的人和事没见过呢?包括女人的裸体游行或是同性恋者的亲密聚会。那一次她在光天化日之下,看见了街上行走着无数丰满的、干瘪的、高耸的、低垂的乳房,像一排排颤动的五彩气球,雪白、粉红、深褐、浅黑以及米黄的肤色交相辉映;那些气球在激情中不断膨胀,随时都有可能炸裂成碎片。一只金色的铜环在深紫色的乳头上跳跃,一长串小小的银环在鼻孔上发出叮当的响声。游行仅仅是为了抗议,抗议这个城市的一家五星级酒店,不允许一个年轻的母亲在酒店大堂给孩子喂奶。她们像一群来自海洋深处的美人鱼,无声地穿过街市,然后聚集在城市中心的花园水池,那个巨大的喷泉正如乳汁汹涌四溢……

那次游行给了卓尔过于强烈的刺激,以至于很长一段时间里,她的手一触摸到自己的乳房,就有喷涌的水声传来,夹杂着婴儿的啼哭。

卓尔的英语很快突飞猛进,身边聚集起许多新的朋友,红黄黑白各色人等。但卓尔的那些朋友总是来去无定,她(他)们不断变换着电话号码或是住址,许多人的面孔一闪而过却从此杳无音信。后来卓尔知道她(他)们之中有的人去了非洲,也有人去了亚洲;有的人年过半百却在学习一种新的语言,有的人变卖了全部家产躲到沙漠里,妄想发明一种还没有人发明过的东西……

卓尔的失落与失衡就是从那个时候开始的。她发现自己周围的男人和女人,远远比她要"作"得更疯狂更透彻,比起那些老外朋友,她简直什么都算不上。或者说,那个地方有的是人在"作",没有人惦念她也无人顾及她。尽管卓尔不需要表演的舞台,但她却需要有一片自己头顶的天空。

卓尔拿到那所学校的速成文凭时,签证已经到期。她除了为自己预留的机票钱外,钱包里已所剩无几。她认为自己没有资格去找刘博再办延期签证,她既已离开了刘博,剩下的问题都应该由她自己来解决。在那个秋天一个天高云淡的早晨,卓尔旋风一般登上飞机,然后两手空空回到了北京。几个月以后,她很快和刘博办妥了离婚手续。陶桃后来评论说她当时一定是疯了,如果她能够再忍一忍,等到刘博毕业后解决了身份,再分居不迟。那样也许她可以拿到绿卡,然后再离婚再寻找机会——许多女人不是转眼就把自己再嫁了一次嘛。但卓尔不行。卓尔是那种既没有野心也缺乏明确的人生目标的女人,卓尔可以在全世界任何一个地方一个角落生存,只要她觉得活得自在。

卓尔回国后,认识她的人都认为她傻得不能再傻,暗中怀疑她是否有点儿缺心眼儿。卓尔偶尔解释说,因为国外能"作"的女人太多了,她在那里实在"作"不出什么名堂,还是选择回国来"作"。她这种自嘲尽管没有太强的说服力,但人们至少相信了卓尔的回国确实与爱国无关。

卓尔就这样变成了一个快乐的单身女人。她发现一个人的生活实在是妙不可言。奇怪的是,像她这么一个人,当初怎么竟然会堕落到婚姻的陷阱里去呢?

　　回国之初,卓尔唯一的苦恼是,她觉得身体里常常有一种拱动的激情,像一条在血管里游走的蛇,撩拨着、挑逗着她所有的感官。她时常难以入睡,脸上、身上的皮肤干涩而缺乏光彩。她总是觉得饥饿,一种从肠胃到心肝到大脑的全身饥饿,使她惶然而烦躁。

　　但那年秋天偶然的南方之旅,迅速改变了一切。当她背着潮湿的行囊跳下火车走出北京站,她觉得自己像一粒熟透了的新鲜荔枝,一剥开就会有充盈的汁水弹出来。

第七章　这算不算是"作"呢

1

卓尔已经记不清那是哪一年,比如说几月几号这样具体的时间了。她甚至不能在脑子里清晰准确地回忆起那个人的长相。她只能模模糊糊地看见他身体的轮廓,在蓝色的天空和银色的星光下,像一棵粗壮而光滑的树干,浓密的叶片被她的手指抚弄着,枝条上有黏稠的汁液渗出来。在那两天里,她所经历过的一切,真正能留下来的仅仅只是一些感觉,像一个神出鬼没的影子,只有在阳光下才会出现,然后跟着她逛来逛去,忽而变得细长忽而变得短粗,只要她一走进屋子,那影子顿时就消失了。即便偶尔会有一些细节掠过,也不是刻印在脑子里的,而是烙在她心里的,随着她心房的开合,一下一下地,像血液那样被汹涌地泵压出来。

在中粮广场的珠宝柜台上,那一刻卓尔突然神不守舍。她的眼睛晃过了那个年轻的身体,在葳蕤肥硕的草叶掩映下,就像一块透着浅绿色微光的碧玉。

卓尔所有的记忆都在那个瞬间被它唤醒,尽管它从来没有真的睡着过。

卓尔其实从来没有工作到可以放弃玩耍的地步。在她的生活中,无论怎么忙累,都会千方百计为自己留出休闲的空白。

那年卓尔正在北海寻找投资项目,一位朋友介绍她到邻省的一个小城去碰碰运气。她知道离那个城市一百多公里之外有一个著名的风景地,据说再往尚未完全开发的深山里走,那儿的森林湖泊美得像一个梦。曾有去过那里的朋友回来给她描述,说这辈子要是没到过那个地方,简直就虚度此生了。

弄得卓尔根本没心思跟人谈事了,草草了结后,卓尔甩下了所有的人,坐上旅游巴士再坐长途汽车最后坐三轮卡车,独自一人到了那个被称为小镇的村子。

她到达的时候已经天黑,只听见淙淙的流水声,从脚下从空中从任何一个方向,将她轻轻地托举起来。她在重重叠叠的山影中沉沉睡去,看见窗外深蓝色的天幕上,漫天密密麻麻的星星,像是一群群正在打架的蚂蚁。

天亮以后卓尔走出了屋子,顺着小路沿着溪涧走。那个地方果然让她喜欢得心颤,天空蓝得透明,湖水绿得发亮,山高得令人窒息,树林里除了斑斑点点猩红色、鹅黄色的花朵,满目都是绿色,连同绿色的空气,让人分不清树和林中的路。无论走到哪里,头顶上总有小鸟的歌声,热烈的、浪漫的、激越的、抒情的,啁啾婉鸣起伏跌宕。那些歌声永远在森林的深处回荡,没有间歇也没有停顿,没有开始也没有结束,一首未了另一首又起了,就像一首绵长的配乐诗,或是地方戏的连台本,可以永无休止地演唱下去。有时候,那歌声猛地热闹起来,此起彼落的,像在举办一个盛大的音乐会,却是各吹各的调、各唱各的词,谁也不管谁、谁也不听谁的,只需欢快地唱着就是了。

卓尔倾听那些歌声,她抬头,密密的树叶间,却看不见那些唱歌的鸟。

一整天卓尔都在村子四周的山林随意游荡。那里民风淳朴,不用担心会发生什么;有人告诉她,山谷里除了野鸡、山兔、穿山甲和麂子之外,很少有猛兽出没。第二天,她开始背上新购置的睡袋和很少的干粮,往更远的山里走去。那天下午时分,她走过一片绒毡似的绿草坡,出现在她眼前的是一个弯曲的小湖,在下午的侧光下,像一条金色的琥珀项链挂在草地上。湖边有一块巨大而光滑的岩石,湖的另一侧是郁郁葱葱的低矮树林,树梢的叶子被阳光染得金黄。走近了,那水面上竟漾着一层金箔似的花粉,一阵甜香的气息若有若无地散开来……

卓尔放下了背包,飞快地取出了游泳衣。尽管四下无人,她仍是走到岩石后面去换衣服。当她穿着那件红色的游泳衣,伸出一只脚去试探水温时,一抬头,发现树林子边上站着一个人。

那是一个青年男子,头发乱蓬蓬的,卓尔记不得他穿着什么衣服,只记得在他的胸前,挂着一架很大的望远镜。

那男子朝着她走过来,用双手拢成一个筒,喊着什么。

周围没有别人,他应该是在对她喊话。

他走得更近了些,卓尔听清那喊声像是说:别在这儿游泳。

他的话音里有浓重的地方口音,卓尔一时识别不出那个人来自哪里。

卓尔冲他大声喊:你别过来。卓尔的声音噎在那里,她不可能接着喊:再过来我就开枪了。卓尔没有枪,她的背包里只有一把像水果刀那么精巧的瑞士军刀,做不了防身的武器。卓尔忽然感到有点儿害怕了,她没有想到这样的地方会有一个男人。卓尔穿着游泳衣的身体,就这样一览无余地暴露在一个陌生男子面前。就算她不在乎,可尴尬的是,她既不能一直这样待着,也不能回到岩石后面去把衣服穿好,万一那个家伙趁着她换衣服的机会扑上来呢?卓尔真是进退两难,情势万分危急。

谢天谢地,那男子总算站住了。他那样怔了一会儿,又对她喊道:我这就往回走,你别害怕,快去把衣服换了吧,我有话同你说。

他转身往来的路上走,一直走到树林的边缘,然后消失在林子里。

卓尔在心里迅速计算了一下距离和时间:即便这是一个阴谋和骗局,但在自己把衣服换完的这段时间里,那个人想要转回来,也是绝对来不及的。卓尔飞快地钻到岩石后面,一边手忙脚乱地换衣服,一边不时地伸出脑袋往外侦察。她几乎把两条腿塞在了同一条裤管里,胸罩的扣子怎么都扣不上,到最后那些钩子也不知都是谁和谁钩在了一起,以至于在那天下午后来的时间里,她总是用一只手去够自己的后背,企图把它们弄平把自己搞得舒服些。

卓尔穿上她的牛仔裤和套头衫,重新走到草坡上的时候,那儿已杳无人踪,一只红翅、白肚皮的小鸟从平静的湖面上掠过,撩起蓝莹莹的水花。这情形差点儿使卓尔发生一种错觉,好像刚才的那个人,只是她由于过度紧张而产生的一个幻象。那个人已经变成了一只鸟,与她擦身而过。

然而危险一旦解除,卓尔强烈的好奇心忽而滋生,她扯开嗓子大喊:

喂,那个人,你——在——哪——里?我——好——啦……

她看见一个亮点在阳光下闪了一闪,一只望远镜从树叶下钻出来。然后是那个人,刚才那个人,他的肩上多了一个收拢的三脚架,还有一只背包。

后来他们在草坡上坐下来,那人拿出一只大号的可乐瓶子递给卓尔,瓶子里还有半瓶清水。卓尔摇摇头不接,她听过那类案件,把蒙汗药放在食物和水里。

那人说:这片湖区中间有许多水草,在岸边看不见,上次有个人就差点儿……

卓尔不说话。

那人伸出一只手指着远处的湖湾说:你要是想游泳,可以到那边去游。那里有沙滩,湖底也比较平坦。

卓尔朝那里望了一眼,不应声。

那人又说:早晚水凉,容易抽筋,下水前要先把腿脚活动开了。

卓尔用眼角瞄他,琢磨他说话的口气——这人,不像是坏人吧?

那人用手掌撑地,一下子站了起来,拍打着手说:好了,算是我多管闲事。我是怕到时候又不能见死不救,自己弄不好也被水草缠住。我忙着呢,该干活去了。

卓尔心里动了一动,盯着他的背影,追着问了一句:哎,你是这地方的人吗?

那人并不转身,只是摇了摇头,背起了他的东西。

卓尔又问:那你怎么对这里这么熟悉?

那人一边走一边嘟囔说:我嘛,每年都到这里来。

他不理不睬的态度有点儿激怒了卓尔。卓尔跳起来,追上去问:你到底是干吗的?摄影记者?写民歌的?砍柴的?采药的?采药还带着望远镜啊?

那人站下了,把背包放在脚背上,无声地笑了笑。

我告诉你吧,省得你以为我是坏人。喏,我是个观鸟的,飞禽爱好者,听说过没有?每年都在山里树林里钻来钻去的那种人。

卓尔的眼睛一下子睁得老大,瞳仁里飞起铺天盖地的鸟群,响起一片多声部多重奏大合唱。

那人把望远镜递给她说:你自己看吧,湖上飞的,树上停的,这些都是。这地方的鸟类有几百种之多,有许多都是濒临灭绝的珍稀物种……

望远镜里一片白茫茫,什么都看不见。是卓尔放光的两眼,把鸟都挡住了。

后来卓尔就跟着他走了。卓尔说你带上我,我跟你一块儿去看鸟。我可以帮你打个下手什么的,不要工钱。那人说你还不够我累赘的呢。卓尔说你听说过北京的"自然之友"吧?我参加过一段他们的活动,在北京郊区观过鸟,我会写观鸟日志。那人说那就试试吧,不过我后天就要回去了,我们几个同事要在省城会合,还得去别处呢。卓尔说你这人真逗,我又没打算跟你签合同。

那会儿太阳已经偏西,夕阳下,归巢的鸟群从云层中降落下来,紧贴着湖面盘旋,它们缤纷的羽毛映着黄澄澄的湖光,翅膀如风激荡,伴随着尖一声钝一声无法听懂的鸟语,像一群横空出世的精灵。

卓尔也禁不住兴奋得尖叫,一边跺脚一边跳跃。她说你看呀你快看,那只鸟歪戴着一顶礼帽,像个西部牛仔……那人见怪不怪地回答说我看得多了。卓尔说你看呀你快看,那只鸟穿着雪白的婚纱裙,好漂亮的尾巴啊……那人说你不知道吧,它的裙子是在雪山顶上染白的,到了秋天就会发黄。卓尔说你快看快看,那只鸟的嘴巴真长,该不是一根指挥棒吧……

卓尔把望远镜塞到他手里,他凑过脑袋来。他乱蓬蓬的头发触到了卓尔的额头,卓尔的额头痒痒。她闻到了一股男人浓重的汗味儿,却分明带有一种青草和树叶的气息。他的脖子是深棕色的,望远镜的皮带移开时,在红褐色的皮肤上,露出了一道被勒得过久的白线,像那只黑鸟肚皮上的花纹。

他突然变得激动起来,他说那只红鸟,你看见了吗?就在那棵树顶上,红色的,看见了没有?它正扇着翅膀呢,好,飞起来了,迎

谢天谢地,那男子总算站住了。他那样怔了一会儿,又对她喊道:我这就往回走,你别害怕,快去把衣服换了吧,我有话同你说。

着我们飞过来了——

卓尔终于看见了那只红鸟,长长的尖嘴,竹叶般细长的翅膀,它灵巧地在空中拐了一个大弯,黄昏的光晕将它橘红色的羽翼涂上了一层发亮的油彩,当它向下俯冲时,像一柄燃烧着的火把。

他从背包里取出了微型摄像机,长久地对着它拍摄。他跪了下去,在地上寻找着更佳的角度。他的神态极其欣喜并且狂热,却又带有一种近乎虔诚的庄重;他两条结实的大腿半蹲半跪,身子微微向后仰着,握着摄像机的那只手,绷出手背上紧张的肌肉和青蓝色的血管,手指一动不动地攥着,像一具完美的大理石雕塑。他的整个身体显露出那样一种生动的、优美的姿势,不是在舞台上摆放出来的,而是那么自然、那么自然而然,就像那只红鸟飞翔的姿态——那一刻,卓尔的心里忽然有什么东西涌出来,一种久违了的、陌生的汁液,温热中带有一丝甘甜。

卓尔不知道他在那里蹲了多久,卓尔也不知道自己站了多久。天空渐渐暗了下来,他的面孔也变得模糊不清。他终于直起了身子,一个有些悲哀的声音如同呜咽的晚风一般从空中传来:

这就是翡鸟,翡翠鸟中的雄鸟。几年里我一直在跟踪它。去年我逮住了它,给它套上了标志环。我到这儿来了五个春天,一共就发现了七只翡鸟,连同这一只在内……那一天,卓尔第一次知道了世界上有一种鸟叫做翡翠鸟。在许多地方,这种红色的翡鸟几乎已经绝迹了。人们通常看到的都是翠鸟,大多数雄鸟和雌鸟都是蓝绿色的……

他收拾好那一大堆东西,背了起来。他在暮色中摇摇晃晃地行走,沿着湖边上的碎石滩,往远处的另一片树林子走去。

卓尔跟着他,脚步在寂静的湖边稀里哗啦地响。

他突然回头说:天都快黑了,你明天早上再来这儿找我吧。

卓尔带着哭腔说:我不认识回去的路,我没有地方过夜了。

2

他的帐篷搭在湖岸靠近树林子边缘的一片高地上,从低处望去,帐篷隐蔽在树丛后头,几乎看不见。走到跟前,才发现那顶蓝色的尼龙折叠帐篷,像一条鼓满了风的帆船,突兀地从港口驶出来。帐篷门口的那一小块空地,干燥而宽敞,有石块垒成的灶和一只小铝锅,石块上留着烟熏的痕迹,一小堆柴火整齐地码在树下。

哇,好一个现代隐士啊。卓尔一边赞叹着,一边掀开了帐篷的门就钻了进去,不管不顾地仰天倒在了铺位上。她忽然觉得自己实在是累得不行了,连续奔波疯玩了好几天,几乎都没有睡过一个囫囵觉。这铺底下虽然有点儿硌,对她来说却是太舒服啦。帐篷里被收拾得挺干净,一条薄薄的太空棉被,换洗的衣服当了枕头,几本书和笔记本,角落里有一小堆绳子、铲子、纸盒之类的杂物。卓尔四仰八叉地放平了身子,闭上眼睛,竟有一种到了家的感觉,困劲儿顿时就上来了。

参观完了没有?出来吃点儿东西,饿了吧。他拍着帐篷喊道。

卓尔懒洋洋地爬出来,哇,他居然已经烧开了水,泡上了碗仔面。还有一小截香肠、一袋榨菜。我的天,简直是神仙过的日子啊。卓尔端着碗在门口的石头上坐下,顾不得烫,呼噜呼噜地吃起来。那人也端着碗坐在离她不远的柴堆上,一转眼工夫那碗面就见了底,他仰头把汤喝得干干,然后站起来,走到树丛下,指着一只又厚又大的黑色塑料袋说:吃完了,把垃圾丢在这里面,我走的时候,要连垃圾一块儿带走的。

天已几乎完全黑了,他找来一些干树枝,在湖岸边的碎石滩上点起了一堆篝火。他说你看我勤劳吧,捡了那么多枯枝攒着,后天要走了,反正也用不上了,咱们就把它都挥霍了吧。我现在怀疑是不是都给你留的。

卓尔说:你知道我会来吗?

他回答说:不一定是你吧,好像总是会有一个人来的。

男的还是女的?

当然最好是女的啦。我在这里住了半个月,连鸟都辨不出雌雄了。

朦胧的夜色中,一股白色的烟雾升腾起来,在树林子边缘弥漫,那篝火燃烧着,蹿出了金黄色的火苗;火苗渐渐旺了,伸出一条条蓝色的火舌,那些变化不定的火舌翻卷着、吞吐着,细长而灵巧,然后,吐出了许多许多五彩缤纷的故事。

他开始给她讲鸟——这一大片山林里的鸟。

他说,你知道鹧鸪吗?那是一种太常见太普通的鸟,头顶是黑褐色的,身上带有红褐色的羽缘。你知道什么叫做羽缘吗?就是羽毛的边。它们的双翅又短又圆,只能直线地短距离飞行。雄鸟跑得飞快,还好斗,每年春天繁殖期,满山遍野都是鹧鸪的叫声,你听你听,屏住气,把别的声音过滤出去,鹧鸪鹧鸪的,那是雄鸟和雌鸟在互相呼应,唉,算了,你分辨不出来。鹧鸪的警惕性最高,每天晚上都要更换栖息地,比如就像你这样吧。鹧鸪的肉据说很鲜美,所以人们总想逮着它吃。我见过上千种鸟,都是活的,不过我什么鸟肉也没吃过。还有一种冠斑犀鸟,嘴好大,还朝下弯,嘴上端有个盔突。盔突嘛,就算是盖子,看起来很笨重。其实呢,它里面是疏松的骨质纤维,喏,就像泡沫塑料那样轻,但结构坚固,吞咽食物很有力。这种鸟啊,我说了你也不信,它的眼睑边缘有长形的眼睫毛,是个美女或是美男子呢,这在鸟类中是极少见的,你见过有眼睫毛的鸟吗？没有，那是实话。不过这家伙比较懒，它飞行的时候，翅膀扇动几下，就向前滑翔一段距离，就像摇橹那样。哦，听你说话，像是个北方人，你没有见过摇橹吧，那个姿势很优美。前几年我回老家去，还帮人摇过橹，手生了，摇得没有它好看。每年三月，犀鸟开始繁殖，雌鸟会选择那些高大的树木，找到一个树洞，钻进去，然后把自己的排泄物混着木屑什么的，堆在洞口，雄鸟就在外面用衔回的湿泥封闭洞口，这里外两种材料混合，干燥之后非常结实，中间留一条垂直的裂缝式的小孔，雌鸟就在里头孵蛋，从这个小孔中伸出嘴来，等雄鸟给它采回食物。那真是配合默契，你别小看这鸟，它们聪明得一塌糊涂，现代科学有许多技术都借鉴"仿生学"的原理，人类的想象力比起鸟类的遗传基因，常常是望尘莫及的。还有一种黄胸织布鸟，体型也就麻雀么大小，上半身的体羽是红棕色的，密布着宽阔的黑色纵纹；下半身的羽毛呈深棕色，喉部和胸部都是浅黄的，到了繁殖期间，雄鸟头部的羽毛就变成了鲜亮的金黄色。它们在树上筑巢，先由雄鸟用植物纤维紧紧地系在树枝上，用嘴来回地编织，织成巢的颈部，再向下一点儿，大约几个厘米长，就慢慢扩大，织成中空的瓶状，然后在底部一侧开一个朝下的孔，亲鸟由下而上进入巢内。雄鸟把主体工程做完后，再由雌鸟在巢内进行装修，我一点儿都不夸张，确实是装修，它会衔来一些软的东西铺垫在巢底，再加一些栅栏样的障碍物防止鸟卵跌出。雄鸟在外面寻找材料，飞回来交给雌鸟，出出进进速度很快，好像内外穿梭一样，就被人称为织布鸟了。噢，你问什么叫做亲鸟，顾名思义吧，就是相互亲热过的鸟啦，那是亲人的关系，亲密的亲情的亲啊。反正我是这样理解的。再比如说有一种缝叶莺，你听听这名字吧，比织布鸟更绝。这种鸟一般是橄榄色的，额头呈棕色，尾巴是楔形的，它在树枝上停留或是跳跃时，常常喜欢把尾巴高高翘到背上,飞快地跳来跳去,像打斗片里的侠客一样身手敏捷。它们筑巢的方式很特别,真的是很特别,它们会选择那种叶片大大的植物,比如芭蕉什么的,把一片或者好几片叶子缝成囊袋,再把棕丝啊、蛛丝啊、棉花啊、茸毛啊所有它能找得到的东西垫在里面,有时还会用草和纤维把叶囊的柄基部紧紧地系在树枝上,那样巢就不会掉下来。然后雌鸟和雄鸟就开始缝制了,它们用嘴在叶片的边缘钻一个小孔,将叶片卷曲,再用纤维穿起来,就像真的缝衣那样,不断地钻孔、穿线、缝合,直到叶片完全被缝成一个长长的囊。雌鸟在囊中产卵,每年两次,一次大概三枚到五枚。这鸟也怪,你看它缝囊缝得那么辛苦,可是,只要是在孵卵期间,一旦有人或是其他动物惊扰了它们,缝叶莺就会立即弃巢飞走,不再回来……

他往火堆里添着树枝,红艳艳的火星子飞扬四溅。卓尔看见许多美丽的小鸟,扇动着它们五光十色的翅膀,从火中飞出来,扑在卓尔的肩上。黑暗的树林和湖水都已沉寂,唯有他低哑的嗓音,像一只不眠的大鸟在火光中呢喃。几年来,卓尔几乎已经忘了他的面容,但她记住了篝火中他讲过的每一句话——那些关于鸟的趣事。后来的许多年里,无论来自何处的鸟鸣,都会令她想起那个男人类似鸟语的南方口音,她无数次地温习着那个声音,辨别着那种抑扬顿挫的节奏里,舌尖上卷吐的语音中究竟传递给了她什么样的信息。

那个月色迷蒙的夜晚,卓尔知道了他几年前毕业于一所大学的生物系,如今在省城的一个生物研究院的鸟类研究所工作。有一刻,卓尔恍然觉得他就是一只鸟,杂色的羽毛、长腿、强健的翅膀,还有一支会吐出许多故事的粗喙,从那个倒映着火光的湖面上飞起来。

火堆渐渐熄灭,黏湿的晚风有了寒意,卓尔一次次打着哈欠,脑子却越来越清醒。终于,那人说我要睡了,明天清晨5点一刻,我还得赶到山崖那儿去呢。那是我临走以前最后一次观察了。卓尔说你观察什么?那人说,是翠鸟的鸟巢,坡崖上有好多个,但必须在太阳出来之前到达,取一个角度的一束光,可以望见鸟巢里面的情形。这几年我已经惊扰它们太多次了,这一回,我只想远远地再看一眼……

卓尔说:我也去,你可一定要叫醒我啊。

后来他们为睡觉的问题发生了一点小小的争执。他说他可以睡在帐篷外面,让卓尔睡在里面。卓尔不肯,说她有睡袋,睡在外面不会冷。他说要是有野猪来呢?卓尔说她不怕野猪。他朗声大笑起来,说连我都怕,你这牛吹得没人信。卓尔犹豫了一下,嘀咕说,其实何必分那么清呢,咱们俩都睡在帐篷里,又有什么关系?他摆摆手说不行不行,你就不怕我是坏人?卓尔说坏人可能是我。他又笑了,说你这个人蛮有趣啊!这样吧,我让你一步,你要是不在乎把你的睡袋借我,我睡在外面,这样总能摆平了吧。卓尔不吭声,她拿不定主意借是不借,她想男人总是比较脏的。他说其实我不喜欢用睡袋,像个笼子,被人捆住一样。你看我,宁可用被子也不用睡袋的……卓尔没法再坚持,再坚持就好像非要同他一起睡在帐篷里似的。卓尔站起来,说好吧好吧,咱们换换,我也许可以做个像你那样的梦。

卓尔躺在帐篷的地铺上,盖上了他那条轻柔的薄被子。那条被子上虽有一种陌生男人的汗味儿,却夹杂着一股淡淡的香皂味儿,比卓尔预想的要干净许多。她听见他的嗒嗒脚步声,然后从不远的湖里传来哗哗的弄水声。她想他该不是为了怕弄脏她的睡袋,才在深夜到湖里去洗澡的吧。卓尔翻了一个身,被子里很暖和,像一双大手温柔地抚摸着她的身体,她心里忽而有一种莫名的感动,不知自己置身于何处,像是一个从未经历过的幻觉,叫人生出许多莫名其妙的想象。那个被角蹭得她脖子痒痒,黑暗中低低的帐篷顶犹如一个巨人般朝她俯身轻压下来。她手心里出了汗,心里一阵狂跳,身上的皮肤一寸寸地膨胀,连同五脏六腑的那些器官都被自己血液的激流浸没了⋯⋯

好像有什么事情要发生了。卓尔想。

这样的地方,为什么不能发生点儿什么呢?她又想。

可是,又能发生什么呢?

卓尔睡着了。在她的梦里,深蓝色的天空像一片大海,浮游着满满一大海的蓝星星,闪闪烁烁,鬼鬼祟祟。后来她乘着一顶帐篷样的帆船驶向海洋深处,才发现那些星星,既不是蓝宝石也不是打群架的蚂蚁,而是无数只栖息在海上的小鸟,红翅膀、绿羽毛、黄尾巴的小鸟,它们蓝色的小眼睛一眨一眨,整个大海都亮了⋯⋯

3

卓尔被一个声音叫醒了,那个声音急促地拍打着帐篷的门,有点儿不耐烦。

卓尔深一脚浅一脚,昏沉沉地跟着那人去坡崖看鸟巢。

天刚蒙蒙亮,天空是银灰色的,山尖上有一抹嫣紫,像是涂了口红。

卓尔在太阳升起来的那一刹,望见了翡翠鸟窝里雪白的小蛋,就像藏在山崖的深洞中一堆发光的宝石。手舞足蹈的卓尔差点儿从树上掉下来。然后他们走到湖边去,看翠鸟蹁跹地掠过水面,一次次用长嘴将一条条小鱼湿淋淋地从湖中叼出来。他一直举着那只摄像机,或仰或蹲,无声无息,身边像是根本没有卓尔这个人了。后来卓尔嚷嚷说她饿了,她从背包中找出几片干面包和几粒糖果,均匀地分成两份儿,他的那份儿眨眼间就被扫荡一空了。太阳升高了,他和她的眼睛都眯得睁不开,她觉得自己困极了困极了,真想躺在草地上酣然大睡。他说我们回去吧,昨天晚上我给你看门,又惦记着早起,其实一夜也没睡好。在路边的灌木丛里,他找来了几只奇形怪状的紫色野果子,叫不出名字的,咬一口,酸甜的汁水溢满了她的牙缝,麻木了她的舌尖,噎住了她的喉咙⋯⋯这些汁液从远古的森林里流出来,滴在卓尔的嘴里,挑逗着她的味觉,滋润着她身上的每一个毛孔。后来的许多年中,那些紫色的野果像一串晶莹的珠链串起她的记忆,往事在紫色的雾气中忽隐忽现。

　　他们回到帐篷那儿,累得谁都说不了话,倒头就睡。卓尔不知道自己睡了多久,她是被一种奇异的香味儿吵醒的。香味儿从帐篷的缝隙里一阵阵钻进来,勾得她口水满嘴荡漾。她撩开帐篷的门,看见了一堆燃烧的柴火,几条肥硕的鲜鱼已被烤得焦黄,金色的鱼油一滴滴炙入火中,连火焰都喷冒着香味儿。卓尔一边飞快地起身穿衣,匆匆擦把脸跳出门外扑向火堆,一边大叫:真没想到你还会钓鱼啊!

　　他回头看她,那眼神灼灼的,竟有些异样。他说:我就是翡翠鸟变的钓鱼郎。

　　那是卓尔三十年来,吃过的最好吃的东西。她用手抓,用舌舔,把焦脆的鱼皮咬得咯咯响,她知道自己的吃相一定十分恶劣。鱼油流满了她每一根手指,浸淫了她的五脏六腑,一直渗透到她的血液里。自从吃过他的湖边烤鱼,卓尔回到北京后很长一段时间里,吃什么都味如嚼蜡。卓尔贪婪地吃着,像是把她后半生要吃的鱼统统一网打尽了。后来她终于吃饱了,她心满意足地到湖边去洗手,当她快活地甩着两只手上的水珠,回到帐篷门口的时候,她发现那人正用一根粗大的树枝,在使劲地抽打着火堆,似乎想要把火压灭。他用力那么狠,即将燃尽的树枝在他手下呻吟着,鲜红的火星飞溅起来,而后一颗颗暗淡下去。太阳好像已经偏西,他的脸上罩着一层血红色的光芒,显得有些恐怖,眼睛里有一种忧郁而绝望的神情。

卓尔走过去,伸开双臂,从身后轻轻环住了他的脖颈。他微微地战栗着,慢慢转过身来。他突然猛地抱住了她,像一条巨大的蟒蛇箍紧了她的腰。——卓尔觉得窒息,乳房迅速地膨胀起来,抵住了他的胸口。她像一个溺水的人,在深不见底的漩涡中一点点沉下去……卓尔的嘴唇火辣辣地刺痛,她用尽全部的力气说:

我要你!

我要你!卓尔又一次说,吻住了他丰厚的嘴唇。

卓尔被自己吓了一跳。她是说了——我要你!这句被男人说了千年,从来都属于男人专用的话语从她嘴里蹦了出来。为什么只能是他们要,而不能是我要呢?一个问号从卓尔脑中快速掠过,身体却已是绵软无力,昏昏然一片空白。

卓尔觉得自己的脚尖离地,整个身子都漂浮起来。他抱起了她走进帐篷,把她放在了铺位上。他们身上所有的衣物像蜕化的蛇皮,一层层自动地脱落下去。他轻轻地抚摸她,那么自然而坦然,粗糙的手掌如木桨在水面上留下一道道划痕,激起她腹部潮水般一阵阵上涨的浪涌。他温柔地望着她,宁静的眼神如星星般明澈。她伸开双臂抱住了他,他背上绷紧的肌肉带着扩张的力度,几乎要把她弹出去。他们如两条巨蟒纠结缠绕,一条从另一条的身体中间穿过,分不清彼此。她是那么渴望被覆盖被包裹被撕扯,浑身所有的细胞都在一个个炸裂开来,血液像出炉的钢水飞溅奔流,却四处碰壁,没有通道承载它们。地壳深处的岩浆挤压着、翻滚着,体内燃烧的火球火团焦灼地拱动喷涌,莽撞而盲目地寻找着出口——她试图用手指但手指太细了,用脚趾但脚趾太远了,用舌尖但舌尖太弱了,用她小小的乳头但乳头太柔软了。她焦渴而惶然,眼睁睁地看着自己被火球一口口吞噬,却没有办法拯救自己。

她的腿根触到了他兴奋的身体,像浓密的草丛中一株粗壮而丰润的树。

他进入她的初时,带着几近疯狂的热烈,粗暴而坚定的。那个瞬间,卓尔忽然觉得身体里那黑暗的锁孔中被插入了一把钥匙,那道关闭已久的门轰然开启。禁锢的锁孔被一种强大而灵巧的力量迅速地扩开,她的面前出现一条隧道,温暖而湿润的隧道,光滑的岩壁在滴水,微光在远远的洞口闪烁。他来了,是她邀请他来的,他不是入侵者,而是一个温热而有韧性的探头,一枚盛满了生命和爱意的炸弹,小心翼翼地滑向隧道深处,探及了她体内的秘密,那隧道竟然是那么深不可及,它一次次昂扬出发、一次次长驱直入、一次次回转、一次次进攻,却总也无法到达终点。欲望的火焰如此凶猛,这是她以前从未发现的,她觉得自己即将被焚毁,那枚炸弹每时每刻都会被她自己引爆,她的心里充满恐惧,但一阵阵袭来的眩晕与战栗又使她灵魂出窍,身体的每个器官都在翻江倒海,制造出惊险、紊乱的快感。

壁画上那个飘飘欲仙的飞天,定是经历了这样的时刻后,才能抵达那个境界。

银色的海豚破浪出水,在空中抛出优美的弧线,是为了卸去它满腔的激情。

两片云在空中相逢、相遇、相撞,击起巨大的雷声,终于交织成惊天的闪电。

鹧鸪、黄鹂、鸳鸯、杜鹃、百灵、云雀、画眉、缝叶莺、冠斑犀鸟、黄胸织布鸟、翡翠鸟,你们都飞吧,扇着翅膀舒缓地、轻灵地、勇猛地、激越地飞起来、飞起来、飞起来……

卓尔觉得自己体内被狠狠地拨动了一下,在那条隧道里发生了什么。是地震吗?它突然剧烈地晃动、抽搐、痉挛,一阵收缩,又一阵弥漫,整个腹部都在颤抖,整个身体都失去了控制,就像一根绷紧的弦忽然断裂,眼前一片空白迷茫;更像飞机在地面滑行之后,猛地脱离跑道翘首升空的那个瞬间——她的灵魂腾空而起,一道强光掠过,呼啸着划破云天,直至天穹极顶,然后炸裂、粉碎、飘散……

卓尔听见了自己的喊声,尖锐而放肆地冲出喉咙,哽噎着突又喷发,像一头凶狠的母狼在月光下仰天发出悠长而凄厉的嗥叫。

她被自己的喊声吓坏了。她从来不知道女人原来是会这样喊叫的。她忍不住不喊,那个喊声好像不是从她身上发出,而是另一个陌生的女人,但她随即感觉到了一种迷乱而狂烈的快感和惬意,确确实实来自她自己的身体深处。那个瞬间,卓尔体验了她三十年来前所未有的快乐,像是站在雪峰极顶的巅峰,再走一步就会坠入深渊。这一定就是人们所说的那种高潮了,高潮来得那么猝不及防,在如此寂静偏僻的乡野,同一个她偶然邂逅的陌生男人。

她死死地咬住了他的肩膀,那坚韧的肌肉竟是那样厚实,她的牙齿无法穿透它。隧道内一阵强似一阵的抽搐在持续着,她一次又一次忘乎所以地叫喊,那喊声正在将她许多年来沉积的羞耻或是压抑,一声一声地驱逐出去。她的身体像一辆没有刹车的车子,失控地往坡下滑去,她想自己一定是快要死了。

最后她无声地哭泣起来,心底似有一个泉眼被凿穿了,随后泪水滂沱。当她终于平静下来的时候,她觉得自己像一个新生的婴儿,软软地蜷在他怀里。

她睁开了眼睛,她发现自己的身体倒置,悬浮在半空中,俯瞰着一片深蓝色的大海。不不,那不是大海,是天空。他轻摇着她说:你看,星星都出来了。

从帐篷壁掀开的小窗口,她望见了一群群密密麻麻的翠鸟,在天空中一动不动地凝翅驻足,蓝绿色的羽毛闪烁着宝石般的光辉。晶莹璀璨的星光下,他裸露的身体像一块温凉润泽的汉白玉。

枕着他的臂,她小声说:你真棒,我从来没有、没有觉得这么好。

他说:其实,昨天晚上冲动得厉害,只好用手把邪念排除掉,结果还是……

她问:你认为这是邪念?

他说:不一定。但我不知道你怎么想。我怕你把我当坏人。

她吻他。她看不清他的脸,只觉得他嘴里有一种草叶的清香,从舌尖上传过来,微微有点苦涩却又渐渐变甜了。树林里传来鸟儿们低低的呢喃,也许是夜深了。她迷迷糊糊地睡去,朦胧中觉得他又抱紧了她。她在梦里抚摸他,近于疯狂地回应着他的邀约。她仍是觉得渴,她还想要。他给她,不再是狂风暴雨,而是江南的那种和风细雨,绵绵不断的。那一夜她的身体始终沉湎在滑润的汁液里,像一片被春天的淫雨浸透的土壤,每一寸皮肤都能拧出水来。汗水干了又湿,再也流不出汗了,她的身体被渐渐抽空,像一片轻灵的羽毛,从湖面上悠悠飘起来……

黑暗中,她搂着他的脖颈再也没有放开。他均匀的呼吸温暖地吹拂着她的头发,黏湿的空气中萦绕着他的气息。他拂开她额头上的碎发,凝视着她的眼睛,说她的两道眉毛像燕子张开的翅膀。他始终没有对她说爱,她也没有。他也没有问过她是否爱他,她也没问。她不知道他是否爱她,就像他不知道她是否爱他。可是,一个女人一生中仅有的一次高峰体验,却在没有空说爱的时间里,在这样只闻风声鸟鸣、杳无人迹的地方发生了。她在绝望中一次次饥渴地索取——因为她只享有这一夜,她希望永远不要天亮。

4

两个人都几乎一夜未曾合眼,林子里传来第一声鸟叫,他们才昏昏睡去。

骤然而至的清晨,使得分手来得过于匆忙和草率。

按时前来接他的山民,用一匹瘦马驮着拆卸下的帐篷和他的全部仪器设备。她背着自己的行囊,跟着马尾巴摇摇晃晃地走。夜晚耗尽了他们所有的力气,一路无言,只有看不见的小鸟,躲在硕大的绿叶后面婉鸣,依然声声欢快。

在一条岔道口,他们挥手告别。他停下来,去背包中寻找纸笔。她说不必了。她又说,我即便给你留下地址也是没有用的。他问她为什么。她低头不语。他又说那我写给你吧,总该留一个电话号码。

她莞尔一笑说:我想你的时候,会到这里来找你的。

他疑惑地转过身去。鼓鼓的背包和一摇一摆的马尾,消失在远处的绿雾中。

但卓尔再也没有去过那个地方。

许多年里,那片树林和湖水,那些飞翔的翠鸟,在卓尔心里依然清晰如初,但他的面孔却一日日模糊下去。卓尔觉得那一夜,在他和她之间,所有要说的话都还没有开始,时间的闸门就已经落下。或者说,那两天里他们已把所有的话都说完了,也把所有能做的事都做完了,再和他见面还能干些什么呢?她不知道他的年龄和家庭,甚至没有来得及问他是否已经结过婚,有没有孩子。只记得他好像说过他的名字叫戴森——究竟是生活的"生"字呢,还是胜利的"胜"字?卓尔一次又一次拼命回忆他当时的发音,而那难辨的口形,却被岁月的尘埃一日日封掩……

曾经经历过一次婚姻的卓尔,离婚多年后,才第一次发现同另一个男子做爱,竟能到达欲仙欲死的境地。那种美妙在人的一生中也许都不能再有第二次。她在相当长的一段时间里,整日恍惚迷离、魂不守舍。她一直都想不明白,为什么同刘博做爱,重复了百十次最终了无印痕;而这个陌生的观鸟人,她和他之间仅仅只有一次,却是如此刻骨铭心?

也许正是因此,卓尔才会近于盲目地排斥重逢。她不知道自己在临别的那一刻,为何断然拒绝了他的电话号码。那个瞬间,她内心忽而有一种很深的恐惧袭来,她担心他再次出现、进入自己的时候,会改变或是破坏了留在她体内那种过于完美的感觉。

人的一生中,得到过的,也许可以再次得到;但失去了的,会永远失去。

通常,男人们对自己的所爱之物有强烈的占有欲,或者不断采撷、获取、制造出新鲜的故事来比较和证明他曾经所得到的。但女人恰恰相反。女人会把她内心的秘密,小心翼翼地守护起来,天长日久地独自享用,生怕阳光会使它褪色,或是一次偶尔的失误或缺憾,将她心底最珍贵的收藏划上一道残痕。

卓尔也无法免俗。就这点来说,卓尔发现自己其实很女人。

去年的圣诞夜,就在陶桃把自己又一次的失恋经过告诉了卓尔之后,卓尔一时冲动之下,作为对陶桃信任的回报,也把自己这个美丽的秘密讲给了陶桃。陶桃听完后这样评价说：

不就是一个观鸟人嘛,有什么呀!

第八章 "作"使我的人生有声有色

1

卓尔懒洋洋地过了几个星期,当她把这几年里欠下的睡眠都补足之后,反倒浑身筋骨酥松,散了架似的打不起精神。

毕竟,房款按揭、汽车保险、医疗保险……样样都是要月月支付的。卓尔很快感到了经济的拮据,钱包假如继续只出不进,弄不好她就该动用那笔"巨款"了,但那是她的"不动产",得留着到最关键的时候作雪中之炭用的。她舍不得。

是不是该干点儿什么了?她问自己。好好的一份工作,说没就没了。后悔吗?不,她早已厌倦了那样重复的日子,遥不可及的南极把她救了,她宁可像企鹅一样守望在寒冷的冰面上。老乔一再打电话来,让她到他的火锅城去当领班,虽说是委屈些,工资是少不了的。但卓尔拒绝了老乔的好意。她无法想象和老乔朝夕相处,会不会真把这个老朋友得罪完了。那么去做推销——房地产、家用电器、化妆品,到处都有公司在招聘推销人员。算了吧,那种假惺惺的笑容,卓尔那会儿推销药品的时候早已笑够了。那么经商吧,只要不是毒品和人,什么东西不能卖呢?但有过几年前那样惨痛的教训,卓尔知道自己不是经商的材料,虽然偶尔心狠手辣一下,卓尔也不是做不出来,但要命的是她对数字基本没有概念,一万块钱以上的钱她就不知道那究竟是多少钱了。算账这个活计,是卓尔人生中最薄弱最致命的缺陷,她有自知之明。

那几天卓尔正烦着,突然接到阿不的电话。阿不兴冲冲地在电话里大叫:卓尔卓尔你还没找着工作吧?有个地儿不错,你去肯定合适。

阿不在电话里絮絮叨叨地说了半天,卓尔总算听明白了,阿不刚去了春季人才交流会,有一家名叫天琛的珠宝公司,急需一名广告策划,如有英语基础和国外生活经历者优先,年薪不菲。阿不一个劲地撺掇卓尔,说你去试试呀,试试也没坏处,要是不喜欢就走人呗,腿儿不是长在自个儿身上吗?你再这么待着,脑子都该发霉啦……

卓尔问:你刚才说,那家公司叫什么名儿来着?

阿不说:天琛——天空的天;琛嘛,斜玉旁,加一个深刻的"深"字那右半边儿。

卓尔脑子里迅速闪过了中粮广场的那家珠宝柜台。翡翠——是的,是翡翠鸟的那个翡翠。天琛公司的那个白发老者让她知道了翡翠来自翡翠鸟。那一刻卓尔心里涌上来一种温暖的感觉,她忽然对这家公司产生了某种兴趣,她嗯嗯地应着阿不说,那好吧,我先去看一看再说。

卓尔先打了一个电话过去咨询,对方很热情要她马上把履历传真过去。电话很快就回了过来,让她第二天就去面谈,并带上她以前的创意方案或是作品。

卓尔特意穿上了浅灰色的时装套裙,摇身一变就成了个庄重的职业女性。

天琛公司的九层小楼建在一条僻静的小马路上。墙面上贴着一色青灰的石片,楼基一圈方石,显得沉稳厚重。仰起头,可见楼顶上竖立着天琛两个巨大的金字,在阳光下反射出多棱角的光彩。

卓尔走下车细细打量,发现那耀眼的金色似乎来自阳光,字是半透明的,有点儿像玉石,而不是大多数酒店常见的那种镀了金箔或是铜质的金字招牌。门口的小广场上,立着一块两米多高椭圆的大石头,疙疙瘩瘩、黑不溜秋的,粗糙而坚硬,说不上好看,却有一种含而不露的质朴感。

应该是璞玉的意思了,未曾雕琢的璞玉。

卓尔围着它转了两圈,对这家公司顿生好感。

进了小楼宽敞的门厅,迎面是一扇扁长形的整体大屏风,屏风中无画,米灰色的底板上,有些大小不一的墨笔字,字字圆润工整。她不由得停下脚步去看,大字是:"天琛——自然之宝也",旁边略小些的字写着:李善注。再往下看,字更小些:《诗·鲁颂·泮水》:"来献其琛";《文选·木华【海赋】》:"其垠则有天琛水怪"——取自《辞海》。

卓尔正琢磨着这些难懂的古文,有门卫走过来,问明她的来意,请她去七楼。

沿着楼梯往上走,见楼梯两侧的墙上,依次悬着一幅幅硬纸的方形挂幅,奇怪的是每一幅上都只有一个大大的黑色汉字。卓尔扫了几眼,发现那些大字竟然每一个都是斜玉旁的,什么"珍""珩""玑""琅""琪""琳"等等,每一幅字的右下角还附着一行小字,匆匆扫一眼,像是个注释。七楼那长长的走廊里,每一个办公室之间的空墙上,也挂满了这样的字幅。

倒是很有些文化氛围呢。卓尔尽管一时没明白那些字幅都是什么意思,也禁不住感叹。看来这家公司的老板是个讲究情调和审美品位的人。

她敲响了"广告部"的门,一个西服革履的年轻男子迎出来,自我介绍说他就是广告部经理,姓齐。他的目光像一把扫帚,飞快地把卓尔浑身上下扫了一遍。卓尔像一个真正的 OFFICE 小姐,在他面前表现得很矜持,她记住了阿不的教导,笑容适度而眼神含蓄。阿不说面试的第一印象要给予对方以热情的某种暗示。齐经理果然请卓尔坐下了,然后飞快地翻看卓尔带来的材料,又问了她一些问题。他似乎对卓尔的资历和年龄都感到满意,便开始介绍天琛公司的情况。卓尔似听非听,只是听懂了这家公司的规模不小,是目前全国珠宝企业中较大的一家,百分之六十的产品出口东南亚,在全国各个城市都设有分销经营的连锁门市。他又报了一连串诸如注册资金年产值,还有上缴利税等复杂的数字,卓尔立马就开始发晕。为了防止他那些数字没完没了地延续下去,卓尔赶紧打断他说:我认为天琛公司符合我的想象。我对薪水没有太高的要求。

那您有什么其他的要求呢?齐经理客气地询问。

卓尔回答得爽利:我只希望能够最大限度地发挥自己的创造力。

好极了!齐经理轻轻鼓掌。他站起来,抱起卓尔那一堆资料说:请你等一下,我去去就来。在他出去的那个空档里,卓尔环视了一下这间被隔成许多方格的大办公室,许多台电脑的彩色屏幕正在熠熠发光,传真机、扫描仪发出轻微的响动声,像一只只看不见的脚在匆匆行走。一个栗色头发的女孩儿从隔板上抬起头,朝她狠狠地看了一眼,卓尔只觉得那一眼像一枚钉子,差点儿从她脑门里横着穿过去。

齐经理很快回来了,请她到另一个办公室去一下。她被带到了人事部,另一个什么经理又问了她一些什么。最后那个经理让她填表,然后说她被录用了,她可以从明天开始到公司广告部上班,试用期三个月。离开人事部以后,齐经理说要带她参观一下公司,卓尔说不用了,她应该早点儿回去准备一下。齐经理把她送到楼下,嘿嘿笑着说她的运气不错,本公司选择人才历来苛刻,只因为原先那一位资深的策划主力最近发生车祸导致重伤住院,急需人员替补,而他本人对她的印象颇佳,才会破例考虑录用一个对珠宝尚无经验的人先试一试⋯⋯

卓尔笑笑说:哪天我请您喝咖啡啊?

不急不急,来日方长嘛。他总算在大门口停住了脚步。

卓尔重新开始了她的办公室生涯。

她觉得这个世上可笑的事情总是常常落在自己头上:她明明已经脱下了那件"白领"衣衫,怎么在"商场"转了一个圈,买回来的还是一件"白领"。而这一回,比在《周末女人》的时候还要更不自由——上班下班都得打卡不说,公司的人怎么一个个都像忙碌的工蜂或是白蚁,连个笑脸都没有就一头钻进电脑里去了。

广告部一共十五个人,除去制作、公关和业务代表,还有三个文案、两个平面设计、两个策划。除了她这个新来的所谓策划,另一个是 G 小姐,就是那个有钉子般的眼神和栗色头发的女孩儿。卓尔不知道 G 小姐的年龄,看她一天一变的时尚衣着和一口新潮词汇,暂且称她女孩儿无妨。据说她毕业于某个大学的机械专业,没有人知道她为什么会在这里做广告策划。卓尔在冷眼旁观三天之后,很快明白了日后在天琛做广告策划的实际只有自己一个人。G 小姐的主要工作是齐经理的秘书,她要策划的事情很多,包括广告部每个人员的当月奖金数额。

一个星期以后,卓尔确信无疑自己这个所谓的策划,实际上形同虚设,无所事事。广告部的精力全都放在产品的包装设计、东南亚华文报刊的文字广告、参展图册等琐碎事务上。对于天琛的系列产品,完全缺乏整体性的宣传战略。每个人都忙得小脸发绿,但谁也不知道自己因什么而忙。齐经理对卓尔说了好几次,要带她去九楼参观公司产品的陈列室,但 G 小姐每次都告诉他说,那个管钥匙的人今天不在。齐经理就像一只辛苦的雄蜂,没有人看见他如何在暗室里伺候蜂王,只见源源不断的蜜蜂幼虫也就是各种印满了文字的纸张,从电脑蜂箱里吐出来。

  卓尔一直没有机会见到老板也就是那只蜂王。来天琛公司应聘的第一天,门口的那块璞玉使她误以为那个总经理定是一个儒雅的有识之士,如今看来极有可能是一个假象。卓尔这几年见得多了,如今是个老板都喜欢附庸风雅。事实上天琛的老板从来没有到广告部来过,卓尔有一次偶然经过八楼那个总经理办公室,只见房门紧闭,只有旁边的办公室那个长着娃娃脸的副总,像个传达室看门人,乖乖地站在那儿守电话。有一次卓尔听到齐经理在电话里对人说,郑总最近去南宁了,也说不定从那儿去了缅甸。卓尔猜这个被称为郑总的人,大概就是天琛的老板吧,但卓尔历来对与自己无关的事不闻不问。

  她暗自决定,再坚持观察两个星期,若是真的留在了天琛,再告诉陶桃和老乔不迟。若是在这儿实在策划不成什么有意思的事儿,就把天琛和齐经理一块儿"炒"了。

2

  一夜狂风呼啸,到清晨歇了,遍地都是被风打落的泡桐花,天空蓝得陌生。

  郑达磊把车悄无声息地驶入地下停车场,然后走到停车场的一角去乘电梯。上午 9 点,酒店三层的多功能厅将有一个关于广告设计的文化讲座,京城的各路广告人会来不少。天琛投资股份有限公司是这次活动的协办单位,郑达磊刚从外地回来没几天,推开了其他杂事,决定要亲自来听会,以便直接掌握广告业的最新资讯。在郑达磊看来,就是像天琛这样实力雄厚、信誉良好的珠宝公司,在其产品的文化性广告的制作方面,仍然是极其缺乏想象力、缺少独特创意的。广告一直是天琛的弱项,前一段时间,他连续给公司的广告部增加压力,希望他们对天琛的产品宣传方式,能有一个石破天惊的飞跃。但不知道什么原因,以敬业著称的齐经理领导下的广告部门,至今无动于衷,像一个造血功能坏死的贫血病人,吃什么补药都无济于事,颇让郑达磊头疼费心。他甚至期待某种艺术灵感能降临在自己的梦里,早晨醒来时,一种大胆新奇的广告创意,会从他充满了诗意的幻境般的梦里脱颖而出。

但每天深夜累得精疲力竭的郑总经理,常常是躺下后便一夜无梦,无梦的夜多半是昏暗浑噩的。手表上的定时设置,在苍白的早晨准点将他叫醒时,他眼前飞舞着大小不一的合同文本、财务报表、会计报告、审计报告、公司章程、股东决议的白纸黑字……还有新一天即将发生的各种无法预测无法躲避的琐事、俗事和应酬。

郑达磊要到会议上来换换脑子。只要公司的事务腾得出手,京城凡是举办那些新颖有趣的活动,他总是会尽量出席,包括那些看起来同生意关系不大,或者毫无关系的建筑设计展或是一些观念艺术装置艺术的小型画展。许多年前,他从地质矿产学院毕业再读硕士学位,工作多年后又作为高级专业技术人才下海,参与创办了天琛这家后来成为行内著名企业的珠宝公司,十几年来,他一天都不曾放松过自己。他一直是一个重视知识更新的人,这在很大程度上,并非是由于工作的压力和需要,而只是出于他个人天生对各种事物的广泛兴趣。

为了参加这个会议,他不得不放弃去看那个最后一天的春季车展。

他走进从地下停车场直通会议厅的小电梯,电梯里竟无一人。看了看表,还有五分钟,这个时间进会场正合适。他对着电梯里的镜子整理了一下头发,前几天刚焗过黑油,把鬓角上最近冒出来的几根白头发掩盖了。几丝白发对于一个四十五六岁的中年男人来说,本是无须大惊小怪的自然规律,但郑达磊不喜欢白发。他要始终在公众面前保持一种年轻而精力充沛的形象,这在很大程度上并不是为了公司,而是为了自己。郑达磊对镜整理了一下领带,这条柔软光滑得像丝绸一般的小羊皮领带,浅褐的底色上有波浪样的暗纹,看上去既高档又文雅,这是他到意大利考察时,专为自己买的正宗华伦天奴。一枚金黄色的翡玉领带夹恰到好处地点缀其上,男人的面孔上就有了亮泽和光彩。这枚领带夹是天琛与外界交往的礼品,算是公司的徽标之一和流动小广告了,常有朋友主动前来索讨。他又低头看了看身上,一套深米色小细格的波司登西服,以及脚上浅褐色的胡里奥皮鞋,虽是在国内生产的合资名牌,却也熨帖、舒适。按郑达磊一向的审美主张,他认为男人的服饰不能过于虚荣张扬,一个真正考究的人,比如说绅士气派不经意的流露,就是像派克金笔的笔尖上那么一点金,那种精致,没有眼力的人是欣赏不到的。

郑达磊的学历、经历以及专业,还有家庭背景,都决定了他在事业和种种生活细节上,都是一个一丝不苟的人。正由于他对自己在各方面的严格自律,所以他对别人——同事、朋友,即便是上司与合作伙伴,还有女友,都带着一种挑剔的眼光。时隔几年后,他回想自己的第一次婚姻,他甚至都无法说出当时向前妻提出离婚的原因究竟是什么。那是他的大学同学,一个不算漂亮但肯定十分温柔贤淑的女人,生下了女儿后他便开始觉得她无法容忍。

也许是因为她的身体开始发胖,也许是因为她吃面条时总是发出哧哧的响声,也许是因为她睡觉的姿势。那些在当时忍无可忍的具体细节,早已被流逝的时光冲刷得似是而非。虽说如今离婚是一件太平常的事情,人都说离婚不需要理由,但郑达磊还是非常诚恳地对他的前妻说,结婚几年了,他仍然觉得她只是他的一个同学,如果不分开,他会永远觉得自己还在校园里,那种不断重复的青春感令他厌烦。他把原来的那套住房和全套家用电器都留给了他的女同学和女同学的女儿,带着几套换洗的衣服,搬到了办公室去住。然后是昏天黑地、日月无光的几年拼搏,后来的经理生涯、搬入新房以及断断续续若即若离的那些女友。

女友的更换其实并不频繁,郑达磊不是一个过于迷醉女人的男人。每一次他都会有意无意地向女友提起,他的离婚并非像那些成功人士多半由于"第三者"插足,而是由于婚姻本身的疲倦和新鲜感的丧失。他的每一段恋情都是在结束以后再重新开始,彼此从不交叉,这几乎是他一贯严格遵守的自律原则。在经历了长达八九年的单身生活之后,郑达磊多少有了再婚成家的念头,但他发现,下决心确定究竟与谁结婚,却是一件异常困难的事情。

比如陶桃。

前天周末他在她那里过夜,一切都很完满。早晨起来后他告诉她,由于星期天有一整天会议,他想在今天和她一起去看车展,但陶桃却说应该去看春季房展,她一再强调说那房展也是最后一天。他没有想到相识半年多,陶桃竟会为这个房展跟他发脾气。有一阵子她又发嗲又耍赖,坐在地板上说若是他不答应就不起来;他去扶她,她便扑在他怀里哭个昏天黑地;他不理睬她,她就像马上要休克了似的把他吓得不轻。陶桃终于安静下来是在他答应了她去看房展之后。坐进了他的宝马后,陶桃破涕为笑,又变成了原来的那个贤淑乖巧的女人。郑达磊没有想到一个房展对于陶桃会如此重要,在一座未知的虚拟的花园别墅面前,陶桃与先前竟是判若两人。这个突发事件动摇了郑达磊对陶桃一直以来的美好印象,他真的没想到,那么温柔又聪颖的陶桃,会为了一所房子突然发"作"。

昨天的房展看得他头昏脑涨、索然无味,但陶桃却兴致勃勃。看起来,陶桃是非他郑达磊不嫁了。事后他才悟出了这个房展的意义。

郑达磊心里有点儿烦乱。但是当电梯的门打开时,走出来的郑达磊依然一如既往的轻松自若。

3

多功能厅已经聚集了不少来宾,他在人群中寻找天琛的广告部齐经理,却连个影子都不见。郑达磊不停地和各种人打招呼,向每人递名片。有人拍了拍他的肩膀,一回头,竟然是好久没见的老乔。郑达磊已经不记得是怎么认识乔老板的了,天琛公司平时有些一般性的应酬,会去长流水照顾老乔的生意,老乔总是把折扣打得很低。去年老乔的火锅城重新装修,大堂的玉雕屏风、墙上的玉雕挂屏和包厢的玉器摆件,都是从天琛订购的,郑达磊也给了老乔很多优惠。老乔那人豪爽,逢年过节邀请哥们儿聚会,喝酒不喝到天昏地暗绝不罢休。长流水离这家酒店不远,他猜老乔今天不是冲着这个报告会来的,而是闻讯来看望他的哥们儿的。郑达磊和老乔找了个边角的座位寒暄了几句,一直到9点十分,主讲的报告人才正式登场。会场安静下来,郑达磊前后扫了一眼,见场内有三四十人,也就算是不少的了。

那个主讲人看上去不过三十出头,一身黑衣黑裤,长发垂肩。

据说此人刚从新加坡回来,在京城设有一家工作室,东南亚各国都有大公司请他做设计。他用一口略带台湾腔的普通话简单介绍了自己,但接着他说自己刚回国不久,在讲演之前希望能和在场的各位同行朋友们认识一下,所以,从第一排开始,请每一位来宾自报家门,这样大家都可以互相熟悉了。

会场上的人们稍稍犹豫了一下,便从头开始轮着一个个作自我介绍。郑达磊看了一下手表,皱了皱眉。就在这时,他看见一个头发短短的青年女子,急匆匆地从外面闯了进来,她背着一只鼓鼓囊囊的麂皮双肩包,直奔前面的座位而去,好像为了能距讲台上的幻灯幕布更近一些。她很快在郑达磊前一排的斜角上重重地跌坐下来,她穿一件鹅黄色的套头衫、一条浅咖啡色的牛仔裤,在灰蓝色调的人群中,那种清爽的暖色倒有几分惹眼。

郑达磊想起来,这就是那个名叫卓尔的女人。那天晚上的"火焰山",她那醉态蒙眬的样子,以及后来与店家的争执,给他留下了不太美妙却非常深刻的印象。

台下的来宾一个个继续报着自己的名字、职务和单位,下一个就轮到卓尔。她似乎有些茫然地环顾着左右,愣了一会儿,忽然站起来大声说:我看没有这个必要自我介绍。外面的接待桌上都留着每个人的名片,散会后主讲人可以自己去看。一共就两个小时的报告会,这一介绍就去掉了半个小时,我看太浪费时间了,主讲人也对不起主办单位支付的高额讲演费吧。

她讲完便径自坐下了,并不理会前后左右突然集中投到她身上的目光。会议厅顿时有些冷场,台上的主持人尴尬地说,既然这位小姐不愿介绍自己,那么其他人还是继续吧。

于是自我介绍又继续下去。轮到老乔了,老乔嘿嘿一笑说,我同意那位小姐的意见,这又不是酒会,是个报告会嘛。郑达磊在座位上不动身子,他并不欣赏这个卓尔在公开场合如此随意,或者说哗众取宠,他甚至觉得这女人有些让人讨厌。但他看了一眼老乔,摆摆手说:这位先生的话有道理,确实没必要浪费大家的时间,我看还是尽快开始讲演吧,就这样。

卓尔回过头看了看郑达磊,眼里掠过一丝愕然。

既然郑达磊发了话,主持人当然是要给面子的。他立即宣布自我介绍到此结束,讲演开始。老乔把嘴凑过来,贴着郑达磊的耳朵低声说:你真是快速反应配合默契啊,谢了谢了。你知道我干吗要帮她一把?唉,她叫卓尔,是我哥们儿……

郑达磊只好一边努力辨别着台上麦克风的声音,一边用另一只耳朵接收老乔的窃窃低语。老乔的大意是这样的:他高中毕业那年没考上大学,就在一个大学校园附近开了一家小饭馆,那会儿卓尔正在那个大学上学,有时候和同学到他的小饭馆去撮一顿儿,他一有空就在一边儿听她们聊天儿,聊得他打心眼儿里喜欢她们。学生都穷,老乔总是把菜给得多多的,就这样慢慢认识了。卓尔毕业以后,还常常带朋友到他店里去,今儿鼓动他搞川菜,明儿又让他改东北风味儿。他就是听了卓尔的建议改了门脸儿和菜单,生意才从此兴隆起来。那时他餐馆的生意正火,卓尔却没了消息,听人说她去了国外,后来又听说她离了婚,一直再没有联系。后来,由于一桩经济纠纷,有人坑骗了他几十万不还,他一生气便派了几个哥们儿到保定把那人给打伤了,事发后他被拘押,关在保定的一个看守所里。有一天管教突然说有人来看他了——天上竟然掉下个卓尔。她刚从国外回来不久,不知在哪儿听说了老乔的事,花了好几百块钱打了出租车连夜赶到保定,给他送了两条烟、一大堆罐头,还帮他请了律师。后来他凑了一笔钱赔偿了那人的医药费和其他损失,又找了不少朋友疏通关节,总算是把这事儿给摆平了。

等他回到北京专门设了酒宴要向卓尔道谢时,那晚她竟然把一桌的哥们儿全晾在那儿,连个面都没露。

仗义!老乔竖着大拇指说。我就喜欢这样的人。等我有工夫再跟你说说,这女人真挺有意思的。

郑达磊觉得老乔像在陈述什么英雄事迹似的,觉得有些好笑,便轻轻打断他说:我认识她,她是我一个女朋友的女朋友。

郑达磊把两只耳朵都收回来,专心听台上的讲演。他听那人神采飞扬地侃侃而谈,说到这个时代最流行的广告,不再是当年美国麦迪逊大街上"你为什么还没有当上百万富翁"这一类的东西,在当今风雨飘摇的严峻经济局势下,花旗银行的广告对策,认为软推销才是最恰当的办法。新广告已经把"生活的意义不仅是金钱"这样的内涵放在首位,强调精神生活而非物质世界。这些广告宣扬的不再是如何赚钱,而是为什么要赚钱,鼓吹"平衡生活的追求者",因而富于人情味儿,构思巧妙,感染力强……郑达磊微微点头,他觉得这个人一开始的表现虽然有些夸张,但讲演的内容倒还有些新鲜玩意儿。他瞄了一眼前排的卓尔,见她也一动不动地听得用心。

郑达磊一时想不起来这个卓尔是干什么工作的,不明白她怎么也跑这儿来了。

4

讲演一结束,老乔便急急忙忙冲到前排的卓尔那里去了。他截住了卓尔的去路,问她最近怎么一直没上他那儿去,工作的事怎么样了。卓尔说:我到一家公司的广告部去应聘了,先看看再说吧。老乔问她是什么公司。卓尔说:天琛,搞珠宝的,我居然莫名其妙地混进去了,先找个饭辙再说吧。老乔问:是陶桃介绍你去的？卓尔摇头说不是,陶桃到现在也不知道她已经离开原来的杂志社了。老乔噢了一声,说,那你认识天琛的老板？卓尔说谁认识谁呀,去了一星期了,我连个老总的影儿都没见着。老乔说你这人可真是的,我这就让你见见。

老乔抓着她的手腕就走,一直把她拽到了郑达磊面前。老乔兴奋地说:我来介绍一下,这就是天琛公司的老总郑达磊,郑总。

卓尔惊讶地张大了嘴,一时有点儿发蒙。

老乔把脸转向卓尔:这位卓尔小姐,刚刚进了贵公司的广告部,郑总以后请多关照。

郑达磊也愣住了,一时竟有些啼笑皆非。

仅仅是出于习惯性的礼貌,他掏出一张名片递了过去。

卓尔低头看名片,见"郑达磊"三个大字后面有一行小字:天琛……董事总经理。

卓尔忽然大笑:我原来一直以为您是哪个银行行长呢,闹了半天,嗨……

老乔也恍然大悟地笑起来:也就卓尔你吧,有眼不识泰山。

郑达磊缓过神来,伸出了手:欢迎您来天琛工作。前一段我老出差,你到天琛的事儿,还没人跟我汇报。说着忽而想起来问:广告部？齐经理怎么没来？

卓尔回答:他打发……哦,他说这种会,让我这个搞策划的听一听就行了。

郑达磊皱起眉头,心生不悦,又问:你来天琛,陶桃也没跟我提起啊。

卓尔说:我根本都不知道您是天琛的老总嘛,当然也没跟陶桃说。这就叫乘虚而入吧。

老乔拍着郑达磊的肩膀喜滋滋地说:好啊好啊,我这就把卓尔交给你了,大家都是朋友,以后一块儿干事儿吧。都别走啦,我正好就近安排了工作午餐,一块儿聚聚,郑总可得给我面子啊。我本是会朋友来的,今天这酒,就算是替天琛欢迎卓尔吧。吃了饭你们再接着开会,误不了事儿。

郑达磊仍是心存疑虑,想想中午的时间反正也没法利用了,便随着老乔往外走。他把刚才开会时关闭的手机打开,给公司打了几个电话说事儿。等到走进酒店餐厅的包厢落了座,挨着身边这位天琛新来的员工,一时却不知说些什么。

卓尔闷闷地坐着,也不主动和郑达磊说话。由于突然发现陶桃的男朋友郑达磊原来竟然是天琛的老板,她觉得十分扫兴甚至别扭。

这一桌人,大都是老乔的朋友,郑达磊只认识其中一两个。老乔一边兴冲冲地张罗菜和酒,一边见缝插针地和朋友叙旧。席间只卓尔一个女人,不声不响地坐在那里,郑达磊掏出烟盒,对卓尔说:我抽烟你不介意吧?卓尔说:无所谓。郑达磊便为自己点着了烟,卓尔仍是无话。对于刚才郑达磊在会上给她解围的事,只字未提,连声谢谢都不说。一会儿菜上来了,卓尔像换了个人,顿时精神焕发,没有一点儿女士的矜持,伸长了筷子吃得风卷残云。

有人说起那个国际车展,说今天是最后一天,下午还不如溜出去看车展呢。郑达磊心里一动,但想起下午的讲演人好像也是个什么腕儿,就没接那话茬儿。

餐桌上突然热闹起来,爆发出一阵阵笑声。郑达磊转过脸去看众人,见大伙儿都乐得前仰后合的,一双双眼睛都闪闪发光。那眼光里毫不隐讳地流露出暧昧、浪荡、快乐和邪性的意味,就像雨季里大坝上的泄洪闸,在被关紧了的闸门底部,泄露出来的一小股被围困太久的水流。郑达磊听到了几个"关键词",他明白了他们在乐什么。如今的饭局上,若是没有些个精彩的"段子"佐餐,那酒定是喝得寡淡,那菜定是吃得无味。一旦桌上超过三个男人,那段子立马就变了颜色和性质,由红变黑、由黑变黄,最后漫天蝗虫,黄沙滚滚;最时尚的饭局点菜要素,讲段子却是越荤越好,酒过三巡,桌上的"蔬菜"都撤了下去,换成了大鱼大肉,人人大快朵颐。

该你了,别磨蹭,都得讲,挨个儿轮。谁要是讲个新鲜的,我没听过,赶明儿长流水我单请。老乔满面红光地嚷嚷着,杯里的啤酒都溢了出来。

请郑总来一段呗。郑总见多识广,最少也是个"九段"级吧。有人说。

郑达磊微微一笑,不接话茬儿。其实他倒并不一概反感在餐桌上讲段子,他喜欢那些极具洞察力、幽默而妙趣横生的讽刺性段子,有时几句对话、一个小细节,把某些社会现象揭示得入木三分,让人在瞬间心领神会,过了三天回想起来还暗自发笑。他真是佩服那些段子的无名作者,或者叫制造者,竟有这样的智慧和才能,把官场的腐败和人性的丑陋,三言两语、漫不经心地就活生生抖搂出来。假如没有这些看似鸡零狗碎的民间文学版本,切割了然后再充塞着那表面上如此严肃、完整、正经的社会结构,我们的生活将会多么单调虚伪和枯燥无味。

但郑达磊仍是不喜欢讲黄段子。听听也就罢了,听完后和大家一样傻傻一乐便置于脑后了,想要复述一遍,却是什么东西都记不起来。他觉得黄段子多少是有些低俗甚至下流的,公司有个青年员工在饭堂里当他的面讲过一个,后来他找了个借口就请那人开路了。知情的人,在天琛写字楼里都把嘴闭得紧紧的。

老乔端着酒杯过来嬉笑着说,像郑总这样阅尽人间春色的单身贵族,怎么也该让咱分享几片花瓣儿吧。

郑达磊面有愠色却不便发作,连连推托说改天,改天吧,没看我咽喉正发炎呢……

忽然身边就有个声音打断他说:得得,我给你们说一个吧。

郑达磊吃了一惊——那是个女人的声音,没错,正是卓尔。

卓尔并不看他,面无表情地说:我给你们讲个"草原牛"吧。听过吗?没有。那你们听好了:草原上自由自在地生活着一群牛,有一天,远处来了一个骑摩托车的男人,牛们一见,闻风丧胆撒腿就跑,马群以为来了狼,也跟着跑,一直跑到深山里才停下。马问牛说:刚才你干吗跑啊?我回头看了,那是个人不是狼呀。牛说:就因为那是个人,我们才得跑。马说:人怎么了?牛说:那人是公社书记,他一下乡就要杀我们公牛,取我们的牛鞭炖了喝酒。马更觉得奇怪了,它看了一眼旁边跑得上气不接下气的母牛,问母牛说:既然是他要取公牛的牛鞭,也不碍你们的事儿,你们母牛跑什么跑呢?母牛叹了口气说:你是不知道,他吃完了牛鞭吹牛皮,吹完了牛皮,接着就该操牛×了,我们要是不跑,都得让他给祸害了。马说:幸亏我们是马,下一回,我们就不用跟你们一块儿瞎跑了。母牛说:那也不一定,他干完了还不得喝马奶子酒呀,你们马也是在劫难逃。

声音戛然而止,卓尔不动声色地闭了嘴,大家才明白是讲完了。少顷,众人才悟出其中的意思,不由得面面相觑,乐也不是,笑也不是,像是一根鱼刺卡在喉咙里,眼睛里愤愤的光亮把个面孔都憋红了。郑达磊也觉得这个段子对于男人来说,是过于恶毒了。尤其尴尬的是,她把那个"操"字当众念得那么响亮,令郑达磊大为震惊和意外。他忽然想到陶桃在这种场合,是绝不会这么说的。

卓尔用纸巾擦嘴,然后拿起包,站了起来,说了声我吃完了先走一步,你们接着聊吧,就推开门走了出去。老乔追上去说哎哎,你别走啊,时间还早呢!门弹回来撞在他胳膊上,他垂着手回身重又落了座,嘿嘿笑着说:如今娘们儿讲段子,倒比爷们儿不差,这妞儿,厉害!

郑达磊又勉强在餐桌旁坐了一会儿,把话题拉到股票行情上,扯了一会儿,对老乔说自己还有几个电话要打,离席出了包厢。在电话里处理了几个公司的业务,下午的讲演也快到点了。他想既然来了,还是先听一听再说。走进会议厅,一眼看见卓尔坐在最后排的边角上,便走过去在她旁边坐了下来。卓尔正在埋头看书,他心里有些好奇,问她是什么书值得带在身边。卓尔不言语,把书递过来,他看了一眼书名:《简单生活》,是本译著,一个叫丽莎·茵·普兰特的美国女人写的,没听说过。他轻咳一声,说:谢谢你刚才替我解了围,没想到你这……他一时不知该怎么措辞。

卓尔抬头看他,冷冷地回答说:算了吧,你说,没想到我这么放肆对吧。可是七个男人冲着一个女人大讲黄段子,你觉得好玩儿吗?要想让他们闭嘴,我只能勇敢牺牲自己了。这样也好,咱们谁也不欠谁的情了。

郑达磊一时无语,正想伸手把那本书拿过来翻翻,会议厅内忽然静下来,主持人和主讲人一同出场,卓尔飞快地把那本书塞进包里,转过脸去不再理睬郑达磊。

提前了三分钟开始的讲演,并没有郑达磊期待的那么精彩。那个戴眼镜的小个子报告人,手势丰富、声情并茂,却没有什么实质的新鲜内容。他耐心听了一会儿,觉得有些犯困,他不断地变换着姿势,仍然是坐不住的感觉。胳膊交叉着搁在腰部,有什么东西咔地一响,是皮带上挂着的汽车钥匙。那个念头又从他脑子里钻出来,他想了想,把脸微微地偏了偏,压低了声音对卓尔说:你觉得讲得怎么样?卓尔的身子往后一倒,轻声说:不怎么样。郑达磊又说:那何必在这里瞎耽误工夫？我有个主意,哎,听着,咱们抽这个空子去看车展得了。

卓尔从座椅靠背上弹起来,眼睛唰地一亮,稍稍一犹豫,说了声好,站起来抓了包就走。郑达磊紧跟着,一前一后离开了会场。走到门外,卓尔回头冲着他粲然一笑。他忽然发现,他女朋友的女朋友,笑起来挺生动的。她好像要么不笑,笑了就是真的开心。不像陶桃那样,任何时候都微笑得那么适度和标准化。

下电梯到了停车场,郑达磊在自己那辆黑色的宝马跟前停下来对卓尔说:坐我的车吧,节省汽油是很环保的。

卓尔把那辆宝马轻轻瞄了一眼,说:算了,我还是开自己的车吧,要不然待会儿还得烦劳你再送我一次！国展入口处见。

5

郑达磊和卓尔在人头攒动的国展中心大厅里来回转了几圈。最后一天,好像全城所有的车迷都来了,不是来看车而是来聚会似的。今年的国际车展,比去年又多了不少国际流行的新款车型,有好几种世界驰名的高档轿车,都是他过去只闻其名、不曾亲眼见过的。在1号馆的A二层,他被意大利蓝博基尼汽车公司生产的一辆跑车吸引住了。密密的人群缝隙中,闪过一道橘红色的光,那辆车像一枚巨大的金钥匙悬浮在展台上,发出琥珀一般耀眼而含蓄的光泽。跑车整台车呈楔形,车门关闭时,它所有的棱角、线条和轮廓,像一头处于蹲伏状态的极具进攻性的猎豹,显示出野性与强劲的风格;当它的两侧车门同时被掀起打开的时候,简直就像一只展翅欲飞的鹰,充满了强烈的动感与魅力。

他有些眼花,呼吸也急促起来。定睛去看车前的英文说明——这种被誉为"鬼怪"系列的跑车,由530马力5.7升12缸发动机驱动,有后轮驱动的双门轿跑车(COUPE)、双座敞篷车(RO-ABSTER)及四轮驱动的双门轿跑车三种型号。整个车身大部分由碳纤维组成,最高时速可达340公里。在左右两侧血红色的双灯之间,一枚精美的车标银光闪烁,那是一头力大无穷、健壮冲刺着的蛮牛造型。一个设计者的作品创意,必定包含着他本人的脾性和审美追求。郑达磊想起来在一本汽车杂志上看过的介绍,据说蓝博基尼本人就是这种不甘示弱的牛脾气,这个二战后以生产农用拖拉机起家的赛车手,以牛的形象来做车标,真是再贴切不过了。

郑达磊围着这辆"鬼怪"跑车,前后左右细细琢磨了个够。一辆好车似乎能调动起男人所有的激情和力量,他觉得自己很像一头发现了猎物却并不急于去捕获它的饱兽。他看着它、欣赏它、喜欢它,为它激动,但他知道自己并不想真正地拥有这辆车,就算他真能具备几十万马克的购买能力,他买下这辆跑车干什么用呢?炫耀和摆阔?那岂不是太肤浅了。尽管郑达磊的眼睛始终没有离开过"鬼怪",但他的手掌上绝没有痒感,这恐怕就是郑达磊通常的清醒和理智之处。也许,他的全部期待也只不过是驾着它在高速公路上兜一圈风而已。

他忽然很想把"鬼怪"的种种妙处与人讨论一下,他隐约记起了一个叫卓尔的女人,是与他一起进入展厅的。他回头寻找卓尔,四周的观众全是男人。人太多了,视线受阻。他挤出人群急急张望,哪儿也看不见卓尔。

郑达磊悻悻地在展厅里转了转,信步往1号厅的A三层走去。他想女人还是不行,就像陶桃一样,她们不可能由衷地热爱汽车。卓尔一定在旁边等得不耐烦,走马观花地逛了一圈就擅自撤退了。看起来卓尔这人惯于自行其是,完全会不打招呼就走人。郑达磊又想起午餐时卓尔讲的那个段子,他觉得这个女人说话还是太糙了点儿。

Ａ三层的人更多,许多人围着一辆黑色的奔驰车指指点点,后面的人把脖子伸得老长。他看见车前站着一个妙龄女郎,一身黑色的晚礼服,摆着娇媚的姿态,一只手扶在车门上。她的唇膏用黑色的唇线笔勾出一个夸张的形状,戴一副黑色的网眼手套,黑色的长丝袜与高跟鞋,整个人看上去像一只固定的汽车零件,摆放在展台上。

这是一个汽车模特,郑达磊恍然。他飞快地扫了一眼大厅,才发现这个展厅里,每一辆汽车跟前,都站着一个漂亮姑娘。他忽然想起了陶桃那天生气时脱口而出的话——"香车美女",此地果然是美女如云啊,女人的嗅觉总是比男人发达。但平心而论,郑达磊确实不是来看人而是来看车的,他对汽车的兴趣绝对要大于对汽车旁边的美女的兴趣,陶桃那天是错怪他了,她这种狭隘心理怎么同大多数女人毫无二致?在他看来,美女只是用来招徕观众和顾客的一种诱饵,顺便看一眼当然是赏心悦目,但美女不可能代替汽车,美女只能让你掏出买车的钱,而不能让你挣出买车的钱。当美女成群结队出现的时候,每一道含情脉脉的流盼都有可能让你的钱袋随之流失,真正享受美女的人,不是你,而是雇用美女而大获其利的老板……

郑达磊小心地从人群中挤过去,在展厅里寻找他最喜欢的美国凯迪拉克。那些争相观看美女的男人,总是切断他看车的视线,使他感到恼火。后来他的目光被一辆搁置在角落里的小型轿车吸引过去,因为那辆车前,例外的没有美女。

那辆车的外形十分灵活轻巧,车前窗的玻璃弧度较大,显得活泼可爱。白色的外壳,线条流畅,飞起来的时候会像一朵云。车头部的前灯设计竟和别克车颇有些相近,从正面看去,就像一个有着圆圆的娃娃脸、两只圆圆的大眼睛的小女孩儿。车的几步之外,站着一个黄衣女子,手中拿着一个文件夹,正对着这辆小车,在白纸上沙沙地画着什么。

郑达磊认出了那个女子正是卓尔。他悄悄绕到她身后,见她正在白纸上用简单的线条画着那辆小汽车,她用的是淡红色的碳素笔,淡红色的车旁,站着一个"模特"——穿着粉红色吊带背心、短裤凉鞋的都市女孩。那女孩的表情竟和那辆车的外形相似:圆圆的脸和圆圆的大眼睛。

郑达磊轻轻地笑起来。他说卓尔你让我好找,你刚进天琛就又要改行当汽车模特设计师啦。卓尔埋头画着,连头都不抬一抬。郑达磊又说:我一直都认为女人看见死的东西走不动道,而男人看见活的东西走不动道,看来,我的名言要修改一下了。

卓尔把文件夹啪地合上,直愣愣地看着他说:男人只对活的东西有兴趣,那么汽车呢?汽车是死的还是活的?

郑达磊振振有词:停车场上的汽车是死的,但马路上的汽车是活的。当有人驾驶它的时候,它就有了生命。他又进一步发挥说:你看看这些汽车模特,搔首弄姿的,多没劲,看车展成了看美女,把汽车原有的那种生命感全给破坏了。我要是主办人,就把这些画蛇添足的模特统统取消,车就是车,谁要喜欢模特,看时装表演去……

卓尔眨了眨眼,把他的话打断了:哎哎,我说你太老土了哦。她的鼻尖上沁出细细的汗珠,紧紧地抱着文件夹,说到激动时还下意识地跺了一下脚尖。郑达磊终于断断续续地听明白了,她是在向他陈述一种叫做汽车模特文化的新概念。

汽车当然是人文的一种反映,把汽车模特当做促销手段,是一个误会或是无知。汽车模特和服装模特是两个完全不同的概念,汽车模特要表现的是人与车之间的关系,是汽车的特性之美,是模特的形体与汽车背景融为一体的艺术,所展示的是汽车的文化内涵。汽车模特是汽车的辅导而不是主角,她应该向观众准确地传达出每一种不同的汽车所具有的文化特质和品牌形象。你在听吗?比如,有的展台用模特机器人的动作来表现汽车的焊接生产工艺,这多有创意呀!可有些车展上,公务车老板车旁边儿站的模特,总是穿一身名牌西服、具有成功风范的男士,注意啊,是男士不是美女。凭什么老板就一定都是男的呢?要是我来设计,肯定就让它出其不意、打破常规、让人吓一跳。咱就说奥迪吧,都认为这是一种标准的公务用车,其实呢,如今京城的艺术家买得起车的,全开上奥迪了,哪儿开画展,你看吧,门口清一色的黑奥迪 A6,就跟立交桥底下卖车的车场似的。人说,要是开辆切诺基,一看就是做广告的。开奥迪呢,谁都不知道车主是干什么的,要的就是这个效果。我要是给奥迪配模特,也许是一个衣衫褴褛的乞丐,索性来个角色错位。所以嘛,汽车模特不是光会摆姿势的一个陪衬,而是汽车文化的传播者。在一次成功的车展上,有个性的汽车模特才能让汽车变成活的东西……

卓尔忽然狡黠而得意地笑起来,就像郑达磊落入了一个她预设的圈套。

郑达磊脱口而出:你的商业感觉很好嘛。

可我一旦面对具体的商品,就没感觉了。卓尔说着,把文件夹里的那页纸扯了下来,顺手揉成一团塞进裤兜,莞尔一笑:跟你说着玩儿呢,千万别当真,汽车模特设计师有的是人抢着干,我瞎操这份心干吗,进了天琛,我又得从头开始,对于珠宝,我心里一点儿底都没有。

只一会儿,郑达磊在人群中又找不到卓尔了。

第九章　现在不"作"更待何时

1

9点9点,9点是OFFICE先生小姐的一个精神魔咒。万一过了9点,你的一只脚还没踏进写字楼,水晶鞋就会从脚上自动脱落,马车和骏马也都还原成了南瓜和老鼠。

9点差3分,写字楼的电梯门一打开,你听听楼道里那杂沓的脚步声,一色儿鳄鱼、袋鼠的脚后跟,鞋底儿都不沾地似的,从半空中直接就蹿过去了,全是志愿者救火队成员,再不济也仿得以假乱真。困倦的眼睛没醒透,脸是冷的,笑容敷衍在颧骨上,每根眉毛都挂着警惕。有两个人在窃窃私语,可要记住,对你讲别人坏话的人,当你一转身,准保就对别人说你的坏话。走廊里呼机手机铃声此起彼伏,响得跟警车鸣笛似的,闹不清谁是谁的了。写字楼新的一天,就在这些匆忙繁乱的声音中开始,然而,办公桌低低的隔断后面,厮杀与争夺却悄然无声。

那充满了敌意的目光,从卓尔到天琛的第一天,就准确无误地接收到了。尽管卓尔不知道是为什么,但她却能感觉出这目光的性别。

这种目光多半来自女人,不是暴风雪的那种狂烈,而是小刀子似的嗖嗖阴风,虽然绵软,却是冷不防地掠过,在你的脸上留下指甲抓挠的印痕。

其实卓尔心里很清楚,问题出在哪里。

她既然重新回到了OFFICE,她的每一天都应该开开心心。她首先兑现了最初的承诺,在天琛附近的一条小街上看好了一家咖啡馆。那天午休时她请齐经理喝咖啡。虽然主要是为了答谢齐经理,但她把办公室所有的男士、小姐也都一块儿捎上了,包括G小姐。卓尔花掉了未发工资的二十分之一左右,结果是齐经理不领情,而G小姐更不领情。G小姐一直用小勺在自己的杯子里一圈一圈地搅拌,直到把咖啡搅得冰凉也未喝一口。G小姐也许是有特异功能,她搅动咖啡的时候,齐经理的杯子里竟然翻起了泡沫,齐经理的眼神犹疑、心思紊乱,说起话来就像一头磨面的驴,被那把小勺支使着转了一圈又一圈,他的眼光不时从卓尔脸上倏然掠过,然后像咖啡杯里的热气,一点一点消散在G小姐的冷眼中。

初来乍到的卓尔必须尽快让同事们领教自己的魅力,她不会让聚会冷场,兴高采烈地讲起了关于广告的趣闻,那类笑话就像大风天帽子上的尘土,掸一掸就下来了。她说你们肯定知道电视上那个卫生棉的广告吧——"用了它就可以骑自行车、打网球。还可以游泳哦"。结果怎么着?一个小男孩儿急急地跑到店里去买卫生棉,以为用了它就可以在水上漂起来了。众人哄笑。卓尔又说,其实台湾的卫生棉广告就比我们做得好,喏,用一瓶红酒做道具,先倒一些酒在杯子里给大家看,然后让棉条从瓶口出入两次,它比瓶口细多了。然后把棉条扔到瓶子里去,再把红酒瓶倒过来——没有一滴酒渗漏出来,最后切入产品商标,广告就完成了……

齐经理听得眼睛溜圆,啧啧称赞说这个创意比那个在床上翻滚的生动多了。他正要往下发挥,突然住了口。G小姐用小勺轻轻敲打着盘子边缘说:我认为这个广告给人不健康的联想。卓尔愣愣问一声:你的联想可真丰富,你都联想什么啦?

G小姐愤然起身,像一根清洁的卫生棉条,飘然而去。

女人之间的战争既然假借卫生棉条而起,接下来,当然顺理成章地在洗手间展开。那些日子,卓尔用依势丹新千年推出的粉红色化妆包,其中那支莹白美肤精华素真叫人喜爱。她到洗手间补妆,G小姐即刻随行,看似无意,手中那一款粉红色精华素随手搁置在洗脸池台面上,竟然同卓尔的一模一样。卓尔有什么可炫耀的呢?第二天再上洗手间,早早地就有一套"资生堂"在等着卓尔了,是关之琳做广告的那一款,仅眼霜就八百多。化妆品没等抹在脸上,已经为女人赢回了面子。

无聊!卓尔在心里暗暗骂道。女人的敏感就像皮肤,天还没大热就开始涂防晒霜了。几天后卓尔才恍然大悟,原来齐经理是单身、G小姐是未婚,而她卓尔离过婚目前也正耍单。未婚男女不成眷属必成冤家啊。看来天下的好男人已属珍稀动物,有一个看着还算顺眼,女人已大打出手。古代的特洛伊战争因美人发生,但今天的办公室之战却为男人而起。这真的是一个竞争的时代,尽管卓尔不屑与G小姐竞争,但女人之间有了竞争意识是大大的进步,令卓尔心情复杂。有人说女人真正的敌人不是男人而是另一个女人或是女人自己,倒有可能列入至理名言了。

让卓尔不明白的是,自己为什么经常遇到G小姐这样的女人。卓尔自认姿色平平,不足以对栗色头发构成威胁,G小姐却已经严阵以待反手回击了。她想自己是不是在日常举手投足中有失检点,才使得周围的女人将她视为洪水猛兽。这么一想,卓尔心里又生出些暗暗的得意。

广告部的男人们对这个新来的女人,充满好奇因而忙里偷闲地表达出过分殷勤,这无疑是火上浇油,使得卓尔迅速引火烧身。卓尔想,如果说男人和女人的战争犹如水火——火能把水烧开,也能把水烧干;水能把火扑灭,水上浮油也能将火点燃,那么女人和女人之间一旦发生了战争,便是生死存亡,生命攸关。那一颗引燃的火星总是从男人的烟灰中弹出,但男人却是隔岸观火,最后坐收渔利。

战争既已一触即发,卓尔心里就滋生出唯恐天下不乱的心思来。

那几日,齐经理无论拿什么样的规划或是文件来找卓尔,卓尔一律持否定态度。她面对文案侃侃而谈,一二三点切入要害,然后再告诉他应该这样而不应该那样、应该那样而不应该这样。卓尔单单凭借本能,就知道齐经理是多么愿意同她反反复复地讨论磋商,多么心甘情愿地被她一个又一个的主意折腾。卓尔说你这广告部也太沉闷了,缺少现代气息。齐经理立马拨钱叫卓尔买回巨幅黑白图片,覆盖了整整三面墙壁。卓尔说广告人必须得学习西方先进技术,过了几天广告部倾巢出动参观国展中心以及京城所有正在举办的最新展览。G小姐当然可以不去,但由于G小姐每天换一套时装不能白换,所以还是去了。那套具有透视效果的黑色蕾丝花边内衣,穿到第三回终于吸引了齐经理的目光,他说G呀你的皮肤怎么局部变黑,我给你半天假不扣工资你赶紧到医院去看看可好?把G小姐当场气得连脸都索性一块儿黑了。

在卓尔看来,无聊的事,必须得用无聊的手段才能解决。

战火迅速蔓延,G小姐越是挑衅,卓尔越发来劲;卓尔越是寸步不让,G小姐越发得寸进尺。到了周末,卓尔拿着两张小剧场的戏票,在齐经理眼前晃来晃去,当着全办公室的人邀请齐经理当一回小资。齐经理若是说不去,后面有的是黄雀;齐经理若是去了,下周的战争肯定又升一级。小G的挑衅在暗处,卓尔的回应都在明处,十几双眼睛明察秋毫,谁是谁非是有目共睹的。轮到卓尔出击,原本心里就不鬼祟,所以放肆的挑逗也在明处,小G在暗处设防,倒是防不胜防了……

这年春天,天琛广告部的工蜂们,一改往年只知采集不知酿蜜的陋习,办公室整日花气袭人,争奇斗艳,倒显出了几分前所未有的活力。卓尔的试用期还不满一个月,广告部已是硝烟弥漫,将先前人事关系上的隐患逐一显现;卓尔在广告理念上与齐经理的分歧,更将以往工作的琐碎与平庸暴露无遗。齐经理既有从善如流的品格,又有怜香惜玉的惯性,于是只好在卓尔各种直言不讳的建议与G小姐咬牙切齿的抱怨中摇摆不定。他没有服从G小姐的命令将卓尔辞退,也许是因为人手短缺他还指望着卓尔能在关键时候帮他一把,而在卓尔那里,只顾自己痛快着,一时也不甘先行撤退。卓尔心想大不了就是走人,早走和晚走也没什么两样。反正一时去不成南极北极,在这地球上走到哪里都是一样。即便是置于死地也不怕的,古人早就说了,置之死地而后生啦。

这期间,郑总经理和副总经理一起到广告部来过一次,据说在这里待了一个多小时。他来的时候卓尔恰好外出办事了,不知道他都问了些什么、别人都对他说了些什么。卓尔只是听说,郑总一直耷拉着脸对广告部的工作很不满意。

2

偶然间,卓尔会想起在中粮广场的珠宝柜台上,第一次向她介绍翡翠,提到翡翠鸟的那位白发老头儿。好几次,午休或是空闲的时候,卓尔在公司的楼里转悠,朝那些开着门的办公室东张西望,心里希望能在什么地方,哪怕是洗手间门口,碰巧遇上那位老人,但是卓尔一次次坐着电梯上上下下,除了九层是个陈列馆严加封锁不得入内,她像一个幽灵般逛遍了整栋小楼,却始终没有见到他,就连个影子也没有闪过。

卓尔只见到每一层楼的空白墙壁上,都悬挂着一幅幅方形的汉字。每个单字都被写成像一台35英寸的电视大小,白底黑字,远远看去,走廊过道变成了错杂着一栋栋白墙黑瓦的微缩江南民居街巷,楼里不见珠宝的脂粉气,却像一座庄重清雅的中国古代艺术博物馆。

"瑭""瓔""璋""璜""瑗""瓖""珙"……

卓尔一路默念过去,好几次卡了壳,不知那个字该发什么音。

那个老头儿仍是无影无踪,隐身人一般,躲在那些斜玉旁的汉字背后。

卓尔终究是忍不住,有一次问齐经理,那个曾经在中粮给你们公司做口头广告或者说产品宣传的资深翡翠专家究竟是谁?他在哪里?为什么看不见他?

卓尔还把那老头儿的模样,如此这般地详细描绘了一番,包括说话的口音。

齐经理听得一头雾水,茫然摇头说:从来没听说也没见过这么一个人。

那天中午卓尔没吃饭,心里憋闷失望得有点儿想哭,倒好像她是为了那个老头儿才到天琛公司来似的。闭上眼,她就能看见他小心地捏着那只翡玉手镯,为她讲述着翡翠鸟——那神采飞扬的样子。那么,他也许是一只专门飞来给她讲故事的白头翁。讲完了翡翠鸟的传说之后,他就无声无息地飞走了。

3

陶桃从郑达磊口中得知卓尔去了天琛公司的消息后,立即给老乔打电话证实了这事的前因后果。那时候,卓尔已经在天琛上了两个星期班了。

陶桃气急败坏地给卓尔打手机,质问卓尔为什么不跟她说实话。陶桃真的想不明白,她三天两头跟卓尔通电话,卓尔怎么能把去南极的事瞒得这么滴水不漏。

卓尔说:我不敢嘛,怕你说我啊。再说,我也不能总给你添麻烦呀。

卓尔的声音从电话里可怜巴巴地传过来,陶桃立即心软了。

她叹了口气,说:卓尔,你就作吧你。看看,那一份好好的工作,又丢了。

卓尔说:不是丢,是放弃。

好好好,就算是放弃。陶桃不想同她抬杠。该你走运,进了天琛公司,以后再有什么难处,我会替你兜着的,知道不?

听陶桃的口吻,就好像她能当天琛的一半家似的。

陶桃又说:明天是周末,咱们一块儿过啊?郑达磊正好不在,我闲得慌。

卓尔想,反正危险期已过,现在和陶桃见面就坦然了,便痛快地答应陶桃,下了班就去接她,一块儿吃晚饭。

陶桃一钻进卓尔的车里,一股浓郁的香水味儿,呛得卓尔打了一个喷嚏。

卓尔说:又换牌子啦?

陶桃回答:我挑香水,跟你换老板的频率差不多吧。

卓尔说:你还不明白么,我其实不是换老板,是换自己,拿自己以旧换新。

陶桃甩了甩头发,说:拉倒吧。你可别再换了,越换越贬值了。这回进了天琛,我看你倒是因祸得福,这家公司效益不错,它的资产内情我全知道,你就放心踏实地在那儿猫着吧。

陶桃一时还不便对卓尔说破,天琛为开发新产品,去年曾一度积极寻求与银行的合作,在那个急需融资的关键时期,作为部门经理的陶桃,敏锐地发现了天琛良好的成长性,在陶桃的全力支持和鼎力相助下,上下疏通,排除了多方面的障碍,才最后完成了对天琛的投资贷款。这一年来,天琛的玉器产品更多地打入东南亚市场,销售额急剧上升,已呈现出良性循环的稳定态势。就连郑达磊也不得不承认,天琛近期的发展,陶桃功不可没。也正是在天琛与银行的磨合切磋中,陶桃与郑总的私人感情也与日俱增,并迅速堕入情网。

关于这些"内情",陶桃若是对卓尔和盘托出,她料想卓尔会给她来一句:这爱情是不是有假公济私之嫌啊?岂不是大大扫兴。卓尔不会懂得,爱情的生长需要机遇和环境,郑达磊正是在一次次艰难的谈判中,逐渐领略了陶桃的圆融聪慧、机敏豁达;像他这样的"绩优股",一个单身的成功人士,之所以会把爱慕的目光落在陶桃身上,可见陶桃干得有多么漂亮而不留痕迹。这一年来陶桃可谓用尽了心计,她明白对于已不年轻的自己来说,郑达磊是她目前能遇到的最理想的选择了。

卓尔第一次与郑达磊见面那天,陶桃是故意对郑达磊的身份含糊其词的。她不愿让卓尔对郑达磊产生那种庸俗的珠宝商的联想。卓尔百分之百是蹦不出什么好话来的。但如今谁能想到卓尔竟然像一只小耗子,自己一头钻进了天琛,这意味着卓尔以后没有资格再对陶桃冷嘲热讽了,卓尔自己也变成了珠宝商的吹鼓手。从现在开始,陶桃可以毫无顾忌地同卓尔讨论珠宝什么的了……

想什么呢你? 卓尔冲她一乐。

你知道你为什么老见不着郑总经理吗? 陶桃说,他主要的精力都是放在产品开发上的,可是进货啊销售啊都不能不操心。前些日子,他亲自到缅甸去了一趟。

卓尔哦了一声。

陶桃淡淡地说,他们公司的人到缅甸去进货,说是有一块几十公斤重的赌石,是一块没擦口的"蒙头料",卖主开价特低,这可是十赌九输,全凭运气。他不放心,就亲自赶过去了。我在电话里跟他打了一个赌,说我送你一句吉言吧,你名字里有三块石,三三得九,再加一个"达"字,必是能如愿的。你猜他怎么着?他到了那儿,左右琢磨还是吃不准,既怕看走眼了给公司带来损失,又怕真的错过了机会。最后干脆一拍板,自己掏钱把那块赌石给买下来了。

卓尔说:倒是挺有魄力啊。

陶桃笑了笑:他一回来我就跟他说,假如那块石头开了门子后是满绿,就得有我一份儿。哎,卓尔,听我说,到时候,我一定帮你也弄一副货真价实的翠玉手镯戴啊。

卓尔心不在焉地说:我就烦这些东西,丁零当啷的,还不够贼惦记哪。哎,我说,你什么时候开始研究珠宝了?

陶桃的脸上浮起一层喜悦,一只手把玩着腕上的一只红玛瑙手镯,眼睛看着窗外说:卓尔卓尔不是我说你,珠宝是什么?身外之物,当然没错。那么什么是身内之物呢?五脏六腑?不对吧,那也太恶心了。依我看,身体本身就是女人的身内之物,一个女人若是没有一个美丽的身体,女人和男人的差别在哪里?而一件漂亮的首饰,佩戴在女人身上的时候,就像画龙点睛一样,女人马上就活了,就发光了,就生动了,就有魅力了,那是不一样的,真的不一样,你试试就知道了,那不是钱不钱的事儿。在我看来,它不是个经济价值的概念,它是女人的生命象征。你说,珠宝不是女人的身内之物是什么？说得不客气一点儿，一个不懂得珠宝的女人就不是个合格的女人。

那我就最不合格了。卓尔甩着她光溜溜的手腕。

陶桃宽容地说：反正，郑达磊是上天送来给我的一块赌石。

卓尔说：想想也真可笑，那天我去听一个广告文化讲座，才知道原来郑达磊就是天琛的老板。我想我也真够倒霉的，转了一圈还是在你的间接控制下。

陶桃笑得含蓄。

卓尔又说：那天下午，我们听着那讲演实在没意思，就一块儿去看车展了。

卓尔说着，用眼角瞄了陶桃一下。即便卓尔再粗心马虎，也知道跳过女友同她的男友单独外出，应该尽快地、主动地向陶桃作出解释，她可不愿为这样的芝麻绿豆引起什么误会。

陶桃轻轻地哦了一声，一副无动于衷的样子，然后夸张地叹了口气说：谢天谢地，总算有人陪他去看了车展啦。以后呀，有什么我不想做的，就由你代替我好啦。

卓尔不吭声。陶桃后半句话，有一点儿居高临下的意思，让卓尔觉着不舒服。在陶桃的慷慨中，似乎隐含了另一种不可直言的轻视，一个女人如果真的不在乎身边的女友，原因只有两个：一是她对这份爱情特别自信，二是她的女友根本就不具备竞争力和威胁性。可见陶桃根本就不在乎卓尔，卓尔缺乏叫陶桃嫉妒的魅力——卓尔刚才小心翼翼的说明，真是有点儿多余了。

那一瞬间卓尔心里掠过一种酸酸涩涩的滋味，这感觉很陌生，像是伤心又像是伤感，似乎伤到一种叫做自尊的感觉上了，那么，难道卓尔原来还是很在乎自己作为一个女人的吗？卓尔第一次发现自己竟然也是这样小心眼儿的女人。莫非陶桃为她和郑达磊一

那天晚上在医院,卓尔和卢荟抱着鲜花、水果一起进了病房,她拉着老太太的手,亲亲热热地叫了声妈。那个"妈"字一出口,她的眼泪唰地就下来了。卓尔想起了自己的妈妈,泪水噼里啪啦往下掉,忍都忍不住。

起去看车展的事大发雷霆,她才会觉得开心吗?

　　卓尔胡乱想着,踩了一脚油门儿,车像蛤蟆一样蹦了蹦,飞快地蹿了出去。

4

　　陶桃忽然安静下来。卓尔偶然提到的车展,触动了她心里隐秘的痛。

　　这种温煦慵懒的春天,本来就是一个缠绵缱绻的好日子。那个周末,郑达磊刚从外地回来,推掉了所有的应酬,如约来到陶桃的小屋。像最近的每个周末一样,他们在一起度过了一个亢奋而筋疲力尽的夜晚,一直到临近中午才昏沉沉醒过来。陶桃为达磊煮了咖啡,问他今天去哪里吃午饭。达磊在洗手间一边洗澡一边喊道:哪儿也不去,我就想吃你做的饭。那个平日总是发号施令的声音里,带上了几分撒娇的意思,如同一股温暖的水流将陶桃全身泡得酥软。陶桃赶紧简单地化了妆,到附近的超市匆匆买了些半成品食物,对付了四个冷盘、两个热菜,为达磊和自己斟上了两杯红酒,一边吃饭一边商量着下午的计划,那时已是 1 点多钟了。

　　双休日里的陶桃,希望自己还原成一个与郑达磊在写字楼见到的职业妇女风格截然不同,充满妩媚与温情的好女人。

　　陶桃心里早有打算。她告诉达磊说,今天是春季房展的最后一天,午饭后,两个人应该一起去看房展。这两年京城的楼市就像通胀时期印刷的钞票,成堆成堆地复制出来。如果不到房展会上先扫描一下概况总貌,是无法通览全局的。京城的地盘东南西北大得没边,就是两人开着车一处一处去跑,要把这个花园那个山庄一个一个视察过来,起码得花上半年时间,还不算上这半年中又横空出世的新楼盘呢。看房展的好处,就在于可用最少的时间,做到一目了然、心中有数,然后选择自己喜欢的环境和房型再细细勘察……

陶桃娓娓说着的时候,觉得自己已经提前担当起了家庭主妇的角色,正在替达磊和自己未来的美丽家园打理日常事务。那将是一个精明聪慧、有教养、有品位的主妇,同时又是一个年薪不菲的知识女性、一个风姿绰约的白领丽人。她会同达磊建立起一个标准的幸福家庭,有一栋欧陆古典风格的小楼、宽大的草坪和花坛……

她一边说着,一边留心郑达磊的反应。这是她第一次主动与他谈到购置房产,购房当然意味着把结婚的意向落到实处。所以说,今天下午的房展去还是不去,在陶桃是一次试探,对于郑达磊来说,则是一个至关重要的转折和标志。

郑达磊点了一支烟,说:我想去看车展,前天刚开幕,听说这次规模不小。

陶桃把杯子放下,说:看车展嘛,你自己一个人去不就得了。

郑达磊问她为什么不去,陶桃说她对汽车没兴趣。陶桃又反问达磊,咱俩相处几个月了,难道你不知道我对汽车没兴趣吗?

陶桃当然不能说,目前她只对房子有兴趣,那样郑达磊会看轻了她。陶桃知道一个女人在结婚的问题上,是不能表现得太急迫的,太急迫就跌了自己的身价。但她真是太希望能和郑达磊去看房展了,不仅因为今天是春季房展的最后一天,更重要的是,若是和郑达磊一起去看了房展,就意味着双方对婚姻的一种确认、一种期待,这是关键的一次表态,她是万万不能让步的。

后来郑达磊走到她身后,环着她的腰把她抱起来。达磊亲了她一口说:桃桃好乖乖,你就陪我去看车展吧,就一次,等车展过去了,我每个星期天都陪你去看房,昌平、顺义、大兴,再远都去,行了吧?

陶桃偎在他怀里,嘴唇贴着他脖颈,把热气痒痒地吹着他耳朵,撒娇着说:我不!我偏要去看房展,我今天就是要去看房展。你看车展什么时候不能去呢?明天、后天、大后天,抽个空儿就去了。

郑达磊的脸上有了愠色,倒仍是捺着性子说:明后天要去上海办事,大后天一天的报告会,大大后天车展就结束了。你看,就今天下午还有点空儿。

陶桃的脸上一阵燥热,身上却一阵发冷,泪水一下子就涌了上来。和郑达磊相处几个月来,陶桃一直努力扮演着温柔可人的淑女形象,她太了解郑达磊身上那种被人服从惯了的习性,凡事都尽量顺着郑达磊的意愿去做。有一次郑达磊无意中对她说,她的肤色不宜穿冷色调的衣服,她就托朋友找到了那个叫西蔓的色彩专家,在她的指点下,跑遍了全城的商厦,买回来春夏秋冬全套酒红、砖红、绯红、水红、石榴红的职业套装和休闲服。有一次郑达磊随口说她有一点儿发胖的迹象,她第二天就开始实施减肥计划。但今天的情况与往常有根本的不同,若是错过了房展,她极有可能就错过了一次被人们俗称为"机遇"的那种东西,错过了她苦心等待了很久、唯有面对热火朝天的房展会上旺盛的人气才能营造的那种家园气氛。她真的不甘心。

陶桃的眼泪无声地淌下来,她紧紧地抱住了郑达磊,悲伤地偎在他的怀里。她想起了那个不知是谁写的"此时无声胜有声"的诗句。这个时候,女人是不需要说话的,一个字也不要再说。赤手空拳的陶桃对付不了全副武装的郑达磊,但她有一件秘密武器,男人通常不备也不愿随身携带的,这样东西是女人从娘胎里带来的,几乎每个女人无须培训都会使用。那些叱咤风云的女强人,就是因为无意中丢失了这个宝贝,才总是弄得前院风光后院起火啊。

流泪的陶桃像一个无助的婴孩,绵软无力地搂着郑达磊的脖子,好像她一松手,爸爸就会出远门不再回来了。她面色苍白、长发散乱,她的神情是那么忧伤,谁见了都会心疼。后来她滑到了地板上等着郑达磊来扶,她咳嗽了,她恶心想吐,她的头疼得像要裂开,她要喝水,或是吃一小片儿水果——要人一口一口地喂下去的……女人在关键的时候一定要示弱。示弱将唤起同情和怜悯,示弱令男人不安和惭愧,唯有示弱才能最有效地征服强者。

被陶桃这一个系统工程折腾得气喘吁吁的郑达磊,果然顶不住了。他扳开了她的手,拍拍她的屁股说:你有完没完啊,行了行了,起来吧,洗个脸化化妆,动作快点儿啊,再晚人家房展就关门了。

自以为大获全胜的陶桃,上了郑达磊的汽车以后,才发现事情并不如她想象的那么简单。在那个人头攒动的房展会上,郑达磊竟然闷闷不乐地避在一边,面对各种仿真沙盘上令人心动的白色小楼、花园、草坪、小湖,始终一言不发视而不见。陶桃兴奋地问,这一处怎么样?他说不怎么样;陶桃问那一处如何,他说一般吧。陶桃终于觉得无趣,心不在焉地溜达了一圈后,只得草草收场。

很多天以后,陶桃一次次辨别回味着郑达磊在电话中突然降温的声音,才察觉到自己在那天可能犯下了一个不大不小的错误。以她这样的年龄和阅历,本是不该去同郑达磊较什么劲的,她是不是有点儿操之过急了呢?

5

陶桃关了车里的音乐,说卓尔的音乐总是那么吵。她四下左右翻找了一会儿,拿出一盘朱哲琴演唱的"阿姐鼓"放了进去。

说到车展,我真得谢你。陶桃由衷地说。就为了我没陪他去看车展,这些天一直跟我闹别扭呢。这下该是如愿了。

卓尔自顾自地说:嗨,我要是你,当然选择去看车展啦。那些车真的好漂亮啊,买不起,欣赏的过程也充满快感。眼睛干吗用?就是用来看那些好看的东西,看过了,留在脑子里,就是一种拥有,你不觉得?

陶桃说:我是一个务实的人,汽车不是用来欣赏的,那只是一种工具。

卓尔摇摇头:我开车在大街上走,就爱看人家的车。自己的车是工具,别人的车是风景,实用和审美两不耽误。

陶桃说:怪不得尽吃罚单。

卓尔又问:哎,陶桃,我真不懂,你干吗非要去看房展呢?

陶桃叹口气说:我就是不想事事都顺着他,那样会把他惯坏了的。陶桃说着,似乎也感觉到了自己的话有些言不由衷,笑一下说:你忘了,我在出租屋那时候就对你说过,我是真的喜欢房子,一所真正属于自己的大房子……

卓尔打断她说:怪了,人都说,男人才在乎空间,而女人在乎时间。你倒是相反了。

陶桃说,卓尔你真是只知其一不知其二,男人的空间感在室外,那是无限大的;而女人的时间感,却和房子有关。因为只有在房子里,时间才会停留,至少在女人的脸上和身体上,感觉时间会走得慢些,阳光和雨雪使女人变老,而房子能遮挡一切。

望着卓尔一脸迷惑的神色,陶桃不再说下去。她靠在椅背上,微微闭上了眼睛,音乐像一双纤细的手,用音符的指尖一点点按摩着她内心深处的创痛。

是的,她真的是喜欢房子,一所属于自己的大房子。

她已经流浪得太久了,那种心力交瘁的疲惫感,是由她身上的骨头缝里渗出来的。从那个偏远的小县城,那些外墙已辨不出颜色、窗洞小得像窥视孔一样、楼板吱吱作响的老房子,到深圳的外地学生宿舍十几个人一屋的双层铺,到北京租住的郊区农民房……她这三十年,已经换过多少个地方了呢? 就像那些南来北飞的大雁,把家拴在了自己的翅膀上。从生下来到现在,她好像从来没有过自己的一张床,那些竹床、木床、铁床、折叠床,不是捡别人的,就是廉价买的旧床,窄窄长长的一条单人床,比棺木大不了多少,连翻身都得格外小心。或者说,许多年里,陶桃根本就没有痛痛快快地翻过一次身。曾经有多少个夜晚,她盯着头顶上破烂的天花板(或仅仅是顶棚)无法入睡。渗漏的水迹像一幅苍白模糊的地图,找不到自己的坐标。陶桃在许多年中,面对不同的城市陋室中那些形形色色的天花板,一次次痛苦地发现:没有自己的房子就等于没有自己的天空,尤其是女人,没有自己的房子就等于没有自己的床。没有自己的床,就等于没有自己。当然,那张床必须是双人床,足够宽大舒适的双人床;在床上有另一个人——一个男人的气味和鼻息,没有男人的床是冷清和孤寂的,没有男人的床就像只有床单而没有被子。陶桃对单人床已经极度憎恶,甚至是恐惧。当她终于搬进这套两居室的单元房时,虽然仍是临时租住的过渡房,陶桃还是迫不及待地买下了一张价格适中、有强力床垫的双人床。就在这张双人床上,她如愿迎来了离婚后单身已久的郑达磊。

在陶桃久经淘洗、筛选、冶炼的人生哲理中,她认定了既然是双人床,应该有一个更宽敞的空间才能安放。所以房子必须要更大些,大些的房子才会有更大的天花板,天花板越大才能证明对于天空的占有越多。当然,天空并不是最重要的,天空是用来仰望;

更准确地说,是透气或是晾晒衣物用的。真正的好房子,比如说别墅式的独立小楼,占有的是土地,是稳稳当当、结结实实地矗立在地面上的,不像那些高层建筑,任是再大的空间,也是虚浮地悬在半空中,上不着天下不着地的。一所牢固而漂亮的房子给人最可靠最真实的安全感,就像一个隐蔽的洞穴,漫天的沙尘或是暴风雪都不能侵袭它。陶桃常常觉得,其实任何人生来都是喜欢待在房子里的,房子就像安全的母腹,把所有的灾祸和艰难都排除在外面的世界了;那么床呢,床就像母腹中的子宫,无论是青年人、老人、小孩,在睡眠中仍然喜欢蜷起身子,保持着在子宫里的姿势,就像浮游在温暖的羊水里……所以陶桃没有理由不渴望房子,她有时甚至觉得,一个女人若是没有自己的房子,就像没有子宫的女人一样。

陶桃在低柔的音乐声中,还是把自己的想法说了出来。

卓尔一边打轮儿并线,一边大叫:不对不对,我就不像你那么热爱房子,房子是什么？笼子、猪圈,把人活活关在里面,闷都闷死了。你知道我为什么喜欢汽车吗,那是一个流动的房子,背着我的房子走路,世界就好像在跟着我一起走。

陶桃哼了一声,说:那不成了蜗牛啦。

卓尔大笑:车子漏油漏水,一路洒过去,正是蜗牛亮晶晶的涎痕啦。

她把车嘎地停在了一家川菜馆门前,说:我今儿就想吃辣的。

6

周一那天快下班的时候,卓尔的手机刚打开,就接到了卢荟的电话。

卢荟说,卓尔,你是怎么了？手机老关着家里电话没人接,我往你办公室打电话,人说你早已不在那儿干了。你出什么事儿了?你言语一声我也好去看你照顾你啊。卢荟的声音永远温和体贴,让人没法子生病了。卢荟说我有件事想跟你说说,下了班你有空出来一块儿吃晚饭好吗?卓尔本想告诉卢荟有事你就在电话里说吧我烦着呢,但她很快记起了这是在办公室,周围起码有十只耳朵在旁听,即便听不清话,看一看表情也是很过瘾的,就赶紧答应说行行就这样,老地方见吧。

卓尔常常和卢荟在一家叫做"花馔"的餐馆吃饭,那家餐馆在一条僻静的小马路上,家常菜做得可口,价钱公道,卓尔一直坚持两个人轮流做东,卢荟也不反对。卓尔其实挺喜欢和卢荟一起吃饭的,对于卓尔而言,卢荟这个人最大的好处,就在于他对美食的兴趣总是同卓尔一样高涨。凡是他点的菜,荤素色彩风味儿都是绝配,他能说出每一道菜的来历和精妙之处,包括操作的要领,令卓尔咋舌。说起来也许有点儿不好意思,当初卓尔认识卢荟,就是在朋友家的一次圣诞节聚会上。吃腻了餐馆,那次大家别出心裁,说好了每个人带一个特色菜,餐桌上就八仙过海了。卓尔已经忘了自己搞了个什么东西去糊弄那帮食客,但她记得那个貌不惊人的小个子男人,拎着一只塑料袋进了厨房,只听得厨房里响起一阵打击乐,眨眼的工夫,一只五彩缤纷的盘子端上了桌,扑入的菜香顿时把卓尔的鼻子都堵塞了,满座惊呼、喝彩——红辣椒丝青葱雪菜黑鱼片,雪白的鱼片夹着青绿的菜沫儿,入口清爽滑嫩,没等他解下腰上的围裙落座,那道菜已被扫荡一空。卓尔细嚼慢咽,一边将那人细细打量,她注意到他有一双纤细白净的手,指甲上一根半圆的弧线,都修剪得没有一丝毛刺儿。众人的赞扬声中,那人嘿嘿地笑得谦虚:其实价钱便宜得很,就一个创意,再加火候呗。

卓尔在餐桌上认识的卢荟,后来当然就在餐桌上把友谊延续下去了。听卢荟说,他的母亲近年来身体一直不好,两个姐姐都在国外,他又偏爱美食,只好自己把做菜的手艺练出来。不过,卢荟在餐桌上的优点仅仅只是他众多美德中很少的一部分,随着卓尔和卢荟在餐桌上度过越来越多的时光,卓尔发现卢荟对各种各样奇怪的事情,有着绝不逊色于卓尔的好奇心和兴趣;并且,作为朋友,一个男性朋友,最最难得的是:卢荟永远都是一个忠实的倾听者。

卓尔一下班就去了花馔,靠墙角的老位置上,卢荟已经等在那里。

一见面,卓尔就觉得卢荟有些反常。以往卢荟总是笑眯眯地看着卓尔,耐心地等着卓尔把开心的不开心的事说够了才会插话。今天的卢荟一脸愁容,胡乱点了两个菜就说起了他母亲的病情,他说老太太今年73岁,在医院里熬了大半年,抢救了一次又一次,儿女都尽了孝心,医生前几天已下了病危通知书,说她恐怕是挺不了几天了,连在国外的两个姐姐、姐夫都专程赶回来了。生死有命,本也是没有办法的事情。但人活一辈子,有些事,总不能给老人留下个遗憾,留下了遗憾,将来后悔的就是自己了。他妈妈就他这么一个儿子,从小就没让他受过一点儿委屈,如今眼看就要走了,他觉得自己真是对不住她老人家……

卓尔起初听得一头雾水,听着听着,总算慢慢回过味儿来,打断他说:卢荟,咱俩认识也不是一天两天的了,你要是有什么难处,尽管说给我听。有什么事儿需要我办,我能做到的,肯定两肋插刀。

卢荟张了张嘴,又咽了回去,低头说:不、不好意思,这事儿不比一般,开不了口的。我犹豫了好久,要不是怕到时候来不及,真下不了决心来找你。

卓尔有点儿恼火。她没好气地说,哎呀,你就说吧,又不是求婚,这么难开口,大不了,我去帮你妈料理后事呗。

卢荟的眼珠定在那里,用轻得不能再轻的声音说:卓尔,你听好了,我这事儿,跟求婚差不了太多,就算是求婚吧……

卓尔被茶水呛了一口,噎得满脸通红,结结巴巴地反问道:你说什么呀,求婚?你想结婚啊?我的天,多俗啊。再说,结婚和你妈的病有什么关系?

卢荟的脸红了,把眼神避开了,声音有些哆嗦:不是,你听我说,是这样的,最近些日子,我妈好几回拽着我的手说,你都三十好几的人了还没结婚,就连个能定下的女朋友都没有,我是死不瞑目啊。你想想,这多惨,这不是遗憾吗?而这个遗憾,本来是可以避免的,都怪我。现在说什么都晚了,我就想、就想、就想能不能有个人帮帮我,了却了我妈的这桩心事,哪怕就到我妈的床前站一站,拉一拉她的手,叫她一声妈,我想她也就能闭上眼了。我琢磨了好几天,周围这些朋友中,也就……你……就你能帮上这个忙了……

卓尔长长地嘘了口气,说:说了半天,原来是让我去冒充你女朋友,跟你合伙蒙老太太呀?卢荟纠正她说:不,这是临终关怀,是人道主义。

卓尔又问:你难道真的连个正经八百的女朋友都没有啊?

卢荟说:确实没有嘛,要是有我还求你干吗?

卓尔追问一句:那,不用把结婚登记证给老太太过目验明正身吧?

卢荟摇头说不用。

卓尔把杯里的茶水一气喝干了,说:行!咱这就走!

卢荟说:哎,菜上来了,吃完饭再去不迟。

那天晚上在医院,卓尔和卢荟抱着鲜花、水果一起进了病房,她拉着老太太的手,亲亲热热地叫了声妈。那个"妈"字一出口,她的眼泪唰地就下来了。卓尔想起了自己的妈妈,泪水噼里啪啦往下掉,忍都忍不住。卓尔忘记了自己的特殊使命,把假戏当成了真事,抢着给老太太喂水、抹脸,一门心思地投入进去,竟然把那个难堪的角色扮演得十分成功。

一周后老太太去世,临终前的神态真是平静安详。卢荟全家人都再三感谢卓尔的善良侠义,卓尔受到了鼓励,干脆把好人做到底,在举行老太太的告别仪式时,请了假开车到八宝山,戴上黑纱站到了亲属行列里,卢荟一家老太太的女儿、女婿、儿子、儿媳的队伍,因为来了卓尔凑了个整齐。

那几天的忙乱过后,卢荟满脸真诚地要专门请卓尔吃饭,卓尔摆摆手说免了免了,谁跟谁呀,你不就一个妈嘛,反正你妈也不会再死第二回了,客气什么呢。

卢荟说:换了别人才不干呢,这多少有些晦气的,除非是真的结婚。

卓尔怔了怔,心里有点儿别扭。他这话猛然点醒了卓尔,使卓尔觉得哪儿有些不对头。哪儿不对头呢?她也说不出。她和卢荟相处了大半年,聊天、吃饭、玩耍,可卢荟从来没有过进一步亲热的表示。卓尔也没有。据说卢荟原来是有过一个女朋友的,两人好了很多年,快结婚的时候吹了。卢荟从来没提过,她也不问。卢荟和卓尔同龄,三十多岁还不成家,大概是还在心里惦着那个女孩儿吧。卢荟身边没有别的女友,卓尔能感觉出来,但他如果真的喜欢卓尔,借着他母亲临终这事,他又为什么不索性向卓尔挑明了呢?却拐弯抹角地要"借"她去冒名顶替,然后用毕放回原处。这叫什么事儿啊?虽说这是信任是友情是无奈是权宜之计,可是,这毕竟泄露了卢荟的一份心思,看来卢荟根本不爱卓尔,或许卢荟是个根本不打算结婚的人。

卓尔心里有点儿烦。她对卢荟是谈不上爱的,可是多少希望着卢荟会有一点点爱她。也许女人都是这样。仔细想来,同卓尔交往的男朋友,除了老乔,没有一个人曾经郑重地提出要想同她结婚,这一点让卓尔多少觉得有些委屈和沮丧。

卓尔这样的女人,在男人看来,天生是不适合做老婆的。

就连卢荟这样温和、这么善解人意的男人,也这样看。

卓尔独自开车回家。上了三环,并线时速度太快,险些刮到前头的那辆车。她出了一身冷汗,骂了一句粗话,心情倒一下子好了。她想其实和卢荟这样的男人交往,真的好轻松好安全的。彼此都没有要求,也没有约束,他不想结婚,她也不想结婚,上哪儿去找这么公平的异性友情啊。

但卓尔仍然是渴望爱情的。在内心深处,在梦里。

也许,那一年在南方,她本该给他留下电话号码的,茫茫人世间,总该有一根线,还能把他和她连通起来,即便是偶尔的问候或是什么也不说,比如在情人节那样的日子里。卓尔一次次回想着在岔道口同他分手的情形,透过树叶的缝隙,她瞥见他脸上青灰色的失望。他一定把她当成了一个寻欢作乐的老手,认为她是不想给自己这一夜狂欢留下后遗症,但卓尔不会对他解释,卓尔没有时间解释了。卓尔本该告诉他,若是她不那么决绝地截断自己的后路,按着她的脾性,后来的事情就会一塌糊涂到不可收拾的地步。

比如相爱,爱得死去活来,然后结婚,朝朝暮暮地过日子,再然后争执、吵架,最后两个人合伙亲手把爱情埋葬。喜新厌旧的卓尔清楚地知道自己的下场,她在帐篷里仰望着莫测的蓝天,星星就在她的头顶似乎伸手可及,但那颗星是摘不下来的。翡翠鸟的呢喃从黑暗的树林深处传来,然而树林不是笼子,它们属于大地。

卓尔不知从哪本书上看来一句话：爱情是我，而婚姻是我们。

爱情是我，我能感觉到爱我就有爱情，我在爱着那就是爱情。做爱需要两个人，而爱情有时只需要一个人就够了。可惜，一个人的爱情对于卓尔来说也显得奢侈。因为她爱的只是恋爱的感觉，她不知道自己真正所爱的人有没有出世。

那么婚姻呢？婚姻不是我而是我们，仅仅两个人都不够，那个"们"由周围的许许多多亲朋好友和许许多多岁月组成。鞋铺已够杂乱，每一双鞋子的尺码已经固定，可是卓尔的脚，还在长大。

第十章　男人"作"怎么就不叫"作"呢

1

一直到卓尔走进"草木人茶艺馆",她都不明白,郑达磊为什么要在午休时单独约她出来喝茶。她是在走廊里迎面碰上郑达磊的,他停下来,对她说了这么一句。没等她反应过来想要拒绝,他已经同她擦肩而过。

在她的感觉里,郑达磊仍然是她女友的男朋友,而不是自己的老板和上司。当她有一天在天琛写字楼门口,见到从宝马车上下来的郑总时,想起第一次见他的坏印象,她一再提醒自己万万不可流露出对老板的一丝不敬。

郑达磊今天穿得很休闲,才是暮春时节,他已是一件细蓝条纹的短袖T恤上了身。谢天谢地,他的胸口没有爬着一条扭动的鳄鱼,这多少让卓尔有些另眼相看。如今满世界的男人都扛着一条鳄鱼到处游走,再不济也弄个以假乱真,可是不穿鳄鱼牌还能穿什么呢?鳄鱼T恤同外头那互相残杀的血腥沼泽确实很般配。

郑达磊问卓尔这个茶艺馆怎么样,卓尔点点头说还行吧。郑达磊说吃饭太正规了,酒吧太热闹,咖啡屋又太香浓,想要和朋友聊聊天,还是茶馆最清静。卓尔点点头。郑达磊问卓尔喝香片还是要铁观音,卓尔说要绿茶。茶具和茶水很快上来了,他端着杯子将冒上来的热气放在鼻尖下闻着,一边问卓尔最近在看什么书。卓尔说看小说呗,村上春树、渡边淳一什么的。郑达磊抱歉地笑笑说,听说过名字,日本的吧,我这人什么书都看,就是没时间看小说。卓尔说多一半老板都这样,企业家看小说就不正常了。郑达磊说我算什么企业家,总经理不过是个高级打工仔,占点儿股份而已。就像一个家庭主妇,你能说她是老板吗?她只不过是个管理者,是一家的总经理,而真正的老板是董事长,董事长有决策权,大事都得董事长说了算。就目前的家庭来看,主妇虽然拥有管理权,但大事还得男人做主,实际上就是家庭的董事长。我想,这个比喻把我的意思表达清楚了吧?

郑达磊一开始就滔滔不绝,卓尔接不上话,只好一口接一口喝茶。茶正烫,啜出吸溜的响声,她看见郑达磊皱了皱眉头。

如今在外头当董事长的女人多了去了。卓尔反唇相讥。倒是你们这些总经理们,成天看着董事长的眼色行事,用你的话说,也就是没有决策权吧,所以回到了家里呢,就想模仿一把董事长,找个心理平衡。

郑达磊呷一口茶说:那你呢,你认为自己就是个家庭董事长啦?

卓尔说:我呀,我是散兵游勇,既当不了责任重大的董事长,也不愿干辛苦受气的总经理,我干个体户总可以吧,这个家呀,进货、销售、会计、出纳,我自个儿一人全包了,赔了自己扛着,赚了全是我的啦。

素衣长裙的小姐送来了茶点,卓尔飞快地扫了一眼,见那四个小碟里有一碟无花果干、一碟虾干、一碟红樱桃和一碟开心果,都是她最爱吃的东西,顿时心花怒放。卓尔知道自己的弱点,一旦被捕,只要以美食相诱,十有八九会招供。

郑达磊轻轻叹了口气说:你看我,平时那么多朋友,可是真的想要找个人在一起轻轻松松喝茶,还真的不好找。男人们,聚在一堆没别的,谈生意、谈股市、谈政治,再不就是谈女人,连我都有点儿腻味了……

卓尔问:那你到底想跟我谈些什么呀?她忍着没说下面的话:你这么长的开场白绕来绕去我都不耐烦了。

郑达磊转着茶杯,看她一眼,说:没事儿就不能跟你聊聊天?我今天有点儿头疼,想找个人说说话。

卓尔抓起手袋,霍地站起来说:我成了陪茶的了?从三陪到四陪,这发明权归你了。陪你喝茶不说,回头还得小心跟陶桃去解释,我何苦来着?对不起,你还是一个人慢慢喝吧。

郑达磊伸出手一把按住了卓尔的胳膊。他在腕上用了过多的力气,把卓尔的胳膊弄疼了。卓尔被按在座椅上,一时动弹不得。隔着衣服,卓尔仍是感觉到郑达磊的手掌传达出一种模糊的信息,令她十分不悦。

郑达磊说:这样吧,就算是我陪你,总可以吧。你说我听,你想说什么问什么,我都洗耳恭听有问必答。

他这样说着,轻轻笑了起来。卓尔发现他笑的时候,平时严肃紧绷着的黑眉松软下来,笑意盈盈的眼睛里流泻出一种近于单纯的光泽,显得亲切自然了许多。卓尔对这笑容有了好感,一时忘了刚才的不快,忽而很想同郑达磊这样傲慢的人过过招,喉咙里有了不少的话,一个劲儿往外蹦。

其实有个问题卓尔已在心里憋了好久,一直没有机会当面质问郑达磊。那次她和他一起去看车展,郑达磊说过一句话,让卓尔一连许多日子耿耿于怀。郑达磊那天随口说,男人看见活的东西走不动道,女人看见死的东西走不动道。这种自以为高度概括了男女之别的奇谈怪论,卓尔还是第一次亲耳听到。虽然这话里话外,对女人的不屑不敬像劣质羽绒衣里的毛耿直往外扎,但卓尔倒想知道,他凭什么敢下这种貌似精辟却狂妄自大的断语。

卓尔一只手抓着无花果干,一只手支着下颌,坦率地把话问了。

郑达磊一边听着,一边拎起酒精炉上的小铜壶,给卓尔续了水。纸质竹筋的灯罩在他额头上投下一道昏黄的暗影,在空气里晃荡不定。

郑达磊先是有些惊讶地说了一句卓尔你这个人真是好记性,我随口说的话也值得你怀恨在心?卓尔也有些惊讶地发现,原来郑达磊并非信口开河,他对自己说过的话,有着更为精确的好记性。那天中午,郑达磊像一个站在讲坛上的讲演者,或是答记者问的名人专家,随即侃侃而谈,给了卓尔一个严谨而充分的答复。

郑达磊说,首先我这句话的立论并非绝对的,因为世界上没有绝对的东西,你不能以偏概全,用一个极端的例子来否定基本事实。比如说,男人和女人都爱自己的孩子,孩子显然是活的,是个活的生命,这是男女的共同之处,我们彼此都应该没有疑义、没有分歧。但我要说的是男女的不同点,是他和她所喜欢的事物、那些最感兴趣的事物之间的明显差别,甚至是本质上的差别。比如说,大多数女人喜欢时装、首饰、化妆品、家具、厨房用品、床上用品等等世界上所能创造出来的一切物品。众所周知,马科斯夫人伊梅尔达拥有3000多双鞋子,英女王拥有世上最昂贵的珠宝;随便一个普通的女人,都会拥有许许多多手袋、帽子、遮阳伞等小零碎儿,即便是农村妇女,她用鸡蛋换钱攒钱去购买毛线丝线,绣花、织围脖、织手套、织毛衣,乐此不疲。女人不肯扔掉旧物,喜欢把什么东西都留着,恰恰证明了她们有一种恋物癖……

卓尔撇嘴,看着郑达磊的眼神都横过来了。

男人呢,几乎所有的男人都只有一个共同的爱好,他们真正喜欢的只有一种东西,一个活生生的东西,那就是女人。

卓尔大叫:不对不对,女人不是也爱活生生的猫啊狗啊小鸟啊,男人才有恋物癖呢,所有迷恋收藏的人几乎都是男人,收藏古董字画、烟标、邮票、筷子、瓶子,我的天,历史上所有的战争都是男人在疯狂地抢劫别国的财物……

郑达磊把手指放在嘴唇上嘘了一声,示意卓尔轻点儿。郑达磊说卓尔你已经偷换了概念,男女两性必有重合之处,这不在我论辩的范畴内,我要说的是男女在本质上的不同点,你难道能够否认,男人和女人在兴趣上的最大差异是,女人对物品具有强烈的占有欲,而男人真正感兴趣的却是女人?在战争中,男人掠夺的财物,多一半是为了奉献给他心爱的女人。男人喜欢汽车足球,那都是活人驾驭的东西,不像女人,喜欢把珠宝锁在保险柜里……

卓尔的眼珠在飞快地转动,她不说话,但这不等于她默认了郑达磊如此荒谬的言辞。她在寻找有力反驳的论据,她肯定会让郑达磊落花流水的。卓尔努力搜索着调动着反击的切口,可是有那么一瞬间,她忽然怀疑起自己的辩护是不是真的有点儿错位——

大多数迷恋物质的女人,是不是因为对活的东西没有把握呢?

卓尔胡乱地问着自己,脑子里一时有些理不清头绪。她大口地喝茶,可惜这绿茶实在是太清淡了,该换一杯浓咖啡才好。

郑达磊似乎没话找话了:那么卓尔你喜欢收藏吗?

不。卓尔干脆地回答。从不。我只收藏自己杂七杂八的感觉,一些活的东西。

郑达磊放下茶杯,点上一支烟,笑眯眯地说:好了,咱们谈点儿正事儿吧。你到天琛都大半个月了吧,先说说,对这家公司印象怎么样啊?

卓尔说:一般吧。和别的公司也差不了多少。

这个回答显然出乎郑达磊的意料。他哦了一声,说:你有没有发现什么问题呢?我平时对各个部门的情况了解不够,倒是很想听听你的意见。

卓尔恍然想,这大概才是郑达磊约她来喝茶的真正意图吧。她粲然一笑地说:你想让我打小报告?那可没门儿!

郑达磊有些尴尬地拿起一粒红樱桃放进嘴里。卓尔,你别那么伶牙俐齿的,他沉下脸说。我不缺给我打小报告的人,我无论出差到哪儿,只要是手机有信号的地方,我随时都能接到报告情况的电话。今天我专门腾出时间跟你聊天,只因为你是新来的员工,你有过许多方面的阅历,就会有比较。咱们虽然只见了几次面,但我发现你的商感挺好的……

伤感?卓尔忽然笑起来。我从来不知道什么是伤感。

噢,就是商业感觉。我上次和你一起看车展的时候就说过了。我指的是你对商品的直觉。作为一个公司的管理者,我想自己对人的识别力还是有一点儿吧。

卓尔不屑:做股票说股感,开车说车感,买衣服说手感,如今又来个商感。你从哪儿发现我有商感的?我要是商业感觉好,就不会在天琛打工了……

郑达磊说:一个管理者应当善于发现员工的潜能。

卓尔说:不瞒你说啊,其实我一进商场就头晕,但我对笼统的商品也就是商品的概念,有一种由衷的热爱。是热爱,我一点儿不夸张。商品是什么?它在本质上是一种铀,数量极其微小的物质却具有原子弹爆炸一般的能量。你别看商品只是个东西,先进的漂亮的东西,用你的话说是死的吧,但它有极强的破坏性,在生产流通的过程中,就把所有阻挡它的落后传统势力一节一节地炸掉了……

郑达磊饶有兴致地看着她,插话说:表面看起来,商业是由男性操纵的,但如果没有女人的自愿合作,商品就"活"不了。在商业时代,男人消费女人,女人消费社会。所以,也可以说,商业和女人形成了一股必然的合力。

卓尔立即兴奋起来:那是因为女人的力量太弱了,要暂时借那个商业的炸药包,给自己炸开一个缺口和出路罢了。相对过去来说,商业和女人都是被压迫者嘛,同病相怜惺惺相惜啦。不过,那炸药包可危险得很,弄不好就同归于尽了。

郑达磊用调侃的口吻说:难道你不想试试吗?

卓尔使劲摇头:我只不过是旁观者清,我是那种等着它炸出一条通道,然后第一个钻过去看风景的人。

郑达磊看了看表说:下午我还有会,最后我再说几句。怎么说呢,因为你是陶桃的好朋友,我作为天琛的老板,不能不给你提个醒儿,你在广告部只是一名普通员工,一个广告策划人,你不能越过自己的职权范围管得太多,明白吗?你首先要把自己分内的事情做好……

郑达磊说出这番话的时候,卓尔才骤然明白郑达磊请她喝茶的真正原因。她不想给老板打小报告,但早已有人打了她的小报告。她觉得脸上火辣辣的,心里也有一股辣辣的火冒上来。她告诫自己一定要冷静大度、镇定自若,她甚至下意识地抿住了自己的嘴巴。她看见了郑达磊严肃的目光穿过镜片朝她射来,像一束强烈的太阳光在放大镜下聚焦,迅速引燃了镜片下那一小块儿棉绒——

一连串急促的话语,不可控制地从她紧抿的嘴唇里冲出来:

郑总经理,我也给你提个醒儿,你那个广告部是个公关部,誊印社、刻字社、图片社,叫什么都行,就是不能叫广告部。那些人对你唯命是从恭恭敬敬,唯独没长脑瓜不想事儿。往好了说那广告部是缺乏创造性,往坏了说那广告部是天琛的一根盲肠,有它不多,没它也不少。我来了快一个月,不知道天琛的产品如何定位,也从来没见广告部的人对天琛的产品有什么整体性的宣传规划,就知道细抠商标的图案啦,在哪儿立一座灯箱哪儿安一串儿霓虹灯啦……人事关系还特复杂,如果不做根本性的内部结构调整,把每个人的责权利分清,我根本看不出来有什么可策划的!

卓尔愤愤地结束了她的演讲,心里却有些后悔不该如此气势汹汹。

那么依你看,广告部该怎么调整呢?郑达磊望着她,忽然倒是心平气和了。

你要听实话吗?

当然。

那好——卓尔加重了语气:策划人应该有一个挂牌的工作室,负责提出自己的整体宣传规划,由董事会认可批准后,工作室全权执行,完成的状况必须同工作室的经济效益挂钩,广告部等于被切割成几大块,相对独立,各司其职……

郑达磊仔细听着,用手指关节轻轻地敲桌面,沉吟着,半天没有回答。

简单说就这些,时间到了我该去上班了,说得不合您意就当我没说。卓尔拿起书包站了起来,匆匆推开门走了出去。

2

隔了一天,卓尔上班的路上手机响了,没想到竟然传来郑达磊的声音。卓尔正纳闷儿郑达磊怎么知道自己的手机号码,他已说了一长串话。他说那天在一起喝茶很愉快,给了他很多启发。他觉得她的那些想法很有意思,可惜时间太短了,很多问题还没谈透,如果这个星期天她有空儿的话,他很乐意再请她喝茶,能聊得更细些。

卓尔拿着话筒,好一会儿没说话。

她想,前天同郑达磊喝茶,就算是谈工作,她可以暂且对陶桃隐瞒不报。再去"喝"一次,恐怕就有点儿过分了吧。反正她要说的都已经说了,采纳不采纳是他的事情。又一想,忽然记起这个星期天她们那帮爬山俱乐部的人,约好了要去爬黄花城水长城,不如借这个活动把他给拒绝算了。她刚对郑达磊说了这个"信息",郑达磊马上就接茬儿说,那正好,我也该锻炼身体了,一块儿去怎么样?卓尔略一思索,笑嘻嘻对郑达磊说,她已经邀请了她的男朋友卢荟,如果他愿意,倒是可以加入他们的队伍,莫不如干脆让陶桃也一起去,四个人坐一辆车走,结伴爬长城倒也怪热闹怪好玩儿的。

这回轮到郑达磊沉默了。话筒那一边,好半天没动静。

后来他说:那也行,边玩儿边聊吧。

卓尔就给陶桃打电话,说了想约四个人一起去爬长城的事。陶桃想了一会儿,问卓尔,那个卢荟不是一天老在医院守着他妈吗,怎么倒有心思去玩儿了?卓尔说他妈前一阵子去世了,我想他累了这大半年,身上都快发霉了,也该拽他出去吹吹风晒晒太阳。陶桃说,你跟他定啦?卓尔说,你说什么呀,谁敢要我呢。陶桃会意地笑起来,说那我跟达磊去说,咱们四个人在一块儿聚聚也好。他现在是你老板,趁这个机会跟他联络感情搞好关系肯定没错。

虽是初夏,清早的阳光已有些灼人。卓尔开车接上了卢荟,到陶桃家的楼下集合,换乘郑达磊早已停在那里的一辆三菱吉普。三个人都到齐了,陶桃还迟迟不下楼,又等了十分钟,陶桃才拎着大包小包出了门。她急急忙忙向大家解释说,包里有水和各种食物,还有望远镜、坐垫、折叠遮阳帽等等,都是郊游用得着的东西。把东西一一都放在了后座上,陶桃又惊呼说她忘了带上防晒霜,刚才抹是抹了,但中途肯定还得再抹一次,所以让大家等等她还得上楼去一下。

真啰唆。卓尔忍不住嘀咕了一声。

端坐在驾驶座上的郑达磊看看表说:有一次我们出去,我提前一天给她打了电话,到时候还是在这楼下愣等了半个钟头。今儿个,这还算是快的呢!

陶桃拿了防晒霜下来,脸色就阴了。卓尔推了卢荟一把,让他坐在副驾驶的位子上,自己和陶桃坐在后面。三菱吉普气呼呼地启动了,往正北方向开去。车里的气氛有些不妙,卓尔像是唱独角戏似的,把最近在办公室听来的街头奇闻加恶性案件,一件件抖搂出来。卢荟很夸张地笑着应和,随口发表些还算幽默的评论。卓尔心想,这就是卢荟厚道的地方,什么时候总是能为别人着想的。窗上那层"霜",果然很快被卓尔和卢荟配合默契地焐化了,郑达磊也开始说笑起来,和卢荟谈起了车臣、塞尔维亚、巴勒斯坦什么的。

陶桃用胳膊肘碰一下卓尔,把脸转过来正对她,小声问:你看我,最近是不是瘦了点儿?我喝一种减肥茶,一个星期腰围就缩了零点五厘米。

卓尔说:你已经够苗条的了。

陶桃用嘴朝前努了努说:可他说我太胖了,我自己怎么看也都是胖。

卢荟从前座回过头来插话:我们单位有个女的,不知在哪儿弄一种减肥香皂,我忘了那牌子了,不用口服,是抹的,她说她三天就瘦身一厘米。

未等陶桃发出惊叹,卢荟主动说等明天上班了他去给问问在哪儿买的,让那个女同事给陶桃捎上一份儿不就行了。陶桃的笑容涌上来,连声说谢,车厢里弥散着她衣服上的香水味。郑达磊又和卢荟谈起了前不久发生的一桩海关走私大案,卓尔听得专心,一时和陶桃无话可说,陶桃从那只精巧的布艺手袋里,掏出一面小圆镜,打开盖子,开始仔细地观察自己的脸。

陶桃说:卓尔,你看我脸颊这儿是不是长出了一小点黑斑了呢?

上了郊区公路,车颠簸着,卓尔匆匆扫一眼,敷衍说没有没有。

陶桃对着镜子,挑起一只小拇指,用长长的指尖点着说:这不是吗,太明显了啊,你怎么就看不见。还有眼角上这两条细纹,我自己用一种日本贴片眼膜做了几次都不见效……

卢荟回头说:你用海琳娜试试,最近火着呢,听说都脱销了,特神。

卓尔乐了。卓尔说,哎哎,卢荟,女人的事儿你怎么都知道?我以前怎么没发现?

卢荟嘿嘿笑,说还不是在医院待的,听那些护士聊天说的呗。

3

汽车开始上坡,拐进了山里的弯道。满山葱郁,眼里一片茸茸新绿。卓尔连连发出惊呼,一会儿又指着一片山坡说那上头还有我种的树呢,肯定是活了。陶桃不断提醒郑达磊小心,说别急着赶路,你慢点儿开,长城啥时候不能爬?咱看看山景就行。又拐过几道弯儿,过一座高架水渠,再往更高的山道上盘旋,下了一个小坡,卓尔叫着说到了到了,你们看那山脊梁上陡陡的城墙,像不像布达拉宫。

在北京东北部周边不同的长城段中,卓尔最喜欢的就是黄花城水长城。这段长城建在一座山谷隘口的两端,一条窄窄的公路从谷底穿过。站在山脚下往上看,城墙陡立,刀削一般,却窄得特别,在山脊上细细地蜿蜒,忽又升高了,像一条吐信子的蛇头般翘起,往更高更远的大山爬去。中间的一段,年久失修的墙砖一块块坍塌下来,散乱着铺开,像大蛇的鳞片,在阳光下闪着幽暗的蓝光。墙缝儿里钻出一丛丛野草,背阴处瘦弱的灌木枯叶尚未发芽,更衬出了这段长城的荒凉肃穆。在山脊的城墙背后,有一个狭长的小水库,一段长城倒映在清澈的湖水之中,堪称奇景。

卓尔对大家说,那帮朋友还没到,我已经跟他们说了,咱们各走各的,到上头等他们。卓尔便领着大家下了公路,越过一条宽阔的山涧,往城墙脚下走。

卢荟争着拿起了车上陶桃带的所有东西,背着拎着大包小包直晃,卓尔乐得前仰后合,说卢荟这个样子像个倒爷。卢荟一脸真诚地说,郑总开了那么长时间车也该歇歇,你俩是女人要优待,合着就该我表现表现。陶桃也不推辞,说卢荟你该够上个新好男人的标准了吧,谁嫁给你谁有福。卢荟说你没看出来我这是临时伪装的呀,要说长期打算,也是为我自个儿预备的。如今谁伺候谁呀,一个男人不学会照顾自己那就受苦吧。卓尔说,卢荟你说的话真精辟。郑达磊走过来,把卢荟肩上的包卸下一只自己背上了,接过话说:卢荟我再给你补充一点,其实这也不全是为了照顾自己,而是说,如今没有老婆,男人也可独立生活了。家用电器的全面普及,代替了主妇一大半劳动,再加上各种速冻食品半成品和各种小包装的熟菜,男人自个儿就能把日子过得挺滋润。

陶桃回头追问一句:那还要老婆干什么呀?

郑达磊说:上床啊。这在目前还没法用机器人代替。

陶桃红了脸,说了声你这人!就紧赶几步跑到前头去了。

路越来越难走,从一个残破的墙垛子钻过去,就站在了黑黢黢的长城上。风一下子猛烈起来,热烘烘凉丝丝地交杂,把各人的头发都刮得东倒西歪。陶桃尖叫说我的帽子帽子,那顶丝织的软檐草帽已在空中翻了个筋斗,朝着山下的水库方向飘去了。卢荟说我去捡吧。陶桃苦着脸说算了算了,我还有把伞呢。拿出伞来,刚打开伞面就翻了身。卓尔说你拉倒吧,晒太阳可以补钙呢。陶桃又拿出防晒霜在脸上仔细地涂了一遍,才算作罢。再往上走,城墙更陡了,有几处得拽着旁边的小树才能爬上去,好容易走到一块平台上,三个人都已经气喘吁吁,只有卓尔面不改色。

这就是每周坚持爬山的好处。卓尔说,你看看你们,都跟残疾人似的。

郑达磊将双手叉在腰上,把气儿喘匀乎了,大声说:你们现在看到的这些长城段,全是明代时修建的。未等大伙反应过来,他又说:但在中国历史上,长城从来也没有真正抵挡住外族入侵。卢荟说看来这长城还是不够高哇。陶桃说有墙总比没墙安全些吧。

郑达磊走到城墙根儿下,用拳头击着墙砖说,你们看看,三五百年了,墙砖间还黏合得这么结实,知道是什么道理吗?卓尔说:你别把人都弄得跟幼儿园的似的,谁不知道长城上的墙砖都是用糯米汁拌的灰浆一块块垒的啊。卓尔说着,在地上张望着,捡起一块残砖,翻过来给陶桃看:你看,这砖在烧制之前,背后就留了一道凹槽,这个设计多巧妙啊,等于是个楔子,砖和砖一块块互相全咬得死死的。郑达磊点点头,露出一丝微笑说,卓尔你果然渊博,你怎么就不能糊涂些?也好给我个显摆的机会。卓尔说我这人说好听是兴趣广泛,其实就是爱管闲事,我妈总说我是二百五,表现欲太强。卢荟把那块砖翻来覆去看了个究竟,说卓尔我也特喜欢长城,咱俩以后每个周末都去爬长城得了,把北京周围的长城都走个遍。

说笑着大伙继续往上走,回头往山下看,碧绿的水库里游弋的小船,像爬在一片绿叶上的蚂蚁。陶桃已落在后头,郑达磊走几步,便回头伸出手拽她一把。突然陶桃又惊叫一声,脚底下一个趔趄,身子一歪扑在了郑达磊怀里。卓尔和卢荟停下来问怎么啦,郑达磊说一块石头松动,她踩了个空,还好没把脚崴了。陶桃委屈地说,你怎么知道没崴脚? 就势在墙垛上坐下来,脱了旅游鞋,开始揉脚。揉了一会儿,陶桃说我不爬了不爬了,你们去吧,我脚疼得厉害。卓尔转下来帮她揉了一会儿,陶桃只是龇牙咧嘴地喊疼。卓尔说那咱们都别爬了,就在这儿坐一会儿看看风景吧。陶桃说就算我脚不疼我也不爬了,再往上爬,那城墙不也都是一模一样吗,看看就行了呗。

四个人正犹豫着,底下的城墙段有人喊卓尔的名字。卓尔回望一眼,说他们来了,别看是海龟,爬山像兔子似的。一群着牛仔装男女呼呼啦啦地拥上来,走得飞快,像是冲锋队抢占山头,一会儿工夫就到了眼前。卓尔嘻嘻哈哈地同他们打了招呼,他们招招手说走啊走啊,目标海拔八百米。陶桃对卓尔苦着脸说我可爬不动了,你们去吧。卢荟插话说,我也不去了,这么一大堆东西,得找个阴凉地儿歇歇。郑达磊把双手交叉在胸前,背风眺望前方,忽然转过身来说:那卢荟你在这儿陪着陶桃吧,卓尔,咱俩走!

卢荟从包里拿出两瓶矿泉水,递给卓尔和郑达磊一人一瓶。

卓尔心想,这个郑达磊在郊游时,还忘不了指挥决策,他还以为这在他的公司里啊,好你个郑达磊,其实根本就没把卢荟这个卓尔所谓的男朋友放在眼里。卓尔噔噔地往前走,想去追赶她的那帮同伴,也想故意把郑达磊甩在后头。没想到郑达磊已经度过了爬山最初的艰难期,全身的肌肉都已撑开,竟然紧跟在她身后一步不落,两个人也不说话,赌气一般地争先恐后,刚才还是可望而不可即的那座烽火台,不大一会儿两个人几乎同时到达了。

群山逶迤,蓝色的雾霭在远山飘浮,蜿蜒的长城看上去真像一条盘踞在山脊上的巨龙。有时那山脊的主脉又岔出几条支脉,形成一道道里应外合的屏障,长城便随着山势分成若干条支线,像那条黑龙伸出去的一条条巨爪。

卓尔坐在烽火台的石阶上,大口大口地灌水。刚才走得太猛,这会儿觉得小腿酸胀,汗水把后背都湿透了。那帮家伙已经登上了前面更远的一座烽火台,朝她挥手,大呼小叫的,听不清喊的什么。卓尔任凭大风把头发刮成个乱草窝,再也不想挪动一步了。

郑达磊坐在不远的一块石头上,定定地望着山下的水库。风中传来的声音有些模糊,听上去竟比平日温和了许多。

郑达磊指着水库边上的一些小黑点儿说,卓尔你看见了吗,那是些钓鱼的人。卓尔眯起眼睛说,可能是吧。郑达磊又说,那都是些男人。卓尔朝他转过脸:离那么远,你怎么能看清是男人?郑达磊说,只有男人才钓鱼,男人喜欢活的东西。卓尔刚要反驳,再一想,把话咽了回去。确实,很少有女人会像男人那样一整天坐在水边上钓鱼。郑达磊又问:卓尔你见过像男人那样痴迷钓鱼的女人吗?卓尔反唇相讥说:为什么非要女人痴迷钓鱼?男人为什么就不能像女人那样痴迷……痴迷织毛衣,哦,不对不对,痴迷……卓尔一时竟找不到合适的替代品。只听郑达磊自言自语地说,男人和女人的兴趣差异,大概是一种延续几千年的遗传密码吧,谁要想改变它必然违反自然规律……

卓尔心里实际上一直等着郑达磊再次同她探讨天琛公司的事

情,或者说再次婉言劝诫提醒她什么的。庆幸的是,今天郑达磊只字未提天琛,他散散淡淡地同她说了些不着边际的废话,还给卓尔提了一些愚蠢的问题,比如卓尔的出生地、父母、曾经在哪儿上中学上大学等等,查户口似的。卓尔觉得奇怪的是,这些问题只要问一下陶桃不就全都清楚了吗?他这么东拉西扯的,只能说明他根本没有诚意答复卓尔那天的批评,也许他是有意在回避那天卓尔尖锐的挑战。卓尔认为后一种可能性更大些。

风把卓尔的后背吹得发凉,卓尔几乎和郑达磊同时站了起来。郑达磊说,卓尔我问你,你觉得男人和女人之间,兴趣的相同或是相异,真的很重要吗?

卓尔说我不知道,我没想过。反正我是肯定不会陪男人去钓鱼的。因为那些鱼一钓上来早晚都会死掉。

郑达磊大笑。他的笑声从古老的烽火台城楼中穿过,裂成残破的两半。

她和他一前一后地走着,在几处险要的石阶上,她躲开了他伸过来的手。他们一口气走到了四周山脊中看上去最高峰最险陡的那座烽火台。那些爬山俱乐部的同伴们都在那里等她。卓尔把他们一一介绍给郑达磊——这个跨国公司的业务代表,那个投资公司的部门经理。只在短短的几分钟后,卓尔发现郑达磊已经迅速还原成那个郑总经理,他黏湿的头发被风吹干,轩昂地飘扬起来。他和他们交换名片从容应对,在后来下山的路上,他和他们已像老朋友那么互相开着玩笑了。

远远的,卓尔望见了陶桃和卢荟,他们坐在一棵从墙缝里生长出来的小树下,在稀疏的树阴里亲热地谈着什么。出了一身大汗的陶桃肯定是被山风吹得冷了。她的身子严严实实地裹在卢荟那件大大的外套里,舒舒服服地靠在墙垛上,用纸巾托着一块东西,慢慢地嚼着。

开饭啦,吃点儿东西再走吧。卢荟老远冲着她喊。

卓尔脑中突兀地闪过一个念头,她被自己瞬间的闪念吓了一跳:卢荟的脾性其实很适合陶桃的,他习惯把别人的兴趣当成自己的兴趣,若是陶桃和卢荟在一起,也许能生活得比较平安幸福吧?

但她立即否定了自己的想法。卢荟那样一个小公务员,除了体贴与精明,又拿什么去满足陶桃的其他愿望呢?不行不行,卢荟离陶桃的理想,实在太远了。

回城的路上,卓尔坚持由她来开车,开车会把她脑子里那些乱七八糟的念头,一路轧平轧碎。

第十一章　好好的，又"作"起来了

1

卓尔的白色富康像一阵旋风刮进了公司的停车场，她把车停稳后，飞快地抬起手腕看一眼表，然后抓过那只又大又沉的书包（她一向管自己的手袋叫书包），摸出小小的化妆包，掏出三管口红和一支唇线笔，对着车前窗正中的后视镜，开始涂抹她的嘴唇。

她先把三只口红一只只依次旋开，浅红的、棕红的、鲜红的唇膏，像三根浓淡不一的手指头，从管子里昂扬地伸出来。棕红色唇膏顶端的圆头用得最多，突出着尖细的斜面，像一把锋利的刀片。那支鲜红的仅用过几次，顶端的边缘线被擦去，变得残缺不全。浅红色的口红还是第一次开封，光滑地耸立着，泛出细腻润泽的光彩。卓尔定定地望着指间的那支口红，唇上忽然一热，身子有些飘忽起来。那个瞬间，遥远的帐篷从她眼前闪过，那支口红迅速地膨胀起来，像一座鸡血石的圆柱雕塑矗立在熹微的晨光里。口红温柔地寻觅着摩挲着她的嘴唇，圆锥体被柔软的红唇一口口吞没……

卓尔的手哆嗦了一下。她紧紧地闭上了眼，又很快地睁开，帐篷消失了，她低头看了看自己那件浅粉色的短袖紧身套头衫，将这支浅红色的口红探到唇边。

她用唇线笔把上唇挑高了，把下唇的轮廓勾得浑圆，边缘再略略往上翘一点儿，然后小心地抹上那支浅红色的唇膏，涂得均匀而丰满——它们看上去有些俏皮而快乐,小巧而饱满的嘴唇,咧着一丝小口,关不严似的,好像一不留神,就会有什么好笑的事情,会从那里溜出来。它嵌在一张自以为是的脸上,真是恰到好处。

卓尔不喜欢化妆。她的眉毛虽淡,但眉形长长弯弯的,还算说得过去,若描眉就多余了。卓尔从不用眼影,她觉得眼影与夜生活有某种不可避免的关联,弄不好还会有模仿大熊猫之嫌。那么剩下还有什么可收拾的呢? 化妆就像住房装修,刷墙铺地,越简洁越舒服。但厨房一定要精致,就像女人的口红。女人的嘴唇一旦上了唇膏,嘴就不仅仅是嘴,而是有了嘴唇。嘴巴只是用来吃喝,而嘴唇,要说话歌唱,寻找或等待亲吻。只有当嘴唇被唇膏肯定下来,它的表达才是有形状的。它微微开启,吐气如兰,把你脑中活跃的思维,通过舌尖和声带,送到外面的世界中去。嘴唇的运动是一种艺术,噘嘴、撇嘴、抿嘴、努嘴,控制着掌握着你想要告诉别人的东西,将它们变得娓娓动听、栩栩如生。在大多数情况下,嘴唇同自己是多么亲密、多么贴切、多么心心相印呵。即便偶尔需要撒一点儿小谎,嘴唇也是配合默契的。

卓尔带着她画龙点睛般的嘴唇,阳光灿烂地出现在办公室门口。

卓尔不知道,她将要为了她的嘴唇失去她的"嘴"。

那两道交叉的目光,一前一后地落在卓尔的嘴唇上———道炽热,一道阴冷;热辣的目光烙在卓尔无辜的嘴唇上,发出嗤嗤的煳焦味儿;阴冷的目光总是在侧面窥视着,你看不见她,却能感觉到唇边留下的丝丝凉气。

但懵懂的卓尔浑然不觉。

卓尔开心地拍了拍办公桌上的那个方脑袋,拿抹布小心地揩

卢荟把卓尔抱到床上去的时候,卓尔忽然紧紧地箍住了卢荟的脖子。卓尔闭着眼睛贴着卢荟的耳朵说,你别走,留下来,别走……她在手上用尽了全部的力气,手指几乎掐破了卢荟的皮肤,勒疼了他的手腕。

去上面的灰尘,一边笑嘻嘻地对它说:你看你,用脑过度了吧,连头发都掉光了。要不要给你加点儿101生发水啊?卓尔坐下来,如同往日一样,开机搜索客户的资料。很快,她发现自己的邮箱被人打开过了,所有的客户资料全都被删除了。尽管卓尔留了备份,心里仍是非常生气。她把唯一知道自己邮箱密码的小Y,悄悄叫到门外问他,问是不是他开了她的邮箱。小Y委屈地说没有,是G小姐,逼着他把密码告诉了她。

又是她!

卓尔屏住了呼吸,让自己的脑子冷静下来。宽敞的办公室,任何时候一眼看去都是空空荡荡,人们隐没在一扇扇白色的隔断背后,面对着面,却是壁隔着壁,谁也看不见谁的眼神,喘息之声相闻却以电线往来。写字楼像一座漂浮在都市之海的巨大网箱,将海水分割成一格一格,用水做的笼子、被格式化的笼子,饲养着囚禁着鲜活的生命。每个人都变得古里古怪、神经兮兮的,有一天晚上加班到凌晨,卓尔亲耳听到邻桌的男孩儿噼噼啪啪狂敲着电脑键盘,高声喊道:平台在哪儿?平台在哪儿?我想跳楼!

卓尔平静地问小Y说:你知道她为什么要我的密码?

因为她比你先来,但你抢了她的风头。

那么你为什么要告诉她我的密码?

因为……因为她帮过我,我也得帮帮她。

卓尔张口结舌,她的嘴唇暴露在干燥的空气中像是一说话就会裂开。

就在那个时候,齐经理走了过来。他问清了缘由后一脸怒气,他说她这么干不是第一次了,谁比她强她就调理谁,老得哄着她,她又不是我老婆,凭什么呀,你等着吧!我即使开不了她,也不能让她这么猖狂。

他的目光在卓尔的嘴唇上游动,卓尔觉得自己的唇膏被人舔去了一层。

第二天快下班的时候,卓尔的办公桌上出现了一张用电脑打印的纸条,上面写着:留下加班,有话对你说。

卓尔挑出那支鲜红的唇膏,把嘴唇涂得发亮。既然有人要对她说话,她希望自己回答的每一句话,都有明亮的阳光在唇上闪烁。

2

办公室的灯一只只关闭了,只留下了卓尔那一格子,白色的台灯架似一只长长的手臂伸展着,托着一团暖黄的亮光,像黑暗的大海中的一座灯塔。

卓尔感觉到一个黑影在靠近,抬起头,她看见了齐经理站在身后,伏在她的座椅靠背上。齐经理说我不想让 G 再干策划了,我把她调去跑外,你满意吗?那么,你该怎样谢我呢?

卓尔站起来说:你等着,我会用许多好的广告创意来还你。

齐经理说我等不了了,我现在就有一个好的创意要兑现。他薄薄的嘴唇像饺子皮一样抿了又抿,椅子被猛地拉开,在地板上发出尖利的响声。

卓尔冷不丁就被齐经理的嘴给袭击了,同时遭劫的还有她的腰部和面颊。齐经理的嘴来得猝不及防,像一件坚硬而冰凉的利器,划破了她的皮肤。没有疼痛感,浑身却唰地冒出一层鸡皮疙瘩,叫她打了一个寒战。卓尔觉得恶心,她的皮肤提醒了这种厌恶,假如她的身体感觉到了厌恶,那么她就是真的厌恶了。卓尔挣扎着、躲闪着,但她的嘴唇被粘住了,她忘了喊叫。那个男人的嘴像一团纠结的水蛭在她眼前蠕动,散发出一阵阵酸腥的气味儿。

后来她听见那个混浊的声音说:别动别动,我喜欢你。从你来的第一天,我就喜欢上你了,你有个性,够味儿,小G跟你一比就是个傻×了……你的试用期还没满,你难道不想留在天琛公司吗?留不留你决定权在我,你听话,我会重用你并把那些好活交给你做,你的收入将是现在的三倍不止……

卓尔是在听清了这句后,才明白自己的处境。那件利器没伤着她,但这句话伤着她了。尤其令她恼火的是,她曾经设计过这样的"交易"场面(对付那家杂志社的老总),却终究未能付诸实施,凭什么这个男人就能想干就干呢?

她挣脱出来,大口地喘着气说:

既然是这样,一开始你干脆明说不就得了:嘿,卓尔小姐,咱俩做一笔公平交易吧,你同意不同意?

你……别说得那么难听啊……

你甚至可以说:我就想跟你做爱,你开个价。

……这毕竟……毕竟不是真的交易嘛……

我不反对交易,尤其是公平互惠的交易,但你忘了问我愿意不愿意同你做这笔交易。在你看来,我为了留在天琛公司,就没有拒绝你的理由。可惜你错了,我想留在天琛,但是不想用交易的方式。

齐经理放开了她,用袖子擦额头上的汗。他说,哎呀,你误会我了,你认为这是性骚扰,你受到了性侵犯,这不是很奇怪吗?你明明单身一人,你的身体闲着不也是闲着吗,何必……

卓尔说:我闲着那是在冬眠,我的身体有自己管着。

齐经理的嘴苍白下去,缩成一个问号。他愣怔了一会儿,摸出打火机来点烟,眯着眼说,卓尔小姐,没想到你看着嘻嘻哈哈的,以为你挺开放呢……平时你不是老招惹我吗?原来是我误会了……

你确实是误会了。哪天我要是高兴了,还指不定去骚扰谁呢。卓尔说。

她把散落在地上的文件捡起来重新码好,抓起自己的书包往外走。走到门口,迅速冷静下来的卓尔回头对齐经理笑了笑,用玩笑的口吻说:我的嘴今天本想同你好好说话的,没打算进行别的休闲活动,对不起啦。你还是把这位置留着,留给愿意同你在办公室里厮混的人吧。

门在她身后被重重地带上,整座楼都好像摇晃起来。

第二天早上,卓尔打开电脑,发现了一封主题为"炸弹"的新邮件。

邮件奇短,一共只有两行。卓尔匆匆扫了一眼,她的头嗡地一下,果然炸了。

——办公室禁止卖淫!即便是亲嘴儿也污染环境。各位同事,警惕有人借加班为名,利用公家的地儿,干些见不得人的勾当,请大家赶紧打扫卫生!

炸裂成碎片的脑浆,毫无方向地四处乱窜。办公室的每一个方格笼子里,这颗炸弹正载着最新的消息,在一台台电脑屏幕上优哉游哉地逛。卓尔听见隔板后面的窃窃私语和轻蔑的冷笑声,感觉到由于负载了太多的信息而变得沉重的空气压迫着她的神经,使她呼吸困难。是的,办公室的每个人都接到了这枚炸弹,每个人都被炸弹击中,无数碎片变成了一道道不屑的目光,穿透了隔板朝卓尔射来。

不是这样的!卓尔抱紧了自己的脑袋,蠕动着嘴唇,但她发不出声音。信息时代的闲言碎语无须再用嘴来传播,但在办公桌上贯通全球的方脑袋上,那只亮晶晶的大嘴无声无息地就把全世界的消息都通报了。卓尔知道自己的嘴掉在人堆里了。人人都有一张嘴,但有些人的嘴唇,在瞬间就会变成一种锋利的武器。人一旦变成了人群,私人的嘴就变成了公众的嘴。卓尔的嘴唇被无数嘴唇吮吸了,被无数张嘴流出的口水淹没了,这会儿她找不到自己的嘴了。

女人啊,你们为什么总是同性相残?卓尔的心脏猛烈地疼痛起来。也许她永远不会明白,窥视者究竟躲藏在哪个角落里洞察这些?她只知道有一张嘴早已布下了陷阱,像那个吞噬一切的宇宙黑洞,在等待着她自投罗网。比起女人的嘴,齐经理的嘴实在算不上什么嘴了;姓齐的那张嘴没有对卓尔造成任何威胁,而女人的嘴却具有准确无误的杀伤力。女人借助男人的力量来杀伤女人的时候,女性这个概念是不存在的,同性这个概念更是不存在的,只有一个孤零零的人,面对着前后左右的竞争者。

卓尔觉得自己的脑子一团混乱,G小姐高耸的胸脯在她眼前颤动,她突然可怜起昨晚那个给她带来了麻烦的骚扰者——性骚扰毕竟是出于单纯的性,性在身体的范畴内是无辜的,性骚扰还带有那么一点儿饥不择食的渴望,丧失理性的冒犯中暗藏着危险的代价;而性诱惑呢?女人对男人的性引诱,却能够畅通无阻——出于理智、出于利益、出于赤裸裸的目的,性诱惑是一只捕鼠器、一个鱼饵,只需投下一小块肉皮、一小截蚯蚓,女人便能用身体换回她想要的东西。当性骚扰作为一个问题被女人们大张挞伐时,女人可曾正视过性诱惑那种女性惯用的伎俩呢?当然包括她自己在内。

卓尔心里充满了对G小姐的愤懑与蔑视。她完全应该以其人之道还治其人之身,在电脑上发出针锋相对措辞犀利的电子邮件,将G小姐这一个月来对卓尔的刁难、忌恨的事一件件揭露,将她的虚伪、丑恶、无耻公之于众。最起码也碰个鱼死网破,大不了同归于尽!

卓尔的手指触到了键盘。没有涂指甲油的指尖,松散地平摊着,呈现着一种天然本色的红润。指甲盖连着手指的部位,十道浅粉色的弧形,像十个刚刚升起的弯月,闪着温和而平静的光泽。卓尔犹豫着,指尖在键盘的边缘一次次掠过。她觉得自己对那个G小姐仍是恨不起来,她不恨G小姐,她只是为G小姐惋惜,甚至有点儿同情G小姐了。可怜的女人,她若不是弱者,又怎么会用自己的身体这仅剩的资源去换取强者的一杯残羹呢?比起男性理直气壮、厚颜无耻的性骚扰,女人那些机关算尽忍辱负重的性诱惑,更像是山穷水尽的悬崖上悲壮的纵身一跃……

卓尔站了起来。她的脑袋从低矮的白色隔断中钻出来,望见了整个办公室里所有人黑色的头顶。她忽然觉得自己的身体显得好高啊,她可以俯瞰众人,一览众山小了。她才不会去给大伙发什么电子邮件,她要说的话,会用自己的嘴唇大声地说出来。她今天早上的唇膏涂得格外精心,是颜色鲜浓的那一支,正如她此刻强烈的说话欲,让每一个人的耳朵都亲自听到。

突然安静下来的办公室,她听见了自己的声音格外清亮:

那封邮件你们都看到了,大伙都别浪费时间瞎猜了,我告诉你们,写信的人指的就是我。所以我必须在这里声明,请大家别为我担心,我绝不会在公家的时间、公家的地点,跟一个公家的人,亲我私人的嘴儿。

卓尔又补充说:我想要跟人亲嘴儿,我有自个儿的房,干什么都成,谁也管不着,哪管跟人睡觉呢?我不要这种清白,清白对我没用。我只是想告诉大伙,每个人的嘴都是自己的,应该好好爱护。

卓尔说完,走到门口拿来一只纸箱,把办公桌抽屉里的东西,哗地全倒了进去。她的动作有点儿夸张,把东西弄得乒乓乱响。卓尔的脑子一片空白,她知道自己没有回头的路了。离开的决定是在一刹那间作出的,连卓尔自己也闹蒙了。她并没有想走,她真的不想走。她还想争取试用合格,在天琛公司休养生息呢。一直到她冲出那座写字楼的大门,她都不明白自己为什么选择了离开。若是不离开,她的那番话就等于没说。她并不想同那个 G 较劲儿,她只是想有一张自己的嘴——那些公家的嘴里,怎么就连一句私人的话都说不出来了呢?

卓尔把鼓鼓的纸盒塞进了富康的后座,扭开音乐键,一股震耳的声浪从车窗里冲出来。她把车开得飞快,肆无忌惮地闯过一个红灯,当下一个路口的警察伸手将她拦下时,她全身竟涌上来一阵强烈的快感。

3

卓尔回到家后,第一件事就是给陶桃打电话。她略去了经过,只简单报告了事情的结果,就像说着街上看到的一起车祸。她那么平淡无奇地讲述的时候,忽然发现自己的不辞而别,原来并没有她以前认为的那样艰难——她几乎是轻而易举地就把捆绑在她身上的绳索,或是联结着两节车厢的挂钩,解开了、摘除了。她明白自己其实是从心底里不喜欢写字楼的,其实她早就受够了,这次事件只不过给她的逃跑提供了一次充足的理由、一个问心无愧的借口而已。她一边对陶桃讲着一边咯咯地笑,她觉得浑身酥软,是那种高烧出了一身大汗,退了烧以后,有点儿飘忽的轻松感……

陶桃在上班,好像正忙着,哦哦地应声,听得心不在焉。

陶桃对发生这样的事情似乎见怪不怪,尤其是发生在卓尔身上。

陶桃在电话里对卓尔说了三句话:

第一句是:卓尔,你怎么好好的又"作"起来啦?就算是受了委屈,你也用不着走哇。你可以去找郑达磊嘛,让他给你摆平,还不是小事一桩。

卓尔不吭气儿了。她发现在办公室刚才那个生死存亡的时刻,她竟然把郑达磊给忘了。她完全没有想起来,这家公司的老板是她女友的男朋友,无论如何,不说求助,她起码也是有地方可以讲理的。

陶桃说好啦好啦,我回头去跟达磊说一声吧,用不着生气上火,啊!

第三句话是:

对了,卓尔我要告诉你一个天大的好消息,你肯定猜不着。还记得郑达磊那次到缅甸去看的那块赌石吗?前几天解出来了,哇,满绿,满满一大块上等翡翠,看得我的心都跳出来了。你先歇歇,等我有空儿,让郑达磊带上咱俩一块儿去看。他答应送我一对儿翠镯,价值上万哪,我让他给你也弄一对儿,价钱肯定是最优惠的,哪怕打个对折也划算啊……

卓尔无语,轻轻放下了话筒,眼泪忽然涌上来,一滴一滴夺眶而出。

她站起来想去洗手间拿毛巾,却走到了自己的床边,把身子竖着一趴,猛然哭出了声。起初是嘤嘤地抽泣,泪水一阵猛似一阵,继而汹涌滂沱,如同流动的火山熔岩,越过鼻沟、面颊、嘴唇、牙齿,直达咽喉。那泪水咸涩且辣,卓尔的舌头火辣辣地麻疼,她用毛巾捂着自己的嘴,放开了声音嗷嗷地大哭起来。

她不知道自己哭了多久,也不知道自己为什么要哭。她的身体好像变成了一个水库,软绵绵、空荡荡,全身的骨髓和血液、肌肉和内脏,都化作了泪水,从眼睛这唯一的一道安全门里冲出来。眼泪像淋浴的花洒,痛快淋漓地冲洗着她身体的表皮,梳理着她每一根微小的汗毛,令她周身舒畅。哭泣是多么令人愉快的事啊,她发现。女人的哭泣原来是女人的桑拿浴呀,一个不会哭泣的女人肯定不是真正的女人了,泪水是有催眠作用的……她这样迷迷糊糊地想着,倚着被泪水打湿的枕巾睡了过去。

一片绿叶从树冠上飘落下来,它瑟瑟发抖,在风中打着旋,贴着地面簌簌行走。一只黑色的螳螂紧紧地追在后面,用锋利的刀片割开它的叶脉,一股鲜红的血从绿茎中流出来,那不是一片叶子,而是一只蝉。蝉惊慌地夺路而逃,胸前的气囊飞快地振动,将螳螂弹出去老远。螳螂迅速地跳跃,用它的长臂挡住了蝉的去路,蝉尖叫着往树上爬,却被螳螂的爪子死死地按住。蝉绝望了,突然间它觉得螳螂的刀片软软地失去了力量,它回头,发现螳螂不见了,地上遗落着螳螂的两条细腿儿。一只黑色的鸟气势汹汹地盯着它,它刚要向鸟表示感谢,黑鸟的脚爪就踩过来了,并用尖尖的喙啄它。蝉就地打了一个滚,变成了一只绿鸟,它想现在自己已是一只鸟了,黑鸟就不敢欺负它了吧。它飞起来,那么大的天空,还不够黑鸟和它一起飞的吗?可是那只黑鸟追了上来,不,不是一只,还有一只、两只、三只……好大一群呵,像一片黑云。它们把它团团围住,疯狂地啄着它的羽毛。黑鸟叫着,说你明明是一只蝉,螳螂都被我吃了,你凭什么变成一只鸟?绿鸟拼命地躲闪,但身上的羽毛却被一片一片撕扯下来,连着皮和血。绿色的羽毛被风吹开去,漫天翻卷,飘扬四散,像被夏日的暴风雨击落的树叶,在急骤的雨点中,斑斑血滴从鲜润的浓绿中滴下。绿鸟被一件件扒光了衣服,失去了羽毛后浑身变得光秃秃。它剧烈地抖动着身体,发出凄绝的叫声,朝着黑鸟扑过去。它记起了自己的牙齿。鸟类没有牙齿。但它是一只有牙齿的鸟,它张开了长长的尖嘴,用牙齿咬住了黑鸟的脖子,乌黑的血溅了它一身,眨眼间,它就变成了一只羽毛丰满的红鸟了。

卓尔——卓尔——从天边传来另一只鸟的叫声,那也是一只红鸟,像一片彩霞、一朵红云,迎着它飞过来……

卓尔——卓尔——卓尔猛地睁开眼睛,床头的电话铃声正在耐心地叫个不停。

4

电话是卢荟打来的,他说陶桃正在开会,老总有规定,谁也不准请假。陶桃趁着上洗手间给他打了电话,让他找找卓尔,她实在对卓尔很不放心。

卢荟说,卓尔,你好吗?我打了一下午电话,你到哪儿去了?我现在就去看你呀!你在家待着别动啊。

卓尔睡眼惺忪地问:几点了?

卢荟说,都快下午5点了。你没看天都暗了吗?

卓尔对着话筒说:不用了,你千万别来,我没事的,挂了啊。

放下电话,卓尔一骨碌从床上爬起来,就给老乔打电话。她说老乔你不是认识一条路,密云水库有个地儿能下水游泳吗?你带我去,现在!老乔半天没缓过神来,老乔说我店里生意正忙着呢!游泳?你疯啦,开车到那儿,天都黑完了……卓尔说:你去不去?不去我自己去!

老乔赶紧说:行行行,你来接我吧。

卓尔一言不发地出了城,猛踩油门儿开始超车,一路飙车而过,就差飞起来了,把老乔吓得一身冷汗湿了又干。到达密云水库时,天空竟还有些许亮光。她把车停在路边的一个缺口,老乔捏着一只手电筒,领着她离开公路,钻过一处破损的隔离栅栏,走下陡峭的坡岸,前面一片亮晃晃的水面,从黑暗中浮出来。卓尔躲到灌木丛后面换上了游泳衣,对老乔说你就在这儿等我,帮我看着点儿,我游一会儿就上来。老乔的声音有点儿发颤,他说卓尔你饶了我吧,你可别想不开啊!我不会游泳,救不了你啊。卓尔大笑,头也不回地冲着水面走去,一会儿那人就没入了水中。老乔只听见水面被划破了,一下一下被劈开,就像是从他餐馆大堂的玻璃大缸中捞出一条活鱼的那种响声,慢慢地越来越远、越来越轻了。他潮乎乎满是汗水的手掌里攥紧了手机,随时可以报警,紧张地倾听着湖上的动静。他想,卓尔这丫头是不是突然爱上什么人了呢?

那个初夏的晚上,卓尔在冰凉的水中往黑暗的前方游去。四周模糊的山影,像是从水里升起来,与墨汁般黏稠的水色连成一体,然后融入了深蓝色的天空。水面平静而辽远,让她想起那个远方的小湖。那里的水光滑如丝,而眼前的水却是沉重如铅,两条腿像是被什么东西拽着,要将她坠下去。她的胳膊每推开一块波浪都要花费极大的力气。她抬起头,望见满天繁星,像滚动的石头一般砸下来。她知道自己再也找不到那个小湖的感觉了,她来这里真是多此一举。

卓尔猛地掉头往回游,当她湿淋淋地从岸边站起来时,老乔一把揪住了她的肩带,哆哆嗦嗦地喊了一声我的姑奶奶,你再不回来,我也得跳下去了。

老乔说着,把身子冰凉的卓尔往自己怀里搂,被卓尔狠狠推开了。

车子开回城里,卓尔问老乔哪儿有好的迪厅,她说她还没玩够,还想去蹦迪。老乔说我可饿了,先吃点儿饭行不行?老乔把她带到自己的餐馆去吃饭,叫了四菜一汤,他的啤酒还没喝完,眼前的菜已让卓尔扫荡得见了盘底。老乔把卓尔带到附近的一家夜总会,说你今儿到底犯什么邪了,你倒是言语一声我给你去出气儿还不行?卓尔说行了行了,你回去吧!改天再谢你。老乔说我今儿是舍命陪君子,我哪儿都不去我看你能"作"成个什么样儿!

后来的几个小时,老乔始终守着卓尔寸步不离。他虽有一大堆应酬,但不敢走开。卓尔跳进了舞池,就像一粒米掉进了沸腾的粥锅里,与五彩缤纷的热气一同蒸发。老乔从来没有见过卓尔蹦迪,他觉得卓尔就像一只上了发条的青蛙,在此起彼落的蛙声中疯狂地产子儿。她的姿势和动作猛烈而随心所欲,有时像在捕捉,有时又像在呕吐,有时像在拳击,有时像在扔铅球。她掉在一只只光怪陆离的漩涡里,在猩红贼绿的灯光里忽浮忽沉。他坐在一边默默地抽烟,喝完了一瓶法国卡泊尼红酒,卓尔的屁股在他眼前激烈地晃动,一点儿没有歇下来的意思。老乔心里有点儿恼火,他觉得卓尔的舞姿说不上好看也说不上难看,但她那种要死要活的架势,实在有点儿不对劲。他扔下烟头慢吞吞地走了进去,穿过扭动的人群,站在了卓尔面前。刺眼的蓝光从卓尔额头掠过,她面目狰狞,像一个施着法术的巫婆。老乔开始了,是那种太空人的舞步,空灵幽浮而玄妙的,他的动作带有为卓尔表演的欲望,带有平息和引导的意思。很久没有蹦迪了,他觉得自己发胖的身子有些笨拙。

卓尔突然停了下来,就像一段蹩脚的音乐被强行中断了似的。她手足无措地看着老乔,似乎十分扫兴,未等老乔回过味儿来,卓尔已经消失。

卓尔钻进洗手间,把关闭的手机打开,给卢荟打了个电话。她说她在那个叫做"流浪者"的酒吧等他,卢荟焦急的声音传过来时,卓尔已按下了关机键。

那天深夜,卢荟打车赶到流浪者酒吧时,已是凌晨4点。卓尔一个人趴在角落的桌子上,面前放着一瓶空了的威士忌。卢荟付了账,叫一辆出租车,把卓尔送回去。卓尔像一只乖乖的小猫,软绵绵地倒在他怀里,路上一言不发。卢荟把卓尔零乱的头发一丝丝捋顺,他看见卓尔的嘴唇暗淡无光,平日她格外看重的唇线和唇膏都已经荡然无存,嘴唇就像两片干瘪的橘瓣,残留着黄褐色的酒痕。

卢荟把卓尔抱到床上去的时候,卓尔忽然紧紧地箍住了卢荟的脖子。卓尔闭着眼睛贴着卢荟的耳朵说,你别走,留下来,别走……她在手上用尽了全部的力气,手指几乎掐破了卢荟的皮肤,勒疼了他的手腕。

第二天中午卓尔醒来的时候,在床头发现了一张纸条,上面写着:卓尔我不要在你这样的时候和我做。我更愿意在你清醒的情况下。请原谅。

卓尔把纸条撕成一片片又揉成一团,她为自己感到羞愧。

起床后,卓尔为自己冲了一杯咖啡。喝过咖啡后,她又泡了一袋方便面。卓尔果然头脑清爽、胃部温暖,然后开始给阿不打电话。

她想问问阿不,那个DD的事怎么样了。自从那天晚上在火焰山聚会之后,她就再没有听到DD的消息。一个人在倒霉的时候,才会想起另一个不走运的人。这究竟是同病相怜,还是她不过是想借着比她更不走运的DD,来给自己一点儿安慰罢了?这些天卓尔一直自顾不暇,但她心里真的是在为DD担忧,那么沉重的一笔巨款债务,到哪年哪月才能翻身啊?

她想让阿不来把自己原先准备去南极的那笔钱取走,先给DD还债。还一点儿是一点儿,过了今天再想明天的事儿吧。

阿不从电话里传来的声音轻松愉快。她说我帮DD的房子找到了一个大款买主,等过几天,我和你一块儿带那人去看房,狠狠敲那个富婆一把!

第十二章 男人和女人一块儿"作"才好

1

从拉严的窗帘缝儿里泻下一丝亮光,游移在郑达磊的额头。他熟睡中的面孔,留着昨夜酣战的疲倦和满足,看上去仍然雄健而又温情。屋子里充满了一种男人特有的味道:浓重的鼻息,身上的毛孔散发出一种类似皮草的气味,腥膻的体液中混合着淡淡的烟味……那些气息经过一夜的发酵,搅和着一丝残存的香水味儿,更有些复杂而暧昧的意思。

但陶桃喜欢这样的气味儿,郑达磊最近已经一连好几个星期没有到她这里来过夜了。陶桃一个人走进自己的房间,只要吸上一口气,强烈的孤独感顿时迎面袭来。缺乏男人体味儿的房间,总是令人觉得阴冷。

然而,现在这屋子里,欢愉和甘甜的气息在旋转鼓胀,填满了每一个空间。它们像阳光下的微尘舞蹈飞扬,被他们共同吸入又吐出。他们的呼吸交融在一起不分彼此,连他们血管里流动的废渣都是一样的颗粒。

陶桃的脖子枕在郑达磊的臂弯里,就是在睡梦中,郑达磊的手也始终揽着她的腰,下意识地搂紧了她。陶桃小心地侧过身子,长久地凝视着郑达磊的面容。只有在床上的时候,郑达磊眼角上的皱纹才会一根根舒展开去,脸上的棱角也会像被灯光烤久的冰雕一点点变得柔和。陶桃轻轻吐出一口气,吹开他额上的一缕头发,那发根上有半截变白了,她很想把它拔掉却又怕吵醒了他。他对于自己是多么珍贵啊,她想。可惜不是每一夜都能这样度过。有时候他来,望着她的眼神,却好像在看着一个刚认识的人,令她觉得陌生,但每当黑夜过去,陶桃在他的怀里醒来时,屋子里那种混浊的气味儿,又使她全身的感官,都湿漉漉地浸泡在那种叫做幸福的感觉里。

陶桃悄悄地伸出手,拿过床头的闹钟来看,已是上午 10 点。她感觉到郑达磊微微动了一下,然后睁开了眼睛。他放开她,长长地伸了一个懒腰。

陶桃亲吻他的额头,轻拍他的脸颊,重又滚落在他的怀里。她知道早晨的郑达磊不习惯深吻,他喜欢胡乱地抚摸她,然后两人有一搭没一搭地逗趣闲聊,缠绵悱恻,一直在床上腻到中午。通常,陶桃会在他醒来之前,轻手轻脚地到洗手间洗漱;等他醒来后,缱绻一阵子便故意挣脱他,穿上睡衣到厨房为他端来一杯香浓的咖啡。咖啡杯的盘子边上,会放上两朵前一天就预备好的红玫瑰,盛开的花瓣上滴着水珠,叫人一看就赏心悦目。玫瑰花蕊里,分别塞着一小块洁白的方糖,咖啡里放不放糖,完全随他高兴和不高兴,这就有了几分乖巧和顺从。小勺把咖啡和玫瑰的香味搅在一起,苏醒的房间更添了温馨的气氛。

陶桃是营造情调的一把好手。她虽来自偏僻的小镇,但这些都市女人玩的游戏,她早早就已无师自通。就像原野上的草籽儿,被风吹开去,无论到哪里,一遇雨水就会发芽。何况陶桃一直用心阅读像《好主妇》那样精美、时尚又绝对充满女性智慧的杂志,那一页页饱含养分的肥料浇灌着她,使她女性的身体和头脑,每一天都在都市水泥地的缝隙里茁壮成长。

如果说,晚宴上陶桃是一件旗袍,逛街时是一条长裙,在办公室是一个白领,那么在家里,陶桃只是一件内衣。

她看出郑达磊今天的心情很好,他主动跟她谈起了最近刚解开的那块赌石。他告诉她,那是一块少见的芙蓉种,虽是新坑的嫩料,绿色不像老坑种那么匀和,但色泽清淡、玉质细腻,如清水出芙蓉。用肉眼看,色正无邪,糯化底,不带黄。其中的半边玉石上,可见深绿色的脉,这叫做"芙蓉起青根",加工后的玉器售价非常昂贵。哪天有空儿,一定要带她去看一看才好。

他说得激动,反复搓揉着陶桃的手,好像她的手就是那块玉。每次只要谈玉,他就两眼放光,有点儿像名贵的猫眼石。若是陶桃有兴趣提问,郑达磊就会拿出讲课的架势,滔滔不绝地说下去,像一辆在下坡路上刹车失灵的汽车。她和他相处这几个月下来,比如评估翡翠绿色的"浓、阳、俏、正、和"口诀,翡翠品种的三十六水、七十二豆、一百零八蓝之说;什么"外行看色,内行看种"的要领;翡翠的"水头",也就是透明度,其颜色应是活的并且有动感才属上品啦;翡翠的"地子"也即除去绿色之外的底色,最能说明翡翠的"水"与色彩之间的协调程度;透明的地子,分成玻璃底、冰底、蛋清底、芙蓉底、鼻涕底等多种,地子以质地坚实、细润、水分足、底色均匀漂亮为佳;硬度高的翡翠被抛光后,在阳光下光芒四射,那肯定属于"玉气重"的上品了……这些关于玉石的常识,陶桃有心无意地、陆陆续续地听了不少。她喏喏地应和着,同郑达磊恰好相反,她喜欢的不是这些玉的道理,而是那些玉器首饰本身。有时候,陶桃会觉得郑达磊迷恋玉的程度,甚于爱女人,但奇怪的是,他本人从不佩玉,他的脖颈、指间,无戒无坠,除了领带夹,其他多余的首饰都不上身。

陶桃曾开玩笑地问过他。郑达磊回答说:你看看酒店里出入的那些暴发户,恨不得十个指头都戴上金戒,我可不想被人当成款爷看。我爱玉不是爱的那块石头,我的玉是无色无形的一种想象,是一种空灵的精神啊……

说成这样,就不大好懂了。陶桃慢慢咀嚼郑达磊的想法,不再吭声。一个珠宝公司的老总对玉器抱着一种玩赏的心态,而不是玉的经济价值,躺在他身边的女人陶桃,心里自然不大托底。这种由来已久的疑虑,迫使她不得不采取相应的对策了。

陶桃从枕下摸出两只灰绿色的玉镯,一前一后套在了手腕子上。玉镯互相碰撞,在她洁白的腕上转动,玲玲之声清脆,犹如泉边古筝。

好看吗?她喜气洋洋地把胳膊伸到郑达磊眼前炫耀着。

郑达磊猛地欠起了身子,抓住她的手腕,放到眼前来看。然后一把掀开了薄绒毯,光脚跳到地上,拉开了窗帘。阳光哗啦一声洒在床上,陶桃的手臂像一根白得刺眼的象牙悬在空中,然而郑达磊只那么轻轻瞟了一眼,脸上忽生怒气。

你看看,你自己好好看看,这叫什么呀,这也能叫玉呀?他嚷嚷。这是翡翠中最低档的残品。你看,这一只,灰绿中有那么多黑斑,这是翡翠最忌的瑕疵。它的矿物成分是长柱状的角闪石矿物,短柱状的晶格中,含有 FF,含辉石类矿物。你看这黑斑的边界多明显啊,这叫死黑,俗称苍蝇屎。我都给你讲了那么久的玉,你怎么还是一窍不通啊?他气呼呼不由分说把两只镯子都从她腕上捋下来,指着另一只淡绿的镯子说:这一个,你看,也是劣等货,里头全是云雾状和丝絮状的瑕疵,人称"白花盖顶",是由白色的硬玉和沸石等纤维状矿物组成的。这儿还有一道明显的裂纹,看见没有?像一根儿黄色的烟丝。你从哪儿弄来这些东西,真给我丢脸!

郑达磊说得生气,一把推开窗子,用力地把那两个圆圈甩了出去。陶桃看见它们在空中划出一道昏暗的弧线,从楼下的水泥地上,远远地传来沉闷而混浊的碎裂声。

陶桃侧过身把脊背对着郑达磊,小声嘟囔着,她说那天上街看见一家珠宝店打折,价钱很便宜,她一直想买一对玉镯,就挑了两只先买下来戴着。

我不是说过要给你买最好的嘛!郑达磊咆哮起来。你就这么等不及?首饰这东西要么不戴,要戴就必须是最好的,你的审美眼光可真是成问题……

陶桃的泪珠挂在眼角,她凄楚动人的声音无论谁听了都会觉得好可怜的。她说:女人总是爱美的,手腕上空荡荡的感觉,就好像男人穿了西装没打领带似的。可是,你那么忙那么累,我怎么能再给你添麻烦呢?那天碰上了,心里好喜欢的,就想先给自己买上戴着玩儿吧,等你的,还不知等到哪一天呢……

好啦好啦,别说了。郑达磊打断她,口气明显地变得温和了。他俯下身,把她的身子扳过来,小心地替她擦去眼角的泪。郑达磊解释说新近买下的那块翡翠真是难得一遇,虽然加工制作是技术部门的事,但他一定会督促他们按照他的意思来设计,琢出一对上等手镯应该没有问题。陶桃依偎在他怀里,勾住他的脖颈吻他,仍是轻轻摇头。陶桃吞吞吐吐地说,既是那样难逢的宝贝,只一对镯子岂不可惜,若是将坠儿、耳片和胸针都能配套,设计成一整套的翠玉首饰系列,那样的精美绝伦,才是她一生的梦想。

郑达磊脱口而出:你说的这种全套翠玉首饰,那可是宋美龄96岁那年,在美国出席二战胜利五十周年纪念酒会上用的行头呀,你的胃口可真不小。

陶桃故作惊讶地说:你刚才还说我没眼光呢,看来我的品位不俗。算了算了,谁不知道成套的翡翠首饰价值昂贵,所以女人的梦想,多一半人是实现不了的,我也只不过随口说说而已……

郑达磊沉默不语。他暗暗自问:难道陶桃也是那么物质的女人吗?

2

陶桃一出场就给了郑达磊极好的印象,和风细雨,润物无声。不像以前那些朋友们向他隆重推出的明星式美女或是京城名媛,人还没有见到,天空已是飞沙走石,令他看不清那个女的真正面目。若是继续交往约会下去,周围庞大的关系网更使他忐忑不安望而却步。陶桃向他走来的时候,没有喧哗的锣鼓和音乐的铺垫,就像两幕戏间的过场,背景是平淡而朴素的。在会议室的谈判桌上,在郑达磊做好了充分思想准备,欲与强悍的女经理过招的那个时刻,陶桃却像一枝刚发芽的翠柳,清爽柔韧,从昏暗而燥热的水泥墙角突兀地冒出来,被一阵春风掀起,拂过了他的额头,在他的皮肤上留下了轻柔的痒感。

那原本是一个有些棘手的关节,陶桃居然不动声色地摆平了。继而,郑达磊迅速发现了她各种优点,她不仅仅待人热情、善解人意,而且对天琛的事情尽心尽职,处理问题的方式带有女性的委婉与亲和力。即便聊天时谈谈时事、经济,她也有足够的聪明和敏感接上话茬儿。在她那种明晓事理的冷静后面,有一种经历过世态炎凉之后才有的熟练与通达,这正是郑达磊十分欣赏的品质,也完全符合他对于女人"上得厅堂"的美好理想。再以后慢慢熟了,知道她来自一个边远的小镇,通过自强不息的奋斗努力才走到今天这步,心里就有了些模糊的怜爱与倾心。他从来没有详细地问过她的经历,他认为那些都不重要,重要的是自己对她的感觉——一个男人对另一个女人。那么,陶桃,在具备了一个女人的基本资质(智商、文化、能力等等)之后,还具有更重要的一点,那就是容貌姣好,让人赏心悦目。

郑达磊选择的女友必须是漂亮的。任何人也不能改变他的这个原则。他可以不计较女人的出身、地位和教养,但女人如果不漂亮,男人究竟为了什么而要她呢?时隔多年,郑达磊这才明白了自己当初离婚的潜在原因。

郑达磊真正开始迷恋陶桃,是在与她上床之后。初次他只是抱着试一试的心情。他没有想到陶桃的美丽不只是用眼睛看,而是用身体来感悟的。在此之前,工作过于紧张严谨的郑达磊,还从未体验过与女人的缠绵可以如此销魂。

只有短短的几个星期,他觉得自己变成了一只笨拙的肉虫子,被粘在了陶桃那只高强度高弹性的情网上,欲罢不能而骑虎难下了。

然而,真正长时间趴在网上的时候,他才看清了那张网,其实有许多的孔眼和漏洞——他从网眼中看出去,那只美丽的蜘蛛有一点儿变形,她不完全像他开初想象的那个样子,她的身体被放大了而脑袋变小了,她的社会经验丰富而知识贫乏,她浑身色彩鲜艳,腹部却因吐丝过多而显得干瘪空荡……

这是郑达磊最近的感觉。就在那次陶桃缠着他去看房展的那一天,这种感觉突然袭来。他一直试图驱除这个感觉,但似乎很困难。他开始怀疑自己和陶桃的关系,究竟是为欲所困,还是为情所伤?若是几个星期不见陶桃,他会很想她,身体发出的所有信号,目标都是朝着陶桃而去的;然后是急不可待地见面、上床、过夜……但等到离开了陶桃那儿之后,却为什么会惆怅和空落?就像是把自己一件珍贵的东西错赠了一个陌生人,从心里滋生出难以察觉的懊丧……

是不是所有的男人都喜新厌旧?郑达磊问自己。但陶桃本是新的,陶桃还没有旧。那么,究竟是郑达磊的心思旧了,还是看上去新鲜的陶桃,一天天露出了内里陈旧的果肉?

他不知道。他有一点儿惶恐,为自己的纵情和挑剔。

你想什么呢?陶桃轻轻地摇他,轻盈地翻身一跃,像一片湿润的树叶贴在了他的胸前。她柔软的身体散发出一种淡雅的奶香味儿,令郑达磊一阵阵眩晕、燥热。

想你呢。他说。

我不想。她喃喃说着亲吻他。我只在梦里想你。在我的梦里,你是一只大船,扬着高高的白帆,从地平线上朝我驶过来……

你是什么呢?

我是浪呀,温柔而汹涌的大浪,迎着你扑过去……

然后,那条船灌满了水,一家伙就被你扑沉了。

不对嘛……我梦见那白帆被浪打湿了,嗖嗖落下来,露出了那根又粗又壮、光秃秃的桅杆……

好哇,你这个坏丫头……你会把桅杆撅折的……

陶桃轻柔的动作和嗲嗲的声音,重新唤起了郑达磊的激情。他抱紧了陶桃,一翻身重新把她压在了身体下面。陶桃欢喜的泪水一滴一滴热热地淌下来沾在郑达磊的胸脯上,她一遍又一遍地说着我爱你,她语无伦次地哼哼说达磊达磊你就是我的梦有了你只要有你在我身边我所有的梦想都不再是梦想……

郑达磊的热血忽地涌上来,他的双手像一把铁钳将她箍得透不过气。他大声说梦呵梦呵我没有梦因为我就是制造梦想的人女人的梦比起男人的梦真是太微不足道了我要让你看看我怎么造梦不不不我说我就是一个实现梦想的人……

郑达磊听见了自己的声音,这样的时刻他主宰不了自己的声

音了:

陶桃宝贝儿,你的梦想我会给你……

3

这一天中午,郑达磊和陶桃在罗杰斯餐厅用餐。陶桃忽然说:达磊你看看我那么开心,有件事儿差点儿忘了告诉你——

陶桃就说了卓尔昨天给她打电话,说她要离开天琛的事。

郑达磊轻轻哦了一声,问:你知道是为什么吗?

她没说。她这个人从来不说原因。我猜,她大概是跟广告部的什么人合不来,肯定是为了工作的事情,好像是受了什么委屈。她很少是为自己的事跟人闹别扭的。陶桃说着,留心地察看着郑达磊的反应。

郑达磊没说话。

陶桃又说:卓尔这个人一向就这德行,没少让我操心。不过,那家伙作是作,脑子怪灵的,搞个广告策划什么的,真有些与众不同的主意,要是用好了,真是个人才。你就不能留住她吗?她这一辞职,我又得帮她想办法找工作,一时要找不上,她用什么钱去交她的那些按揭和保险账单啊?弄不好还得向我借钱。我希望她能在天琛待住了,你好歹也算多一个自己人吧。

郑达磊脸上露出些许不悦之色。他恍然明白了陶桃的真实意图,是希望在他身边安插一个她"自己的人"。

郑达磊沉吟了一会儿,痛快地回答说:你今晚就给她打电话,让她明天到公司来见我。

陶桃回到家就给卓尔打电话说了这事,正如陶桃所料,卓尔一口回绝了。

卓尔说我正想给自己放个长假哪,你怎么又想找根绳把我拴上?

那你拿什么过日子呀,说得轻巧!

大不了我把房子卖了,也够我活一阵儿的。

卓尔你别耍小孩儿脾气,你还想自己当老板咋的?

我当老板?累不累啊?我顶多是想给自己招聘一个好老板。

好吧。陶桃说。我让郑达磊亲自给你打电话,让他跟你说。

那天深夜,电话铃声在卓尔床头惊雷般响起。卓尔不接。那铃声却极有耐心,响到第七次,倒是卓尔终于失去了耐心。卓尔拿起听筒大叫:郑总你听着,我对你的那些珠宝玉器,一点儿也不感兴趣!

话筒里的声音说:我只是想请你到我办公室来一趟,听我跟你谈一谈,你再作决定,有什么关系呢?

卓尔说:我不是一个好的雇员,你要了我会后悔的。我这么一个自由散漫的人,应该建一个自己的工作室,可惜目前我的资金奇缺。

话筒说:也许,我早就想建一个天琛工作室了,请原谅我拖得太久。

卓尔最听不得人家跟她道歉。她拿着话筒的手垂下去,一下子说不出话来。

4

卓尔到天琛近一个月,还是第一次迈进总经理办公室。

卓尔敲门,一个声音说请进。她推开门,一眼望见侧墙上是一幅巨大的书法,它顿时吸引了卓尔的目光。那草书写得龙飞凤舞且颇有神韵,凭直觉,那些字又该同玉有关——

玉乃石之美者;有五德。润泽以温,仁也……

卓尔默念着,被下面的那个字卡住了。像是一个鱼旁加一个思字,念腮吗?鬼知道是什么。一个男人的声音在她耳旁响起,接着念了下去:鳃理自外可以知中,义也。其声舒扬远闻,智也。不折不挠,勇也。锐廉而不忮,洁也。

卓尔回头,见郑达磊站在她身后,目光仍不曾从墙上收起,饶有兴致地把那幅字看得好不得意。一个来客,一个主人,不寒暄也不让座,倒是并肩面壁凝神而立,像是在专心赏画。那么站了一会儿,两人侧脸相视,不约而同地笑了起来。

看来郑总真是儒雅之士呵。卓尔打趣,自顾自地走到一边咚地坐在沙发里。那么,公司内外的装潢设计,看来也是郑总的创意了。卓尔诚心地感叹。

我想告诉路人和我的客户,好玉藏于石,雕琢而成器。不显山露水,但灵性与品格均在其内。这也是我们公司信奉的原则。郑达磊说。至于这幅字,虽不是名家所书,但他的笔法自成一体,洒脱而坚韧,似有一种刚劲仁厚的玉气,是我最喜欢的。郑达磊一边说着,一边从饮水机中倒了一杯水递给卓尔。

我想先问一句,你来了天琛一个月,有没有参观过公司的产品陈列室?

没有。卓尔老实地回答。没有人请我去看。

我才发现,你到天琛来了那么长时间,对这个公司仍然不太了解,实在很遗憾。我如果早一点儿让你了解玉和翡翠,你也许就会产生更多的工作热情了。我现在就亲自带你去看,好不好?

卓尔咕嘟喝了一大口水,把那个"不"字咽了下去。

小楼顶层的陈列室大门被三道锁匙打开时,卓尔突然产生了一种幻觉,好像走进了阿里巴巴的那个山洞,从四面八方射来五彩缤纷的亮光。那些摆放在玻璃橱柜里的玉佛、观音、罗汉、如意、玉炉、玉兽什么的,洁白、翠绿、赤紫、金黄,色泽逼人,晶莹剔透、光滑温润,一会儿工夫就把卓尔看得眼花缭乱了。郑达磊又叫人来打开了屋角的一只大保险箱,说我有个宝贝给你看。卓尔大气儿不敢出,瞪圆了眼睛,见郑达磊小心翼翼地拿出一只热水瓶大小的奶白色玉瓶,瓶口两端有镂空的吊环,奇的是瓶身中央浮着两朵绯红的牡丹,四周是翠绿的叶片。红花绿叶既不像是刻意拼接上去,更不像是镶嵌,而是完全与瓶身融为一体,就像从白雪地里钻出来的一只红狐。她伸出指尖触摸,立即又缩回了手。

这就叫浑然天成。郑达磊轻轻地拍着它说。你看,红翡和绿翠,那么自然地同白玉生长在一起,而工艺师因材施技,完全根据它本身的结构,构思成这样一件作品,够绝的吧。香港已有人出资两百万买下这件宝贝,你若是再晚两天来,我们就已经装箱打包,用警车运送上飞机了。

卓尔礼貌地点着头,在陈列室飞快地走了一圈儿。那个装满了翡翠首饰的橱格,那些绿森森的珠儿、坠儿、扳指儿、戒面,她只敷衍了事地扫了几眼,就走了开去。她有点儿不知所措,心里似有一种疼痛在悄悄弥漫扩散。她感觉到了郑达磊询问的目光,等待着她的惊呼和赞美,但卓尔却一言不发,她只想早些离开这个山洞,不知为什么,这里的一切都让她感到憋闷。

回到办公室,郑达磊拿出了几本厚厚的画册给她看。精美的铜版纸上,每一幅图片都是天琛的产品。卓尔看见一座屏风上金色的玉龙,盘旋的龙身上每一片鳞爪都雕得栩栩如生,状如激荡于海涛之中的飞舟;一棵碧绿的翡翠白菜,鲜润欲滴,菜叶上浅白的茎脉一丝不苟;一只翡翠青蛙做蹲伏状,两只眼睛竟然是红褐色的,精细得连眼珠子都看得清晰;一座绛红色的葡萄架,缀满了一串串茄紫色的葡萄,图片说明是:翡雕。卓尔惊叹着,一页页掀过去,一次次揉着眼睛。她发现自己的眼神悬浮起来,眼前那些鲜艳的色块模糊了,变得恍恍惚惚、游移不定。她忍不住打了一个哈欠。

今天咱们先不管其他那些杂事,我先跟你谈玉。我要简单地给你讲一讲玉的常识,卓尔你要仔细听。

郑达磊就坐在她邻近的沙发上,他的声音却像从很远的地方传来。

天琛公司创办时即以经营玉器为主。在中国,玉是美好高尚的象征。古文字中,"玉"字并没有一点儿,而是写成"王",和帝王的"王"字共用。"王"的象形是什么呢?就是一根丝绳贯穿着三块美玉。凡是王字旁,都和玉有关。凡是与玉有关,比如冰肌玉骨、琼浆玉液、玉树临风,都是美妙的象征。在新石器晚期的河姆渡文化遗址中,就发现了大量的玉珠、玉管、玉璜等佩饰。距今六千多年前的良渚文化中,也发现了玉琮和玉璧。到了商周时期,玉器文化已基本形成,被尊为神灵,作祭礼、避邪、镇宅、护身之用……

(声音被电话铃声打断,郑达磊去接电话。)

你难道不知道在这个混浊的世界上,所谓的冰清玉洁有多么可笑吗?那个用电子邮件诽谤我的女烃,脖子上就常挂着一块迷你观音像,号称和田玉。

下面我要谈到翡翠。

翡翠可以称得上是"玉中之王",18世纪才从缅甸经云南输入我国。相对于和田一带出产的软玉,翡翠的摩氏硬度是六点五至七,所以也叫硬玉。就它的物理性质而言,确有刚勇之气。儒家文化的道德哲学,通常说的五德,即仁、义、智、勇、洁,都可包含其中。在大自然中,绿色是最美丽的颜色,人说千种玛瑙万种玉,单是翠玉之绿,就分秧田绿、阳俏绿、苹果绿、祖母绿、葱心绿、鹦哥绿、黄阳绿、菠菜绿、蓝水绿、豆绿、墨绿、艳绿、油青等几十种。在古代,人们喜欢苍色和黄色,因为苍色喻天,黄色像地,古人仰慕苍穹、感念后土,故以白玉、黄金为贵。而到了近代,人们越来越喜爱翡翠的绿色,那是由于绿色象征着春天和大自然的勃勃生机……

(电话铃又响,是郑达磊的手机。)

那片遥远的绿雾,遮蔽了湖上的天空。连空气都是绿的,连同他的头发,像一顶绿藤编织的草帽,把阳光一根一根都变成了绿色。太阳神的女儿出嫁,他给了她一个金蛋。到了那个绿色的山谷,她用金蛋作灯放在床头,结果整个屋子都被映绿了。她把金蛋埋在土里,那土地浸透了绿色的汁液,等她把金蛋挖出来,金蛋变成了翠玉。蛋壳上浮动着兰花一般的水纹,像绿色的水草在清澈的河里飘荡……

对不起,我接着讲:缅甸的翡翠矿,位于缅甸北部克钦邦西部与实验省交界一带的雾露河流域。地质构造上,处于印度板块与欧亚板块碰撞部位的东侧。原生矿是由彼此相距很近的脉状、透镜状、岩株状矿体组成。优质翡翠十分罕见……

电话铃响……

对不起。它是一种以硬玉矿物为主的辉石类矿物的集合体,在白色翡翠岩的基础上,在后期的蚀变中,热液里富集了……

手机铃响……

对不起,老是被打断。噢,原先赋存于橄榄岩中,蚀变活化的

Cr、S、Ci、Ti、Fe等组分，沿白色翡翠岩的裂隙充填交代，使这些元素富集于白色翡翠岩中而形成。由于Cr离子的存在，才使翡翠具有高档的翠绿色，也叫"凝绿一方"……

手机再一次响起。

不对不对，翡是一种雄鸟，翠是一种雌鸟。它们的羽毛光亮如水，润泽似蜜，有冰的质感，又像是覆盖着一层蜡，晶莹剔透。我将它捧于掌心抚摸，触感是那么柔和清凉，却又很快地温暖起来，和我的体温融在一起了……

对不起，又断了。不过现在好了，我已经把手机关了。至于红翡，这种颜色曾被认为是翡翠经陪葬后，浸透人血所致，完全是误解。其实红翡只是翡翠的次生颜色，即翡翠原石面在风化的作用下，经铁矿物浸染而成。曾有一件被称为"鸡冠红"的红翡上品雕件，在苏富比拍卖会上卖出了三百八十万港币。而黄翡……

有人敲门。

很少有人见过翡鸟，那种红色的鸟也许已经十分罕见！它鲜艳亮丽的羽毛被人做成了首饰，羽缘上涡旋灵扬的花纹，即便无风也有动感。人哪，小心哪一天它突然醒过来，就从你的帽子上嘟地飞走了。

5

对不起，我不让他们再打扰了。喔，说到黄翡，优质天然的黄翡被称为金翡翠，是蜜糖色的。但多数黄翡混浊不清，加热后可形成深红或鲜红色调的红翡。紫色的翡翠俗称青色，有粉紫、茄紫、蓝紫……

电话铃再次响起,郑达磊不接。电话铃声持续地响着。

卓尔说:这应该算是下课铃声吧,我的头都昏啦!

你要想急着下课,我会给你布置作业,让你带回家去做。郑达磊一脸严肃。

卓尔说:我还是退学吧。我不懂翡翠,你最好另请高明。

卓尔看见了郑达磊惊讶的目光从她脸上掠过,在瞬间转为恼怒。但他迅速地抑制了自己的情绪,走开去拿起杯子来喝水。他把整整一杯水都倒进了喉咙,脖子上的喉结无声地弹动,像是有一股压不住的火苗正在蹿出来。卓尔意识到了自己的率真,在郑达磊看来是何等无礼。他被人服从得太久了,至少从未被他的下属拒绝过。但卓尔自以为并非他的下属。

他放下杯子,却平静地问她为什么。脸上出现了一丝宽容仁厚的微笑。

你想听实话吗?卓尔不打算让步。

当然。一千个理由也不抵一句实话。

卓尔便痛痛快快地说,当她今天置身于那些珠宝玉器之中,她才发现自己真的是不喜欢这些东西。她不能接受这个广告工作室,因为她了解自己,对不感兴趣的东西,她一定无法全心投入。

郑达磊冷冷地看着她,又逼问一句:为什么不喜欢?

上次喝茶的时候,我不是已经告诉过你了吗?我不喜欢具体的商品。我只是热爱商品这个概念。因为……大概是因为……我这个人,一向喜欢活的东西。卓尔下决心说。她说出这句话后,从郑达磊不动声色的面孔上,发现自己又犯了新的错误——活的东西?她怎么就一脚踩上了她和他争执的那个雷区。这种答复肯定会被他理解为一种报复,她未免有点儿小家子气了。卓尔心里有些歉疚,可她实在是无意的呵。

那天她果然领教了郑达磊随即而来的狂风暴雨。他几乎不假思索就咄咄逼人地反问她,照她那么说,难道玉石翡翠是死的东西不成? 他怀疑她究竟懂不懂得什么是生命——在地壳深处埋藏了千百万年的超镁铁质岩体,经受了低温和高压的轰轰烈烈的运动,由榴辉岩、蓝闪石、变质岩等围岩整合产出的翡翠,是天地日月凝聚而成的精华。它带着地球母腹的体温、颜色和气息,从幽暗的山谷中浮出地面,睁开了它光彩夺目的眼睛。那是一双双多么美丽绝伦的眼睛啊,它看着你,向你述说远古的地球史。它或许就是地球鲜红的心脏、碧绿的苦胆、棕色的肝脾、金黄色的胃、蓝色的血管和雪白的牙齿。它一出世就是活生生的,百分之一千是活的生命——你看那璞石,外皮罩着一层粗砂,俗称为雾。雾通常呈红、白、黄三色,有莽带、松花和苔藓的印痕,那就是翡翠的皮肤,多么生动华丽的皮肤,难道与那些动物的皮毛有什么本质的区别吗?毛皮被揭去时,肌肉就显示出来了,翡翠就是它的血肉之身,它的每一个细胞都在呼吸,你竟然听不见吗? 你难道感觉不到它在你的掌心跳跃吗? 愚蠢、愚昧啊! 如果它不是活的东西,世界上还有什么东西是活的呢? 当地球上的人一代一代地死去时,它却依然活着,千年万年地活下去,从河姆渡时期一直活到现在。当秋风萧瑟黄叶纷落、白雪皑皑万木凋零时,只有它依然鲜嫩,像一片万古长青从不枯萎的绿叶。在一切的地球生命中,唯有它是永恒的,因为它是地球与生俱来的自然之子。只有那些人工合成的假货,懂吗? 用高温、用铬盐离子人工致色的假翡翠,才是死的东西。那是尸骨粉碎之后拼粘起来的,它们还没有出生的时候就已经死掉了……

他慷慨激昂地说着,在宽大的办公室地板上踱来踱去,好像在进行一场法庭辩论。有一会儿，卓尔觉得他似乎已经完全忘掉了她的存在，他进入了自己预设的律师角色，或是一个激情诗人。也许是一位高级玉石专家。他滔滔不绝却又有条不紊，一直说到卓尔神情麻木、目光涣散，他才突然地话锋一转，回到眼前的现实中来——

所以，我必须告诉你的是，天琛公司所用的玉石原料，即使偶尔混入劣货，但绝没有替代的假货。每一件产品从我这里走出去的时候，都是一个活生生的健康的婴儿，它们没有一件是相同的，带着千姿百态的品相和性灵，走到世界上去……

卓尔默默地望着他额头上沁出的汗珠，像一粒粒透明的水晶，映出他因激奋而放大的毛孔。那个瞬间，一只翠鸟从她头顶的天空飞过，像一道银色的闪电，照亮了她灰暗的一角心室。卓尔心里忽地动了一动，一种类似雷击的震感，穿过她的身子传到脚底下去。一阵心悸后，余波中竟涌上那种也许可以被称为感动的东西。自从那个遥远的湖边丛林之后，卓尔已经很久没有见过如此执着的男人了。如果一个男人如此地痴迷于他的所爱，痴迷到能把死的说成活的，那么他也许真是值得信赖，并存在着某种沟通的可能。

卓尔神情恍惚地望着他，那挥动的手臂变成了一对扇起的翅膀，在地上扑腾。从他解开的衣领中露出空空的脖颈，那儿没有系玉的丝绳。他的手指上，也没有那些生意场上的老总，通常会戴的黄金或是翠玉戒指。那么在他腰间的皮带上，会不会拴着一件什么玉佩小玩意儿呢？卓尔想起来有句话说：君子无故，玉不去身。一个那么爱玉的人若是不屑佩玉，才进入了仙风道骨的境界……

郑达磊的声音将她从胡思乱想中唤回，她听见了他委婉而诚恳的最后陈述：他说其实那天中午在一起喝茶的时候，他就已经决定采纳她的建议了。但他实在是太忙了,还没有下决心腾出手来做这件事。广告部一直是他的心头之患,他早就想动这个手术了,但苦于一时没有找到替代的新鲜血液。他打算在明天的董事会上正式提交讨论:把广告部划分成两块,一块负责处理日常事务,另一块就是纯粹的业务机构,正式成立"天琛广告艺术室",承担天琛产品的市场包装一切有关创意。如果卓尔愿意,只要她主动提出申请以及策划方案,他可以让她来领衔这个工作室。尽管这样做会有一定风险,但他愿意试一试……

卓尔愣愣地问:工作室在经济上独立核算吗?

郑达磊胸有成竹地摇摇头:不不,资金你不用发愁,起始阶段,公司会给予大量投资。这一年多来,我一直在考虑,怎样才能把商业性的广告活动同中国的玉文化结合起来,使其具有文化含量,让更多的人了解玉和翡翠,传承五德即玉的精神,拥有玉不仅仅是为了经济保值,更多的是民族精神的保值。天琛公司产品主要以外销为主,它的大众购买率,在公司的全部经济利润中只占很小的比例,所以这个活动并非促销性质的,最重要的是要给天琛的品牌定位,在这个产品同质化越来越强的年代,广告在目标客户群中的心理定位,有决定性的作用。他又补充说:当然,这也是一次翡翠的科普教育,是从实在之美向虚无空灵之美的一次飞跃……

卓尔听得有点儿发晕,打断他问:广告定位我懂,这差不多是一个国际定律,我在国外一开始就学的这个广告理念。可是,你干吗非找我啊?京城有那么多广告公司,广告大腕儿一把一把的,我也许有创意但我根本不懂玉,搞砸了我可赔不起。

你赔不起,我赔得起。郑达磊很有气魄地挥了挥手说。你懂得距离感和新鲜感吗?那些太有经验或是玩玉的人,弄不好就掉里头出不来了。我要自己来扶植一个有个性有创意的新手,嗯,比如说张艺谋选演员那样吧,那样才能策划出一个最能体现我的思路,同时又有轰动效应的另类方案。就目前来说,这个最合适最可靠的人,也许会是你。至于广告部的人事嘛……郑达磊谨慎地斟酌着词句。工作室在行政上仍然归广告部,但业务上可以直接由总经理负责。怎么样?有兴趣试试吗?你回去好好考虑一下,若是担心套牢,不一定急于成立工作室,你先拿出一个有特色的方案来,我们再进一步讨论。我现在就给你开支票,你可以马上到财务去领一笔策划费。

卓尔的脚下有了地震的感觉。一会儿云山雾罩,一会儿又柳暗花明。商家的广告不仅仅是为了促销,而是为了文化——我的天!卓尔盼了多久,才终于亲眼见到了这么一个独一无二的企业家,敢说在全中国全世界也是凤毛麟角啦。卓尔早就把那些虚假的商业广告厌恶到极限了,她一直希望着有那么一个地方,能让她不为钱愁不为钱控,完全按着自己的想法,放开手大闹天宫一场了。这个机会真是来得神奇,它是救命稻草,是雪中送炭,是绝路逢生,她还有什么理由推辞呢?没有,真的没有了。就算她不那么喜欢郑达磊身上那种自命不凡的傲气,但他的设想实在是太有吸引力啦,和卓尔的理想简直是一拍即合。管它是玉是瓦是翡翠是黄金,玩一玩怕什么呢?说不定就把死的东西真的玩活啦。

再说,郑达磊的慷慨也十分有诱惑力啊。转眼之间,卓尔就不用为她的住房按揭汽车保险和其他乱七八糟的开销发愁了,那么,她又何乐而不为呢?

说到底,卓尔根本不是一个白领,卓尔是一双旅游鞋。

很久以后,卓尔想起那天的情形,仍是有点儿不明白,自己怎么就稀里糊涂地被郑达磊给说服了。那会儿,她觉得郑达磊跟自己真是有点儿"臭味相投"啊;那会儿,她突然发现郑达磊原来也是一个很"作"的人呀。只不过因为他是个男人,没有人会这样说罢了。

卓尔走出天琛公司小楼的时候已近中午,她谢绝了郑总的午餐,说要尽快回去再好好想一想。卓尔既然发现了郑达磊是跟自己一样"作"的人,心里一下子涌起了对郑达磊以及天琛公司的好感。她已经把齐经理和 G 小姐统统忘在脑后了。她竟然萌发出一个强烈的愿望:要和郑达磊联手,借助商业那个炸药包,把她四周的那些无形的墙垛,炸开一个更大的缺口。

一出门,热辣辣的太阳迎面扑来,那块巨大的黑色璞石,似一只烧红的铁球,从坚硬的内核中射出蓬勃的热量。沿街的国槐缀着浓密的绿叶,光影摇曳,像是无数伸长的脖颈,在京城里挂满了碧绿通透的翡翠耳片。

京城的春天刚刚迈进了一只脚,夏天倒是横着身子先把地儿占了。

第十三章 "作"的欲望从哪里来

1

卓尔临窗的桌子上，堆满了乱七八糟的一大摞书和图纸。

卓尔换了一个姿势，接着又换了一个姿势。她觉得浑身都不对劲儿，哪儿都不舒服。本来是好好坐着的，后脑枕着那张宽大的高背椅子。但椅子怎么就矮了下去，她把身子直起来，脖子却僵硬了。她唰地从椅子上出溜下去，到厨房找来一块脏兮兮的面板，垫在椅子下面，人一坐上去便悬空了，像是被吊了起来。用这样的姿势，只一小会儿，小腿肚子的筋都被攥住了，然后往脚背延伸，十个脚指头都在一阵阵地抽搐，然后整个身体都微微哆嗦起来，一种类似痉挛的感觉，蔓延到她的腿根和腰部。

卓尔这才觉得小腹有些隐隐作痛和酸胀，那种莫名的抽搐和痉挛感并非来自脚趾，而是来自她体内深处。似乎有一团庞大的气体在五脏六腑中游走，堵塞了所有的通道和出口，使得她全身的血管都一蹦一弹地收缩、纠结起来。

每个月都会有这么几天，也许三五天，也许七八天，卓尔总会闻到自己身上有一种呛人的汽油味儿，好像她的血管里流的不是殷红的血，而是无色的汽油，况且那汽油是被加热过的，辣乎乎的叫人想打喷嚏，有一根火柴就会让它们砰地燃烧。她脑子里的每一根神经都被扯紧了，像是马上会断掉一样。腹中有一把锋利的涡轮刀片，毫无规则地转动，一点一点、一寸一寸地剜剐着她的肠壁。那股子莫名其妙的气团顶着她的尾骨,像一只鬼鬼祟祟拱动的穿山甲,要把她的肚子打出一个洞来才肯罢休。有一刻,卓尔觉得自己好像马上要分娩了,可惜卓尔至今还没有生过孩子,不知道生孩子和穿山甲有没有必然的联系。但可以肯定的是,那团气固执地搅拌着她的小腹,像是在慌乱无措地寻找一个出口,立马就要冲天破云而出,而那道闸门却依然若无其事地安然紧闭,任凭它在里面横冲直撞地翻腾激荡……

  卓尔把面前的那堆东西翻得哗哗响,枯叶般的声音却让她越发烦躁。她推开那些资料,站起来飞快地在房间里走来走去,像一只旋转的陀螺。她转到了厨房里,找到一只干瘪的土豆,用菜刀把它们拍得稀巴烂;她转到了厕所里,一次又一次把水箱的按钮使劲按到尽头,水箱里发出摩托车启动时突突的噪音,白花花的清水在坐便器里旋转如一朵朵被撕裂成碎片的白菊。她转到卧房,找出一只发出浓重的橡胶气味的热水袋,重新回到厨房,用滚烫的开水把它灌得鼓胀,胖胖的热水袋被抱在怀里,像一个正在发高烧的婴儿。隔着厚厚的牛仔裤,卓尔把它贴在自己肚子上,她想这是一个没有父亲的孩子,她和他只能这般地相依为命。

  每逢这样的日子,卓尔都会对自己气恼得要死。她觉得做女人一点儿都不好玩儿,那团火明明白白地就在眼前晃悠,诱惑着她、招呼着她,本该是赴汤蹈火去干点儿什么才好,却被她自己阻挡了,停滞在腹中,就像是隔着万水千山似的,四肢无力,一点儿不听使唤。脑子里即便生出一星半点儿可算是灵感的小芽,也活活被憋回去了。

  卓尔气恼之后,是愤恨与沮丧。

  她有点儿后悔答应郑达磊了。那个该死的工作室,真就那么值得她玩儿命吗?珠宝、玉器、翡翠——哪儿跟哪儿呀,她脑子里空空荡荡,真正一点儿感觉都没有。

翡翠那种东西,对于卓尔来说,简直是从京城到意大利那个叫做"翡冷翠"的城市(现译为佛罗伦萨的)距离都不止。

或许该去买一把能升降的椅子才好,或者是一把摇椅,像秋千那样的,在半空中荡来荡去、晃晃悠悠的,那么脑子里所有淤积的脑浆子,都会随着椅子的晃动,松弛、飘移、发散,像蚕丝般一根根轻盈地吐出来……

这一天的天气有点儿抽风似的,刚刚泻出一线阳光,一会儿又阴沉了,眼看像是要下雨的样子,天空忽又灿烂了。太阳扛着一把伞在走,犹豫不决地一路走走停停,像是打不定主意当遮阳伞还是当雨伞来用,叫人哭笑不得。

对面阳台上的那个女人又出现了。一个上午,她这是第七次,也许第八次走到阳台上来了。她抱着一堆湿淋淋的衣服,显然打算要干点儿什么。但奇怪的是,每当天空阴云四起的时候,她就把它们一件件展开,挂在绳子上晾晒;一旦太阳露了脸,她就飞快地跑出来,慌慌张张地把衣服全都扯下来,卷成一团抱回家去。

卓尔觉得有点儿好笑,她不明白那女人干吗那么颠三倒四的。

突然就掉起了雨点儿。卓尔听见斜斜的雨点,打在外窗台上那盆半死不活的米兰叶片上的声音。雨来得急,无缘无故的,把天空残剩的一点亮光遮得严丝合缝。

那女人急忙把怀里的衣服一件件甩在雨中,掉头进了屋,抱出来一床厚厚的棉被,搭在阳台的水泥沿子上。隔着那么近的楼距,卓尔清楚地看见一粒粒豆大的雨点,砸在雪白的被单上,扬起一阵干燥的烟尘,然后洇成一摊摊黑灰色的水迹……那女人如孩子般地拍着手,后仰着头把嘴唇拢成个筒去接雨水,咯咯地笑。

卓尔觉得自己也快像那个女人一样地神经错乱了。

撕扯。好像有一只无形的小手在揪拧着她的脏器,它由于一次次被拒绝入内而发怒。

她甚至听见了从自己身体的深处,传来婴儿的哭声。是的,是那些未能成为人形的小蝌蚪和小米粒儿,像一颗颗尖利的沙子,挫伤了并磨砺着她柔软的肉身。

但她却无法安慰它们。

究竟是有了钱才能开一个自己的工作室,还是有了一个工作室之后才能挣到钱?有了钱又怎么样?可以去旅行啊。那还要工作室干什么?要一个工作室是为了设计自己喜欢的东西,随心所欲,不,应该是为所欲为。想想啊,每天最痛苦的事情,竟然是一睁眼不知道该给来上班的那十几个硕士博士们派点儿什么活儿,那是多么令人羡慕的痛苦啊。也不对,卓尔的工作室,其实只她自己一个人干活就足够了,自己给自己当老板又当伙计,那是多么自由自在哪,卓尔工作室挣的钱,够她一个人吃饭穿衣、住房按揭就行了,老板不老板是无所谓的。但老板上头还有个上帝在啊,顾客永远是对的,那么是你设计还是我设计呢?你炒我不如我炒你,你喜欢不如我喜欢,得,那工作室有个屁用?

卓尔有点不明白自己怎么会干上广告创意这一行。学过语文课吗?学过;学过算术吗?学过;学过画画儿吗?学过几天;学过电脑吗?都四维了。那你知道什么叫勾引吗?再明白不过了。你有幽默感吗?我当然有幽默感,只怕观众只有滑稽感。知道什么叫催眠吗?挺想试试的。那就把它变成行动吧,去干广告。广告这东西,往左边说是把生活中简单的物品变成诗,日常的事物由于有了广告而引吭高歌。往右边说呢,就是大众催眠术,令你无限想象,令你才华横溢,令你有魔棒在手,能将活人像施了催眠术一般驱人往商场去,创造出巨大利润以及成就感。

尽管卓尔没有调动千军万马的野心,但她不能不承认自己当初选择了这一行,确有一种恶作剧的快感。她的名片上用极小的字印着一句话:天上没有馅饼,地上小心陷阱。

结果常常是别人挖了陷阱,让她去铺上鲜绿的草坪。

如今想起来,有点儿助纣为虐的意思。

比如一只母鸡下了蛋,咯嗒咯嗒地叫,或是嘹亮,或是含蓄,它是为自己那个产品做广告,告诉大家这地方多了一只新的鸡蛋,这属于正当竞争的广告。但若是有那么一只母鸡,下了蛋以后,发出凌晨时分公鸡昂扬的啼鸣,使人们误以为天已经大亮了,太阳出来了,早餐的鸡蛋已经吃过了——把一只鸡蛋变成了一个太阳,那么这广告就有谋财害命的意思了。卓尔常常被请去为别人下的蛋大声嚷嚷,她擅长用诡秘的口气,把一只鹌鹑蛋模糊成一只鸭蛋,或是把一只鸭蛋比拟成一只鹅蛋,但她从来不玩广告业通常用一只鸡蛋去替换一个太阳的那种拙劣把戏,她关心的是那只鸡蛋被蒸煮煎炒后的事情——蛋白质啊蛋白质,没看见吗,都在你的身体里,它就是你的生命本身,或者干脆,那鸡蛋不就是你自个儿吗,甭管是坏蛋、好蛋、浑蛋……

卓尔从椅子上跳下来。她知道自己此刻所陷入的困境,是因为她仍然不明白郑达磊的那些珠宝翡翠,无论是做成报纸杂志宣传页的平面广告,还是那些灯箱、气球,包括飞机尾部在天空中喷下一串气体字母的立体广告,究竟同鸡蛋是个什么关系?

2

牵扯。网络状,横向纵向经度纬度,从四面八方,在她腹中拉锯。

雨早已停了,天空的颜色十分暧昧。那女人已把她的衣服、棉被,从绳上收得干干净净。一只灰黄色的小麻雀,在对面阳台的沿子上一蹦一蹦。它从高高的屋顶上唰地飞下来,降落在半空中一棵稀疏的杨树枝上,树枝颤动了一下,弹起来,那只麻雀乘势跳到了平行的一根树枝上,一丛嫩绿的新叶将它裹住了,等她再次看见它的时候,它已经在那家阳台上忙碌地跳来跳去,鬼头鬼脑地浑身每一个关节都在一刻不停地动弹。麻雀其实根本是不会走路的,它用跳跃来代替走路,它要么飞翔,要么垂直坠落。若是把它停留的点位用直线连接,就会出现一张杂乱无序的立体网络,直到它嘟的一声破网而去,逃得无影无踪。

卓尔觉得若是把自己比成一只麻雀,有好大喜功之嫌。至少麻雀会飞,但卓尔不会;麻雀有翅膀,但卓尔没有。卓尔真是连一只麻雀都不如了吗?不过卓尔毕竟有一点是同麻雀相同的,那就是卓尔也不会走路,既然托生为人,人走路走到极致,须用跑步来加以体现,跑步是两点一线的,有起点有终点有目标有连续性。可是每当卓尔回忆往事的时候,所有的故事都是支离破碎不连贯的,即便把那些一小截一小截南辕北辙的短线强行勾连,一种呈跳跃状的 K 线图便无情地显现出来。

卓尔知道,人若是跳跃不当就有摔死的危险,但麻雀们却很快乐。

一个女孩儿欢喜地雀跃着,一蹦一跳地走来。她从不奔跑,只是跳跃。

她从哪里来?

对于卓尔自己来说,那些闪烁的记忆像小鸟遗落的羽毛,只有在起风的时候才会飞扬。

卓尔常常觉得自己像是大漠里吹来的一粒沙子。

它在空中盘旋,在风里游荡,它每天都在旅行,跃过高原戈壁,降落,再起飞。它不是浩浩荡荡地长驱直入,而是像一个被迫跳伞的飞行员,旅程戛然而止。

卓尔出生在西北戈壁的那个油田,一个叫查尔淖的地方。卓尔被起名为卓尔是很自然的事情。离开查尔淖以后,卓尔有了个弟,叫成了卓越。

那片干旱的沙漠,在卓尔童年的想象中,已经永远地定格成一片金黄色的大海。无际的沙丘是凝固的海浪,细长而孤独的井架,是船上的桅杆;成群的黄羊跑过,像海上翩翩的海鸥;遇上井喷,就会有数不清的黑鱼从地底下冒出来,在金色的沙滩上活蹦乱跳。

卓尔还没上小学,爸爸就离开了查尔淖,出发去渤海边上那片荒滩勘探新的油田。等到卓尔认识了邮票,爸爸的信先是从大庆后又从天津大港寄来,再后来是那个叫做南海的地方。小学里有一年寒假,妈妈带着她去萨尔图过春节,她的手冻在门把上差点儿拿不下来了。上初中那年,她和妈妈被接到了山东胜利油田,在一间白色的铁皮房子里,她问妈妈那个一脸胡楂儿戴眼镜的男人是谁,妈妈说那是爸爸。但卓尔还是不认识自己的爸爸,她一直把他当成一个蒙面的侠客,每当他出现一次,她们就会搬一次家,从帐篷到木板房到红砖房。卓尔觉得自己是在无数次的搬家中,像那些包裹和纸箱,一次次增加了身体的重量。卓尔习惯了搬家,如果有一年不搬家,卓尔就会生出百日咳、猩红热、麻疹、感冒等诸如此类的毛病。

到卓尔初三那年,卓尔一家和飞扬的沙子一起落在了北京石部。从那以后,卓尔的身高就固定在 1 米 62,无论如何不再增

卓尔心里的火儿一下子蹿上来。她冲那女人吼道：那你干吗不去买新的？你来看什么看，这不是瞎耽误工夫吗！

高了。

关于卓尔的童年和少年时代的表现,家里和周围的人,评价各执一端。

卓尔的母亲直到前几年去世,仍坚持那样一种说法。她认为卓尔在 14 岁之前,绝对是天下少有的乖乖女。当妈妈去上班,临走抓一把豆子让她数时,等回到家女儿早已把那豆子分成一小堆一小堆的,告诉她每一小堆豆子是十粒;若是给她一张纸一支笔,她趴在纸上胡涂乱抹,把一张纸画得满满登登翻过来再画;秋天的时候,女儿会抱着一只金黄的向日葵盘,坐在门口的小板凳上,一粒粒剥开,剥好的瓜子儿把衣袋撑得鼓鼓;放了寒假,她就喜欢安安静静一个人趴在窗台上往外看,看天上的云、地上的雪,几个钟头身子都一动不动……妈妈这么说的时候,卓尔的爸爸就会不由自主地摇头,他说那是表面现象吗?卓尔其实从小就不安分,我是知道的,你们难道就忘了那件事啦?

他说的那件事,在卓尔成年后一再地被家人提起。

在卓尔 9 岁那年,姨妈从北京给卓尔寄来一件新年礼物,那是一个美丽的金发娃娃。那个娃娃的眼睛蓝得像草甸子上的天空,长长的卷发像秋天的草叶,小小的红嘴唇像熟透的山里红。娃娃的眼睛会转,胳膊会动,随便哪里掰一掰,手啊脚啊就舞蹈起来,连脚腕子上的鞋,想冲前就冲前,想往后就往后,把卓尔美得不知姓什么了。卓尔和她睡一个被窝儿,喜欢得直舔她的脸,卓尔把娃娃身上的小裙子小背心都扒了,围上自己的蝴蝶结丝带手帕,把娃娃打扮得像个蒙古公主。

第二天早晨,卓尔一醒过来,就在床上哭了,她把娃娃扔在了地上。她说她不要那个娃娃了,那个娃娃的脑袋不会动,脑袋不会动的娃娃,要她点点头,她只会鞠躬,要她摇摇头,她只会晃晃身子,那是一个笨娃娃。卓尔不要这个娃娃了,到了第三天,卓尔用这个娃娃,和幼儿园的小朋友,换了一盒塑料拼图。拼图比娃娃好玩多了,你想拼成个什么东西,就能拼成个什么——房子、钻塔、油罐车什么的,卓尔好开心。妈妈吃惊地嚷嚷说你这孩子这傻丫头,你才多点儿大就会跟人换东西了你!人家换东西越换越大,你的娃娃是个什么价,这塑料拼图才值几个钱,这是不平等交易,你懂不懂?

卓尔听不懂,也许是听懂了。卓尔把那盒拼图稀里哗啦摆弄了几天,用拼图和一个男生换了一块橡皮。那块橡皮是一只香蕉的形状,金黄色的,上面有芝麻样的黑点,放在鼻子下闻,有一股真的香蕉气味儿。妈妈说你怎么不玩拼图啦,卓尔说它变成橡皮了。妈妈走过来看那块会变的橡皮,沉下脸说,卓尔你长大可不能去做买卖,你会往死里赔。卓尔说我喜欢橡皮,我从昨天开始就喜欢橡皮了。爸爸猛地把卓尔抱起来说,好啊好啊,不喜欢的东西一点儿用也没有,你把不喜欢的东西换成自己喜欢的东西,卓尔的能耐大了。

娃娃、拼图和橡皮,是卓尔记忆中最早的商品。卓尔那么小一点点就知道了交换或是交易,那也许是出于本能,但卓尔长大了本能却没有长大——在卓尔看来,商品没有固定的价值,它只因你的选择而增值或是贬值。

许多年以后,卓尔的爸爸早已像石化厂烟囱上燃烧的火炬,消失在灰蒙蒙的京城上空,卓尔仍能时时听见爸爸的声音,从她童年的记忆中,如同竖井中的原油,一滴一滴地渗出来。在后来的日子里,那些原油在时间和岁月里疯狂地分解裂变,变成了另一些看起来完全不相干的物质,比如说尼龙或是塑料什么的。但卓尔依然坚信,石油千年万年躲藏在地底下的时候,它们曾经寂静无声守口如瓶,像一个养在深闺的乖乖女。可是谁能听见远古的树木被突起的地壳压榨成煤炭再浓缩成黑色的原油,从地层深处传来的痛苦或是欢快的叫喊呢?卓尔的母亲一次次反驳说,那些个娃娃拼图和橡皮只能说明卓尔遗传了她父亲的傻气,卓尔在14岁以前,无论如何都应该算是一个循规蹈矩的乖女孩儿。卓尔的母亲活着的时候,始终沉浸在卓尔14岁前的美好时光中,为此母亲一直憎恨这座像火锅一样翻腾的京城。

3

搅拌。像是搅着一堆肉菜混合的饺子馅儿,掺着未融的血沫。

唯有卓尔自己知道,不是因为这座城市。至少不完全是由于这座城市。14岁那年她还在任丘,宽阔的街市和新建楼房里四处充斥着石灰水的气息。那是一个春风和煦的清晨,卓尔骑着自行车去学校,一阵突如其来的腹痛使得她差点儿没从车上掉下来。她望见一线金色的阳光在平原远处的井架上跳跃如火,她甚至听见了路边粗大的管道中原油奔流的隆隆响声。她隐隐地觉得自己的疼痛,像是石油从岩缝中被抽取出来时那种感觉。她在校门口慌慌张张从车上跳下来的时候,觉得地面都在震动,肯定是发生了井喷,她的身体就是一座正在摇晃的井架。后来她真的看见了,看见了黏稠的液体,像一股黑色的石油,从她的裤腿上汩汩地流淌下来。她的脸色像石蜡一般惨白,有人把她送回了家。就在她跨入家门的那一刻,井喷发生了,无可遏制、无从堵塞,像凿穿的泉眼一样畅通无阻地从她的身体里喷发出来。许多年以后,卓尔还清晰地记得当初的情形,她惊恐而又好奇、忙乱而又紧张,她纷杂的思绪都集中在这样一个莫名其妙的念头上:既然石油就藏在女孩儿的身体里,那何必还要在大地上钻井呢?

如今的卓尔已深信不疑,她身上所有的变化,都是从 14 岁之后那月月如期而至的"井喷"开始的。那些发源于她体内、颜色时浓时淡的石油,一滴一滴地送走了她安静而乖巧的童年。它们不邀自来地在她的身体里拱动,一次比一次剧烈,一次比一次澎湃;每一次疼痛过后,她会觉得自己全身的毛孔都在扩张,细弱的肌肉和单薄的皮肤,包括她平坦的胸脯,都在一寸寸地膨胀,像是要脱胎换骨重新做人了。即使是在它们悄然蛰伏的那些日子,她也能感觉到血管中蠕涌的那种燥热和冲动,正在一日日积攒着喷发的力量,常常搅得她心神不定。

卓尔开始喜欢往镜子那儿钻了。她看见镜子里那个塌鼻子、黄头发的丑女孩儿,一日日变得喜气洋洋、容光焕发。夏天到来的时候,她看见自己薄薄的衬衣胸口上有了抹不平的褶皱,微微凸起的胸脯把衣服顶起来,犹如一把撑开的雨伞。她曾在夜里偷偷地抚摸它们,好像怀抱着两只刚出生的小白兔,一种好似心跳或是战栗的声音,从它们温暖而光滑的身体上传递到她手心,使她有了眩晕的感觉。令她不解的是,她竟然开始盼望每个月那倒霉的井喷——她发现每一次的疼痛过后,她的身体都会获得一种飘飘然的轻盈与轻松;每一次淋漓尽致的释放,都带给她一种大江凫游和温泉沐浴的快感。

卓尔从来没有把她的感觉告诉任何人,但她知道,那是一种快感。

14 岁后的卓尔像是变了一个人。

她开始在课堂上与男生传递纸条、与女同学吵架、回家与父母顶嘴,她哭哭笑笑、疯疯癫癫,做出一些不合情理的事情好让人谈论。1979年是一个特别适合14岁女孩儿想入非非的年月,接下来的整个80年代,从天而降的这座京城,更像是专门为卓尔预备好的舞台。竞选之风刮到卓尔的那所中学时,卓尔就在升旗仪式开始的那个时刻,在全校师生面前当场晕倒了。不晕倒怎么能让全校的同学都知道新来了一个名叫卓尔的女生呢?卓尔若是默默无闻,又怎么能被选入学生会呢?若是不选入学生会,卓尔怎么挥发她的一腔热血和一身活力呢?这一天卓尔在升旗、课间操和午休的时候连续三次晕倒,她满心期待着自己拒绝救护然后英雄般地回到课堂,全校都为此轰动。第二天迅速流传,她将因此成为被大家拥戴的学生干部。但卓尔精心设计的这一奇迹并没有出现,倒是她那一口混合着西北和山东口音的普通话,因此被广为传诵,成为同学们逗乐的笑料。有个女生暗中说那个新来的山东丫头患有癫痫,卓尔一怒之下将她绊倒在地,那女生下巴磕在台阶上,血流不止,被送到医院缝了七针,最后卓尔被校方记了一次大过,还上了学生会的黑板报。类似这样事与愿违的例子,后来在卓尔身上仍然多次发生——高二的秋游,在香山山中卓尔故意和同学走失,卓尔的本意是想测试那个男生的视线是否在追随着她。结果卓尔真的迷了路,狠狠地摔了一跤,被困在鬼见愁后山的一道沟崖中,傍晚下起小雨,卓尔在一棵黄栌树下痛苦地呻吟,到后半夜才被打着电筒的园林工人找到,用担架抬回了学校。

声名狼藉的卓尔,在那所中学享有极高的知名度。

到了大学,卓尔对学生会之类的事已失去兴趣。有一阵她狂热地迷上了打击乐。那个乐队的鼓手长发披肩,瘦长的胳膊像螳螂的大刀所向披靡,他身体的每一个关节都在鼓点儿的节奏中扭动,在手臂的挥舞下,粗硬的长发一根根飞流直下,如荒原的茅草颠簸起伏,一下子覆盖了卓尔全部的身心。卓尔每天晚饭后都在寝室里如痴如醉地练习架子鼓,女生们所有的饭碗、茶杯和筷子,像叠罗汉一般架起来,在她手下敲响了密集而欢快的鼓点儿。那个外语系的长发鼓手频频出现在卓尔的寝室半个月后,最后以同宿舍的另一个女生无情地撤走了自己被卓尔敲打的饭盆,与那个鼓手日日在食堂共进午餐而告终,卓尔轰轰烈烈的初恋也就此不了了之。

那时候是多么幼稚呵。偶尔想起来,卓尔会露出一丝自嘲的微笑。

也许是为了修正自己的错误,她当机立断地选择了持重可靠的刘博。

但有了刘博后的卓尔,却并没有因此变得与刘博同样持重。她倒是变成了那个歇不下来的架子鼓手,在没有舞台的人生广场四处疯狂敲击。好像控制她、左右她的,不是她的大脑,而是她的身体。在她的身体深处,总有一股鼓胀的气团在旋转,要冲出她的身体到外面的世界去。她被那股气推搡着、引领着,她的脚步就迈出去了,她的嘴巴就张开了,她的胳膊就飞扬起来了。那真是一种神秘的力量呵,天上的月亮圆了又缺,她周期性地兴奋激昂,然后疲倦沮丧,如此循环往复,永无止境。

每当弯弯的月牙儿从深蓝色的天幕上升起来的时候,卓尔就望见一艘金色的船正朝她驶来,她忘乎所以地弹起了身子,她不顾一切地跳跃。卓尔若是放弃了跳跃,会错过月牙儿的船期。到了月圆的日子,什么什么都晚了啊。究竟是什么晚了,卓尔也说不出。

4

一只小麻雀突然咚的一声撞到了窗玻璃上,它好像被撞昏了,掉在窗台的水泥沿子上一动不动。卓尔打开窗想去抓它,手指刚触到它温热的羽毛,它却一个激灵翻身而起,扇着翅膀嘟的一声飞走了。

卓尔望见对面阳台上的那个女人,嘴里发出麻雀叽叽喳喳的响声。

席地而坐的卓尔从地板上一跃而起,膝上的书本纸页哗啦掉了一地。她坐到桌前飞快地打开了电脑,她何不借用那个无所不知的方脑袋来激活自己陷于僵滞的圆脑袋呢?鼠标在蓝色的屏幕上游逛,她一时竟不知该去哪个地方。这个天外有天的迷宫,或者说是九重地狱,世界上没有人能够把它走到头,它是无限大的,像一只文质彬彬的血盆大口,能吞下整个地球生产的信息。她随便敲了几个键,进入一家以前常去的网站,色彩鲜艳的字体并没有激起她的食欲,反而使她有一种饱胀的恶心。她茫然无措地漫游,试着换了另一家网站,那些标题做得骇人听闻,内容却空空荡荡。她觉得这样走下去有一种坠入深渊的危险,它们只会把她淤塞的头脑堵得越发水泄不通。

卓尔自己也一直觉得奇怪,像她这样天天同电脑打交道的人,却并不怎么迷恋如今最时尚的网络。在她看来,电脑只是一种工具,就像一双筷子、一把剪刀、一辆自行车,或是一把巫婆的扫帚那样,它仅仅只是扫帚而绝不是巫婆本人,它只是来帮你做事而它本身并不是一件事。卓尔从来没有到聊天室去过,那种听起来十分诱人的网恋,卓尔连试一试的愿望都没有。她一看到屏幕上那些假模假式的表情就会忍不住笑起来。人的笑容(大笑、微笑、苦笑、冷笑、窃笑)本是千变万化。是那种有皮肤光泽有唇齿气息甚至有一点儿眼角皱纹的笑,而不是一个无声无息、固定不变的符号。卓尔这样活生生的一个人,用什么样形状的符号,才能准确表达自己的感情呢？没有。

卢荟似乎一直不理解卓尔对网络那种轻慢和漠视的态度。他说卓尔像你这样向往虚无喜欢神游崇仰幻觉或者说同现实世界格格不入的人,其实是最适合生活在网上了。我一直都以为你靠上网来打发时间的。

卓尔就是从那一刻,发现卢荟实际上并不了解她。她本想说自己其实一点儿也不虚无,她喜欢的恰恰是那种实在的、可视可感、可触可摸的生活。比如说一只鲜活的小鸟或一片湿漉漉的绿叶,你绝不可能在网上亲近它们。她的虚幻只存在于她的头脑,那种无目的无方向的搜索。她这种以行为来实现自己的想入非非,同那些以网络的虚幻来满足弥补现实的人,完全不是一码事呵。

但卓尔当时却连跟他解释一下的兴致都没有。

卓尔伸手按了主机上的开关键,她听见啪的一声,一个亮点在屏幕上闪过,然后缩聚成一片黑暗。她这才想起自己是违反了关机的操作程序,她本应一步一步退出去,就像那些在散步时倒着行走的老人那样。但卓尔不善于倒走,她总是没有耐心走完那些为程序设置的层层套房,而是呼啦一下子就从窗子里飞出去了。

电话就在这会儿恰到好处地响了起来,电话有时候真是个大救星。

阿不尖尖的细嗓听上去有些刺耳,像一阵快乐的下课铃声:
卓尔,你干吗呢?
我还能干吗?"作"事儿呗。
我说,DD 的事儿你还管不管啦?
当然管啦。咱们不管谁管呀。你快说 DD 怎么样了?

债主都快把她给逼疯了,她一夜夜睡不着觉,一天到晚絮絮叨叨的,老琢磨着卖房。这不,我给她找了个款婆,她正巧想买个装修好的房子,急着要入住呢。不不,可 DD 躺床上起不来,把钥匙交给我了,让我带那女的去那个别墅看房,那女人一会儿说她家的车坏了,一会儿又说她家的司机病了,反正她没车。可路那么远,我又没车,咱俩要一块儿去就好了,砍个价儿什么的。喂,你这会儿有空儿没有?

有空儿,有空儿,太有空儿了,卓尔连声说。我马上去接你啊。

卓尔如获大赦地冲出家门,开车去接阿不。然后打手机,让那个款婆到亚运村那边的一家麦当劳门口等着再把她接上。等那款婆上了车,卓尔一眼看见她胖胖的右手上戴了四个戒指,左手三个,不禁喜不自禁,心情紧张有点儿像预谋打劫的犯罪分子。她朝阿不丢个眼色,那意思是说今天无论如何要把 DD 的房子给推销出去了。

疼痛。千丝万缕的纠缠,像一台运作迟钝的织布机,但此刻卓尔忘了疼痛。

DD 的房子在亚运村北十几公里外的远郊,DD 离婚以后,大家常去她那里聚会。那房是早些年买的,独栋单体加 300 平方米花园,当年她老公一高兴,拍出百十万现金买下,装修又花了五六十万,但入住后才发现一大堆问题:户型不合理、客厅其大无比、厨房和所有的卧房却都又小又暗、餐厅对着卫生间、阳台西晒,诸如此类。前些年那房子看外观还算说得过去,后来更先进更方便的花园小区一个接一个地建起来,那栋房子落了一半价,至今还是找不到下家。

一路上三人都不说话。阿不大概故意制造神秘感,那女人是想让人不摸底细。

卓尔把车停在门口,阿不开了门,带着那女人楼上楼下飞快地走了一圈儿回到原地,把楼下客厅里沙发上蒙灰尘的布单掀开,请那女人坐下。

这房子啊特实用。阿不笑容可掬。要不是我马上要移民新西兰,打死我也舍不得卖呢。你看看这花园、这草坪,其实跟新西兰也差不了太多……

那女人说:我打算建一个室内游泳池,但你这花园面积不够大。

那女人说:卧房要扩大三倍,但两边都是承重墙,打不了。

那女人又说:楼上得设两个洗手间,下水不好改造,我看明白了。

又说:阳台得挪到南边,这工程大了。

还说:楼下得建一个玻璃花房兼阳光早餐屋,可往哪搁呀?还有……

阿不打断她说:那屋做视听室最棒了,还有那屋做康乐球室怎么都行您不想想这价钱您上哪儿找去不不您先买下来随您爱怎么折腾怎么折腾去呗……

那女人说:不行这房子不够我折腾我看折腾不出什么好儿……

卓尔心里的火儿一下子蹿上来。她冲那女人吼道:那你干吗不去买新的?你来看什么看,这不是瞎耽误工夫吗!

那女人嘻嘻一笑说:我反正也是闲着这是我的业余爱好看一看没什么坏处下一次折腾我就更有经验了……

疼痛。小腹内一层层在剥离在脱落,有什么东西要冲出来就像火山爆发……

卓尔搵着肚子走到门外去发动车。车像一头老牛哼哼着,半天不动弹。

她头也不回地对后座那女人说：你看，我的车出毛病了，你自个儿坐小区的班车回吧。

卓尔和阿不在那女人尖锐的抗议声中，逃回了DD的空房子。阿不的卖房经历在短短半小时里以失败告终，但阿不依然兴奋，她说卓尔你真行，你的车要是不坏，咱今儿可真出不了这口气。算啦，暂时不卖了。不不不，咱们就在这儿享受一会儿再走吧。

卓尔在厨房里找到一罐可乐，一口气喝下去。然后七仰八叉地倒在沙发上。

DD可怎么办呢？卓尔望着天花板叹了口气。

是啊，这回，我也不知道该怎么办了。阿不直直地瞪着眼发愣。

哪儿还能找到有钱又想买房的人呢？卓尔自言自语地说。

阿不突然跳起来：你不是有个好朋友叫陶桃吗？上回你说过她要买房来着。

卓尔眼前的黑暗里倏地亮起一道闪电，刹那间天地一片灯火通明——对呀，自己怎么就把近在眼前的陶桃和郑达磊给忘了呢？那不是现成的款婆款爷吗？正在准备结婚的陶桃，买什么样的房子不是买呢？权当人道主义援助吧。找个机会专门去跟她说说，没问题，肯定没问题。好了，DD有希望了，亏得阿不这个小人精儿！

疼痛感又袭来了。心情却一下子轻松了不少。

刚才那款婆，我看她也是个能折腾的主儿。阿不评价说。

准保比咱们还能"作"呢。卓尔赞同地应和。

卓尔，我家的人都说我"作"。阿不跷着脚在沙发扶手上晃荡。可我看咱们周围的女人，一个个不都这样儿吗？好吧，就算我"作"，不，连我自己也不明白，我为什么总是忍不住想"作"点儿事呢？

你少给我"作""作"的,好不好？卓尔突然莫名其妙地发起火儿来。这个"作"字是男人专门用来骂女人的,这是按照男人的标准,强加给女人的一个贬义词,你懂不懂？女人要想挣脱那个轨道,他们说女人"作"……

阿不笑嘻嘻地说:我怎么不懂？我自个人说自个儿"作",那就是个好词儿,我就"作",我偏"作",我越"作"越来劲儿……

这叫做"我作故我在"。卓尔也扑哧乐了。

坠胀。像是被一团钢索牵着,生生要把她拽入深渊里去。她觉得自己的身体是那么沉重,重得迈不开脚步,像一只身躯庞大的河马、一只身负幼儿的袋鼠,或是蓄水蓄力的双峰骆驼。她一个人变成了几个人的重量,往悬崖峭壁坠落下去……

阿不又一次从沙发上弹跳起来。她说行了,行了。卓尔,咱们干吗这么傻待着呀！来来来,这么大个客厅,咱们练跆拳道吧！不,我说卓尔,你好像很久没去练跆拳了吧？

卓尔刚才把心里的一团火儿发了出去,顿感浑身绵软,有气无力地说阿不你老实点儿吧,我都动不了啦。最近这段时间,我不怎么喜欢跆拳了,我发现室内运动不好玩,空气不够我呼吸的……

不不不,跆拳需要机智,要不了很多空气的。穿一身大红色运动服的阿不,迅速跑进洗手间拿出一块方格的大长浴巾,麻利地围在了腰间。

只好先凑合用这条浴巾代替护具啦。阿不说。你看,这个蓝格还有这个黄格,就算护具上的那个亮点吧,你要是能踢到这儿就算你赢……

卓尔说,哪天有空儿,你自个儿上俱乐部练去吧。

哪有时间啊你想。阿不嘟囔着。你想吧,每天就那么点儿业余时间,今儿是游泳课,明儿是英语班,后天练舍宾,大后天上驾校学交规,大大后天周末 PARTY 宵夜。一星期下来都排得满满的,活得可真累啊……阿不不理睬卓尔,自顾自地站在地板中央,摆好了架势,冲着卓尔比画起来。

卓尔微眯着眼看阿不,那腿脚的功夫尽管笨拙,但她腰肢柔软、出手敏捷,头发一根根飞扬,掀起那么一股自得其乐的激情。她逼近了卓尔,朝她伸开胳膊,把卓尔一下子就从沙发上拽了起来。阿不用脚尖去勾撩卓尔,充满了侵略性和扩张性。她朝卓尔挤眉弄眼儿,陶醉的神情带有传染性。那个瞬间,卓尔沉重的身体有了解脱的欲望,她站起来,开始弯曲身子、舒展四肢、活动拳脚,她的眼睛发射出凶猛的亮光,像一头西班牙(母)牛,趁着阿不没留神的空隙,朝着阿不扑过去,猛地飞起一脚,然后使着巧劲往回一钩,脚尖准确地踢中了那个蓝格格。也许出脚太快,又太狠,阿不猝不及防,像一根红萝卜重重砸地,那鲜艳的红色倒在卓尔的脚下就像一摊血。

阵发性的疼痛使得卓尔不停地龇牙咧嘴,更强烈地撕扯、扭曲了她的眉眼。汗珠渗出来滴下来从皮肤的每一个毛孔中流淌下来,那不是汗,而是血水是乳汁,等它们都流干流尽的时候,她就会像一片羽毛一样轻飘飘地飞升起来……渐渐地,卓尔感到了折磨着她的疼痛正在消失,也许是麻木。腹中的那团气旋拱动着,像一个高速的钻头坠往火热的岩浆深处……

5

后来她摇摇晃晃地站起来,走到 DD 的浴室去,她在那面大镜子里看到自己红得像烧伤病人的脸。她慢慢脱去了汗水沾湿的胸衣和内裤,镜子里出现了一个光滑的女人体,一个不太年轻也还不算太老的女人。那女人的脖子有点儿短,使她无法获得那种鹤立鸡群的良好感觉;她的肩膀有些狭窄,故而缺少了端庄的风度;她的锁骨隐隐约约轮廓不清,在阿不看来,只有像衣架那样凸起的锁骨才够资格穿低开领的内衣;还有胸脯呢,那两个小小的扁扁的乳房,离"丰满"这个词儿绝对连点边儿也沾不上。自从卓尔在大学宿舍的打击乐偃旗息鼓之后,它们就从此奇怪地停止了生长。卓尔夏天的衬衣隆起的部位,就像一把坏了的雨伞再也无法完全撑开。如今它们无精打采、萎靡不振地悬置在那里,常令卓尔心里生出几分悲凉。那么腰呢,卓尔均匀的身材当然有腰,虽离标准的腰围略差几个毫米,腰的轮廓和曲线还是十分清晰的。后背和臀部的梯形,据陶桃说能打上个七十分。还有紧绷的小腹和那两个浑圆的饱满的膝盖,那两条不长不短的结实的瘦腿——若是把身体的上下两截分开来看,卓尔同那些业余模特也是可以鱼目混珠的,但女人光是有腰的形状有腰的物质基础还不行,腰若是不会扭动不会显摆,就等于没有腰一样。这话也是陶桃说的。陶桃说着就把腰扭了几下给卓尔观赏,那么富于弹性的柔软的蛇一般游动着的腰肢,相比自己的生硬和笨拙,卓尔那个腰还能叫做腰吗?说是一棵树也许还更恰当些。

她猛地拧开了热水器的龙头,凉水喷射出来,她哆嗦了一下,那水渐渐变得温热,顺着她的脖颈、肩膀、胸脯、肚脐、小腹、股沟和小腿流下去,像一双体贴而酥软的手,温柔地抚摸着她的全身。卓尔的眼泪涌出来,她觉得自己只是这个身体的读者而不是原创的作者,她身体所有的缺憾都不该由她来负责。是的,她对这个身体不满意,但这个身体却是真实的。她不想去修改它们,无论是垫鼻、隆胸、割双眼皮,在身体里注水或是填上一些别的物质,卓尔连想一想都会打寒战。她不会容忍在自己的身体里安装一个假的零件,一对丰满而虚假的乳房,仅仅是为了被人抚摸和取悦他人——如此自欺欺人,该不是有自虐症吧,就像一个附体的幽灵,二十四小时如影随形……也许正是这丰满的、平淡的、真实的、虚假的乳房,令女人感到了肉身的沉重。唯有当乳汁被岁月一日日抽干,那沉重感才会消失。

明亮的镜面一点点模糊起来。卓尔的一只手下意识地停留在自己的腹部上。

那里头有一个小巧的倒梨形的宫殿,是母亲馈赠给她的遗产,千年万年的母亲们千年万年地孕育了她们的子孙,那么多那么多的人曾经蜷缩于诞生于那座小小的宫殿,那样无法计算的重量,怎么不使女人步履蹒跚?

女人身怀着如此的重负走过千年万年的人生之路——她们因滞重而无力、因笨拙而卑怯、因压抑而惶恐、因饥渴而焦虑,然而,她们的欲望却与春天蓬勃的草叶一起生长,她们的头脑亦在这通达的世界一日日更为丰沛。她们若是不自救,那一个侥幸来临的拯救者,终会变为新的奴役者;她们若是不癫狂、不邪性、不违规、不跳跃,又如何挣脱亘古万世的地球引力呢?

卓尔望见镜中的影像在飞快地动作,白色的泡沫在黑色的头发上跳跃,两条手臂在空中划出了优美的弧线,强劲有力、棱角分明。她那富有弹性的脖颈灵巧地转动,水珠四溅,瀑布哗响,如歌声飞扬。她小小的乳房颤动着,结结实实地充盈着生命的气力。她的腿笔直而挺拔,迈出去就能跳跃和奔跑。她的目光如炬,透过浴室朦胧的水雾,镜中女人光润的皮肤如一块柔美的白玉。水珠像珍珠串从她头顶滴落,她的眼睛在幽暗的灯光下犹如两粒水汪汪的黄翡……她还需要什么呢?什么也不需要了,她只要有一个真实的自己就够了。

除去这个与生俱来的躯壳,世上的一切都是能够改变的啊。

汁液——那些月月更新的鲜红汁液,那些不断被补充和流动着的骨髓,那些分分秒秒被吸入的新鲜氧气,还有她看不见却时时能感觉到它存在着、游弋着、沉潜着的无形无状无声无色的"性灵"……

它们隐藏在她身体的深处,与她悄悄共度人生。

只有别人看不见的东西,才是真正属于自己。

卓尔看见一道深红色的水柱,顺着大腿根淌下来,像一股朝霞中喷出的石油,每一粒赭红的油珠子似玛瑙石闪烁着鲜艳的光泽。

她长长地舒了口气,浑身瘫软,如释重负。

那一刻,纠缠了她一整天的烦恼和沮丧,忽然都哗啦一下从她身体里倾泻而出,被急促的水流冲得干干净净。有一种腾空欲飞的快感,从袅袅的水雾中冉冉上升。那一刻卓尔恍然大悟,她想也许正是由于女人肉身的沉重,才使她们格外地渴望飞升。女人的青春与衰老,都是时间那口高压锅里沸腾的蒸汽,飞升的企盼被逼到无奈,只能盲目冲开顶盖,不近情理、不顾后果,以"作"的方式,一次次强行突围或是爆破。

卓尔的体内充满了欲望和活力,那是一种即将启动的激情和冲动。卓尔知道自己即将飞翔。尽管她腿上膝上因跳跃而碰伤的乌青瘀瘢,像一枚枚蓝灰色、烟紫色的徽章,经久不衰地经年不褪地悬挂在那里。那些曾经被她拒绝的白玉、翡翠、珍珠、玛瑙,此刻亲密地环绕着镶嵌着她的身体,成为她身体的某个部分。它们因她的生命而发光,它们将因女人的复活而重新获得生命。

卓尔掀开浴帘,对着客厅大叫:

阿不阿不,你进来,快点儿进来——我告诉你吧,女人为什么要"作"!

第十四章 "作"着才能感受蓬勃的生命

1

那是远离闹市的一片海湾,海水湛蓝,沙滩细白,岸边陡然立起一座小山,满山碧绿的荔枝树、龙眼树茂密如盖的树冠间隙中,影影绰绰地露出一幢幢橘红色、湖蓝色和米灰色的别墅屋顶,高高低低地错落着。走近了,能望见那些房子宽大的阳台上白色的栏杆,瀑布般垂下的三角梅和繁密的紫荆花,把四周的空气都染成了紫色的雾团。

郑达磊戴着一副深色的墨镜,坐在靠近栏杆的一顶白色的太阳伞下。

铺着细格台布的小桌上放着两只杯子,一只杯子里的咖啡仍是满的,还没有动过;他面前的那一杯已经喝了一大半,有褐色的液渍留在盘子和杯口上。他朝栏杆下面的石头台阶看了一眼,台阶的尽头是一个半圆形石砌的游泳池,他能看见半角碧水的波纹,游泳的人却不在他的视线里。

他不想叫她,她爱游多久就游多久好了。反正他是不会去的。

树丛里传来小鸟的啁啾,热烈倾心,像在开音乐会似的。细细辨别,不是一种鸟,而是好多种不同的鸟,它们发出的叫声长短高低都不一样。长笛、小号、萨克斯、钢琴、竖琴、提琴甚至还夹杂着二胡和古筝。他的心里微微地动了一动,他想起自己已经很久没有去听音乐会了,在大学的时候,他演奏的长笛曾经很是缠绕过一些漂亮女生呢。

当然,他也已经很久没有听见鸟叫了。

这几天里,只要是和她在一起的时候,他的耳边都是她说话的声音。轻声细语,娇嗔婉转,时而快活,时而幽怨,叽叽喳喳,喋喋不休。他不知道她怎么会有那么多的话,就好像她不是出来度假而是出来讲演似的。他想她也许是大喜过望了,话里话外都有些抑制不住的兴奋,但他仍是不喜欢一个女人不停地在他耳边絮叨,那声音听上去倒是柔和悦耳,时不时有些嗲声嗲气的挑逗,弄得他心痒,但话音落下,就像雨点落在河里无影无踪,他总是记不起她刚才说过些什么。是关于袜子?皮鞋的牌子?一个老旧的电影故事片?新上演的美国大片?股票行情?哪家餐馆的菜名或是哪道菜在火候上调料上一处关键的失误……

这会儿她不在身边,他忽然觉得好清静。

他想她一定是把这次度假看得过于重要了。其实呢,事情本来并没有那么复杂。五一前夕,陶桃又跟他提起了去东南亚旅游的事情,她说五一长假期间,七天内全中国人民基本上都处于休眠状态,什么公事也办不成了,何不外出度假呢?他说那些地方他都去过了,但陶桃说她没有去过。她的态度很坚决,令他一时找不出什么搪塞的理由,但打遍了京城旅游公司的电话,才知道无论新马泰还是德法意的旅游,早在三个月前就被订完了。那天陶桃的脸色已经不是失望而是几近绝望了,他忽然想起他正要去香港办事,那么就一起去香港嘛不也是一样?去香港的手续他办得利索而痛快,他很高兴有这样顺风顺水的机会,让他既办公又休假又避节又省时,还能让陶桃破涕为笑,他真心希望世界上的每一件事情都能按这个道理进行。

他本来早该在一个适当的时机,巧妙地把这个意思点出来的。

这并不是她期待的蜜月或蜜周,至少目前还不是。真正的蜜月没必要这样激动,因为它是过不完的。她本是个聪明人一点就通,她从来不缺少敏感,但却敏感得有些过敏了。有些话他不敢说得太明白,对于一个过敏体质的人,许多食物都是要忌口的。

在香港,他带她去了半山,去了九龙,去了中环最繁华最高档的太古广场购物,去了海洋公园,去了最具古典怀旧情调的半岛酒店。他们在香港待了三天,事情办得很顺利,然后从罗湖口岸入关,应深圳的朋友之邀,在海边的度假村住上最后两天。好在明天他和她就将飞回北京,她留在他耳边那些喃喃絮语,很快就会淹没在京城的嘈杂声里了。

达磊——达磊——他听见她的声音从台阶那儿传过来。那声音过于甜蜜地被拖长了音调,听起来很像是"达令"的发音,好像她是故意把音发成这样。

郑达磊应了一声,欠起身子,摘下墨镜,从栏杆外探出头去。

陶桃光着脚站在游泳池边上,两只手放在脑后,微微仰起脸,笑吟吟地朝他喊着。清凉的水珠一滴滴从她丰腴的身体上滚落下来,脚下湿了一片,荷叶似的湿印带着褶皱。三点式的桃红色碎花泳衣,将她雪白的肌肤也染上一层桃红的光泽,更添了些楚楚动人的妩媚。他知道那极为简洁的胸衣上带着弹性记忆的内衬,把她的乳房高高托起,有棱有形地耸立,波浪一般起伏的身材越发地显得窈窕。两条长腿白得有些刺眼,从侧面看去,修长而紧绷的小腿肚和关节的连接处,藏着两个浅浅的肉窝儿,漾着半盅羊脂般盈盈的水……她没有披上浴巾,展现在阳光下的身体,就有了一种炫耀的意思……

柔软。陶桃身体的任何一个部位,弧形的曲线都给人柔软的感觉。

郑达磊有些走神。真是不可思议,冰天雪地的北国也能养育出如此冰肌雪肤的美人儿。

达磊——叫你呢,你听见了吗?

她一边踩着小碎步从台阶上跑上来,一边说:你也去游会儿吧,水温正合适呢。

郑达磊摇了摇头。你知道,我不喜欢在游泳池游泳的。他一边说着,一边下巴朝前方扬了扬。不远处的海面,白色的浪涌像舢板一样滑过来。他的目光跟着移动的浪线走了一会儿,自言自语地说:我从小在江河里游泳游惯了,这样的游泳池,怎么说呢,有点像洗澡盆儿……

陶桃扑哧一声笑出来:那我们干吗不去海里游呢?你游泳,我可以在沙滩上晒太阳啊。

算了算了,快吃午饭了。郑达磊摆摆手,回过头,把目光落在陶桃的泳衣上。下午还不如去钓鱼呢。他说。

陶桃疑惑地瞪了他一眼,抓过椅背上的一条浴巾披在身上,在他对面的位子上坐下来说:好吧,你不游,我也不游啦。

郑达磊笑而不语。

她的眼睛大而狭长,像一尾刚出水的蓝金鱼,湿漉漉的鳞片在阳光下幽幽发亮。宽得略微有些过分的双眼皮,似脊背上的鱼鳍,一甩一甩地眨着。那眼神里充满了柔情,满得像是要溢出来,蜜饯一样黏糊糊的。后来郑达磊慢慢发现了柔情的另一种功能,它们有时会像导弹一样长驱直入,有时还会像铲车的铲斗步步逼近,像大吊车的抓手和钩子从头顶坠落,你若是承受它,就承受了压迫和重量。蜜汁粘在脊背和衣领上不宜清洗,那不是一件可以脱卸的衣服而是一揭一层血痂的皮。郑达磊坚持对他身边随时可能遭遇的秋波秋水视而不见,多一半也是出于这个原因。但陶桃的眼睛里偶尔会闪过一丝忧郁,呈现出干涸与苍白的迹象。她的目光在离开他侧目旁视的时候,常常有些空洞和散乱,像一个深度近视的人,小心翼翼地踩探着前面的路。好多次,郑达磊在迎候陶桃蜜汁的目光时,都会有一种无法再往深处走进去的感觉……

你干吗这样看着我呀?陶桃说。

你好看嘛,不喜欢我看你?

不是,我觉得你的眼光有点儿不对,好像是在看一张图纸。

为什么不说我在看一幅画呢?

看画的目光是欣赏和沉醉的,而看图纸是在研究和琢磨,那眼睛里全是问号。

问号?你的眼睛什么时候装上红外线了?

你的眼睛更像一把刨子,我被你一层一层地刮下去,我的皮肤都有点儿疼了。

那是南方的太阳晒的。郑达磊一边说着,站起来,把剩下的咖啡一口喝完,说:走吧,吃饭去。今天中午你想吃什么?

陶桃的大眼睛迅速扫过郑达磊放在桌上的杯子,忽然提高了声音说:啊,你喝咖啡又放糖啦?我提醒过你好多次了,放糖挺老土的。

郑达磊有些不悦地回答说:没那么严重吧。什么事随意才好,就你这样的人,讲究多……

我哪样的人啊?陶桃挽起他的胳膊,偏着头问。

郑达磊把下面的话咽了回去。

2

陶桃回到房间,进洗手间冲了澡,吹过头发喷上啫喱水,便开始化妆。这是她每天必不可缺的功课,从诵读、默写、填空、造句到演算方程求证实验,一项都不能疏忽。

她穿着浴衣走出来,从立柜里取出那只精美的方盒子,那是昨天刚刚在香港买的欧莱雅系列化妆品。虽说像这样的国际名牌在北京全都能买到,但从香港的商店亲自把它们带回家,感觉总是要更正宗更令人放心些。她在脸上均匀地拍过了紧肤水,然后打开那瓶欧莱雅的保湿面霜,用无名指挑了绿豆大那么一点儿,小心地抹开去。白色的蜜液迅速地滋润着她的皮肤,就像雪花轻轻落入水中。她听见了如清水渗入土壤那种惬意的吱吱声响,娇嫩的皮肤像花瓣一样舒张。然后是抹粉底、修眉和上睫毛膏。她为使用哪一种颜色的眼影犹豫了一会儿,因为眼影得由今天的服装调子来决定,口红的颜色也得和服装协调。

她决定穿那件被称为"天衣无缝"的绣衣。那是她临行前在国贸买下的,刚刚上市的新品,价格实在有点儿吓人。它用电脑刺绣和手工绣艺结合而成,绚丽的内胆绣衣和无数美丽的白色花瓣图案组成一个完整的立体,整件筒状的紧身衣衫上竟然找不出一条接缝和拼连的痕迹。穿在身上,就像裹上了馅儿后不知馅儿怎么放进去的一只汤圆,有点儿奇妙,有点儿神秘,甚至像一个滴水不漏的圈套好令人着迷。

中午没有正式的宴请,郑达磊的那些朋友通常在 12 点之前都还在温柔之乡。那么穿这件既休闲又别致的衣服,配上一条飘逸的麻纱长裤,出现在餐厅里,是最合适不过了。她甚至会让郑达磊也大吃一惊。

她轻手轻脚地走出去,取出了那套衣裤。她用眼角瞟一眼郑达磊,见他把脚跷在茶几上,身子靠着沙发在看电视,似乎完全没有留意她的进进出出。他的一只手按着遥控开关,不停地换着频道,每个频道的节目都只是短短地停留几秒,便飞快地跳了过去。

陶桃光着脚站在游泳池边上,两只手放在脑后,微微仰起脸,笑吟吟地朝他喊着。清凉的水珠一滴滴从她丰腴的身体上滚落下来,脚下湿了一片,荷叶似的湿印带着褶皱。三点式的桃红色碎花泳衣,将她雪白的肌肤也染上一层桃红的光泽,更添了些楚楚动人的妩媚。

他总是这样的。陶桃在心里嘀咕。男人看电视的时候,很少专心地看一个节目,而是反复地不厌其烦地换台,生怕错过了别的好节目,就像选择女人。

你还没收拾完吗?郑达磊突然问。

还没有。陶桃回答说。这才发现郑达磊对她的留意原来是不动声色的。

简单一点儿嘛,又不是去拍电视。郑达磊又说。

亲爱的,你知道在这样的情况下,你最好对我说些什么吗?陶桃抱着她的衣服,倚着洗手间的门莞尔一笑。

我应该再重复一遍那些酸掉牙的经典情话:亲爱的,我愿意守在洗手间门口等你一万年。郑达磊用讥讽的口气说。或者,我最想做一支唇膏,每时每刻亲吻着你,我情愿一遍遍被抹掉或者被你吞到肚子里去……

陶桃咯咯笑着滚落在他怀里。

还有还有——郑达磊一边搂着她,继续调侃着说:我希望我们都变成蝴蝶,哪怕只在夏天里生存三天就够了,我在这三天里得到的快乐比我已经活过的四十多年还多……

打住打住。陶桃用手指轻轻地挡在他的嘴上。这是剽窃吧,我怎么听着耳熟。

那当然。这是一个叫济慈的英国诗人写的,我哪里会这么酸。郑达磊抚着她的后背说。你想听吗,我还有很多呢!比如:爱你时,我觉得地面都在移动。对不起,这是海明威说的。

陶桃噘着嘴说:看不出来呀,你还挺浪漫的呢!哎,你就不会说点儿自己编的呀。

说什么?

这怎么能问我呢?

你想让我说什么?

不是我想,而是你想。

在床上不是都说过一千遍了吗?

可我想听不在床上说的话。

我习惯于只做不说,那总比只说不做的人实惠吧?嗯?郑达磊一脸坏笑。

陶桃捶了他一下,失望地从他怀里挣脱出来,收敛了笑容说:不说就算了,我来提醒你吧,当你的太太,噢,或者女友,在准备出门之前,你应该做的事情,是给餐厅打电话,把你们喜欢的那个座位订好……

好吧好吧,遵命。郑达磊跃起身来抓电话,一边嘀咕着说没有秘书还是不方便,他倒成了秘书了。对了,你是吃中餐还是吃西餐?

你先问一下,这里有没有法式餐厅?订一份黑蘑鹅肝酱。如果这里没有,问一下城里的法式餐厅在哪儿,我们可以打车去。陶桃说完,才重新走进洗手间去。

总算把脸面拾掇妥帖,把衣服换得天衣无缝完美无缺,挑来选去,勉强配上了一条带心形镂空银坠的白金细链,陶桃进入了最后一道工序:香水。

在陶桃看来,好的香水就像女人的身体,它能和女人的气息完全融为一体;而那些不好的香水呢,就像沾在衣服上的尘土,掸都掸不掉。打个比方说,好香水像蜜蜂;而不好的香水,就像嗡嗡嘤嘤缠绕着你的苍蝇了。

陶桃从不忌讳自己喜欢香水,她最不能容忍女人不用香水就出门。妆可浓可淡,但香水万不可省略。一个女人还没有到来,风中已吹来了她甘甜的气味;一个女人走过去了,庭院里还留着她的余香。真正的女人活在空气里,她只是一阵若有若无的气息,无影无形像一个隐身的幽灵。香水是女人的肌肤,亦是内衣,闻一闻那女人用什么样的香水就可以知道她是什么样的人。

当然它偶尔也会玩一点带有欺骗性的小花招,好牌子的香水能在瞬间改变一个女人的出身和地位。陶桃以前只用CHANEL也即夏奈尔5号那个老牌子,它既先锋又经典,既锐利又温情。首调时,它是诱人的;中调时就变得有节制了,撩人却不会让人疯狂;到了最后的基调,它那种淑女、贵妇的品性就稳稳地沉下来,营造出幽远而怀旧的气氛。自从夏奈尔在中国登陆,陶桃与它一见如故,不离不弃,从此形影不离。但在认识郑达磊以后,陶桃开始喜欢上了法国的"娇兰",她觉得娇兰更带有一种令人陶醉的爱情气味,它甜蜜而性感、妖娆而快乐,特别适合她最近的心情。至于被那些年轻姑娘们痴迷并风靡一时的"鸦片""嫉妒"还有"毒药"那些新潮的牌子,曾都被她一一尝试过。她虽算不上那些每月为名牌倾囊而尽,宁可贷款消费的都市"新贫族",但在香水的投资上从来不惜本钱。可惜无论是"紫毒""绿毒"和"红毒",还是"卡地亚"和"洛莉塔",那些晶莹剔透的瓶中之水只被她用去一小点儿,便从此搁置在那里。她觉得它们多少都有些张扬,带有明显的欲望之气,还有一种挑战的意味。在她看来,若是用香水的性格来不打自招,就不是一个聪明的女人了。那些牌子也许更适合小妞们使用。

她曾经送给郑达磊一瓶"朗凡"男士香水,那香味儿是成熟和自信的,和煦而完美,甚至带有一点世故,拒人于恰到好处的分寸之外。她希望用朗凡来替她说话,传达给郑达磊周围的女人。但郑达磊似乎只用过一次,就说什么也不肯再用了。他的理由是男人迷恋香水,往往带有隐含的自恋倾向。

陶桃从她那装备齐全的旅行化妆包里,取出了琥珀色的娇兰。细密的气雾像一阵黄金雨稍纵即逝,雾中之人已是魅力四射。陶桃又在镜子里把自己审视了一遍,她纤细的手指掠过发际,目光追踪过去,忽而就滞住了。她眼里闪过了惊慌而尴尬的神情——她发现自己匆忙中还是漏掉了一道题目:指甲。

指甲才是最后一道工序。人说十指连心,那么精致、那么迷你的一小块领地,女人的耕种与修理却颇费心思。那方形、杏形、尖形、椭圆形的造型,要多可爱就能有多可爱,女人伸出手来,纤纤玉指就是通往外面世界叩门的通行证;女人伸手去刷卡,保养好的指甲就是永远不会透支的牡丹卡。女人的指甲是不能掉以轻心的,那些未经化妆的指甲,谁知道有多少宝贵的机会,女人就那样眼睁睁地看着它从粗糙不堪的指缝中流失了呢。

陶桃有些懊丧,心里怪着自己的粗心,竟然忘了刚才的游泳,已经把手指上原本光滑的指甲油,泡出了轻微的缺损。若不及时处理,那手指就难看得像残疾人了;若是草率修补,搞不好会弄巧成拙。但是重新上妆,却是一个费时费力的过程——得用指甲清洗剂先把指甲上的残妆清洗干净,然后把指甲油摇匀,再用小刷子按照从指甲前端到四周最后再到中心的次序,一点一点、一只一只依次悉心涂抹,即使有一点点马虎,指甲着色就会不均会起斑驳,那样的手指,就变成了受损的残卡,任何一台机器都会拒收的。但这会儿她知道自己已经耽搁得太久,郑达磊肯定是等得不耐烦了,犹豫了一会儿,只得草草将残油洗去,来不及重新"上光",便急急拉开了门。她在伸出手的那一刻,觉得自己像一碗没放油的素面,清汤寡水的就被人端出去了。

3

郑达磊的脸色本来就不大好看,一言不发地站在走廊里背对着她,等着她完成穿鞋拿包的最后一系列动作。出了这栋单体别墅的大门,走到绿荫森森的院子里,郑达磊才淡淡地对她说,这家度假村没有西餐,要想吃黑蘑鹅肝酱,只有去城里。陶桃听他那怏怏的口气,知道他根本没有兴趣去城里。

就在这里随便吃一点儿吧。陶桃通情达理地说。

在通往餐厅的路上,郑达磊接了一个电话,脸色才由阴转晴。陶桃从侧面看着郑达磊忽然变得眉开眼笑的神情,听着他说话时突然转换成带有童稚的亲切口吻,她知道,那是他的女儿来电话了。

郑达磊以前很少或者说基本不与陶桃谈及他的女儿。

一直到这次同郑达磊外出旅游,两人连续24小时待在一起,陶桃才知道,原来郑达磊每天都要同他的女儿通一次电话。有时是那女孩儿打过来,更多的时候,是郑达磊打过去。每一次陶桃都会觉得,那个正在同女儿通电话的郑达磊,在瞬间变得和颜悦色,脸上冷硬的线条,一根根舒展开去,所有的棱角都变圆了,像是换了一个人似的。

陶桃的胃里有酸涩的滋味一丝丝翻上来。一种也许可以被称为嫉妒的心情,在心头拂之不去。似乎,并不是嫉妒他与女儿的亲密,而是嫉妒他有一个女儿。

快考大学了,得多给她些鼓励。郑达磊放下电话,有意无意地提了一句。

陶桃笑着说:当然,这我理解。

餐厅里的人不少,都是来度长假的。领座员把他们带到一张临窗的小桌前,从窗口望出去,一株硕大的夹竹桃,满树粉色的花朵把远处的海景都遮蔽了。

陶桃点了两份乌鸡水鱼盅、一份尖椒牛柳和一份清炒芦笋,就说够了。郑达磊说想喝点儿啤酒,又要了一碟凉拌苦瓜和一碟卤水豆腐。

一股苦涩的凉意,从陶桃的舌根泛起。

她想起了那个小个子的广东男人。她第一次和他一起吃饭的时候,他一上桌就点了这种被他叫做凉瓜的东西,说是去火。陶桃吃一口就吐了出来,东北没有苦瓜,她一点儿都不喜欢这种又苦又涩的蔬菜。至今她还记得那个男人当时惊慌失措的神情,连声对她说对不起啦,你不要吃我吃啦。从此以后,他总是让陶桃点菜,只要是陶桃不爱吃的东西他绝对连正眼都不看。陶桃吃饭的时候,他总是在一边看着她,殷勤地给她夹菜替她把鱼刺小心剔去,他自己几乎不吃什么东西。到了陶桃离开海口去北京读书前夕,那个广东男人已经学会了吃辣,还有猪肉炖粉条子。

如今想起来,已是恍若隔世。

郑达磊大口喝着嘉士伯啤酒,把那碟苦瓜咬得脆响。陶桃说过几次她不吃苦瓜,但郑达磊从来没有记住过。陶桃点的那份尖椒牛柳,他连碰也不碰。

陶桃很想给郑达磊夹一筷子牛肉,她提醒他说,这是用啤酒煨的牛肉,真是好鲜嫩的,但她的手刚伸出去,又悄悄缩了回来。她看见了自己那双没有涂指甲油的手,黯淡无光的手指在郑达磊眼前晃动,就像一双未涂眼影的眼睛,无精打采而惨不忍睹。

陶桃喝菊花茶,茶浅了,她点头叫过服务生添茶,她不想自己动手。陶桃夹菜,只能夹自己眼前的那点儿,她不想把手臂伸长,让邻座的人瞥见那一个个敷衍了事的手指。那么她这一身精心配置的服装,岂不是功亏一篑了。天衣虽无缝,但哪怕只露一根线头,便是全线崩溃。

陶桃这才发现没涂指甲油的手竟然如此不好使,她就像一个没有手的人了。

陶桃垂着双手枯坐,身子也变得僵直。她觉得周围人的目光全都在注视着她的手指,脸上露出不屑的讪笑。

她把手指勾曲,支着下颌藏好,却仍是觉得尴尬。勉强又吃了几口,放下筷子打算早些离座回房。正想叫郑达磊签单,却发现他一只手端着酒杯,身子朝一边侧过去,仰着头,视线集中在身后的墙壁上。他又抬了一下脖子,几乎把下巴架在椅子背上,差不多就背对着陶桃了。

是一个刚落座的绝色美女吗?

哦不,那是一台靠墙悬挂的电视,里面传来激烈的声响。陶桃恍惚地看了一会儿,才明白屏幕上正在转播一场足球赛。陶桃仍能看见郑达磊一侧脸上绷住的肌肉和嗫嚅的嘴角,紧张地眨动的眼睛;随着他激烈颤动的腿部动作,额上的头发也在一根一根地抖动。她听见他粗重的鼻息和解说员的声音一同起伏难分彼此,他的手臂突然大幅度地挥动,忘情地喊了一声:"好!"杯中的啤酒像一个出界的球,无声地漫出来滚了一地……

服务生拿来毛巾替郑达磊揩擦,他嘟囔了一声谢谢,盯着那个撞在门柱上又被弹出去的球,沮丧地叹了口气。脖子仍是昂着不动,眼珠子倒是像即将射门的球似的快要蹦出去了。

陶桃低声说:达磊,回吧。

郑达磊听不见。

陶桃提高了声音说:咱回房间看吧。

等等,没看正关键吗！郑达磊头也不回一下。

陶桃拿出房卡,叫过服务生签了单,站起来轻轻扯了扯郑达磊的衣袖,示意他离开。郑达磊斜睨了她一眼,突然光火,大声说:没跟你说再等等吗,一动就错过了,你要走你先走呗……

陶桃的脸一下子涨得通红,接着是一阵彻骨的寒意,从脊背一直凉到指尖。她想未涂指甲油的手指真的是会指挥失灵啊,一时间坐下也不是走也不是,愣愣地站了一会儿,脸上挤出一丝笑容,说那你看吧！我先走了啊！我在房间等你……

4

陶桃和郑达磊的度假旅行,在最后离开深圳前的那个下午,所有的愉悦和美好情致竟然轻易地毁于一场原本是无关紧要的足球赛。

陶桃回到房间后,开始认认真真从头到尾地涂抹她的指甲油。她的手指微微有些哆嗦,好几次都涂到了外面,椭圆形快变成长方形了。她一次次清洗、一次次修改,耳朵却留心着门的动静。到后来眼前晃动着一个个血红色的手印儿,她觉得自己的两只手像是按了十次手印儿的卖身契。

两滴清泪落在桃红色的指甲上,又顺着指甲尖滴在地上。陶桃心里好不委屈。

作为女人,难道陶桃还不够漂亮、不够性感吗？

陶桃没有成功的事业不够文化吗？

陶桃还不够温柔、不够善解人意吗？

……

如果说作为女人的陶桃还有什么缺陷,唯一的不足是,陶桃不够年轻了。有一个流行的段子说,20岁的女人是橄榄球——人人争抢;30岁的女人是乒乓球,被人推来推去了;50岁的女人是高尔夫球,恨不能一竿子打得老远……陶桃这个年龄,对于郑达磊这样的成功人士来说,显然缺乏明显的优势了,所以陶桃才处处小心,手掌里就像捧着一粒随时会滚落的水珠子。

那次房展后过了很久,郑达磊总算又和她去亚北一带看了看房子。看得倒是仔细,却没有一处让她和郑达磊两人同时感到满意,房子的事情就这样拖延下去了。虽然陶桃的耐心在减少而焦虑在增加,她仍然不得不以更多的耐心来等待。

这次去香港之前,陶桃曾表示可以 AA 制,旅游费由她自己支付,但郑达磊说不必,她也就不再坚持。当她在太古广场看中了一套 CERRUTI(塞罗地)那个意大利名牌套裙时,是她自己刷的卡,郑达磊一路上都没有给她买过一件像样的礼物。这些陶桃当然可以不计较,令她感到不安和忧虑的是,第一次连续五天二十四小时和郑达磊待在一起,她发现他始终是心不在焉、心神不定的。即便是在床上,在枕边,在最温柔缠绵的时刻,他也从未与她谈起过结婚,或者是未来的打算。有几次陶桃成功地把话题引到了"家"门口,他总是不急不慌地与它擦肩而过,巧妙地拐了一个弯走到另一条岔道上去了。

陶桃不知下一步该怎么办才好。

她想等明天回到北京,真该把卓尔约出来好好聊一聊她自己的事了。

郑达磊在陶桃离开餐厅的半小时以后,趁着球赛的中场休息,才回到房间。回到房间后的郑达磊继续看他的足球。下半场双方都踢得平平淡淡,中国队好不容易进了一球,也是拖泥带水的太不够劲儿。他勉强把球赛看完,已没心情计较谁输谁赢。一看表已是 3 点多钟,见陶桃在双人床上侧卧着,才想起刚才与陶桃生气的事,便走过去俯身吻了她一下。陶桃翻个身不理,他刚想躺下哄她,手机响起来。接了电话,是深圳的朋友打来的,问他下午打算怎么安排。他说想去钓鱼,对方大笑,说这地方的鱼塘跟菜园子似的,到那儿钓鱼就像摘黄瓜,一钓一条,一点儿意思都没有。真要想钓鱼,得去海上,坐船出海,还可潜下水去挖珊瑚和鲍鱼。最好明天别走,他找个船带他们去海上兜风,可以享受一种智者的孤独。

郑达磊听得不耐烦,说公司后天正式上班,明天无论如何要回北京,鱼嘛就先不钓了,船也先不坐了,莫不如……对方打断他说,今天下午还莫不如聊天闲谈,有几个搞经济的朋友正想向你请教些时局方面的问题,不知你是否赏光?

郑达磊想了想,一口应承了,说请教不敢,互相探讨当然也是求之不得。

那朋友说过半个小时就到,晚上一起吃饭。

郑达磊关了电话,见陶桃从床上坐起来,拿起手袋,走到门口去穿鞋。

你不一块儿听听?他问。

不了。陶桃说。你们聊的那些,反正我也插不上嘴。

那你去哪儿?打个车去市里逛逛,晚饭前回来不就行了。陶桃的口气有些故作轻松。

门在陶桃身后关上了,能听见她那双高跟的皮拖鞋,在走廊里嗒嗒远去。

关门时带起的气流掀起白色的落地纱帘,在风中微微抖动。郑达磊望着那扇门愣了一会儿神。他搞不懂那些恋爱中的女人,一旦有了情人或是丈夫的女人,为什么就像一个深夜回家的人,把通往外面世界的门窗,一扇一扇地关闭了呢?如陶桃这样美丽而聪慧的女人,她的精明练达来自她全身的每一个细胞,但她的心里仍然好像缺了点儿什么,他说不出来那究竟是什么。陶桃除了对她自己、对他以及对他公司的珠宝生意表现出强烈的兴趣之外,好像世界上的任何事情都与她无关。

在郑达磊看来男女的区别在于,男人把国当成家,而女人把家当成国。国家、国家,家离不开国,无家不成国,女人只是在"家"字上撑下"国"的半边天的——这绝对适用于他在这些年里遇到的所有女人。即便偶有例外,那些商界的成功女性他的对手们,在他看来,是谈不上什么性别的。郑达磊会喜欢这种性别模糊或是男性化的女人吗?当然不会。郑达磊热爱非常女人的女人,但又憧憬着家国的一体化,毕竟像郑达磊这样既受过教育又不缺钱、既维护传统又向往时尚的现代男子,是不甘守着一个花瓶共度余生的。尽管陶桃作为一个未来的妻子,似乎从哪个方面说都是无可挑剔,但不幸的是她遇到了郑达磊,短短几个月过去,她的温柔在他眼里一天天变成平淡,她的娇媚在他的嗅觉中一天天变得乏味,她那种刻意而为的小资气质,那种为取悦于他而精心酿造的女人风情,不知为什么渐渐失去了当初的魅惑。

偶尔的,郑达磊在无稽的想象中,张望着他和陶桃结婚十年后的情景,竟然有一种不寒而栗的恐惧。他看见陶桃收拾得光鲜夺目从他面前走过,而他却没有抬头看她一眼,房间里灯光幽暗,毫无生气,他独自一人枯坐在沙发上看电视一言不发,陶桃给他端来咖啡,问他明天穿哪一套衣服,他说完了便沉默不语。陶桃在沙发另一头无声地修理指甲。他和她无话可说,整个房子空荡荡就像没有人居住⋯⋯

他不敢贸然走进那栋空房子里去,所以他至今无法下决心把陶桃娶回家。

那么他究竟要什么呢？他问自己。

那个模糊的答案,蛰伏在他大脑的深处,连他自己也无法轻易走近,无法看得清楚。偶然一个瞬间,他即便看见了,却没有勇气承认。他想世界上的男人不会都像他一样贪得无厌,但至少,他不会是唯一的一个——

他需要一个能使他燃烧的女人。那个女人能永远唤起他的激情与雄心。她始终在逗引他、撩拨他、激起他的好奇与探求,他疯狂地追求她,却总也无法真正得到她。他爱她却更恨她,他与她一起生活几十年,每一天的日子都好像刚刚开始。他和她一天天衰老下去,她却依然像刚认识的当初,每一天都使他新鲜新奇……

这样的女人是没有的。他嘴边掠过一丝苦笑,所以才会有离婚有婚外恋,把男人的梦想一截一截拆装了,分散在一生长跑接力赛的一个一个新选手上。也许真正的问题在于女人,女人有没有像他这样的梦想呢？他不知道,但女人如果都长出了翅膀在空中飞翔,女人不再是地面的猎物,女人将在空中迎战,男人和女人将在空中互相追逐,那么是不是彼此都不再会感到厌倦了呢？

这是一道比"1+1"更为难解的哥德巴赫猜想。他头痛欲裂。回到眼前的现实,一切都没有答案。

达磊在房间等候他的朋友们。他等得有点儿心烦,拿起电话拨了一个北京的号码,没人接。他又换了一个手机号码,却是关机。他反复地默诵着这个号码,记起来这是卓尔的电话。他干吗要打这个电话呢？也许他应该当陶桃在场的情况下给卓尔打电话。郑达磊茫然不解地望着窗外,随即又告诉自己,其实他只不过是惦记卓尔那个策划方案,不知道她进行得怎么样了……

第十五章　碰上个"作女"算你倒霉

1

卓尔接到郑达磊的电话时,正在厨房里为自己炖一锅排骨汤。

郑达磊电话里的声音听起来很轻松很愉快,甚至有些故作亲热一点儿都没有老板的架子。他问她五一长假过得怎么样,去哪里玩了。

卓尔说:你到六一的时候这样问我就好了。五一?劳动呗,天天都在劳动,不然还能干什么?

郑达磊笑着说,那我代表公司慰问你啦。

卓尔说:我是给自己干的,挣我的饭钱呢,别往你公司那儿扯。

郑达磊说:我和陶桃去香港和深圳了,临时决定走,她大概没来得及告诉你。

卓尔说:这半个月我都关机了,座机也不接,你知道怎么着?吓得卢荟差点儿没去报警。

她听郑达磊在电话里连声对她说辛苦辛苦,接着就说让她明天到他公司去一趟,关于那个活动方案,有些想法要和她沟通一下。

卓尔心想,清静的日子结束了。她要是哪天不小心当了什么总裁,就把每年的五一、十一和春节连起来给员工放假,一放一个月。

第二天一早卓尔就出了门,她想早点儿和郑达磊谈完了,顺便到那儿附近的一所大学的展馆去看看,阿不前几天专门给她打来电话说,那儿正在举办一个特好玩儿的装置艺术展,无数酒瓶子垒的墙呀,用无数根棉线把车床吊起来呀,还有一些奇形怪状的雕塑作品。对于这类具有刺激性的活动,卓尔一般都不会错过。

车子驶过小区大门外的拐角处,无意中瞥一眼,发现前几天门楣上还写着"远香"书店牌子的那家小店,已经装修一新,门脸上方被刷成了一片金黄,上面跳出"柯达快速"这几个全城人民都熟悉的字样。

卓尔暗暗一笑,她想起刚搬到这里来的时候,这家铺子原本是一家小理发馆,有一阵子挂起了"镶牙"的牌子,后来变成了一家熟食店,再后来是一家名叫"华华"的誊印社……隔三差五的,反正每次她若是打定主意去吹头发,那里却在卖猪蹄儿;她要去复印资料,那儿已经改成卖盗版光盘了。连她也记不清这地方已改朝换代了多少次,就像法国大革命似的,每天都有人上断头台。

我"作"是"作"自个儿,店家"作",却是连着顾客一块儿"作"。卓尔对自己说。可见如今全中国人民都在不声不响地"作"着,眼睛一眨就"作"得面目全非。卓尔要是同那些外来的流民、商贩、漂女们不屈不挠的做派相比,仍是自愧不如。

由于街边那家招牌不断被翻新的小店,卓尔顿觉神清气爽。虽是互不相干、素不相识,心里已把对方视为同道,就像远在天边一个部落里曾经歃血立誓的盟友,或是暗中单线联系从不见面的同谋,天上有片云彩飞过,彼此都是心领神会的。

卓尔有些兴奋,车开得猛了点儿,前面的小路口忽然横窜出来一辆面包车,她赶紧踩刹车,车子却不听使唤,仍是一个劲往前蹦,她脑子嗡地一热,下意识地往左边打轮,幸亏左边路面一时没车,只听车轮吱吱叫唤,滑行了好长一段路,磕在马路牙子上,总算是停住了。等她抬起头,那辆面包早就没了影儿。好悬哪,要是真的撞上,她的车头瘪进去可就变成跟那辆车一样的面包车了。

卓尔下了车,围着自己的车装模作样地转了几圈儿,也看不出个所以然。路边停着一辆邮政车,那司机抽着烟,伸出脑袋冲她喊道:我琢磨八成是你的刹车片有毛病了,赶紧找地儿修去,那可不是闹着玩儿的。

卓尔谢过那人,气呼呼地回到车里,用手机给郑达磊打了个电话,说她要去修车,什么时候能到可没准儿。

郑达磊在电话那头说:没关系,我正研究事儿呢。不过你最好中午以前到,下午两点之后我还得开会。他停了一会儿,问:你的车怎么啦?

卓尔苦着脸说:刹不住车了。

郑达磊想了想说:可能是你平时刹车过度,把刹车片磨得太薄了,去检查一下,换一换就行。好了,就这样,有问题找我。

卓尔关了电话,突然觉得有点儿好笑。刹不住车了,是她刹不住车了,因为她平时刹车过度。可她其实根本就很少踩刹车,她是个宁可掉头宁可拐弯、冒着剐蹭的危险也要挤出条路来的、不喜欢刹车的人。正因为她不喜欢踩刹车,刹车就自动失灵了。这是一个警告还是一个预言?卓尔不得其解。

卓尔终于找到一个车行,检查后才确认不是刹车片的问题而是刹车油管漏油。等到卓尔总算收拾好她的白色富康,把车开到天琛公司的门口停车场时,已经快到中午 12 点半了。车前挡风板下挂着那只小绒兔,也饿得无精打采的。

2

卓尔在职工餐厅找到了郑达磊。

餐厅里有几十人,差不多桌椅几乎全坐满了人,唯有靠墙的一张桌子,空着两排的五个座位,第六个座位上是郑达磊,面前放着一只不锈钢的多用餐盘,几样荤素和米饭,和邻桌一模一样,还有一小碗鸡蛋西红柿汤。

卓尔心里奇怪,既然郑达磊也在天琛食堂吃工作午餐,那上一个月她怎么从来没有在餐厅里见过他?大概他故意把吃饭时间同员工错开了吧。不管怎么说,老板和职工同吃工作午餐,至少表明这个老板不奢侈不浮夸。卓尔以前去那些公司谈业务,若是遇上那个什么"总"什么"董"的,从轿车上下来通红着脸打着酒嗝,卓尔准保会把价格抬得高出平时百分之二十去。她发现自己其实是有意闯到餐厅来的,郑达磊的日常生活方式应该同她的方案有某种关联。

郑达磊点点头说,来了啊,冲着橱窗招了招手,示意人送一份工作餐过来。

卓尔望着盘子里碧绿的芹菜、雪白的花椰菜、酱红色的牛肉、金黄色的炸鱼块,觉得真是赏心悦目。她快活地甩了甩头发,心想前些日子要离开天琛,就这个食堂让她留恋。

郑达磊笑眯眯地问她饭菜的味道如何,又问了她刹车片的事情,卓尔一一作了回答,三口两口把饭菜一扫而空,抬头看,郑达磊盘子里的东西倒是剩下了一小半儿。

我每次都让师傅给我打得少些再少些,你看看,还是吃不了。到了我这年纪,不注意节食,体重、血脂、肠胃都不堪重负啊。郑达磊解释说。

他们站起来往外走,走到门口,郑达磊对一个胖胖的中年男子说:胡经理,餐桌的卫生还得注意啊,刚才我摸了一把椅子腿,摸我一手灰呢。别以为这是小事,关系到公司形象啊,细微处见精神,我说过多少次了。

那胡经理满脸堆笑诺诺地应着,说春天风沙大,灰尘都在空气里看不见,我立马派人打扫以后一天打扫三次一定一定。

郑达磊带卓尔去他的办公室,一路上遇到几个人,他停下来同他们说话,匆匆交代着什么,像一只流动的办公桌。他们在电梯门口遇上了齐经理。齐经理满脸堆笑地同郑总打过招呼,忙不迭转过身问卓尔:你的工作室什么时候正式挂牌呀?我也好把办公室早早给你预备下。卓尔说不必了,我现在是贵公司外聘人员,在家里上班。齐经理把身子靠近了卓尔,贴着她的耳朵说:G 小姐已经让我给炒了,你不用担心她再陷害你,都是她这小妖精搞得我们广告部不得安宁……齐经理殷勤的声音中传递出模糊的歉意。卓尔打断他,笑笑说:要不是她,工作室还没影儿呢。你哪天见到她,就说我谢她了啊……

电梯门开的时候,齐经理在她身后追着补一句:有事儿您说话啊。

等到郑达磊这张流动办公桌终于"搬"进了总经理室,电话铃就响了。

卓尔有些无聊地坐在沙发上翻报纸,她听见郑达磊唔唔地应着,有些不耐烦的样子。过了一会儿他开始说话,声音猛然升高了,越来越激愤,好像很生气。她听不懂他在说些什么,大概是销售上的事情,他激烈地训斥着对方,突然说:

自己去想办法!这么点事儿都摆不平,你是人脑还是猪脑啊?

他啪的一声挂了电话。

卓尔愣了一下。郑达磊目前虽然不一定是她的正式老板,但卓尔已经习惯对老板的训斥迅速作出反应。她下意识地在脑子里回骂了一声:你是狗脑!

郑达磊问她笑什么。她说自己在报上看到一个笑话真是很好笑要不要讲给他听。

他挥挥手说言归正题吧。

郑达磊坐在他硕大的老板台后面,那张松软的皮椅随着他的姿势来回旋转。

这些天来我考虑很多,我认为还是有必要让你更进一步地了解天琛公司未来的发展意向,你必须把这一点吃透了,才能跟上我的思路作出最佳创意……

卓尔听见郑达磊侃侃而谈的声音,像一条滔滔不绝的河流从他的桌子上倾泻下来。卓尔觉得自己是在听报告,她听见一些诸如发展战略、系统、通才、一专多能、学术变压器还有控股配股股权转让股权托管互动时机等陌生的词语。后来他谈到了螳螂、黄雀和老鹰,当然还有猎人什么的……那一条河的大水流过她脚边,把一滴滴一粒粒的单词溅在她身上,她很想把那些水珠子掸去,但它们已经在她的衣服上留下了星星点点的湿印儿……

卓尔隐隐约约地听明白了,他不是一只螳螂,而要成为一个好的猎人。

你在听吗?他突然问。

当然啦。卓尔回过神来。

你好像对我说的东西不大感兴趣吧。

怎么说呢,我对猎人一向都不感兴趣,我比较喜欢黄雀。

也难怪,郑达磊宽容地点点头。女人都是这样的。我也不要求你完全懂,但希望我们合作的这次活动能够在京城造成轰动性的影响。上次跟你谈到广告的定位战略,我想再强调一下:广告并不仅仅是一个艺术创意,一个有效的广告,首先取决于对市场的认识。也就是如何确定你的产品,在消费者头脑中,特殊的、唯一的位置……

他提到"消费"两个字的时候,卓尔诧异地看了他一眼。

好了,这些理念性的东西,你回去再消化吧。时间不多,现在该由你说了,把你这两个星期想的做的,或者说方案的大致构想,向我汇……哦,告诉我一下。

卓尔一时无语。

卓尔真的不知道该怎么对郑达磊说,哦,是汇报。她的工作?那是一个杂乱无序的过程,这两个星期,就连她自己也记不清是怎么过来的,就像茫茫大海上一只小小的舢板,没有指南针也没有风帆,仅靠着太阳、星星移动的位置,去寻找那个无名的小岛。她一天天泡在图书馆的阅览室找资料,跑书店购买有关翡翠和玉的专业书籍,转遍了京城的各种展馆、大商厦的珠宝柜台。一次她开着车跑到远郊的一处京城陶瓷爱好者的窑地,去看他们制作的各种怪模怪样、好玩儿好看的作品,还试着捏了几个找感觉。有一天半夜醒来,蒙蒙眬眬回想刚才梦中的情形,那是一大片河滩地,五颜六色的鹅卵石像草原上盛开的一朵朵鲜花。她捡起一块石头捧在手心,发现它竟是透明的,像一面镜子,照见她的眼睛,犹如蓝宝石闪闪发光。她的面孔是一块圆圆的玉璧,她的耳朵是两片玉佩,她的鼻子是一支粗短的玉色鼻烟壶,她的嘴巴是一只玛瑙盅,她的头发像一根根玉筷子竖立,她的牙齿像一粒粒珍珠串绕了一圈又一圈,搞得她满嘴珍珠张不开口了……她伸出手想去捋平她的头发,却看见自己的手晶莹剔透变成了玉佛手,十个指甲上长出一块块红翡……

她醒过来,一跃而起,拉开窗帘,天色微明。她起床下楼,开了车直奔怀柔而去。她曾和爬山俱乐部的朋友们许多次去过那里,重峦叠嶂的大山中,有嶙峋的石壁、陡峭的山岩,山谷中或圆或方的石块,随随便便地卧于溪流草丛,那是玉的原形是玉的前身,也许它们会给她启发给她灵感,她相信郑达磊所期待的那个不同凡俗的创意,不是躲藏在京城几十层高的写字楼和深如迷宫的大厦,而是在原野与河谷的阳光下,就那么毫无秘密地裸露着、敞亮着,只是等待着一双善于发现的眼睛。

那天她在山坡上一棵核桃树下坐了整整一上午,不断冒出来的想法像一粒粒青涩的小核桃果,从米黄色的核桃花蕊中垂下来,一个一个地闪念,如同电光火石从她脑中掠过,但她却无法把它们变成一棵完整的、硕果累累的核桃树。

卓尔真的好辛苦啊,她把在电脑上做出的企划一次又一次删除,一次又一次重新输入。如果说她曾经产生过十个设想、十种可能、十个方案,那么她已经否定了自己一百次,到今天为止,一个满意的都没剩下。

但是卓尔却真的感到了一种前所未有的快乐。这样一百次的设想、一百次的否定,似乎正合卓尔的口味。她可以肆无忌惮不着边际地狂想,可以任意随性地为自己制造光怪陆离的幻觉,她像一只欢乐自由的小鸟,从这根树枝跳到另一根树枝,从这片树林飞往那片树林。有人给她准备好了虫子和果子,她吃饱了睡足了,她的任务就是跳跃和飞翔。上哪儿去找这样的美差呢?那根地平线上的桅杆迟早是要露头的,她只要朝着天边飞去就是了。如果她不想欺骗自己,她得承认其实对于郑达磊那个活动,她至今仍然没有产生多大热情,真正使她发生兴趣的,恰恰是想象——否定——再想象——再否定,这个令人着迷、颠三倒四的构思过程。

就这点来说,她倒是从心眼儿里感谢陶桃和郑达磊。

怎么告诉你呢?卓尔轻轻咬住了嘴唇。她需要把那些不是理由的理由变成一个最有说服力的理由。这点儿小小的狡猾她总该有吧。

卓尔的运气不错,她听见郑达磊的手机响了,他说好的,你马上来我这里。然后是敲门声,有人轻手轻脚地走了进来,直奔郑达磊的桌子那儿去了。那人回头看了卓尔一眼,郑达磊说她是本公司的人无妨,你说你的。

卓尔又开始翻报纸,她听见他们低低的谈话声,似乎在说着一件什么紧急的事情。郑达磊的呼吸急促,脸色变得难看起来。后来她慢慢地听懂了,有一家菲律宾公司的客户,要和天琛签一大宗订单,如果成交,公司将会有二十万美元的利润。那个客户催得很急,交了两万美元的定金,要求立即发货。销售部查了那家公司的资信,发现有些疑问,要请郑总斟酌之后再拍板。

郑达磊用手指关节轻轻敲着桌面,沉吟片刻,说:继续再查,如果没有新的疑点,我看不必过于谨慎,这就像一个猎人,总不能等老鹰飞起来了再开枪,我说过多少次了,机遇不等人啊。

那人连连点着头,像来时一样,轻得像一阵风似的出去了。

郑达磊低头看了看表,又看了看卓尔。

卓尔站了起来,卓尔笑嘻嘻地看着郑达磊,说:再给我两个星期,我会把一个成熟的方案告诉你。因为,这个创作过程嘛,其实是我的事情。作为老板,你需要的是结果,我给你结果就行了,对吧?

郑达磊有些惊愕地看了她一眼。他也站了起来,似乎还想说什么,但他却没有时间说了。

他把卓尔送到办公室门口,目光停留在卓尔脚上的运动鞋上,忽然问了一句:

你喜欢打网球吗?哪天我请你怎么样?

3

第二天晚上11点半的时候,卓尔正躺在床上一边听音乐一边看书,电话铃突然响起来。

陶桃的声音显得十分焦急。她说卓尔卓尔你在家吗,我得马上去你那儿一趟,你哪儿也别去啊,等着我。

二十分钟之后,陶桃像一团白色的雾,飘进了卓尔的住处。她脱下米白色的风衣,穿着一身白色的短裙套装、一双白色的高跟鞋,脸色苍白,看上去像一朵被太阳晒蔫了的白色玉簪花。

陶桃深夜来访,肯定是出了什么大事了。卓尔的心咚咚跳个不停。

陶桃说卓尔你得帮帮我,我想来想去,这事儿只有跟你商量。你的歪点子多,没准儿能给我想个办法……她卷曲的头发零乱地披下来,眼影、眉线都残缺不全了。

卓尔给她端来咖啡,然后一声不吭地坐在地板上。

陶桃说得语无伦次、颠三倒四,繁琐的过程和复杂的关系让卓尔听得头疼。但卓尔总算是勉勉强强听懂了,听懂了陶桃和郑达磊发生争执的原因。就在刚才,郑达磊拂袖而去,因为陶桃反对天琛公司跟菲律宾客户的那单生意。这几天,她用业余时间,通过银行朋友最先进的软件系统,搜索了那家公司的资料,有证据表明那家公司在世界各地银行的债务数额惊人,这个百余万美元的进货可能是一个骗局。她把自己的疑问告诉了郑达磊,劝阻他别做这次冒险,但郑达磊却根本听不进去,还说要是都像她这样疑神疑鬼,他什么事儿也别干了……

卓尔觉得这事耳熟,好像在哪里听过关于菲律宾之类的什么话,来回一想,记起昨天中午在郑达磊的办公室里,有人来向他请示那件事的情形。

卓尔冷冷地打断她说:是他当老板还是你当老板呀?你对他公司的事情这么操心干吗?你让他自个儿去折腾好啦。

你真是不知道——陶桃从沙发上仰起身子愤愤地说道:达磊这个人特别刚愎自用,他想干一件事儿,只要有人提出不同意见,为了证明自己正确,他就非坚持到底不可。你想想,公司虽然是他的,但他要是一头栽了,对我有什么好处,我能眼睁睁地看着他遭受经济损失吗?

卓尔心想,陶桃的这句话,真是说到了点子上。

哎,卓尔你好好帮我想想,有没有什么办法能让他的这单生意做不成。

耐心地说服教育呗。

都啥时候了,我都快急死了,卓尔你还贫呢。他这个人,谁能说服他呀?甭跟他废话,没用,就得跟他来点儿邪的。

邪的?

对呀,用个什么法子,好比说,好比给他来个强行急刹车。

急刹车?

就是急刹车,把他的前后轮子咔嚓全都锁住。

卓尔到厨房冰箱去拿了一盘冰块儿,加在冷水杯里,咕嘟咕嘟喝下去。她用手背擦去嘴边的水迹,拿着空杯子愣了会儿神,说:哎,陶桃,既然这样,咱给他来个釜底抽薪,怎么样?

陶桃的大眼睛茫然地掠过盘子里的冰块。

于是卓尔绘声绘色地把她那个釜底抽薪的计划简略地介绍了

一下。没等说完,就见陶桃连连摆手说:不行不行,这太狠了,这样会影响他公司的声誉啊……

卓尔沉下脸说:到底是公司的声誉重要,还是公司的资金重要呢?

陶桃不吭气了。

卓尔又说:你看着办吧,我也没别的法子,我又不是搞阴谋诡计的专业户,为了救你的心上人,我纯粹是被你拉下水的,业余一把而已。

陶桃想了好一会儿,有气无力地嗯了一声。

卓尔盘起腿,拿起了电话。电话是打给老乔的,她说,老乔,你不是一直琢磨着要好好谢我吗?老乔说那当然没说的,可这半夜三更的你又要上密云水库呀?卓尔说今儿水库就先不去了,想劳驾你明儿一大早去趟法院。老乔说,好好的去法院干吗?我吃饱了撑的呀?卓尔说让你去起诉郑达磊,就说他上回卖给你店里的那幅玉屏风是假货,告他个欺诈罪。老乔的声音听上去有些颤抖,他说卓尔呀,老郑欺负你了吗?都是老朋友了,就是欺负你了咱也不能这么干呀。卓尔咯咯笑出了声,她说老乔哇,我跟郑总好着呢,让你去告他是为了救他一把呀,咱得合伙儿救他,情况紧急得很,就得这么个救法啦,等事情过去日后再向他解释赔礼吧。你听我的没错,我啥时候蒙过人哪?最要紧的是,你一定得在法院找上个把人,把这案子给立上,把他那个天琛公司的账号给查封了,该你办的事儿就算完了,我这儿也就妥了!老乔从电话里传来的声音越发颤抖了,他说卓尔我怎么越听越糊涂了……

卓尔提高了嗓门嚷嚷说:得得得,算了算了,跟你在电话里说不清楚,明儿一大早,我上你那儿去一趟,把你堵被窝里跟你当面说吧,就这样!

卓尔放下电话,长长松了口气,对陶桃说:你听明白了吧,把他公司的账号一封,他就什么也干不成了。等到这订单的期限一过,再让老乔主动撤诉,不就结了。这才叫快刀斩乱麻,够厉害的吧。

陶桃打了一个哈欠,迟迟疑疑地说:听起来挺神的,做起来能行吗?可是眼下也没更好的办法了,那就试试呗……

陶桃从手袋里拿出一只精美的小盒子,放在茶几上。她说卓尔这是我从香港特地为你买的香水,回来后一直没时间交给你,你留着用吧,这还不算是我谢你的噢。

卓尔瞥一眼,问:什么牌子?

"鸦片"。你打开闻闻,那香味儿怪怪的,还有一种神秘感……

卓尔忽地想起陶桃去年就买过一瓶名为"鸦片"的香水,试着用过一次以后就没再用。她一定是把自己曾告诉过卓尔那瓶香水的事忘了。深夜疲倦的灯光下,卓尔看见陶桃十个鲜红的手指甲,系着白色风衣的扣子,像十个血手印。

卓尔看时间太晚了留陶桃住下,陶桃执意不肯。卓尔把陶桃送下楼去打车,一辆出租车在她们面前停下的时候,卓尔忽然拽住了陶桃,没头没脑地说:对了对了我想起个事儿,你和郑达磊不是要买房子吗?我有个朋友 DD 有一栋房子急着出手,你和郑达磊商量商量,莫不如就把那个房子买下来,你们也省事儿了,又等于做了好事把 DD 救了……

陶桃听得莫名其妙,哭笑不得地说:卓尔,你说什么呢?我这儿都火上房了,你还让我去救人?我现在哪有心思啊!你真要帮人忙,自个儿跟郑达磊说去吧!等这事儿过去,咱俩哪天再好好聊……

4

那个网球场四周高高的钢丝网外,种着一圈密密的松树墙。

卓尔一家伙就把球打飞了。小小的圆球像一只云雀垂直升起,腾空跃过钢丝网上面的边界,落在树墙的缝隙里不见了。网球场两端滚动着一地金黄色的小球,倒像是落了满地的鲜橙子。

郑达磊在网栏的那一端喊道:看不出来你这家伙真有股子蛮劲儿。

卓尔不声不响地把球发过去,郑达磊不愠不火地把球送回来。郑达磊的球不远不近地落地,弧线和姿势总是十分潇洒,有一种规范而严谨的绅士风度。就像他在大多数情况下为人处世的风格,国际化标准无可挑剔。

卓尔打球,被阿不那种女孩喻为逛街。看似漫不经心东张西望的,瞅准了一个机会,便咬牙切齿地猛然抽击,就像狠狠地杀价买下一件可心合意的东西,往往打得郑老板措手不及。卓尔的身子是灵巧而富有弹性的,她能感觉到自己在弹跳时离地、升空的姿势就像一只猛然蹿高的蚂蚱。但她四肢动作的配合常常失调,甚至有些笨拙,她能莫名其妙地打出一个极其漂亮的球,也能随即跟上一个大失水准的臭球。卓尔打球没有规范可言,有几次教练在场,都被她的随心所欲弄得瞠目结舌。

汗水从她的胸前和腿上不断地淌下来,她觉得自己像是泡在一个游泳池里。

但卓尔真心喜欢打网球。那么剧烈地奔跑跳跃,所有的细节都是在空中展开的,就像一场地对空的战争,硝烟弥漫中还能望见平静的蓝天白云。有时候,她觉得从网球拍上送出去的球,明明是一只只放飞展翅的小鸟。

所以当郑达磊来电话邀她傍晚在他公司附近的一家网球场见面时,她毫不犹豫地答应了。其实她在心里是另有所图的——当她一眼看到郑达磊浑身轻松满面春风地朝她走过来,向她展示手里那一副新买的"威尔逊"碳素网球拍时,那个得意忘形的样子没一点儿像个被告,就知道拜托老乔的那件事,老乔一时还没有搞定。但不管怎么说,老乔是一口答应了的。昨天一大清早她赶到老乔那里,把事情的前因后果对老乔一一明说,当时老乔就拍着大腿,感慨万分地说:卓尔啊卓尔,我还没听说过这么救人的,仗义!你不让我说爱,我只好说我更稀罕你了。

卓尔摇摇头。她想说其实她根本不是因为仗义。她之所以那么痛快地答应帮陶桃,是因为她想借此机会小小地教训一下郑达磊。她觉得郑达磊这个人太骄横,他也太不把陶桃的劝告当回事了。

好了,抽击,狠狠的,绝不手软——可惜,打偏了,又是用力过度。

郑达磊不紧不慢地回球,沉着而稳健,一下一下地,有时连身子都不动,看上去像是在做广播体操。卓尔扑哧一乐,手臂一软,回球触网,落在网下,他这才小跑几步,仍把那球接住了,一道长长的弧线划过,将球打回老远,卓尔奋力转身去接,终于没追上,眼睁睁看着它出了界。

卓尔两只手撑在膝上,紧盯着郑达磊即将发过来的球。

虽然卓尔的失误较多,但她来势凶猛、狡诈多变,可以侥幸得分;郑达磊的球技比她熟练得多,但郑达磊似乎是过于理智了,把球打得那么斯文那么客气,多少有点儿装腔作势。她想不到郑达磊在球场上和他在商场上的做派,竟然是判若两人,卓尔觉得十分扫兴。真要是计分论输赢,若是算上她每次抽击时,郑达磊接不上的球,无论如何也是打了个平手。卓尔暗自掂量着,有了些许安慰。

却见那个郑达磊低下头看了看表,然后把球拍轻放在地上,伸出手背,另一只手掌竖起来,做了一个暂停的手势。

到点了——他说。

这么快呀——卓尔有点儿不信,一只手抡着球拍,在空中划了一个大大的圆。

郑达磊从放在地上的网球包里拿出毛巾擦汗,他觉得今天的运动量已经足够了,回去还得冲个澡,晚上有应酬。他之所以请卓尔来打网球,除了想含蓄地表示一点儿对她辛苦工作的慰问之外,还有一种他自己也说不清楚的原因。他似乎想更多地了解这个女人,接近这个时时会产生盲目而即兴的冲动、精力充沛而又不近情理的女人。有好几次,他从卓尔身上感觉到一种类似卡通的快乐。怎么说呢,有点儿变形,有点儿抽象,还有点儿夸张,但却饶有趣味,是一种坦率的不加掩饰和伪装的赤裸裸的快乐。这和陶桃给予他的快乐不太一样,那种细腻的温柔像一幅精心制作的工笔画,品味是费眼又累心的,若是要占为己有,更是价格不菲;但翻阅卡通是一种轻松的娱乐,只要你不把那些可爱的小人儿当真,不去深究它变形的原因就好。

在他日常的视线中,见惯了地上那些密密麻麻的工作蚂蚁和空中嗡嗡飞舞采集花粉的蜜蜂。当卓尔像一只精灵般的怪鸟,从他头顶倏地掠过时,他的眼神自然就跟着它的翅膀去了,他起码得看清那只鸟的羽毛是什么颜色啊。

喝点儿什么?郑达磊在网球场大门口的冷饮亭前面,停下了脚步。天色将晚,树荫下吹来一阵凉风,好不惬意。

卓尔嘿嘿一乐,趴在冰柜的玻璃上看了一会儿说:那个,哈根达斯雪糕。

不怕发胖呀?陶桃从来不敢吃雪糕。

我不怕。我吃得再多,一会儿就都消耗掉了。卓尔贪婪地舔了一口雪糕。

郑达磊为自己要了一瓶矿泉水,大口大口地喝起来。

卓尔不能错过这个机会了。她犹豫了一会儿,终于下决心跟郑达磊说了 DD 的房子的事情。这一次她有备而来,三言两语,说得条理分明。

郑达磊就那么愣愣地看了她一会儿,忽然大笑起来:

我这个老板,还兼管慈善事业啊?

你别不当回事儿,这不是慈善,是紧急救援,DD 太需要帮助了。

郑达磊的口吻变得有点儿怪怪的:买 HOUSE?那得看跟谁在一起住呀。

当然是跟你喜欢的人啦。

比如你?郑达磊温和地反问道。他的眼镜片在夕阳下闪烁着异样的光泽,让卓尔大大地吓了一跳。

郑总,你这玩笑可开大了。卓尔有点儿生气地扭过了脸。这可是乘人之危啊!

好啦,算我说走嘴了,也许是太累了,想放松一下吗?别介意啊。至于买房嘛,你看我那么忙,哪顾得上啊?郑达磊脸上有了几分歉意。他尴尬地笑了一笑,迅速地转移了话题:卓尔我看出来你挺喜欢打网球的,陶桃就不喜欢,说是太激烈了。那你大概也喜欢足球吧?

不,不喜欢。卓尔回答得很干脆。

你这么热爱运动的人,怎么会不喜欢足球呢?郑达磊有些惊讶。比如女足。

是啊,我也觉得挺奇怪的。卓尔说。反正我是不喜欢足球。

是不是因为喜欢的人太多了?

不对。卓尔断然否认。我认真地想过这个问题,后来我发现,问题就出在那个球门上。

球门?

你想吧,那么多人把一个球踢来踢去,就为了把球踢到球门里头去。足球是场上所有人的争夺中心,那扇球门立在那里,是一个过于明确的、绝对的目的,这个目的性太强了,我受不了,我不喜欢为一个目标而运动。就这么简单。

那网球呢?网球也是有输赢的嘛。

网球和足球当然不一样。网球用的是排斥,不停地把那个打来的球推出去,拒绝它而不是占有它;我喜欢网球的自由,你看它在空中飞过来飞过去的,我的目的就是让它最充分地跳跃,我的目标是不让对方接住我的球,这等于没有目标……

郑达磊忍不住地笑起来,差点儿被水呛了一口。

不过,这种奇谈怪论出自卓尔之口,倒是顺理成章的。他一边笑一边想。只是,他能欣赏这种怪论却绝不会赞同它的。他把网球当成健身运动,而把足球当成一种精神享受。在他的生活中到处都是球门,他的价值他的成就,就在于把那些被人争抢的足球,一只一只地,统统由他来踢到球门里去。

他和卓尔往停车场走。卓尔心里充满了失望。她想自己是没有办法帮上 DD 了,除非 DD 去买福利彩票撞上大运才能起死回生。不如让阿不成立一个集资小组,大家凑钱去买彩票,若是真的中了大奖就一分不少全归 DD 去还债……

郑达磊在自己的那辆宝马车前站住了。他说了谢谢和再见，正要拉开车门，忽然说：哎，卓尔，我老忘了问你，卢荟最近怎么样啊？好久都没有他的消息了。

卓尔欲言又止，嘴唇动了动，轻声说：卢荟他病了，一直发烧，查了大半个月都没查出原因来，人都瘦了好多。前些时日我忙，忘了给他打电话，他也一直没告诉我，我是今天才知道的。

郑达磊立马问卢荟在哪个医院，说得空一定去看他，先替我问他好吧。

他的车门嘭地关上时，卓尔心里有些茫然。虽然郑达磊根本不愿考虑买 DD 的房子，虽然他刚才跟她开了一个不适当的玩笑，但她觉得郑达磊能问起卢荟，他这人还是挺重友情的。不过，她仍然搞不清自己对郑达磊的感觉，似乎总是一半好感和一半不太好但也算不上厌恶的感觉搅拌在一起，就像、就像苏打饼干，不，就像有一次在上海那种地方，她吃过的一种椒盐小烧饼，又甜又咸的，反倒尝不出咸淡。

第十六章　你敢把"作女"娶回家吗

1

暮春的最后一些日子,树上的花都已落尽,街边的丁香也已无可奈何地衰败凋敝,只剩下地面、路边的花坛里,还有些零星的月季无精打采地开着。一旦进入了6月,该是绿叶疯长的时候,那些缠绕的藤萝、高高的杨树和梧桐树,都犹如被施了魔法,以几何级的倍数分裂出无穷无尽的绿叶子来。

假如人的生命也能按着季节循环,自我修补、自我替代就好了。

卓尔把车停在和平里一幢宿舍楼前的树荫下,打开后车门,抱出一大束鲜红的玫瑰花,那花儿都是卓尔在花店里一朵朵亲手挑选的,半开半闭、含苞欲放,没有一片残蔫的花瓣,每一个花苞都嫩得像要滴出水来。那几十朵鲜艳的红玫瑰聚在一起,像一个火把或是一团火炬,把卓尔的面孔都照亮了。血红的花朵周围随意地散插着几丛白色的满天星,像一朵朵迷你型的白玫瑰,微缩的小精灵似的,在花丛上空嘤嘤飞舞……卓尔买花,即使不买玫瑰,别样的花也从来只买一种颜色,一大丛洒脱的粉白或是一大丛浓稠的金黄,花朵密得透不过气,虽单一却纯粹,虽简练却浓烈。那种花店常用的五颜六色的花束花篮,整一个大杂烩大拼盘,在她看来真是又俗又土,把花束的整体美感活活地肢解了。

卓尔最喜欢的是非洲菊,像一支小小的向日葵,每一片细长的

你的碟片怎么都和我的一样啊？卓尔说。想要跟你交换都不成。

卢荟在那一大堆光盘中摸索了一会儿，拿出一张碟片塞在机器里，然后挨着卓尔坐下了。房间里回荡起低低的钢琴声，是"蓝调"的克莱德曼。

花瓣都透射出金色的阳光,有一种野性的活泼与坚韧,但今天这家花店没有非洲菊,退而求其次,只能是新鲜的玫瑰了。玫瑰也是卓尔喜爱的,无论是红色或是白色,天生的热情和坦率,毫不掩饰地从每一朵花瓣上散发出来;那种络黄色的玫瑰,更有些高贵的气质。玫瑰的香味清幽,绝不张扬,是自顾自香着的,不在乎别人闻得着闻不着。不像米兰含笑还有水仙,香味儿浓得唯恐别人不知道似的。玫瑰挺合卓尔的性子,结结实实一个花蕾,说开就哗啦开了,痛痛快快的,从不让人千呼万唤;玫瑰开花的时候,像是有一股力从它心里涌出来,猛烈又爽朗,它从不吝惜自己的美丽,像是要在瞬间里把那些灿烂都挥洒尽了似的。

但陶桃却不怎么待见玫瑰,她说玫瑰实在是太短命了,那么生气勃勃的样子,说蔫儿就蔫儿说谢就谢了,在繁华中生出些凄凉伤感,让人想起生命的短促无常。陶桃最喜欢紫色的泰国兰,那么娇艳妩媚的紫,婀娜柔美的花苞只微微开口,永远都是欲说还休的,又是极韧长的花期,开上十天半月都不带倦色。再就是菖兰了,一节一节地开上去,一小丛一小丛地循序展开,有理有节不慌不忙的,越来越丰茂,越来越烂漫,让人觉得前头总是有无限希望似的。

对于鲜花,陶桃比卓尔琢磨得透彻,但卓尔还是热爱玫瑰——那样喜气洋洋的蓬勃和兴旺,看一眼就会无端地兴奋起来。玫瑰是一种心情,也许还包含着激情。至于凋谢的玫瑰,扔了就是,可以去买新鲜的呀。世界上哪里有不谢的鲜花呢?奇怪的是,陶桃口口声声不喜欢玫瑰,她的枕套、床单还有旗袍、毛衣什么的,倒是多一半缀着一朵朵长盛不衰的手绣玫瑰。可见陶桃有时也是口是心非的。

卓尔低下头,嘴唇触到柔软的花瓣,深深地吸了一口气。

她不知道这束花一共有多少支,她把那家花店冰箱里所有的红玫瑰都拿出来,挑来选去,一只手都握不住了才说够。其实她本想按着卢荟的年龄数目来买的。比如说三十六或是四十,到了结账时,才发现自己根本就不知道卢荟的年龄,一会儿说买四十六枝一会儿又说买五十枝,那花店的小姐都被弄烦了。最后就索性把她手里的花数了数,一共四十四枝,说就这么多吧。卓尔想想也是,卢荟怎么也不至于 50 岁了吧。

本来,昨天傍晚同郑达磊打完网球,卓尔就想去看望卢荟,电话打过去,卢荟说他累了,还是明天上午吧,精神能好些。

卢荟住在他妈留下的那套单元房,卢荟曾说过那是四室无厅的老式大套。他妈去世后,他把房子重新装修了,但卓尔还从未到卢荟的家里去过。

2

卢荟把门打开时,首先看到的是一大丛鲜红的玫瑰花,把他的眼睛遮没了。从透明的玻璃纸后面,露出卓尔模糊的笑影。他把花枝拨开,猛然见一朵红玫瑰缀在了卓尔的脸上。再细看,却是卓尔的红唇,鲜红中透出沉着的底色,那唇膏像是特意选择了相宜的型号,竟同玫瑰花瓣分不出彼此。

那么个粗心马虎的卓尔,竟也有如此精心的时候。

卢荟的心里被什么撩了一下。常常的,卓尔会突然一下子让人感动。

可未等卢荟开口说话,卓尔就把他劈头盖脸地痛骂了一顿。她说卢荟你怎么跟哥们儿这么见外呀,生了病连个招呼也不打,万一你要是不幸逝世了,上哪儿去吊唁你呀!等你病都好了才想起给我打电话,还打个什么劲哪,我看你气色还挺不错嘛,是存心变着法子骗我一束花儿不是?

卢荟把花插在一个大花瓶里,然后坐下来靠在沙发上,无声地笑了笑。

他想告诉卓尔说,发烧是三个星期前突然起来的,医生诊断是感冒,用先锋霉素,一连打了三天吊针却不退烧。然后开始住院检查,细菌培养什么的,折腾了七八天,也没找出个病因。每天一到下午体温升高,最高时达39度,人烧得迷迷糊糊,哪还记得给朋友打电话。偶尔清醒的时候,低头看着自己这副有气无力萎靡不振的模样,心里是不希望有人看见的,尤其是卓尔。他可不愿让这一身囚犯似的条纹病号服,破坏了他那个一向整整齐齐、精精神神的形象。

然而,面对卓尔排炮样的友情质问,他倒是没法为自己解释了。

卓尔定定地望着他,又急急地问:你也是怪呵,怎么说好就好了呢?

卢荟这才慢吞吞地说,到了第三个星期,医生总算反应过来,怀疑他是支原体病毒引起的流感,给他换用了红霉素,结果当天晚上就退了烧,一退烧,人就有了食欲,能吃东西,人就有了精神。不过这一次高烧时间太长,多少伤了元气,从出院到现在,走起路来脚下还像踩着棉花,这回我可知道什么叫飘飘然了。前几天,单位领导都来看望过了,让我暂时先别急着上班,在家里休息一段时间……

你说,再休息下去,我就该下岗了吧?他说着,心里忽觉有些酸涩。找你来,也是实在闷得慌。人这东西,怎么说病就病了,一个人在家待着,想起我妈住院那会儿了……

他抓起杯子来喝了口水,从茶几上的小盒里拿出几片西洋参含在嘴里。

卓尔发现卢荟这一阵子忽然就瘦了许多。眼睛有些眍䁖,眼圈发乌,原来总是刮得像大理石般光洁的下巴,冒出来一层密密匝匝的胡楂儿;原来总是用摩丝喷得光亮油湿的头发,变得干涩蓬乱的;原本那么清洁利索的一个卢荟,如今一副灰蒙蒙的样子,指甲有点儿长了,露出灰黑的指甲缝,穿着一套像是刚换的纯棉睡衣,上衣扣子又是掉了两个。

卓尔突然觉得眼前这个不那么整洁的卢荟,同她以前熟悉的一丝不苟的卢荟,像是两个不同的人。这个卢荟身上有了一种男人粗犷的、懒散的、邋遢的气味、气质,是她先前从未注意到的。以前卢荟太周到也太细致了,每一次同他外出,只要卓尔咳嗽一声,他立即会递过来一张散发着香水味儿的纸巾;每次吃饭的时候,他总要用茶水把碗碟刷上三遍才会动筷子。卓尔恍然大悟地想到,以前她和卢荟在一起,常常会忘记他是一个男人,他更像一个同性的或是中性的朋友,和卓尔一起消磨或是享受"单贵"生活的清闲。

如今卢荟的胡楂子不经意地冒了出来,不像卢荟的卢荟忽然就变得可爱了。甚至有一种令人想亲近他的愿望,叫卓尔忍不住想伸出手摸一摸他的下巴。

卢荟拿了一瓶可乐来给卓尔,问她要不要冰块儿。他默默地望着她,眼神有些忧郁,混杂着一种无助和怅然,那也是卓尔以前从来没有见到过的。从外表上看起来突然有了几分男子气的卢荟,眼神里却同时有了忧伤和怯懦,令卓尔惊讶。她想男人原来是多么脆弱呵,一场病就像一块强力刹车片,使他们行驶的惯性戛然而止。

卓尔把杯子里的冰块刺溜一下咽了下去,胃里一阵冰凉,心里却涌上一股暖流,缓慢地膨胀弥漫,似乎连头发根也变得柔软了。她想这难道就是那种被称为怜爱或是同情的感觉吗?她不知道。

卓尔一时找不到话说。刚才进门时那种无拘无束的调笑,好像一下子都被那些冰块冻结了。卢荟的沉默肃然像一道闸门,拦住了卓尔平日里的放肆。

她看到电视机旁的VCD,一摞一摞地堆满了碟片。顺手拿过几张来看,是基耶洛夫斯基的《红》《白》《蓝》,王家卫的《花样年华》,还有《钢琴课》《英国病人》《拯救大兵瑞恩》《诺丁山》《真实的谎言》《黑暗的舞者》《西伯利亚理发师》什么的。

你的碟片怎么都和我的一样啊?卓尔说。想要跟你交换都不成。

卢荟在那一大堆光盘中摸索了一会儿,拿出一张碟片塞在机器里,然后挨着卓尔坐下了。房间里回荡起低低的钢琴声,是"蓝调"的克莱德曼。月亮出来了,银色的河水从城市里穿过,水流缓慢地上涨,漫溢了石阶与街道,有两个人光着脚在走,他们身上的热气把一条河都焐暖了,热流渐渐淹没了整个城市,所有的房屋都在冉冉的雾气中融化……

卢荟顺手拿起茶几上的一本书对卓尔说:你看,我这几天一直在看加缪的小说《鼠疫》,你看过这书吗?

卓尔摇了摇头。

卢荟把书翻到了夹着书签的那一页,清了清嗓子说:来,你听,我给你念念,我特别喜欢这一段,就好像是为我们现在的人写的——

……这没有爱情的世界就好像是没有生命的世界。但总会有那么一个时刻,人们将对监狱、工作、勇气之类的东西感到厌倦,而去寻找当年的伊人、昔日的柔情……

我读到这里的时候,心里颤悠了一下,忽然觉得自己失去了很多东西……卢荟轻轻地说着,书本从他手里滑落下去。他将一只手放在了卓尔的肩上。他突然一把抱住了卓尔,是那种突如其来、不顾一切的拥抱。他觉得身上好冷,冷得发抖,而额头和手心却热得发烫,就像前些天发烧的感觉。他把卓尔箍得死死的,像一个溺水的人。

卓尔被卢荟吓了一大跳,身子僵硬着,一时竟不知怎么才好。她的脸被卢荟下巴上那一层粗硬的胡楂磨得痒痒的,她的胳膊被勒得生疼,她试着挣扎,却掰不开卢荟像钳子一般的手臂。我说卢荟,她大声喊,你疯了吗?她忽然被卢荟身体的某个坚硬的部位硌着了,像一把火红的烙铁。烙铁猛地点燃了她的心头之火,她是真正地恼怒了,为了卢荟这种莫名其妙的突然袭击。卓尔真的是生气了,练过跆拳道的卓尔猛地用胳膊肘顶了卢荟的胸口,一下把卢荟抡到了沙发的那一头。

你浑蛋!卓尔喘着粗气骂道。你这是干吗呀你!

卢荟一边揉着肋骨,垂下脑袋嗫嚅着说:我干吗?咱俩好了那么久,我就不能要你一回?

卓尔被噎得半天说不出话。

这是你要,不是我要;是你想,不是我想。卓尔恨恨地蹦出几句话。你以为,这是你想要就能要的吗?

卢荟避开了卓尔咄咄的目光,他想提醒她那一回。那一回你喝醉了你就想要,这一回我想要怎么就不能要了呢?刹那间,他觉得卓尔确实是有点儿太任性太不可爱了。她离温柔离驯服那些女人的美德实在是太远了。她仍然是他一直以来熟悉的那个卓尔,那个叫他一直无法下决心去与她共同生活的女人。这一年多的相处,他曾无数次把卓尔和其他的女人比较,他知道他们之间这样无拘无束、轻松坦诚的友谊,在这个世界上已是十分稀少,而像卓尔这样有趣而透明的女友,更是难得遇到。但他思虑再三,犹豫已久,对卓尔却始终说不出一个"爱"字。

卢荟已经习惯了独身。他不想把自己的命运同另一个人捆绑在一起。

何况,是像卓尔这样一个根本无从把握、无法驾驭的女人。

卢荟知道自己其实一直都在冷眼旁观,他的冷静和清醒,才使他能够坚守"单贵"的潇洒日子,不会昏头昏脑地失足于情感的陷阱。其实他早已看透了卓尔的品性,只是看不清也看不准,这个卓尔将打算怎样度过一生中余下的岁月,而这一点对于他来说,却是一个最为关键的症结。

一个不想轻易成家的男人,若成家必须是一劳永逸的。

但卢荟没有想到,当南极的冰山正被地球变暖的气温一日日融化的时候,一场突如其来的高烧,也融化了他一向坚定而固执的原则。临近中年的男人,只有在生命受到侵蚀和威胁的时刻,才会体验到孤独和无望。在医院的病床上,高烧时的梦呓和退烧后的绵软使卢荟第一次有了成家的愿望。他渴望一双温暖的手抚慰自己干瘦的躯体,渴望着一个欢快的声音在枕边呢喃,渴望同女人耳鬓厮磨的温存;无论白天还是深夜,他应当是行走如风,壮硕雄伟的男人;他希望自己的身体充满野性,他的力量和欲望征服了时间和生命。

他把这些年来认识的女人,即便只见过一次面的也罢,一次次反复排列。奇怪的是,每一次,卓尔总是率先跳到了他的面前。

卓尔是多么生动啊。她一刻不停地跳跃着、旋转着、扑腾着,像一只山林里飞来的小鸟。和她在一起,卢荟就永远不会老去。

若是做一只精致的笼子把这只小鸟放进去,它会日日给他唱歌;何况那只小鸟只需要一点点食物,卢荟也是养得起的。

他却无论如何也没有想到,他抚摸这只小鸟,却会冷不丁被她啄了一口。

3

我走了。卓尔站起来,仍是气呼呼的。以后咱俩也别再见面了,你自个儿保重吧。

卢荟埋在沙发里,双手抱着脑袋,哼哼唧唧地说:

卓尔,你这样不公平。

那你公平吗?我根本都不知道你是不是爱我。

都21世纪了,你觉得这一点很重要吗?

起码对于我,很重要。

我是喜欢你的,这你总知道吧。

那你也得问问我啊。

……我以为……我以为,你今天那束红玫瑰,已经替你把话说了。

我的天,你以为是黑社会接头对暗号呀?

刚才还是满腔怒火的卓尔,忍不住噗地一下笑出声来。那一刻间她想起有一次从西南旅游回来,顺手送给一个男同事几粒红豆,也差点儿闹个大笑话。真是的!

对不起了,卓尔就算是我误会了你吧。卢荟慢慢抬起头来说。可我没有恶意。我的心里一直是把你放在首位的。咱俩相处这么长时间,你应该了解我吧,生活上我并不是一个随便的人,我从来都按时回家过夜。我不想匆匆忙忙凑凑合合结婚,正是因为我把婚姻看得过于严肃神圣。但我总是个男人啊,我也有感情需要。

以前我妈住院是没办法。可后来呢,你也从不单独上我这里来,如果不是我生病,你还不会来吧?你好像对我的感情从来都是视而不见,连一丁点儿暗示都不给我。那天晚上你在酒吧喝多了,我把你送回家,你迷迷糊糊地要我留下,那是你唯一一次对我有那么点儿意思。可那是在你醉的时候,你心里难受、痛苦,就想用我来发泄。噢,你把我当成什么人了?我能那么干吗?那是作践我自个儿。果然,等你酒醒了,就没那么回事了,你只把我当成一哥们儿?哥们儿能管一辈子吗?我都怀疑你把我当成了太监了,我能不生气吗?刚才……刚才的事,就算是我的一个探测气球吧……

卓尔倚在门框上,看着卢荟那个沮丧又激愤的样子,心里的气顿时消了一大半,倒是生出些怜悯和自责。

好啦,卢荟,咱俩谁也别赌气了。卓尔痛快地说。

卓尔索性回转了身,坐下来一口气说了下去:

我问你,你要是真的娶了我,你能容忍我这么个没心没肺的样子吗?我现在没有正式的工作,今后的工作也不会太稳定;我不愿生孩子,因为我自己还没折腾够呢;我花钱没个准儿,上街一看见要饭的就给钱;一说义务献血我就挽袖子伸胳膊;报纸上说哪儿哪儿发了洪水遭了旱灾,我不想学雷锋也会给人寄钱去;朋友又多,谁跟我借钱,只要我兜里有多少都掏干净;我不太会做家务还懒,屋子里脏乱,连人家的狗窝都比我利落;我脾气又坏,动不动就跟人吵架;没准儿我哪天突然又爱上个什么人,就跟你拜拜了。我不会是一个好妻子,我只是一个对自己特别诚实的人;我一直都想到贫困山区去办学,假如有了钱,我还想承包一座荒山去种树。我想做的事情实在是太多太多了,你能接受这么个能"作"的女人跟你过日子吗?你的后半辈子,真能豁出去铁了心,跟我一块儿去"作"吗?

告诉我,你一定要说实话啊。

话音刚落,卓尔发现她恰恰是给自己出了一道难题——若是卢荟真是爱她,那么,难道她真的愿意同这么一个循规蹈矩的男人共度余生吗?

卓尔眼前闪过了刘博的影子,远在大洋彼岸的刘博,他的全部习性好像都已顽强地留在大陆了,继续守卫着伟大的祖国。卢荟在骨子里其实是同刘博一模一样的人,只不过卢荟比较善于把别人的兴趣当成自己的兴趣罢了。

房间里静悄悄的,卓尔听见自己急促的喘息声。

时间过了很久,也许只是短短的一瞬。从卢荟家出来后,卓尔有好几天时间觉得自己像是来自另一个星球,踩在地面上每一步都是失重和失忆的虚无。卢荟那天的回答,像一只越冬的蚊子,从她耳边嗡嗡掠过,从此销声匿迹。

卢荟不无遗憾地长叹一声说:

卓尔卓尔,你要是和陶桃合并成一个女人,该有多好哇。

4

晚上9点,陶桃准时到了天伦王朝酒店二楼的那个咖啡厅。

她找了一个最靠里边的座位,等着卓尔。银行今天的晚餐有个应酬正在附近,她就顺便把卓尔约到这里来了。她喜欢天伦王朝这个石头铺地、柔和的自然光由挑空的屋顶倾泻下来,既现代又朴素、既像个大温室又像广场的宽敞天庭。

咖啡厅空空的没几个人,准确地说,这个钟点,夜晚还没有开始。

陶桃先为自己要了一杯"极品蓝山",她用小勺慢慢地搅着,其实杯里既没放糖也没放奶,搅拌只是一种心情;就像常常失眠的她，其实在晚上根本不能喝咖啡，但若是有一杯咖啡放在面前，就意味着一种生活状态。是陶桃最在意的那种状态。

卓尔的阴谋竟然就得逞了，陶桃在兴奋之余确实吃惊不小。那个老乔还真顶用，一纸诉状把郑达磊的公司告上了法庭。至于他是以什么样的理由，动用了什么样的关系，让法院受理了这桩可疑的诉讼，陶桃至今也搞不太清楚。但天琛公司的账号已被冻结却是一个事实，郑达磊不得不暂时中止了同那家菲律宾公司的交易，更是一个事实。有了这个事实，陶桃就放心了。这意味着天琛以及郑达磊的资产被锁进了保险柜，虽然在一段时间内，该公司会丧失一些商机，非但没有效益，也许还将有较大的经济损失，但在某些特殊时期，保值就等于增值，能保住现有的资产便意味着尚未更多地失去。生意场上一旦遇上个"宇宙黑洞"，任你赚上个天文数字，都是亏得进去的。

陶桃的专业学的是金融商贸，她绝不允许"破产"这两个字出现在她自己的生活中。

她拉开手袋，看到那只精美至极的小盒子，正静静地躺在里面。那是一只价格超过千元的浪琴坤表，几年前有个男人送给她的，她从来没有戴过。她已忘了那个男人是谁，这重要吗？恰恰相反。如果她至今还能记得那是谁送的，那就不配有人送给她礼物了。

她要用它来好好谢谢卓尔。顺便的，再同卓尔讨论下一步的发展趋势和对策。卓尔这个人别看她小事情马马虎虎，但遇到大事，却是从不糊涂。更确切点儿说，卓尔这样的人，她自己的事情从来搞不清楚，但别人的事情倒是看得明白。

陶桃仍然很有耐心地搅着她的咖啡，杯中的热气在一点点散开去。咖啡的表面浮着一层浅褐色的泡沫，就像海边的沙滩。大海深处只有汹涌的浪涛而没有泡沫,泡沫都是因岸的摩擦而生的,它聚集在海的边缘和终点,不让海岸因波浪的拍击而疼痛。

陶桃能感觉到自己的心也被一层浮漾的泡沫,松松垮垮地包裹着。它们掩盖了海浪的涛声,看上去一切都很平静。卓尔曾说她心里像是一锅烧开的水,总是在咕嘟咕嘟地翻滚。而她,陶桃不是。陶桃用温柔的泡沫编织成有网眼的兜肚儿,只将最关键的部位遮掩起来。世界上只有陶桃自己知道,她所有的娴静柔顺,都是藏在这泡沫下面的,就像沙砾中奇异美丽的贝壳。泡沫随时都可以融入海浪,只要她愿意。

人都说卓尔太"作",其实,陶桃才是一个真正能"作"的女人。如今她只不过是有些"作"累了、"作"够了、"作"不动了,想要歇息歇息而已。哪天歇过来了,没准还得换着法子"作"下去。卓尔是"作"在明面儿上的,翻天覆地的架势,上蹿下跳的,总把人吓得目瞪口呆,到头来,她自己的事情却一件也没办妥,要不是陶桃请求郑达磊,把卓尔挽留在天琛,她恐怕连吃饭都成了问题;而陶桃的"作"是"作"在心里头的,不动声色、风平浪静,就像水鸟和海上冰山,看不见水下的内容,等到人们惊觉时,陶桃已在风景怡人处悄然上岸了。

对不起啊陶桃,我又迟到了。卓尔大大咧咧地背着一只大书包出现了,没等冲到陶桃面前,裸露的膝盖在邻近的一张椅子角上撞了一下,疼得她直咧嘴。

卓尔穿着一件宽宽大大的男式翻领 T 恤,才 6 月初,西装短裤已上了身。

陶桃伸过手去,一边替她整理歪斜的领子,一边说:瞧你,出门也不收拾收拾。

卓尔嘻嘻地笑得无辜:又不是同男朋友约会啦,算了算了。

陶桃打趣地说:那枝卢荟病好了没有?你这红粉知己就打算一直这么当下去啊?

也就你吧,又是红粉又是知己的。卓尔还在揉着她的膝盖。其实呢,对于大多数男人来说,只有红粉,没有知己,它俩是连体婴儿,早晚得做分离手术。

受什么刺激了?

我还怕受刺激?红粉都掉没了,心上长满了老茧。

陶桃笑笑,问卓尔喝什么。卓尔说:渴了,矿泉水吧。

哪有上这儿来喝矿泉水的?

对我来说,哪儿都一样,不就是找个地儿说话嘛。

陶桃要了两杯柠檬茶,特别叮嘱服务生要新鲜的柠檬。茶上来了,烫嘴,卓尔吸溜吸溜地啜得响。陶桃急着问卓尔,老乔那个官司再往下怎么进行?卓尔说那还不简单,让法院调解调解,老乔一撤诉不就结了。等郑达磊躲过这一劫,再让老乔去跟他解释解释,赔礼道歉什么的呗。

陶桃担忧地说:这一道歉不就把我供出来了吗?郑达磊非得跟我急了不可。

卓尔悠悠地晃着腿说:你把他救了,他谢你都不知怎么谢呢。

陶桃不吭声。她内心真正的忧虑,跟卓尔没法讲清楚。当时情急之下,卓尔那一招是唯一的绝活。如今走到这一步,再往下想,陶桃不能不发愁。在她和郑达磊的关系中,从来都是郑达磊说了算,他是一个对自己很自律,对别人同样也严格的人。陶桃在遇到郑达磊之前,是那种把自己爱到骨头里的女人,然而爱到了没有一个人值得她嫁的时候,她的爱就被悬空挂起来,像一只孤零零的风铃,上不着天下不着地,只听见寂寥的铃声在风里飘摇不定。郑达磊的出现是陶桃生命中一个巨大的转折,他在很短的时间内彻底改变了她,把她变成一个爱男人胜于爱自己的女人,变成了一个乖顺忍让温情驯服的女人。她希望自己能成为他所希望的那个样子。

这世上还会有比郑达磊更适合成为她丈夫的人吗？暂时恐怕是不会有了。所以她爱他、崇拜他。清晨的阳光在镜中无情地映出陶桃眼角细微的皱纹,她看见树上枯萎的叶子一片片飘零,听见一朵朵变得蔫儿黄的泰国兰落地那一声声惊心动魄的催促——陶桃没有时间,也没有机会再犹豫了,一个最爱自己的人,当然得有一个她理想中的人来爱她。

而郑达磊,却不会允许一个爱他的人干涉或是违背他的意志。

想什么哪你？卓尔把一粒话梅递给她。

陶桃摇了摇头。

卓尔满不在乎地说:陶桃啊你别发愁,到时候,郑达磊要是跟你翻脸,有我呢,我会说,这一切都是我干的,你什么都不知道。听见了吗？反正他也不能把我怎么样,大不了我不在他的公司干就是了呗。

卓尔的小眼睛眯眯着,却从那缝隙里透出了清亮的光泽;她轮廓分明的嘴唇微微咧着,清晰的唇线显得坚毅而锋利。她光滑的额头在灯光下闪烁,那一头短得不能再短的黑头发轻轻跳动着,每一根头发丝都在发出响声……

卓尔虽然不好看,但有时挺可爱的啊。陶桃想。假如卓尔有一天突然爱上了郑达磊,她是一定会和我抢的。陶桃脑子里忽然闪过了这样一个念头。这个家伙,她才不在乎什么好朋友的男朋友呢。她一定会说:陶桃,咱俩决斗吧！

陶桃的眼神黯淡下去，她端起咖啡来喝了一小口。

卓尔，你说的这种情况是不会发生的。郑达磊爱我，我知道。陶桃慢声细气地说。他怎么会不理解我呢？

陶桃这么说着的时候，看见卓尔眼里掠过了一丝嘲弄的神情，陶桃忽然对自己的话发生了一点儿怀疑。她是真的为了郑达磊还是为了自己呢？她是因为更爱自己才那么爱着郑达磊的吗？她不知道。

但愿吧。卓尔随口附和着，显然有了敷衍的意思。我只是让你小心点儿，到时候别怨我没提醒你。

陶桃把那片薄薄的柠檬一滴滴挤干了，摇晃着杯子，沉吟了一会儿，说：卓尔我不知该不该告诉你，这个月我到今天还没倒霉，好像有点儿问题了。

那你赶紧去检查呀，赶紧的！真要是怀孕，可就麻烦了。

有什么麻烦？正好！

假如不正好呢？

那就把孩子生下来。反正，这一次我是不会再去做流产了。

我的天，你要当妈妈啦？

你别紧张，我打定主意了，我倒要看看郑达磊这回拿我怎么办。

你不会是故意的吧？

反正，我不能再受一次伤害了。

陶桃，其实这个世界上没有人能伤害你，真能伤害你的，只有自己。

好啦，别那么哲学了，那没用。

陶桃招了招手，叫服务生结账。她看见了包里那只深蓝色的小盒子，那只装着浪琴坤表的小盒，但她缩回了手，她突然不想把它拿出来了。

陶桃和卓尔出了门往停车场走,卓尔说送陶桃回去。

不知从哪里飘来一阵歌声,伴着细碎的吉他和鼓乐,民谣般的随意,带一点儿空旷与恍惚。陶桃默默无语,她听出那是莫文蔚的《阴天》:

"……阴天 在不开灯的房间当所有思绪 都一点一点沉淀 爱情究竟是精神鸦片 还是世纪末的无聊消遣……开始总是分分钟都妙不可言谁都以为热情它永不会减除了激情褪去那一点点倦……"

后来是《盛夏的果实》:

"也许放弃 才能靠近你 不再见你 你才会把我记起 时间累积 这盛夏的果实 回忆里寂寞的香气 我要试着离开你……"

那是年轻人的歌,不幸的是,陶桃也重复了这些歌词。

临上车前,陶桃才想起来问卓尔,她给天琛公司做的活动方案怎么样了?

卓尔弯着腰,匆匆把副座上的杂物扔到后座上去,一边回答说:

特棒、特好玩儿,刚才出门前才把方案全弄完,真的,特有意思,我都没想到自己这么天才。唉,现在没法跟你细说,到时候你看现场效果吧,能把北京城都给震了。明天一早,我就上天琛去找郑达磊,把结果告诉他。

第十七章 "作"是一种创意

1

卓尔抱着文件夹和一大堆鼓鼓囊囊的图片资料,刚一走进郑达磊的办公室,就发现里面的气氛不大对头。

郑达磊站在地板中央,脸色铁青,就像暴风雨来临前阴云密布的天空。

他冲着在门口发愣的卓尔大声嚷嚷:你还好意思来找我呀,就是你,引狼入室,你那个哥们儿老乔,一个开火锅铺子的暴发户,竟然把我给涮了。去年他重新开张,非要摆阔搞什么豪华装修,求我低价给他一批岫玉挂屏,那价格低得就差点到底线了,再低我就该赔了。那么低的价格能有好货?我天琛总不是慈善机构吧,但那批货的质量再一般,也不至于是假货啊,自从天琛创业,从未由我手中出过一件假货。那个老乔不知道是不是吃错药了,昧着良心不知从哪儿弄来一份玉石鉴定,把天琛给告了。竟然还有如此浑蛋的法院,居然给立了案。这一下,公司的账号封了,业务冻结了,什么事儿也做不成了。你去给我问问那个老乔,我郑达磊哪一点对不住他了?他是不是让黑社会给绑架了?要想害我也得让我死个明白啊。

他平素梳理得整整齐齐的头发,一根根都竖立起来;端正的鼻梁和颧骨由于愤怒而扭曲,往日里矜持的嘴角因哆嗦而有些变形。卓尔还是第一次见到这个样子的郑达磊,他好像变成了另一个人——这个发现使卓尔震惊。

卓尔把怀里的文件夹越发地抱紧,垂下了眼睑以避开郑达磊愤愤的目光,明显是有些心虚了。她说那你干吗不找他谈谈,别是闹什么误会了吧。

我给他打了三天电话了,那小子硬着躲着不见我。这里头肯定有猫儿腻,他说。

卓尔傻傻地站着,好一会儿才把情绪调整了,咬牙切齿地说:

那……我帮你找人去把他的胳膊给卸了!好好教训他这个家伙!

郑达磊有好几秒钟站在原地不吭声,他似乎是意识到了自己的失态,轻轻地叹了口气,走回到自己那张宽大的办公桌后面,重重地坐下了。

卓尔心里忍不住想乐,强压了下去,迫不及待地问:那、那个菲律宾公司的生意也做不成了?

是啊。郑达磊顺口回答,忽而警觉地反问,哎,你怎么知道这事儿?

卓尔吓一跳,悔不该乱问,差点儿露了馅儿,赶紧说是偶尔听陶桃提过一句,因为眼下她正同天琛合作,所以就记住了。为了不使郑达磊生疑,她又故作沉重地加了一句:唉,遇上这么一场飞来横祸,天琛公司的经济损失可就大了。

郑达磊摇了摇头,严肃地纠正说:

重要的不是经济损失,而是公司的信誉,生意场根本一条取决于信用,名誉一旦受损,花多少钱都难以挽回啊……

卓尔心里闪过一丝不安,怯怯地探问:正在策划的那个活动,还搞不搞呢?

郑达磊从那张宽大的转椅上直起了身子。他的目光落在对面墙上那幅巨大的草书上,卓尔第一次走进这里时,曾被那些玉之五德的儒家古训所吸引。她看见郑达磊绯红的脸色渐渐地退归于宣纸的平静冷峻,遒劲的墨迹朝四面洇开去,恰到好处地在字缝间戛然而止。风暴已经过去,小梳子在他手中迅速地转动,奇迹般地回复了那个整齐向后梳拢的发型。他站起来去拿纸杯,不慌不忙地垂入茶袋,开水急促地倾注,水沫儿准确地浮在三分之二黄金分割线的位置,他把冒着热气的茶杯稳稳地放在卓尔面前,眼里甚至闪过了一丝微笑,如雾气一般在他额头上飘忽。

他说:那还用问,当然要搞。而且还要搞得声势更强、规模更大,要充分利用新闻媒体的作用,把受众的注意力都吸引过来,并在社会上造成相当的影响。我们要用这次活动来证明天琛公司的经济实力、文化品位和发展前景,确切地说,要抓住这次机遇,来挽回天琛的名誉损失,当然还有经济损失。

郑达磊的手机响了,他拿起来看了看来电号码,按下了关机键,又接着说:

法院那边嘛,我已经安排人去应对了。在企业界,这样的经济纠纷是常有的事。这一场风波,或者说意外事故,对我来说不过是小菜一碟。我只是有点儿烦,是生气,因为这事打乱了我工作的正常步骤。但我并不怕,也不担心,我心里有底,那份鉴定报告倒有可能是假的,我会尽快同老乔取得联络,妥善处理好此事。你看着吧,要不了十天半个月,一切都会烟消云散……

郑达磊脸上早已风平浪静,眼里是处变不惊的坦然,声音里充满自信。卓尔面对宽大的班台后面的郑达磊,那个谈不上陌生却也并不熟悉的中年男子,瞬间里心头忽然涌上一阵强烈的好感,这种好感与其说是来自这场"事故"的肇事者她本人后产生的愧疚,更多是出于郑达磊——那种对自己的沮丧和失态的强力抑制,那种迅速调控自己情绪的能力,还有宽宏与诚恳。卓尔深知自己的意志薄弱是如此不可救药,因而对那种极度清醒冷静的理性之人,常常心怀敬畏。

好了,说说你带来的方案吧。郑达磊站了起来,走到卓尔坐的沙发旁边,把茶几上的烟缸杂物一一挪开。他似乎有些故作轻松,用开玩笑的口吻说:

你听好了,要保证这个活动顺利举办,目前来说如果说有什么问题,一是你的策划方案是否能让我满意,剩下的一个小问题,也就是资金了。

资金?卓尔有口无心地重复了一遍。

是呀,我的银行账号都给冻结了,天琛这个月的员工工资都发不出来了。他笑嘻嘻地说。眼下我可是"都市新贫",身无分文啊!

卓尔的脑子嗡的一声,张大了嘴愣在那里,好一会儿才反应过来——闹了半天,她竟然把自己给"策划"进去了。她怎么就没想到,指挥老乔去起诉天琛,账号被冻结,首当其冲的受害人正是她自己。她辛辛苦苦策划了一个春季的活动方案,她倾注了全部热情和智慧,即将以全新的姿态登陆京城的这场夏季凉风,却被她暗中精心筹谋的另一场人工降雨给覆盖了。就像一个在街上乱扔西瓜皮的孩子,恰好回头一脚踩在那块瓜皮上,摔了个满嘴是泥,你说冤是不冤?这个活动虽是在郑达磊的提议下萌生的,她原本是在走投无路之下,抱着试试的心情,被他们连蒙带唬地哄来的。她其实本无所谓,要命的却是,偏偏就在她误入歧途后发现其中竟是别有洞天,继而把这事当了真,兴趣和灵性猛然大发,怀抱一腔前无古人才华横溢的创意,即将呼风唤雨之时,那块西瓜皮唰地从天而降,偏就落在了她的鞋底下。

卓尔心想,这个玩笑真是开大发了。这是现世报还是弄巧成拙?看来做人真是不能太好心肠啊,那个该死的陶桃干吗什么事儿都找她垫背?

卓尔哭笑不得,欲笑无词、欲哭无泪。卓尔好恨自己啊。

她那么愣着的时候,感觉到一只温厚的手掌落在了自己肩上。那只手带着洗手液微淡的香味儿,在她肩上短暂停留并在手心里轻轻地施加了力。

看看,把你吓着了吧。郑达磊朗声大笑起来。

卓尔卓尔你还是太小儿科啦。郑达磊不无得意地在她肩上拍了一下。我这小小一试,就知道你对这个方案很在意嘛。只要东西好,我怎么会让它胎死腹中呢?资金是个问题也最不是个问题,我在商界还有那么多朋友呢,你也太小看我的能力了吧。再说,等到万事俱备,我估计同老乔的官司也早就结了。我正好利用这个活动,给天琛公司正名,在京城刮一场以天琛为名的热带风暴。

卓尔傻傻地乐了。那一刻她真想吻一下郑达磊,假如他不是陶桃的男朋友就好了。

2

郑达磊埋头在卓尔那堆策划书中,眼神一会儿像钉子,一会儿又像剪子,时而牢牢钉在纸上,时而又咔咔地开始剪裁。他看得慢而细致,一页一页地,甚至是一个字一个字地捋过去,把文件纸来回翻得哗啦哗啦响。

卓尔怡然自得地喝着茶水,高高地跷着腿,两只眼睛在郑达磊身上滑过来又滑过去。她一点儿都不担心也不紧张,她对自己的这份策划方案有太强的自信和把握。如果郑达磊把它否定了,那就只能证明郑达磊是一个天下少有的蠢蛋、一个白痴和傻瓜、一个徒有儒商之名而实际上穷得只剩下钱的那种腹内空空连老乔都不如的暴发户。假如他对卓尔的方案不满意,卓尔站起来拔腿就走,连争辩的机会都不会给他。他该付给卓尔的劳务费,除去预支的那部分,剩下的就让陶桃去帮她索要。当然,得等他天琛的官司了结之后,才能拿到钱啊,弄不好这几个月的住房按揭就得滞纳了……

卓尔听见啪的一声响,郑达磊合上了那本厚厚的策划书。接下来是一个干脆利落的"好"字。好得由衷而痛快。

卓尔听见了她期待已久但又是意料之外的赞扬与肯定。他说这个方案是目前为止他所见过的大型广告活动中,最具挑战性、独创性,同时也最具文化意味的,应该说这正是他所需要、一直以来所梦寐以求的那种东西。他一边说着,呼吸急促,两道浓眉中都放出光来了。他连连挥舞着那本文件夹,弄得卓尔十分担心她那些美丽的图片会像天女散花一样被抖搂一地。几个月来,卓尔见惯郑达磊的傲慢与冷峻,还从来没有见过他在她刚进门时的那种愤怒;见惯了他的沉稳与莫测,却几乎没有见过他的兴奋和激动——这两种一向被他深藏的情绪,今天突然一下子像石油似的喷发出来,倒让卓尔真的吃惊了。她想郑达磊这个人其实还是挺有意思的啊。

噢,对了——郑达磊又低头来回地翻着那本文件夹,抬起头问:这上头怎么没有写上资金预算呢?

预算?

是啊,一个大型活动是否能顺利进行,最终都得取决于资金的到位,你难道连这个都不懂吗?郑达磊又恢复了他训示的口吻。

卓尔瞪着眼说:我忘了。她只顾着激动,竟然把这最重要的钱给忘了呢。

郑达磊说,详细的预算你可以回去再做,但我现在要求你作出一个大概的估算。我们可以一项一项列出来,不一定那么准确,我只要心中有数。

卓尔不吭声。对于数字她是天生弱智,怎么可能在这样短的时间里计算出来？再说,有关钱的事,本该由郑达磊操心,同她无关。

她笑笑说:资金嘛,可多可少,钱多的话就精致铺张些,钱少的话就简洁朴素些,全看您拍板了,看您舍得花多少钱,这笔费用原本就有很大弹性的。

别跟我绕弯子,这可不像卓尔的风格。

你看,若是放在公园里办呢,场租费就可以省下一大笔钱。卓尔仰头望着天花板,慢悠悠地说,若是放在有冷气的展览馆,比如像炎黄艺术馆、展览中心或是其他画廊什么的,场租费就要高得多。参展的全部玉器,都是由贵公司提供的,是你们自己的产品陈列品,你要是愿意把你那些宝贝都拿出来展示,只需到保险公司注册,花上一笔限时效的保险费就可以了。真人模特呢,那就看你打算请什么级别的了,若是国际名模,再来几位著名影星助兴,仅仅是模特的费用立马就可以蹿至七位数以上。不过我倒是劝你不必动用什么国际名模,花钱倒在其次,我只是觉得有点儿俗滥,跟我们这个活动的宗旨和格调不大相符。我的策划理念强调的是"天然"两个字,珠宝玉石都取之于大地,然后回归于人,让普通的人都懂一点儿玉的常识,对玉文化发生一点儿兴趣,同时记住有一家天琛公司,专营翡翠玉石,质量可靠——贵公司的目的也就达到了。所以,我设想的模特,就是普通的女孩,像我们平时走在大街上看到的或是同住一个小区里邻家的女孩,由她们来佩戴那些玉石首饰,观者会有亲切感、亲近感,不像那些时装表演,只是为了展示时尚、供人欣赏,那些华丽的奇装异服,其实同人们的日常生活完全无关,是只能远看而不能真穿的。而我们的活动,却要让观众们离开时,获得一种跃跃欲试的兴奋感和参与感,产生出强烈的购买、模仿、实践的欲望,所以,模特哪怕是用天琛公司的员工来担任,都会有出其不意的效果……

　　卓尔一口气说着,一时竟刹不住车。她还从来没有发现自己原来也会如此滔滔不绝。她觉得郑达磊其实并没有完全理解她的创意,或者说,有一些可伸展的外延和多义性,是被他忽略了的,既然他已经基本认可了这个创意,那么她必须把策划书上文字和图像无法表述的部分,用声情并茂的形象化语言,彻底攻克郑达磊。

　　郑达磊不时地微微点头,饶有兴致地听着,在指间将卓尔的声音——那一粒粒在空气的振荡中,发出悦耳响声的珠串——捻过。他看见卓尔的面孔在激情的讲演中罩上了一层绯红的光晕,小巧的嘴唇一开一合如孕育珍珠的河蚌,浅粉色的舌尖吐露无忌,令人产生出性感的联想。她的眼神咄咄逼人,琥珀色的亮光闪烁,精灵般地在屋子里横冲直撞。她的脖子白皙而光滑,两块硕大的锁骨突兀地横在肩胛两侧,像是两片无瑕的白玉,在阳光下透明如水,侧影中又呈蛋清的质地……

　　卓尔有时候其实是蛮可爱的啊。郑达磊在心里感慨。可惜多一半时候,她不是温润的玉,而像玫或是瑰那样的美石尚须打磨。玉不琢不成器,但谁能把卓尔给雕琢成形呢?所以卓尔这样无羁的女人永远也成不了玉。若是把陶桃比作柔顺如水的丝绸,那么卓尔就是一只咬破了茧子乱飞的蛾;丝绸的色调图案是已被织成了的,它可任人剪裁,穿在任何人身上;但蛾子却四处扑腾,内里有一种生动和活力,连产子都是爆发喷涌的……

　　郑达磊在那瞬间里有些走神了。

卓尔的声音在急急地继续着:我还要借用一下贵公司的楼道、走廊,所有的办公室里,那些镶嵌在墙上的方形字幅,那些同玉有关的汉字书法,这些都是现成的东西,布置在展览现场,文化气氛一下子就出来了……

好哇好!郑达磊猛一击掌,忍不住大声喊道。你可真是神了,投入少产出多,少花钱多办事,我早就说你的商感不错,我有眼力吧。

不用急着夸我。卓尔沉下脸正色道。下面就该你出血啦,这笔钱可是一分也不能省。你听着,最大的一笔费用,是在冰块的制作上,必须租用大型冷库,还有不少人工。制作一块 $30\times60\times80$ 公分的冰块,需要二十四个小时,一块冰的成本价是 30 元左右,我起码需要几百块冰,你算算是多少吧;而且,要想保证冰块的绝对透明,没有一粒气泡混杂,必须配备真空抽气装置。为了玉器的运输和加工安全,得租用二十四小时现场保安人员。还有,放入冰块中的翡翠玉器,你得负责提供全部的文字说明……

没问题没问题,这些都不是个问题。郑达磊兴奋地搓着手连声说。一定要使用最好的设备,每一个细节都不能含糊,我做事历来都是这个原则,不做则已,一旦出手定是完美无缺。至于玉器嘛,它的物理结构能耐得住零下几十度的低温。你这个创意,真正是物尽其用喔……

这天上午,卓尔和郑达磊一拍即合、相谈甚欢,他们之间竟是如此默契,几乎超过了他们彼此猜测的预期。为了共同做成一件事,他们迅速发现了对方身上过去一直被自己忽略的种种美德,他们之间的审美观和文化品位是如此相近,甚至彼此都觉得唯有他们俩才是世上最为相知的老友。卓尔把杯里的茶都喝得没了颜色,郑达磊整整一上午没接过一个电话,他们把每一个细节都推敲了再推敲、琢磨了又琢磨,一直到双方都认为万无一失。郑达磊告诉卓尔,他将立即成立一个专门的筹备小组,由卓尔任艺术总监,另派一位公司的办公室副主任全权协理全部事务,先期资金将在三天后到位。

他们一直谈到郑达磊的秘书第三次来催促郑总,问他是在公司餐厅用午餐,还是到外面的酒店订餐。

很久以后,卓尔偶然想起那天中午的情形,仍然有些纳闷。她始终搞不懂,明明一分钟前天空还是万里无云、风和日丽,怎么突然就会电闪雷鸣、风雨交加?就算是她先发火、先摔了文件夹,就算是她太冲动一时没有控制好情绪,但原因却在郑达磊那里,导火索是他点燃的。他凭什么在最后拍板前的那一刻,突然要求她修改一个关键的环节——把场地移到有冷气的场馆,无论是哪个画廊还是展厅都可。他说他考虑再三,还是室内更规范更安全也更具人气。其实一开始他就不太赞成设在公园内的,天气太热,冰块融化的速度太快会造成意外的纰漏,等等。虽说租用场馆的费用会大大增加,但如果设在公园内,三天里每天换冰的费用,算下来几乎同租用场馆相抵,所以还是放在室内更划算些……

卓尔一口水噎在嗓子里,她急急地叫起来说不对不对,这是完全不同的两个概念。既然活动命名为"天琛——自然之宝",放在树林里和放在冷气房里,两种不同的外部环境,所提供所负载的精神内涵是截然不同的。她一开始设想的两种方案,仅仅是为了测试郑达磊本人对这个活动的理解。就她的本意来说,她更希望是一个开放式的、有公众参与的事件。开幕那天,可变性的因素越多,活动的空间就越宽广,在她的设想中,她的愿望和她的目标是……

郑达磊的脸色变得阴沉可怖,嘴角耷拉下来。他冷冷地打断了她:

测试?!这个词用得不太妥当吧?你以为你是谁,你看那电影的字幕上,策划人和出品人也有个界限呢。天琛公司的活动总该由天琛的老板来拍板吧。你一口一个"我的愿望我的目标",你怎么不想想天琛的愿望、天琛的目标、天琛的预期是什么,我这个天琛的老板,真正需要的又是什么……

卓尔一把拂去了膝上的文件夹,站了起来。她说那你就另请高明吧,你愿意在哪儿展出我管不着。但有一条,如果天琛剽窃盗用了我的方案,我也会像老乔那么干的,别怪我不客气。三天之内,请把我设计费付清了!

卓尔走到门口,看了一眼散落一地的图片资料,回转身蹲在地上,把它们一张张捡起来。眼角的余光瞥见郑达磊伫立不动的脚上锃亮的鞋尖,心里突然涌上一阵剧烈的厌恶感。她想自己其实还是不了解郑达磊这个人的——为什么每一次同他见面,好感与恶感都会在瞬间里不断反复交替?

卓尔永远也不会知道,在那个瞬间里,郑达磊亦体验了与她完全相同的感受。就像浪峰上的舟楫,同海浪一同升上浪尖又跌入谷底,彼此一同消长。当然,作为男人的郑达磊,会比卓尔的反应更强烈更复杂些。他望着卓尔直直地冲出房门的背影,脑子里闪过一个很不文雅却十分贴切的念头——如今莫非真是像那些男人们议论的那样——到了一个女性勃起的时代吗?

3

多年来一直顺风顺水的郑达磊,近日里,好像所有的烦恼都被他一人兼并了。

就在这天傍晚,心情恶劣的郑达磊接到了陶桃的电话,让他下班后到她那里去一趟。他说哎呀宝贝儿你就饶了我吧,这些天我已经是焦头烂额了,你就别给我添乱了好不好,等过了这一阵子再说吧。陶桃的声音听上去有气无力,却有一种令人毛骨悚然的凄绝与刚硬。她说你要是今天晚上不来,恐怕就再也见不到我了,你会后悔一辈子的。郑达磊心里蹿上一股火,他说陶桃你不必这样威胁我,跟我这么长时间,你应该知道我最讨厌别人胁迫。电话那一头沉默了许久,他听见她低低的抽泣声,他大声喊她的名字,无人应答,最后传来忙音,她已把电话撂下。

郑达磊心里倒有些不安起来,处理完公司的事务已近8点,他在附近的小饭馆草草吃了碗面条,还是开车往陶桃的住处去了。

三环上如流的车灯,迎面扑来的金黄和黑暗中退去的血红,刺眼的光亮将夜路照得如同白昼。但夜幕仍然重重叠叠地遮挡着这个城市。郑达磊的车在黑夜里如风穿行,忽而有一种大幕快要落下的感觉,黑暗会将他一口吞噬。他猛地打开了大灯,将前路一下子照得老远,才觉心里踏实了些。却在进入辅路后,由于忘了系安全带,在一个路口被交警拦下,吃了罚单还挨了训。

人不顺心时,真是喝凉水都塞牙。

陶桃对于他的突然到来,并没有表现出特别的惊讶。她没有像往常那样软软地瘫在他怀里,让他把她抱起来转几个圈才肯放开。进门时他曾试图揽住她的腰或是吻她一下,她却转身躲开了。她只是冷冷地把拖鞋递给他,一言不发地为他端来茶水,然后在他对面的椅子上坐下来。

这天晚上,一袭黑色丝麻无袖长裙的陶桃,未佩饰链、不施粉黛,白皙的肤色被黑裙映衬,越发地显得细腻清爽了。只有十个手指和十个脚趾上,涂着鲜红的指甲油,黑白中跳出点点樱桃般的猩红,俏皮之中倒像是藏着一种刻意的挑衅。几乎从未见陶桃着玄色衣裙的郑达磊,为她这一身素服吃了一惊,他的目光飞速地滑过陶桃全身,在她端庄的坐姿中透出来的漠然与孤傲,突然令他感到陌生与恐惧。一种不祥的预感笼罩了他的全身,他想莫非真的到了摊牌的时候了?

达磊,我怀孕了,你说怎么办吧?陶桃的声音出奇地平静。

依你看,你想怎么办呢?郑达磊的声音温顺平和。

结婚。陶桃斩钉截铁地回答说。

你是说结婚吗?

是的,结婚。

你……不觉得,我这一阵子实在是太忙了吗?

从我认识你以来,你从来没有不忙的时候。

像我目前这样百事缠身,怎么能有结婚的心情呢?

这恐怕不是理由。因为,结婚也许倒能消除你的烦恼。

没有这么简单吧。

亚运村北的紫玉花园有精装修的现房,搬进去就可以住。结婚就这么简单。

……那,像我们现在这样,同结婚有什么区别吗?

以前没有,但现在有了。因为孩子需要父亲。你难道认为,在21世纪的京城,应该实行摩梭人古老的走婚制吗?

郑达磊无言。

沉默持续了很久,陶桃似乎有足够的耐心,等待郑达磊想明白关于结婚的问题,但郑达磊想不明白。几年前他刚离婚的时候,浑身轻松得几乎失重,像是一根棒槌落在河里,系上块石头都会要漂起来,再没有人要求你做什么和不做什么,再没有人告诉你该吃什么和不吃什么。一个人的生活实在是妙不可言,要不然京城里怎么会有越来越多的"丹桂"（单贵）潇洒自在、四季芬芳。他在创业、发展、提升的几个不同的阶段，曾先后有过几位不同的女友，都是线性的、糖葫芦般一个一个的依次串下去，井然有序，不像那些过于荒唐的男人，周围的女人呈放射状，光芒四射，烈焰熊熊，一旦风势突变，倒被那些火苗、火把、火炬、篝火们合围，终被烧得不成人形。他同那些女友先后的告别都是情意绵绵而彬彬有礼，任是那些如樱花一般妖娆还是如秋菊一般野性还是如石榴一般通俗的女人，分手时都依然对他恋恋不舍却又满心谢意。郑达磊从来都不是一个贪财贪色的男人，每一次分手都不是移情在前，而是一种无从消解的厌倦。他曾内疚而自责，也试图痛改前非，但直到如今，他才终于懂得了朝夕相处的终点必定是厌倦。

去年遇到陶桃的时候，恰是他刚刚摆脱了厌倦，重新寻找新鲜感的一段日子。那段时间他忽然感到了孤独，拯救孤独是需要代价的，与其一次次地重温厌倦，莫不如就在终点永久地停留下来，或许一种固态的厌倦在高温下能够转化成新的物质。一个深秋的雨夜，他听见树叶在冷风中哗哗坠落，接着他听见了自己的头发一根根脱落的声音。寒意一直浸润到他的骨髓，即便把空调的暖风开到二十八度，他的心仍然在莫名其妙地战栗。

一开始他真的产生过同陶桃结婚的想法。然而糟糕的是，就在作出了这样的决定之后，他又开始了厌倦，那种面对先前几位女友一模一样的恐惧感，在深夜的梦里缠绕他、袭击他，就像是一种间歇性发作的老病，只有表象的病症，却培养不出致病的细菌或是病毒，因而无药可救。

郑达磊在那个沉默的片刻中，脑子里忽然闪过了许多年前的一个景象——他从图书馆出来，骑着自行车慢悠悠地跟着一个穿短裙的女孩儿,女孩儿的高跟鞋在夜路上发出钟声般的鸣响。女孩儿发现了后面的跟踪者,她开始碎步快跑,他紧追不放,一直追到了女生宿舍门口。女孩儿喊起来,门房骂骂咧咧地出来,他蹬着车扭头就跑,飞快地骑过绿荫深沉的校园,只见天上的星星一粒粒光焰如日,他心中一腔热血沸腾,心都快要跳出来了……

那样的激情与纯真,都丢失在岁月尘埃里的哪一个角落了呢?

一个男人一生中起伏不定的情感曲线,那个渴望成家的高峰与厌倦结婚的低谷,若是同另一个女人的欲望波浪恰好错位,那么纵是万能的神亦无奈。何况是一个未出世也不该出世的婴儿,或是一个早已蓄谋的圈套呢?

陶桃,你听我说。郑达磊终于开口说话了。他放弃了那种一向被人服从惯了的口气,说得很委婉也很诚恳。他说陶桃你是一个聪明的女人,我不需要说得太多你就会懂。女人干吗总是喜欢爱情终身制呢? 无数的事实以及历史早已证明,凡是终身制的东西,大多不好,进入现代社会,世界的各个国家都在淘汰终身制。你想想,在西方社会,从总统到小公务员,都得竞争上岗,白宫的任期只有四年,想要连任必须付出艰苦的努力,华盛顿总统连任两届,但为了给民主制做出表率,自己主动放弃第三次竞选。在我看来,我们之间的相处轻松愉快,就是因为我们彼此都是自由的,你干吗非要把镣铐戴上,像封建时代的后妃小妾惦着名分啦扶正啦,活活酿造出许多悲剧。你一个受过现代教育的人,热衷这些腐朽不堪的东西,连我都替你脸红。你为什么就不能好好地珍惜情侣间这份感情,在任职期内做出业绩,争取连任呢? 而非要用怀孕这样的借口来逼我做出承诺,你不认为这样会适得其反吗……

够了,郑达磊,你别再给我上课了。陶桃鄙夷地打断了他。这一年多,我在你这里都快读完博士了。我就问你一句话:孩子是你的,你打算怎么办?

陶桃的眼里没有泪。她惊讶自己竟然没有眼泪。她的泪在很多年的干旱和贫瘠中,被飞扬的尘土吸干了;她的泪在南极的臭氧层日渐稀薄后,被扩散到全球的强烈紫外线烤得枯竭了。其实郑达磊的回答早在她意料之中,但在她内心深处仍然幻想着一个意外的惊喜。既然陶桃具备了作为未来妻子的全部美德,仍然无法征服郑达磊,那么她只能借助另一个生命来实现他所厌恶的终身制。从上个月开始,陶桃便停止服用避孕药了,她知道这种孤注一掷的做法,对于郑达磊这样的男人,是十分冒险甚至是愚蠢的,但陶桃已经走投无路,33 岁的陶桃知道女人"竞争上岗"的任期不可能无限延长——人的自然寿命根本不能等同于女性的生命,真正属于陶桃、属于这个风韵犹存的女人的有效生命,实在不算太多了呵。

输红了眼的赌徒就是这样被逼出来的吗?

陶桃低着头抚弄着自己十个血红的指尖。她并不认为这是胁迫。谁能胁迫郑达磊呢?几个月前有一次她和郑达磊拌嘴,她撒娇地赖在地板上不起来,郑达磊就那么静静地抽着烟,看着她一言不发,直到最后她无趣地自己从地上爬起来扑到他怀里去。如果是胁迫,陶桃可以把窗子打开,然后站在窗台上,告诉他若是不答应结婚,她就从这五层楼上跳下去。他仍然会一言不发地看着她——那么她跳还是不跳呢?万一跳不死,陶桃可不愿躺在床上做一个美丽的终身残疾人。不跳呢,她不会死但她的心却从此活不过来了。

何况,她觉得郑达磊并非不爱她,只是他更爱自己罢了。

陶桃轻轻地吁了口气,从她踏上嫩江那条木船的跳板开始,她就再不会去做任何没有实际意义的事情了。

那好吧,郑达磊,你听着。陶桃站了起来,那一刻她突然觉得自己像一个法官在宣读判决书:不管你同意不同意和我结婚,我都会把这个孩子生下来!

她看见郑达磊的身子微微战栗了一下,棱角分明的嘴唇由于吃惊而变形,脸上的肌肉一条条都横过来了。那个瞬间陶桃体会到一种被称为快感的滋味,她听见了婴儿甜蜜的哭声,珍珠般晶莹的眼泪汇集成河,滋润着她干涸的心灵……

随你的便吧,陶桃。郑达磊也站了起来,冷冷地看了她一眼,说:也许,你是该有个孩子了。

陶桃没有听见大门关闭的声音,她眼前的世界万籁无声。

4

郑达磊下楼钻进汽车后,用手机给卓尔打了个电话,告诉她一切都按照策划书上所设计的方案去执行,他同意在公园内举办这次活动,不再做任何修改。

卓尔好像正吃什么东西,嘴被占着,只是含糊地嗯了一声,似乎这完全在她的意料之中。他正打算挂断电话,却听见卓尔尖声地大喊一声"喂":

郑达磊哦不郑总,你在听吗?刚才回来后我又想了想,这个叫"天琛——自然之宝"的活动名称,还是太一般化了,缺乏个性,而且给人感觉商业色彩也太浓了……

郑达磊捺着性子问:你又有什么新主意啦?

我想换个名称——卓尔的口气是不容反驳的,倒像她是郑达磊的上级领导。

你说吧,现在说什么都还来得及。

应该叫做:"天琛——我是我自己"。卓尔一字一顿地说出来,唯恐郑达磊听不明白。——我是我自己,多别致多响亮啊,就像一个警句,准能一下子把人都震了。这个名称是直奔主题的,既强调了女性的自我意识,又充分张扬了女人的个性特色,带有提示性和亲和性。与天琛公司的活动意图也完全契合,意味着天琛的产品,每一件都是独一无二、独树一帜的……

好啦好啦,我明白了,你不用再说那么多了。郑达磊不得不拦截了卓尔突发其来的滔滔洪水。他拿着手机沉吟片刻,郑重地说:我同意。这个名称确实比原来的那个更加醒目、更有特色,就这么办吧。

有人说,生活是妥协的艺术。在目前,郑达磊更愿意与其达成妥协的,不是陶桃,而是卓尔,是那个即将轰动京城的"天琛——我是我自己"。郑达磊不愿意为了一个地点一个名称的枝节分歧,使他精心筹划已久的活动流产,更不愿意让卓尔的方案流入别家。若是真把她惹恼了,按着卓尔的脾性,这个家伙该是什么样的事情都能干出来的。那样的话,他和天琛的损失岂不更大?

但郑达磊并不一概地反对流产。眼下来说,他祈愿"流产"这种事情,还是发生在女人身上吧。

第十八章　往死里"作"

1

那一个多月中,卓尔待在京城东郊的冷库里,同时经历着夏天和冬季。她觉得自己变成了小说中的化身博士,白天像个臃肿的圣诞老人,下班时脱去厚重的皮靴和羽绒服,换上短裙和凉鞋,浑身顿时轻飘飘的,双脚一用力即刻就会飞起来。

卓尔每天开车去东郊,总觉得自己是去机场。从热带的一个岛国,乘飞机一下子降落在冰天雪地的南极,连一点儿过渡都没有。这个关于南极的想象令她十分欢喜。京城正是炎夏酷暑,卓尔却像一瓶被冰镇的啤酒,浑身冰凉只有血液还在流动。冷库厚厚的门在她身后一道一道地关闭,隔绝了外面的阳光、热气,还有喧闹的人声。她走进一个幽暗而寒冷的世界,那里除了站脚的大木板之外全都是冰。她像一根行走的冰棍儿,里外都被冻透;偶尔在出了槽的冰块上照见自己的人影,只一眼,卓尔便捧腹大笑,笑得直不起腰来——那哪儿还是个女人,活活是一个眼珠发愣、下巴僵硬、全副武装只剩下关节会动弹的机器人。

但卓尔每一天都开心得要命。卓尔的心里像有一团火在燃烧,很久都没有这么快乐了。那个大型活动的一切步骤,除了制冰以外的具体事务,都由天琛公司的筹备小组在负责打理。这冰库中所有的关键环节,都按照卓尔的意愿,有条不紊地进行着,包括一串珠链的颜色或是大小尺寸这样的细节。郑达磊派出了一台依维柯面包车,还有整整一打的员工外加一位公司的总务,供她调遣使用全权指挥。她和郑达磊共同选择妥当的玉器和翡翠,按照工作的进度,每一件都及时用警员和工具车押送至冷库,做完后就在冷库的小仓库内封存,并派专人二十四小时守卫。就连公司的财务支票,都开出来放在卓尔手中,随用随签,不会让卓尔为难以免耽误工夫。卓尔只管放开手去做,她想做成个什么样子,就做成什么样子;做得不满意,随时可以把冰化成水重新来过,反正清水有的是,而把清水凝成冻儿,所需的钱也有的是。那么卓尔还缺什么呢？卓尔不缺想象和才华,缺的只是时间和耐心。

卓尔就那么整天湿漉漉、硬邦邦的,在巨大的冰槽上铺设的木板中央走来走去,像一只觅食的企鹅。她每隔几十分钟就会抽开木板弯下腰,检查由水成冰的进度,以便在最恰当的时间,投放她需要嵌入的物体。有时她为了等待一个合适的时机,会在冷库逗留到半夜才走。她在广告部挑了几个原先跟她比较合得来的人,加上其他部门临时调来的一班人马,彼此合作得还算融洽。尽管她常常会用各种各样的理由,要求他们返工重来,或是她又有了一个什么新的主意要修改,把那些员工一次次折腾得死去活来。有时卓尔冷不丁发火,会把人骂得下不了台。但谁也奈何不了卓尔,她从早到晚都像一根钉子钉在冷库里,谁想要捣乱或偷懒,都蒙不了卓尔那双亮晶晶的小眼睛。卓尔对她的手下人说:瞧瞧,就这么冻上一天,骨头缝儿里都降了温,晚上回家不用开空调了,省电。

冻好的冰块都是 $30 \times 60 \times 80$ 公分的规格,将冰槽的外部用清水冲洗后,提升倒扣,完整的冰块就取出来了。抽净了空气之后冻成的冰块儿,晶莹得连一丝儿杂质、一粒细微的气泡都没有,透明得像水晶或是隐形的幽灵。若是没有在冰块中嵌上彩色的玉器,那冰几乎就等于不存在,不用手触摸几乎什么也看不见了。卓尔忍了又忍,要不是怕自己的舌头被冰沾住,真的好想舔它一口。

每一块冰"出笼"的时刻,卓尔都会想起那个名叫王晋的画家。

其实,卓尔的这个创意,受到王晋某个装置艺术作品的极大启发。初夏的一个傍晚,她在怀柔神堂峪山沟深处的那个水潭边,凿着山崖下一大块未融化的残冰时,猛然想起了她曾见过的一幅图片。那个名叫王晋的人,几年前曾在郑州"天然商厦"门前,应邀为那个商厦失火后的复业典礼,做过一个名为"冰·96中原"的大型作品,他把商品嵌于冰砖,以冰砌墙,有火来水挡,并有以冰之冷静使消费保持清醒等多层寓意。那个新奇的作品当年在郑州轰动一时,那一堆冰块儿在人们嘴里含了许多日子才化掉。那么,作为"冰清玉洁"这一自古就不可分割的一个整体,"冰"和"玉"犹如一个天生"连体"的比喻,一个相关相衬的共同载体,肯定还有更多义更丰富的阐释。

卓尔立即决定去拜访这个叫王晋的人。

当天晚上,卓尔就设法从朋友那儿找到了王晋的电话号码。她把电话冒冒失失地打过去,那个人说他从来没听说过卓尔这个名字,差点儿就把电话撂下了。卓尔只好急急忙忙把她的想法喊里咔嚓地说了一遍。那个王晋捺着性子听着,然后回答说:冰是属于大自然的,不是我一个人的。我当年的创意也是来自冰灯或是别的什么。冰在艺术中只是作为一种语言存在,你用它来说出你自己的话就行了。

那个叫王晋的人根本没有同卓尔见面的兴趣。也许是出于礼貌,最后他淡淡说了一句,说这个活动举办时,可以通知他,如果有时间,他也许会去看一看。

卓尔已经很知足了。卓尔当然会把王晋的冰变成她自己的冰。冰原本是水,每一滴水都在凝聚成冰的过程中改变了形状。卓尔的冰与火无关而与玉有关,卓尔要把冰化成玉,或是把玉凝成冰。它们是自然的初始形态,也是千年文明对人类的锻造和修改过程。当玉石被人从地底下不断挖掘开采出来之后,最后也将随着地球生灵的灭绝一同消失,就像冰融化成水升入天空那样……

其实卓尔也不知道自己究竟要说些什么。也没有人真正关心卓尔要说什么。它们璀璨夺目,它们光彩照人,它们将吸引都市人麻木不仁的目光,令他们停下脚步,在惊叹中发表一些五光十色的意见,然后把冰中之物带回家去。这就够了。卓尔的目的只想通过这个活动的成功举办,继而建立一个自己的工作室,在有稳定的收入去支付她的住房按揭和汽车医疗人寿保险账单的同时,干点儿自己喜欢的事情。

后来卓尔还给那个叫王晋的人打过一次电话,请教一些制造过程中的技术问题。那人居然一五一十地把一些要点对她讲得仔细,却从来不多问她一句究竟想干什么。

卓尔看了看腕上的表。近来她养成了不断看表的习惯,一块成形的冰制作需要二十四小时,操作中最难掌握的是:冰槽四周的水已结冰,而中心仍处于液态的水状,然后将物体准确地投放——那一个最佳的时间段。

今天是十分关键的一天,昨晚下班前冻上的数十箱冰块,冰槽四周都已被冰凌合围,中心一汪汪澄澈的净水,像一朵朵白色的牡丹迎候着即将飞来的蜜蜂。所需的物件都已运入冷库,人员均已到位,只等卓尔发话了。

卓尔忽然听见了一阵知了的尖锐叫声,长驱直入密集如雨,一声声叫得人心慌意乱。这密封的冷库中,哪儿来的树又哪儿来的蝉鸣呢?她又听了一会儿,才明白那是手机的铃声,正从她那只挂在墙角一根铁轴上的书包里发出来。自从她进了冷库以来,手机铃声就很少响起,这里常常没有信号,谁的电话都打不进来,倒是正合她的心思。

她从木板上跳下来,跑过去接电话。

她恍恍惚惚地听见了陶桃的声音,竟然穿透了冷库的厚墙与重门,像是从另一个世界传来。陶桃的声音那么微弱,有气无力的,像一根游丝在冷风中颤悠。陶桃说卓尔我找了你好几天了,我有重要的事情跟你说。

卓尔犹豫了一下,看了看表,一边往冷库的角落走,压低了声音说:陶桃,我现在正忙着,等下了班我去你那儿好吗?

陶桃的声音像是要哭出来。陶桃说卓尔我昨晚肚子痛了半夜,今天一早出了血,怕是要流产了……

卓尔的脑子嗡的一声,倒抽一口冷气噎得她好一会儿说不出话。她结结巴巴地说,什么什么流产?你、你真的那个啦?你怎么不、不早说啊?

我是想把孩子生下来的。我跟你说过……

我还以为你说着玩儿呢!卓尔下意识地跺了一下脚。喂,你现在在哪儿呢?

在家。今天一早发现不对劲我就没敢上班……

郑达磊呢?

电话中的陶桃沉默了一会儿说:不,我不会找他的。

卓尔嗯嗯地拿着电话在原地转了好几个圈,四周的昏暗中,唯有墙角的冰块闪烁着惨白色的冷光。靠近天花板的屋顶上,毛茸茸的白霜像一顶爱斯基摩人的皮帽子高悬着,皮帽是空的,没有脑袋,那些脑袋都跑到哪儿去了呢?

陶桃你听着,别慌啊千万别慌。我马上打电话让卢荟去你那儿,送你去医院。这事儿得有个男人陪着,你知道卢荟那个人,办这样的事儿他最拿手了。你放心好了,我会让他把你照顾好的。我再说一句,不管流血不流血,你都该做人工流产。你要那个孩子干吗,你要赌气要报复,也得先为自己想想啊……

陶桃有一会儿没出声。卓尔又紧接着叮嘱一句说你要是再不流产可就晚了,没人能帮你。你把手机开着,我一下班就过去看你啊。

卓尔按下红键又按绿键,立即往卢荟的办公室打电话。谢天谢地,卢荟正好在。如此十万火急之下,她也顾不上卢荟情愿还是不情愿了。卓尔三言两语地把陶桃的事说了,让他赶紧打一辆车,把陶桃送到附近的医院去,还交代了几点注意事项。有些令卓尔感到意外的是,卢荟看来很愿意帮这个忙,连一点为难的意思都没有,就一口应承下来。

放下电话,未等松下一口气,抬头见木板上的那些人,齐刷刷地翘首望着她。她心里一紧,赶紧往冰槽那儿跑。滑溜溜的地面上一块白一块黑,闭一闭眼,面前那块藕粉地儿的红翡寿桃雕,缓缓沉入水中,溅起一片殷红的血光。

2

陶桃看见自己站在嫩江的江岸上,江上冰封雪盖,如亘古荒原,望不见一个人影。她朝着江心走去,冰面在脚下发出咔嚓咔嚓的声音。突然,冰面裂开了一道巨大的口子,那道裂缝越来越宽,断裂的冰块互相推挤着,堆起了小山一般的冰峰。她想莫不是要开江了吧,慌慌地择路而逃,却听见了轰隆的雷声从脚底下传来,

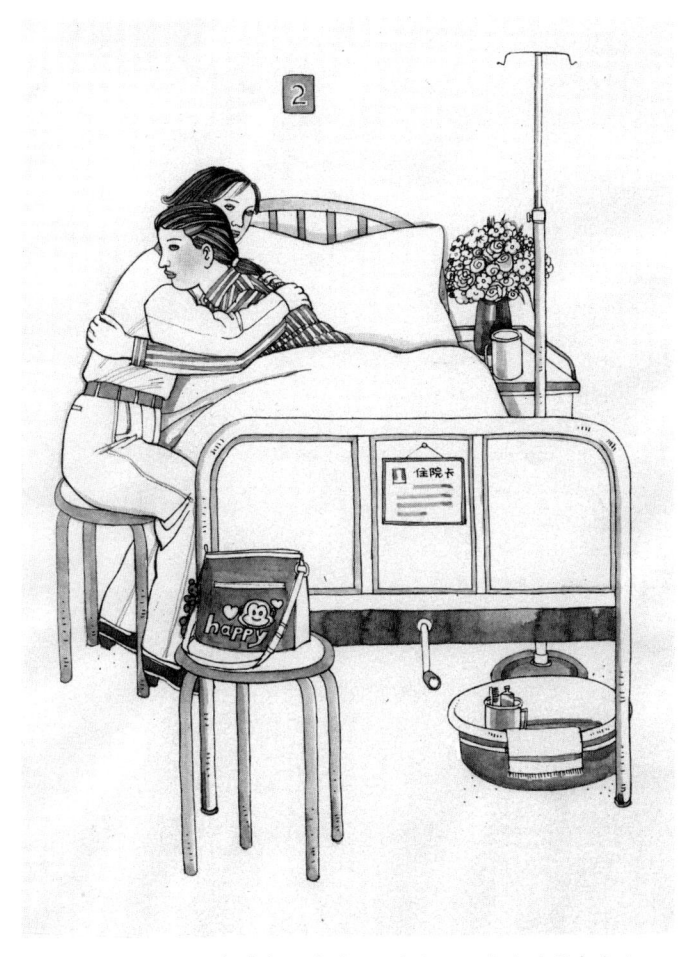

直到她一抬眼看见了穿着条纹病号服,满脸泪涟涟的那个女人。卓尔扑到陶桃的床边,一把抱住了她。

那条坚硬的冰河就在她面前,像一块猛然断裂的钢板被突然而至的江水从中间狠狠撕开。无穷无尽的江水迅速喷涌上来,裹挟着碎裂的冰块,一下子把她卷入了水中。江水彻骨的冰凉几乎令她窒息,她挣扎着,试图抱住身边的一块流冰。那冰的棱角太锋利了,她的一只手指唰地被切割掉,红色的指甲盖儿像一片花瓣儿顺水漂去;她又试图抱住另一块浮冰,那块冰却是太圆滑了,像一只晃动的气球,怎么都无法抓住。她在冰河上精疲力竭地沉浮,却没有一块冰能救她。后来她终于看见了一块木板,是那种长长窄窄的跳板,它的一端架在冰河上,另一端连着河岸,她踏上了那块跳板摇摇晃晃地往岸上走,从岸边的雪地上伸出一只瘦骨伶仃的手,一点一点地把跳板往回拉,将她的脚底抽空。巨大的冰排从上游蜂拥而至,她绝望地喊叫,那个男人狰狞地笑着,他说你不是要走吗,船已经来啦,再不走你就得嫁给我啦。冰排像一艘艘船向她靠近,跳板已经高高地悬空,她无路可走了,回过身像一个跳水运动员腾空飞转,往船上跌下去,但船队已经起航,摩托艇一般突突地飞速远去。她落在巨冰上继而又弹入水中,那样白茫茫黑沉沉的大水,没有来处也没有去路,一个浪头袭来,她迅速地沉下去,只一会儿就被江水吞没了……

陶桃——一个温和的声音喊着她,一只手停留在她的额头和面颊。

是达磊吗?一定是达磊来了,他来看他的孩子,是他和她两个人的孩子。她是多么想要这个孩子啊,一个天使般可爱的小精灵,在安宁的日子里一天天长大成人,有着冰肌雪肤的容颜和玉树临风一般的身材,计算机般精确的头脑和纯真善良的心肠。无论是金童还是玉女,她(他)都会得到天下最仁慈的父爱和母爱,她(他)会在这座中国的首善之地,受到最好的教育和培养,等到高中一毕业,他们就会把她(他)送到英国,也许是美国、法国去留学。她(他)将成为一个出色的外交官、商界大亨、总统或是总理。她(他)将会一生无忧,幸福美满,而不会像她(他)的母亲,经受了那么多的屈辱和折磨。如果她(他)真的成为他们的母亲所期待所希望的人,那个母亲所承受的一切苦痛都是值得的。许多年前当她毅然踏上那条狭窄的跳板时,她所憧憬的便是这样一幅未来的图景。她也许就是为了她未来的孩子才离开那个遥远的边地。这些年中她所经历的每一个男人,都像嫩江上那宽宽的河滩上连接着夏季最后一艘帆船的跳板,将她一步步托往那个理想之境。他们也许怨恨她、贬损她,那是因为他们鼠目寸光、胸无大志。他们中间没有一个人真正理解过她。一个未来母亲那一点精明的算盘,若是同男人的野心相比,能算得上是野心吗?一个女人若是为了她心目中未来的孩子如此地作践自己,应该算得上是一个真正的好女人了吧?许多年过去,当夏季的热风在这干燥之都登陆时,她离自己最后的目标仅仅只差一步之遥了……

然而,如今这个孩子已经没有了,变成了一团血肉模糊的人体组织、一摊碎裂成末儿无法捏合的冰碴。医生说由于先前的几次流产,子宫壁变薄造成习惯性流产;陶桃的母性史在这里出现了一个难以解释的怪圈,即她一次次杀死了那些尚未发育的胚胎,是为了在一个最佳时机得到一个最好的孩子,但与此同时,她恰恰亲手谋杀了那个也许是最好的孩子……

陶桃没有眼泪,她的痛不在伤口上,而是痛在骨头里。

那双手仍然轻轻地在她面颊上、颈窝里移动,替她揩着汗水。是达磊吗?他怎么还不来?对了,是她没有告诉他,她不希望他看见自己这样狼狈不堪的模样。他说过女人也应当学会对自己的行为负责,其实陶桃不需要他的教导,在她多年漂泊的岁月里,每一次遭遇"车祸",结果都是陶桃自己一个人默默收拾残局。

陶桃,你醒了吗?一个男人的声音贴着她的耳根,像一阵清凉的小风吹过。那个人的衣领上透着洗衣液的香味儿,这种干净的气息令她感到陌生,却十分的熨帖、舒服。这个人不会是郑达磊,达磊的手没有这样绵软,声音也没有这样柔和,达磊的目光从来都是逼视的……啊,不似这细纱般柔雾,轻轻地覆盖了她全身……

陶桃昏昏沉沉地睁开了眼睛。她看见病房床头的那个男人,那双忧戚的眼睛如一片云长久地注视着她,他的一只手端着一杯冒着热气的杯子,袅袅的雾气散开去,他光洁的下巴和笔直的鼻梁渐渐地清晰起来。

是卢荟吗?她说,你在这儿待多久了?

哦,也没多大会儿,为了让你减轻些疼痛,医生手术时用了麻醉药,出来后你一直睡,大概有六七个小时吧。

卢荟把杯子端近了她的嘴边,告诉她那是牛奶也许可以喝上一口,又指了指床头柜上的一大堆食物,问她可想吃点儿水果什么的。

陶桃摇摇头,闭上了眼睛。

一片茫然的寂寞与黑暗中,卢荟清晰的面孔随即模糊下去,被迅速置换成了另一个男人,那个她爱过至今仍然爱着也恨着的男人。此刻守在她床边的,为什么不是郑达磊,而是一个同她毫不相干的男人呢?陶桃也许曾经有太多的机会,选一个平凡而可靠的好男人作为丈夫;陶桃今后也许还会有机会,选一个像卢荟那样知冷知热、细心体贴的男人嫁了;但在她心的深处,像郑达磊那样具有魔性诱惑的男人却只有一个,并且会永久地占据她心的领地,与她同生共死。有人说好男人像白开水,坏男人像烈性酒,不好不坏的男人就是饮料了。饮料可有可无,白开水是生活必需品,而只有烈性酒,才会令人陶醉和疯狂。郑达磊这杯度数过高的烈性酒,把陶桃彻底醉倒了。但酒自己却不会醉,好酒越放越醇,开瓶的香味儿只会诱惑更多贪酒的人。那么女人呢,好女人也许是葡萄酒,葡萄酒自然醉不倒像郑达磊这样对酒精具有抗击力的男人。疼痛与昏沉中的陶桃百思不得其解:像她这样虽然不太年轻但风韵尚存、充满女性魅力又风情万种,受过教育有文化而且经济独立的优秀女性,究竟为什么征服不了郑达磊?她也该算是一个上得厅堂进得厨房的女人了吧,而郑达磊依然把她一个人丢在了医院里。他到底要的是什么样的女人?他真的希望这种"走婚"的方式一直持续到他老得走不动路,才会把那个等了他一辈子的老太婆娶回家来在床边伺候他吗?恐怕到那时候,老太婆早已被换成了另一个年轻的小妞儿。

陶桃眼睁睁地看着自己迅速衰老下去,松弛的皮肤上皱纹像一棵蔫儿黄的白菜。

陶桃惊恐地睁开了眼,床前的卢荟依然笑容可掬。

卢荟拉开了病房的壁柜门,从里头拿出了一只精美的锦盒。那盒子沉甸甸的,有一本杂志大小,银白色的丝绒面上系着一根鲜红的缎带。它的样子像是一只首饰盒,但首饰盒却极少有那么大的。

刚才你睡着的时候,郑达磊来过了……

你说什么?陶桃猛地仰起了脖子,一阵剧烈的疼痛又使她不得不跌落在枕上。她喃喃自语地说:他怎么会知道我在这儿?

我想,当然是卓尔告诉他的。他匆匆赶来,把你手术后的单人病房都一一安排好了。见你昏睡着,他说他还有会议先走了,让我在你醒来后,把这个东西交给你,说是一定会带给你很大安慰的。他说时间太急,没有来得及买鲜花,就让这个小盒子代替吧……

陶桃从被单下伸出两只手,慢慢地抽去了盒面的缎带,轻轻地把盒子掀开。尽管她心里已经隐隐地猜到那是一件什么东西,但当她把盒子完全揭开时,仍是大大地吃了一惊——

银白色的丝绒底垫上,用银色的细丝带固定着七八件翠绿色的首饰,在丝绒上摆出了错落有致的图形:一串翠玉的扁圆形项链、一副耳坠、一副手镯,还有一枚白金镶嵌的绿玉胸针——这一整套玉饰,码色均匀的宝石绿,玉质温润纯净,不带任何偏色,定是取自同一块玉料。一线残阳正从窗口斜斜地透进来,落在那一对墨绿色的手镯上,像是山崖下两池并列的深潭,反射出绸缎般的光焰。那一副菱形的耳坠,像是漂浮在水面的两片油青色的绿叶,点点阳光在叶片上洒下了滴滴水珠。那串珠链绿得浓艳,像一条扭着腰肢的竹叶青蛇,妖娆蜿蜒……

陶桃吃惊地张大了嘴,捧着盒子的手,微微地战栗了一下。

是的,在这套看似完整的翠玉首饰中,唯独缺了一枚戒指。

陶桃的目光下意识地掠过自己空荡荡的手指。她早已摘去了原先那枚珠戒,而把修长的中指一直空在那里。她等待的就是那一天,会有一个她所爱的男人把一枚世界上并非最昂贵却是最宝贵的婚戒,亲手给她戴上,就像汽车徐徐穿过世界上最长的一条隧道。如今那十个手指甲上已是残红斑斑,犹如暮春时节满地飘零的花瓣,而树枝上却是空空如也,不见一点新绿一片嫩叶——她最想要的,恰恰是那幽绿的猫眼儿一般,从此以后时时刻刻、年年月月,守护在指尖上凝视着自己的一枚翠戒呵!

泪水像一颗颗迸裂散落的珠链,从她眼里夺眶而出。

一只白净的手立即把纸巾递了过来。卢荟的另一只手轻轻拍着她的肩:哎哎,哭什么哪!依我看,这套首饰起码值几十万啊,不管怎么说,郑总这个人还是挺够意思的……

陶桃哭笑不得地把纸巾揉成一团。她从来没有想到,自己曾梦寐以求的这一套翠玉首饰,竟然是在这样的日子,以这样的方式送到了她的手上。这究竟算是一件信物还是作为一种赔偿?在这世上,她的真情、她的梦想、她的苦、她的痛,有什么样名贵的珠宝能与此等值交换呢?这不是她感情的价码,不是,而是他心里的价位——他自以为公平的价码,可是他不知道,在陶桃心里,她本来是无价的啊!

陶桃欠起身子,猛然伸出手,将被单上的锦盒拂开去。她似乎听见了那只盒子落在地毯上的沉闷声响,伴随着一阵清脆零乱的持续滚动声,那个瞬间她脑中闪过"大珠小珠落玉盘"这句名诗。然而,卢荟在发出一声惊叫的同时迅猛地扑过来把那只锦盒一把抱住了。只是有一只小小的胸针从未关严的盒缝滑了出来……

陶桃的脸上露出了一丝冷笑。

3

卓尔急急推开病房门的那一刻,见到的是卢荟趴在床边的地上,正在寻找什么东西的情景。她的脚差点儿踩着一枚碧绿的胸针,像一只高举长矛的绿螳螂挡在路上。那一刻卓尔觉得好生奇怪,不明白这些个让她忙乎了十几个小时,已经像琥珀中的昆虫那样被载入冻层的翡翠玉器,何以会滚落在这个地方。她恍然以为自己走错了门,又一次走进了冷库。她的思维已经差不多被冷库冻结了,还没来得及被那辆富康车由严寒的南极带回到高温酷暑的热带岛国。

直到她一抬眼看见了穿着条纹病号服,满脸泪雨涟涟的那个女人。

卓尔扑到陶桃的床边,一把抱住了她。

浑身冰凉的卓尔觉得自己像是抱住了一个烫人的火球,胳膊被烤得吱吱作响。战栗的火苗在她怀里蹿动,她闻到了自己衣服上发出焦煳的气味儿,但卓尔仍然感觉到冷,一种从心的深处传来的彻骨之寒,连陶桃灼热的体温都无法使她暖和起来。她忽然发现冷库的冷其实算不得真正的冷,若是在一个热得流汗的地方仍然觉得冷,那就是真的冷了。她感觉到陶桃柔软的身体在她怀里迅速地凉下去,变得僵硬而枯瘦。卓尔要是变成一个冷库,也许就能把陶桃给冰镇了。

没了……孩子……陶桃伏在她肩上无声地抽泣着。卓尔你知道,这个孩子是我真想要的……

卓尔的泪水唰地淌了下来。

她们抱在一起,互相轻摇对方的身体,久久地相拥而泣。黏稠而冰凉的泪水木然地从面颊上爬过,在陶桃喃喃不知所云断断续续的哭诉声中,卓尔想起了几年前那个深夜,与陶桃在出租屋第一次抱头痛哭的情形。那是卓尔一生中第一次对女人生出同情和怜悯之心。是陶桃让她懂得了女人是怎么回事,也是陶桃惊醒了自己,该怎样去做另一种和陶桃不一样的女人。许多许多的日子,就这样匆匆忙忙地过去了。如今的卓尔在与陶桃同悲共泣之时,却再不会像那个凄凉的夜晚,默默无言地陪着她掉一夜眼泪了。她有一肚子的话想要告诉陶桃,只是不知该从何说起。

她想说,其实任何人都奈何不了你的,真正能毁坏你的只有自己。她想说,如果一个人的行为像一只野猫,那就别计较别怨恨别人用对待野猫的态度对待你。她想说,再长久的爱情,在人一生中都只是片断中的一个镜头,只要电影胶片没有放完,新的镜头迟早都要接上来的。她还想说,一个人若是喝醉了,第二天早上醒来时,就该及时把空酒瓶子扔掉……

卓尔猛地咽了口唾沫,把话噎了回去。这些平常普通的道理,难道久经沙场的陶桃真会不知道吗?卓尔连自己的事情都搞不清楚,又有什么资格来开导陶桃呢?

卢荟不知道什么时候已经悄悄走开,那只丝绒首饰盒,连同被捡起的翠玉胸针,已被他收拾妥帖,端置在陶桃的床头。

医生说,我也许再不能要孩子了⋯⋯陶桃喑哑着嗓子,呜咽着说,可我是多想要一个自己的孩子啊,那样奶声奶气的声音,那样肉嘟嘟的小胳膊小腿儿,亲他一口你的心即使是一块铁都会融化了⋯⋯他永远都不会背叛你不会抛弃你,他不是我的一根肋骨,而是我的肝脏我的心肺,是我后半生的全部乐趣。上帝只是制造了女人,而女人却创造了整个世界。无论多么美丽的女人都会衰老,上帝把女人的美丽收回去的时候,是用孩子作为礼物来交换的,卓尔,你不会懂⋯⋯

是的,卓尔不会懂。卓尔没有生过孩子,卓尔很少去想生孩子这样的事情。她身体里曾经潜伏着隐藏着的无数个未来的孩子,都随着月月喷发的鲜血流失到江河湖海中去了。那一粒粒晶莹而柔软的小泡泡,待在那个湿润的卵巢里,却再也没有机会遇见长尾巴的小蝌蚪;也许有一次偶尔碰上了,它也是视而不见逃之夭夭,最后她们只好穿过漫长的隧道,带着母亲的体味,独自周游世界去了。

卓尔眼前出现了无数个拇指一般大的小人儿,小脑袋像一粒粒绿豆,手舞足蹈地在她面前旋转。她们有着清晰的人形,面孔活活就像卓尔小的时候。那些小眼睛一眨一眨的,手拉着手牵成了一个圆圈儿,把她围在了中间,齐声喊着妈妈——妈妈。卓尔的心一热,一股惬意的暖流上上下下地涌动,在肚脐四周盘旋,她忽然觉得自己的乳房微微地发胀,小腹也疼痛起来。她伸出手去搂抱她们,她们却飞快地四散开去⋯⋯

面对如此鲜活可爱的小生命,卓尔还有什么理由对陶桃说三道四?在那个被碾成碎末儿肉泥、被扼杀在连摇篮和襁褓都尚未到达过的母腹中的婴儿胚胎面前,卓尔所有的那些有关野猫、有关镜头、有关酒瓶子的理论,显得多么苍白矫情和不近情理甚至残酷呵。

卓尔的肚子一阵阵绞痛,有一团气在腹中运行,不,就像一个胎儿在踢着她,疼得她出了一身冷汗。而冰凉的身子却开始暖和了,她听见了婴儿欢乐的哭声,有一个孩子就要醒来了,不,是那个孩子的妈妈醒来了。

卓尔轻轻放开了陶桃的身体,冲着陶桃诡秘一笑。

你怎么知道我不懂啊,陶桃?其实,我也好想要孩子的。她说。

陶桃凄然地说:你都三十五六岁了,比我还大,要什么要啊?

怎么不能要啊?卓尔从床沿上弹起来,面对着陶桃站直了身子:你可千万别泄气,真的想要孩子,办法多的是。

我先告诉你,你可别跟我提什么试管婴儿啊。陶桃红着眼圈、耷拉着眼皮说。

试管婴儿有什么不好吗?卓尔的脸一下涨得通红。你想想,你可以选择最优秀的精子,你想跟谁生孩子就跟谁生。我早就想这么干了,只是一直没腾出空儿来。我早去医院打听过了,要是剖腹生一个试管婴儿,50岁以前都一点儿没问题。

陶桃还没等听完就一个劲儿摇头。

卓尔又进一步发挥说:好吧,就算你觉得试管婴儿有点儿不放心,那就找一个你喜欢的男人好了。有老婆也没关系呀,等怀了孕就跟他拜拜呗。国外的单身母亲多的是,自己挣钱养活孩子,那孩子就完完全全属于你一个人。

陶桃还是摇头：孩子要是没有父亲，心理发育不全你想过没有？

那倒也是。卓尔有些为难了。她想幸亏在加拿大那会儿，没跟刘博生下一女半男，要不然那孩子弄不好会有心理残缺。卓尔默默地想了一会儿有关孩子的来源，一时想不出还有什么又好又快的方便捷径，只得苦着脸说：其实嘛，陶桃，到我老了的时候，我也许会开一家孤儿院，专门收养那些无家可归的孩子。那样的话，我不是一下子就有一大群孩子了吗？

我可不想去领养别人的孩子，我只想要自己的孩子。陶桃翻了个身，把脸背了过去。

不行不行，你这人怎么这么封建啊？卓尔走到床的另一侧，掀开陶桃的被单，生气地说。自己的孩子和别人的孩子有什么区别？不都是一样的孩子吗？假如我真的来不及生孩子了，等我再老一点儿，钱再多一点儿，我就去领养几个小孩，起名字全都不用姓氏，叫个红豆啦、黑豆啦、黄豆啦、赤豆啦，随便儿叫。多好玩儿哪。你看着吧，我是说到做到的……

那个瞬间，陶桃的脸上露出了一丝笑意，闪电般稍纵即逝。

卢荟捧着一束紫色的泰国兰蹑手蹑脚地推门进来，卓尔和陶桃关于孩子的谈话只能到此结束了。在卓尔的记忆中，这是和陶桃唯一的一次关于孩子和母亲的谈话，以后她们不会再有机会作这样倾心的交谈了。病愈后的陶桃，和卓尔一样，都将在她们原来的轨道上继续走下去。她们像一棵树上的两根枝丫，越往上生长，彼此只会离得越来越远，也许连叶子和叶子都挨不上了。

那天晚上卓尔一直等到陶桃量过体温，挂完盐水，服下了止痛药安然地睡着了，才离开陶桃的病房。走廊里刮来一阵凉爽而猛烈的穿堂风,使卓尔的头脑忽然清醒。她恍然大悟地想:即使她们俩都有了自己的孩子,她和陶桃也是完全不同的两个妈妈。究竟不同在什么地方呢? 卓尔一时也说不清楚。

4

卓尔回到自己的家,打开了门,冲进卧室,四仰八叉地倒在了床上,浑身筋疲力尽。她觉得自己也像陶桃说的那样,有一块肉被活活地剜去,身体好像全空了。但陶桃身上的肉剜去就永远少了一块;而卓尔的肉,无论怎样地剜、剐、切、割,等第二天天一亮,它还会重新再长出来。

卓尔迷迷糊糊地躺着,忽然翻过身伸出手,抓起了电话。

电话通了,她听见了那个令她厌恶的声音:

哪里? 请讲话。那声音此刻居然显得如此轻松。

她说郑总我有了一个新的想法,先前你说过要在展厅内进行那个活动,我一开始不大赞同。但这两天我忽然改变主意了,我发现其实在室内,也能做出新意来。比如说,把展厅内的空调温度再强行降低,最好降到零下十几度,然后让每个参展的人都穿上特制的棉袍进去,就是那种宽宽大大的、式样极简单的中式棉袍,其实也就是两块布加一个大盘扣。不过,棉袍一定要做成绿色的——蓝水绿、葱心儿绿、菠菜绿、瓜皮绿、黄阳绿、苹果绿、秧田绿……把天下所有的翡翠那种微妙的绿色都充分地展现出来。你想想,那么丰富的绿色在展厅里移动,一个个都是活的,那该多好玩儿多有意思啊。回归自然啊,翡翠与人的一体化呀,随你怎么解释都可以……

她激情洋溢的阐述,突然被郑达磊那个低沉的声音打断了。

我说卓尔——他重重地咳了一声。你早干什么了? 这都什么时候了,再有多半个月就要开展了,公司的准备工作都差不离了,你又改主意,你想折腾到什么时候算完呀?你不会到开展那天还要我重新来过吧?我现在告诉你,什么都不能动不能改,你就老老实实把你的展品做出来就行了……

不断修改才会更精彩啊……卓尔忍不住地分辩说。

这不是你该考虑的事情。郑达磊的语气已经明显地不耐烦了。记着,凡是大型活动,不出任何差错是比精彩更重要的!

郑达磊似乎已经打算撂电话了,忽又急急喊了一声喂,他说卓尔你在听吗,我倒有一个消息要告诉你——老乔已经撤诉了。他说再过些天,会把前因后果都给我说清楚的。

卓尔差点儿放声大笑,强忍住了;一转念,鼻子有点儿发酸,眼泪涌上来,在眼眶里打转转,却没有落下来。

5

刚放下话筒,一阵刺耳的铃声,在她床头惊天动地地炸响。

她心慌意乱地去抓话筒,心想:这么晚了还有谁来电话呢?莫非是陶桃出了什么意外?

电话里最先传来的是一阵抽抽搭搭的哭泣声。像是阿不的声音。

你说话呀!卓尔喊道。阿不,你出什么事儿啦?说话呀我听着呢……

卓尔……卓尔……阿不胡乱地叫着她的名字,泣不成声……我……在医院……DD……DD她……她死了……

卓尔的脑袋嗡里的一声巨响,眼前一片漆黑。你说什么?她喃喃道。

……DD自杀了……吃了一整瓶安眠药……这两天我给她打电话老关机……我觉着不对劲儿,就跑到她住的地方去了……送到医院,早就不行了……阿不说得语无伦次,话筒里沉默了一会儿,继而传来了阿不号啕大哭的声音……

阿不阿不,我马上就来啊!卓尔对着话筒声嘶力竭地大喊。你等着……

卓尔从床上跳起来就冲下了楼。手抖得厉害,那车发动了几次才打着火。卓尔开着车在马路上摇摇晃晃地横冲直撞,幸亏深夜的大街上空无一人。

泪水顺着卓尔的脸颊淌下来,她用一只手去抹。脸颊冰凉,泪水迅速冻成了一粒粒冰珠子,她听见冰冻的泪珠在指尖下发出沙沙的响声。难道这车里也变成了冷库?那一阵阵彻骨的寒意重新浸润着她的骨髓,她禁不住哆嗦起来。

……她和阿不都救不成DD,DD还是死了……作为DD的朋友,是因为她们的胳膊不够长、力气不够大吗,还是DD的力气已经用完终究拗不过死神了……也许,这只是DD选择和设计的另外一种"作"法。这是她最后一次"作"了,当然要"作"得别出心裁、"作"得与众不同、"作"得山穷水尽而绝无退路。卓尔宁可相信这是因为DD"作"得收不住了,这样,"作死"的DD一定走得坦然平静……

卓尔忽然觉得那个南极其实近在咫尺伸手可及。每个人的心里都有一块神圣的极地,有的人找不到它,仅仅是因为它常年冰封雪盖被冻在你心室的角端。而女人,也许因为女人的体温热度过高,当冰雪融化成浩浩大川之时,她们却尚未为自己找好一块落脚的高地,来不及安全撤离。只能眼看着自己引来的大水将自己卷走,然后同归于尽……

卓尔的车停在医院门口的时候,她觉得自己和陶桃,还有DD,都被医院那雪一般的白色床单淹没了……

第十九章　难的是一辈子"作"

1

那个初秋的清晨,看起来跟平日没有什么区别。从复外大街由西往东行,能一眼望到京城正东的远天尽头,徜徉着一抹浅紫几片翡红的彩云。头顶的天幕呈现出一种朦胧的银灰色,黑夜沉闷的深蓝已一点点褪去,柔亮的蔚蓝正渐渐显影;第一缕阳光尚未穿透秋之爽晴到达地面,在夜与昼的交接时刻,天空的颜色微妙得令人怜爱:那是一种生鸡蛋清的质感,就像一块谓之"蛋清地"的巨大美玉,悬在这一角天上。

那个清晨是从凌晨开始的。过了子夜以后,玉渊潭公园紧闭的东大门悄然开启,平日里夜半无人的留香园,开始有幢幢人影频频晃动,匆匆进出。有人听见了汽车低沉的马达声,搬运货物的杂乱脚步声、叮叮当当的敲击声,还有叽叽咕咕的说话声……这些声音很容易被人误解成昨夜的玉渊潭发生了一起非比寻常的案件。

那个清晨实际上从前一天傍晚净园以后就开始了。趁着天光未尽,那些该摆放的该悬挂的该装置的东西,都已早早地运抵现场并一一到位。当太阳在地球转了一个圈儿又回来的时候,最后一件等待使用的道具就将是阳光本身了。

天大亮的时候,早起遛弯儿的闲人,发现公园大门通往水闸的林荫路,设立了临时禁行的标记。道路正中间,挂起了一条宽宽的横幅——与以往那些千篇一律的大红色横幅不同的是,这条横幅是翠绿色的,上面有金黄色的大字,大字的每一点每一撇,都是水滴的形状。那横幅上的大字写着:《天琛之晨——我是我自己》。

树下有竖着的 PVS 牌子,一行小字:天琛公司大型公益广告活动。时间:9月10日—12日,(双休日及周一)每天早晨 8:00—10:00。

这个被限定了的、短促的时间有些令人费解,就像观看流星雨或是月全食,给人不可重复、不可再现的紧迫感。此刻离 8 点还有一个小时,通往湖边的小路到那时才会开通,人们最终会知道时间的玄机,对于这个别出心裁的活动是何等关键。当太阳准时从东方升起,行星、恒星、流星、彗星从天空暂时隐退时,天琛的自然之宝就会像地球人从未真正见过的幽浮飞碟,降临在城市这片绿色的草坪上。它在不停地、行走不倦地飞翔,它只是偶尔路过此地、偶尔在此落脚——当太阳升高的时候,它便像一阵风一片雪,惊鸿一瞥,从此消失得无影无踪,只给京城的人留下一些咋舌的余味儿和日后的谈资……

郑达磊选中了玉渊潭公园来举办这个活动,就为了讨这个"玉"字的彩头。

郑达磊几乎一夜无眠,从凌晨起就盯在现场亲自调度,一个环节、一个细部,无一遗漏地审视指挥。他又一次观望天空,又一次看了看表,脸上露出一丝不易察觉的笑意。然后独自一人沿着那条洁净的小路,在浓密的柳荫下一路走过去。

小路两边的垂柳树杈上,依次悬挂着一幅幅 80×80 公分的白色方形纸板,每一块纸板上,都只有一个巨大的颜体黑字,每个字的笔墨,均是功力深厚而不拘谨、端庄严整里透出一种洒脱的浑厚大气。黑白分明的底版上,时不时轻拂过几丝绿色的柳枝,随着清晨的凉风在树间微微悠荡,传递着古人悠然淡逸的风骨和气韵……

那些方块字在郑达磊的头顶跳跃着,每一个字都让他忍不住想去摸一摸。

"璇""琦""琰""瑶""琨""珲""瑜""瑭""珩""珏"……

那都是各种不同的美玉名。它们从远古的华夏文明走来,被几千年的岁月流沙打磨得如此光滑丰润。可惜今人恐怕没有几个人能够识别这些玉了。在中国的汉字中,斜玉旁是一个庞大的家族,他曾查遍《辞海》,发现几乎没有比玉的分类更为细致、更为丰富的专有汉字了。比如说"琳"是专指一种青碧色的玉;"琼"是专指赤色的玉;"琥"字意为雕刻成虎形的玉;"瑞"字是一种信物;"璜"和"璋"字,是不同用途的玉器,就像"珥"字是一种耳饰;而"玲珑"则是古代求雨的用具;"珙"字是大块的玉璧;"瑗"字是中间有大孔的玉璧;"琮"是中空的方形玉器;"琐"原本是指碎玉敲击的声音;"瑕"字是指有斑点的玉……还有像"瑛""瑰""璎"等字,都是指似玉的美石。若是加上那些在常用汉字中已基本不用的古汉字,玉的专有字可达百十余种。

郑达磊创办天琛公司之初,做的第一件事,就是请了一位京城有名的书法家,把这些琳琅满目的王字,全部书写出来后一个个单独装裱,然后挂满了公司大楼从楼道到走廊到各个办公室的墙壁。这个别致的创意,需花费一笔不小的资金,因而遭到公司"内阁"成员的抵制,但郑达磊不让步。他说,若是一家珠宝玉器公司的员工竟连汉字中"玉"的来源和区别都搞不清楚,还谈什么企业文化?而这博大精深的中国玉文化,正是天琛的血肉和灵魂。

郑达磊微微仰着脸,默念着那一个个生动而形象、姿态优美的方块字,倾听着柳枝轻轻拍打着硬纸的声音,轻松地穿过了长长的林荫路。昨天的晚报和其他几家主要报纸的娱乐版,都已提前发布了这次活动的消息。他想象着清晨闻讯赶来的观众或是游客们进了公园大门后,走上这条小路时,一个个抬着头仔细地辨识着这些"书法作品"时,那种好奇而惊诧的神情。想想吧,这百十个墨汁飘香的汉字在林间如旗帜飘扬,等于把一次商业活动改写为一次具有文化意味的公益活动;只需以这区区百十个纸上的王字作为铺垫,天琛公司浓重的文化品格与文化内涵就不言而喻地呈现其中了。

这是何等事半功倍的巧妙构思呵,真可算得上一个此处无声胜有声的开场白。这开篇的神来之笔,够让京城那些见多识广、早已见怪不怪的老少爷们儿琢磨、咀嚼一阵子了。

郑达磊的目光从树干间穿过,在前方那块草坪上五色斑斓的人群中寻找卓尔。他心里微微地颤了一下,涌上一种似痛似坠的感觉,在他刚才的兴奋和愉悦中,掺入了些许沉重和惘然。这么个绝妙的好主意,可惜不是出自他郑达磊之手;他曾将它们久久珍藏于室,却白白地空置在那里,倒让那个卓尔一双钩子样的眼睛,一家伙从他的写字楼墙上给扒了下来。那女人到底是个精怪还是个巫婆呢? 他说不清楚。郑达磊伸出手拨开了额前的一根柳丝,似要拂去心里纠缠的思绪。他又一次低头看表,已是7点一刻了,今天《天琛之晨》真正的报晓司晨者,应该是那个桀骜不驯又颠三倒四的鬼精灵卓尔。不过,如果不是他当初真有慧眼识英雄的胆魄,卓尔纵有满腹奇才,又上哪里去发挥呢?

但他没有找见卓尔的身影。

2

阿不同她的一群女伴儿,几乎是这天清晨第一批冲进园区的观众。8点还差10分,她们就已经等在了门口。阿不从卓尔那里知道了这个消息后,就迫不及待地给B小姐和C小姐打了电话。听听那个名儿吧——"我是我自己",哇噻,就冲着这名儿,阿不也绝不会错过这一场盛会。尽管刚刚料理完DD的丧事,大家都心情黯淡、精疲力竭。DD虽然死了,还将有更多的DD前赴后继。阿不小姐情愿放弃星期六早晨的懒觉,兴冲冲地赶来捧场。她穿一条短至臀下的大红色薄皮裙,一双齐膝的大红色高筒靴,一件五分袖的紧身黑绒衫,外加一条红黑格子的披肩,像一团燃烧的火球,卷着四周杂色的草叶,从石头小路上骨碌碌滚过来。她穿过那片雨林般的柳丛时,觉得头顶被什么东西刮了一下,见路两侧树杈上挂着一面面黑白两色的旗幡,像是一只只被放大的围棋棋盘,上面画着一些莫名其妙的符号,歪斜扭曲的好不累眼,只一瞥便令她索然无趣。这几年,什么样千奇百怪的行为艺术,阿不没有见识过,就这天书不是天书,璇玑不像璇玑的东西,也值得让阿不劳神费心?

冲过拂面的柳荫林,一踏入留香园的碎石小径,阿不和同伴们就瞪圆了眼睛,大呼小叫起来。

她看见一群身着各式时装的青年女子,三三两两伫立在那座长廊般的紫藤架下。那时装的颜色竟然没有重样儿的,除了有几个高个子的女孩儿,穿着酒红色和宝蓝色的缎面、丝绸旗袍,有一个穿着黑丝绒的露肩晚礼服之外,大多数女孩儿都穿得日常而休闲,就像平时在大街上在邻居家在办公室,天天见面的朋友和同事。阿不在心里迅速地判断她们不是职业模特,不,不是。她们的眼睛里没有那种拒人于千里之外的傲慢和冷艳,圆溜溜的眼睛左顾右盼地张望着,笑意盈盈,倒像在等什么人似的,把阿不盼得顿时心里一热。那些女孩儿的手里都端着一个漆盘,漆盘中放着些五颜六色的东西——鲜花还是点心?蛋糕?哦,老天,竟是一些蔬菜,还有瓜果,都像是刚从地头树上摘下来的,新鲜娇嫩得就要滴出水来。哦,把眼睛睁得再大些,你就会看见,在每一种不同的蔬菜或是水果上面,摆放着、垂挂着、镶嵌着一些不同的宝石——红玛瑙、黄琥珀、绿松石、木变石、带花纹的孔雀石、纯白色的密玉。它们像是果蔬上长出的另类果蔬,变成了樱桃或是红毛丹串缀的珠链、切成圆圈的橙子代替的手镯、金橘样的玉坠儿、血红的石榴籽镶嵌的玉簪、新鲜绿莲子般的翠戒、一粒碧绿的毛豆子或是刚剥出的蚕豆一般的翠玉耳环耳钉,还有迷你小尖椒样的绿色胸针什么的……真的好好玩儿。再抬头看,那些女孩子高高盘着的发髻上、细长白皙的脖颈上、圆润细腻的手腕上、丰满光滑的胸口上,挂的、戴的、别的、插的、缀的,竟然都是同漆盘里一模一样的珠宝首饰。不不不,那些精美绝伦的蔬菜和水果,就好像是从她们的身体上长出来似的,搭配得如此奇妙,设计得如此和谐与完美。

阿不和她的同伴儿们,情不自禁地发出了一声声惊叹。

阿不站在浓绿的长廊入口,双腿已经迈不动了。她目不转睛地围着那些色彩斑斓的蔬菜水果们,来来回回地走了一遍又一遍。她很快发现在那些漆盘上的珠宝首饰中,主打的材料中绝无金银,也没有珍珠和钻,基本上都是玉石,(当然是一些廉价的玉石,大庭广众下这么敞开着,谁敢用稀世珍宝啊。不不,看来廉价的玉石用得巧妙,也有奇效呵。)阿不继而想,卓尔搞的这些名堂,其中肯定是有讲究的,她一定要在见到卓尔之前,把卓尔那点儿伎俩,也就是所谓原创的本意吧,弄清楚整明白了,等散了场,也好在卓尔面前发表一些酷评,顺便显摆一下。阿不怀着如此叵测的愿望,眯起眼将那些模特们,不,业余模特——细细审视,不多时,竟也琢磨出一些奥妙,令她忍俊不禁、心花怒放。

那个身材苗条的女孩儿,上身穿一件果绿色的薄针织绒衫,大开领的固定斜襟和菱形的镂空花纹,显得精致而优雅,配一条草绿色水波纹的双层丝裙,垂坠的腰带和飘扬的半短直发,是都市白领丽人春秋季的日常装束。她只在前胸佩戴了一条齐颈的银链,那银链上每一个绞绕的环口都镶着一小片扁薄的淡绿色翠玉,星星点点地连接起来,像一串春天刚发芽的柳枝,令那女孩儿顿时生出了一种妩媚的韵致。

(啊,画龙点睛之笔。配饰之妙在于恰到好处。)

那个身着方领牛仔背心,配一条绣花七分牛仔裤的女孩儿,脚蹬一双轻便旅游鞋,全然没有牛仔的强悍和霸气。头发在脑后扎成一个马尾,给人清新简练的愉悦感。面前盘子里放着一堆雪白的嫩藕和湖绿色的莲蓬,看样子是正要去旅行。她的颈子里挂着一根天蓝色的丝绳,丝绳中央吊着一块蓝绿色的玉佩,那玉佩轻灵简约,像个抽象的怪兽图形。

(轻装旅行和休闲,只需那么一小块玉坠儿,俏皮的心情不就跃然了吗?)

那个身着一袭紫罗兰色、无袖软缎旗袍的女人,发髻高高地挽在脑后,自有一种高贵典雅的气质。发髻上别一支茄紫色的蝶形发簪,前胸挂一串色泽浓艳的蓝紫色长珠链,粒粒圆润饱满;纤长的手指上,一枚紫水晶般透彻的粉紫色玉戒,在阳光下有些晃眼。

盘里竟有三只新鲜娇嫩的长茄子,蒂上溢出了些许"琼浆玉液"。

（旗袍配饰,不,系列三件套,只需链、戒与簪就足够。曾听卓尔说过,紫玉为红翡之一,眼前这些若是真的翡玉,今日可大开眼界了。）

那个穿着银灰色职业套装的女人,爽利的短发,被风吹起微卷的自然波纹。颈项与手腕上,竟不戴任何饰物。只在上装的小翻领沿上,别着一枚墨绿色的胸针。那绿色如此深邃沉稳,像一片持重的绿叶,为那女人平添了一种成熟与宁静的魅力,令人不可小视。她该用什么来陪衬——一只完美无缺的红苹果。

（端庄的职业装配饰最难,不戴饰物让人觉得刻板,过于抢眼或是花哨会显得轻佻。不不不,这翠玉胸针真是一根定海神针,让女人一下就戳住了。阿不今天可是学了一手。）

阿不挑剔的目光,最后停留在那个穿黑色晚礼服的女人身上。她一头浓密的黑发烫出翻卷的长波浪,瀑布一般在肩头上四散开去。光滑如玉的脖颈和丰满的前胸上,一串三重弧形叠翠的珠链,浅淡明湛的水绿色,如绿叶缠绕的花环,若有若无的线状水纹暗暗游游地浮现出来。然后,阿不看见了女人奶白色的耳垂上,悬着的一副精巧的翠玉耳环,同那条项链上的珠翠同样的款式,每一粒都是不留雕痕的半圆形,光洁莹润如同一滴绿荷上的水珠子,她侧一侧身、甩一甩发,水珠就会嗒地滚落下来。最后阿不看见了她腕上的手镯,那么流畅舒展地滑过她的肌肤,在摆动中发出玎玲清越的声响。那清澈明亮的浅绿中,闪过一丝秧苗尖尖的嫩黄,渐渐淡下去,淡至珍珠样的莹白,再一点点泛绿,像春的原野,满目青山都尽收眼底了。

（晚礼服若是不用耳坠、耳环或耳钉,你就惭愧吧你。而首饰的颜色必须用得明朗亮丽,会把黑色长裙的沉闷消解掉。那些浑身珠光宝气的女人,琳琅满目的装饰中只缀着一个"俗"字。瞧这妞儿,抓住颈、腕、胸这要害的"三点式",即便是个丑女都会大放光芒啦。）

至于那些像一条条热带鱼,五彩缤纷地在周围游动着的女孩儿们,任是长裙短裙筒裙吊带裙鱼尾裙百褶裙粗花呢裙牛仔裙、九分裤七分裤休闲裤直筒裤西裤……那些眼花缭乱的细节、千奇百怪的佩饰,看似随心所欲,却是无处不透着卓尔的苦心。就看那个穿一条甜粉色打底配蓝粉色旋花连衣裙的女孩儿,中间松松地系一条琥珀色的椭圆形玉片腰带,宽大的腰带有着炫耀的意思,将人的目光都抢过去了。这一口牙,最终还是咬在个"玉"字上,正是卓尔的高明之处。

有记者把长长的话筒伸过来,阿不就把自己的心得添油加醋地发挥了。

女人对服饰天生的悟性,参透这些把戏本是如鱼得水。家常的果蔬带来的自然气息,模特和首饰在蓝天白云下游弋的新鲜感,已把同来的女伴儿们哄得兴高采烈。阿不双手交叉地插在腋下,左右四下环顾,见她们一个个大呼小叫、一惊一乍,围着那些亭亭玉立的端盘玉女,七嘴八舌地问个不停。这个问若是粗短的手指该佩什么样款式的戒指才能一俊遮百丑,那个问长方的脸形戴什么样的项链才相宜。那些业余模特儿倒是敬业,不厌其烦地一遍遍作答,阿不捺着性子听了一会儿,发现那些答复倒也简单,只是一味千篇一律地重复说:适合你的就是最好的,你应该是你自己……看来已把卓尔事先写下的解说词背诵得滚瓜烂熟。还有些女孩儿缠着问该怎么识别鉴定翡翠的真假,更多的人关心的是价格,恨不得把那些时装连带首饰,都从模特身上扒下来,即刻就买下穿在自己身上……

阿不在短短的十几分钟里,调动起自己的犀利和敏锐,把这一大片玉树下的玉人玉手玉貌玉颜玉色,一眼不漏地了然于心。有摄像机的镜头对准了她,她便把这鼎沸的场面更加淋漓尽致地渲染了。但在她眼里,一丝微微的失望替代了先前的亢奋,不不,她已断定这座紫藤架下的节目只是一个幕间的插曲,是一个为了聚集人气的过渡地带,不轻易示人的好戏还在后头——那是留待压轴的高潮,是卓尔真正要说的话,不过,阿不有点儿等不及了,她必须在卓尔的辉煌出现之前,就亮出自己的惊世杰作,那不是为了给卓尔铺垫和捧场,而是为了给来宾一点儿刺激,给郑达磊的这场现代交响乐,发出一声不和谐的怪调。

3

郑达磊步履匆匆地穿过那片花团锦簇的树林时,面对着那群绿色妖姬般的模特们,似笑非笑地挥了挥手。时间计算得精确无误,观众已陆续到达,人越来越多,这个清晨的林中PARTY,像剧场外的大厅咖啡座,把所有的闲散观众都拢在一起。就让她们乖乖地待在这里上常识课吧——有关翡翠玉石的一次别开生面的常识展览,但愿她们能在这里免费学到许多东西,为此在日后她们将从口袋里多多地掏出精美的小钱包。他甚至可以毫不夸张地认为,即使没有最后的"冰清玉洁"那个设置,仅仅是开篇的"玉树临风"和这一场"琳琅满目",天琛公司的预期目标也已经基本实现了。

他往公园深处的湖区走去。他的手机铃声一直此起彼落,大门口签到处的工作人员报告说各家媒体的记者都已到达,红包也分发完毕。他不断在电话中向各处下达各种指令,这会儿只觉得喉咙嘶哑、口干舌燥。他看表——8点45,离正式开幕仪式,只剩下一刻钟了,但卓尔竟然连个人影儿都不见。

远远的,他便望见了那面扇形的冰墙。隔着一片碧绿的草坪,它们被装置在一块小小的坡地的花坛上。阳光从冰墙左侧偏后的方向投射过来,像舞台上的一道侧光,在那排巨大的冰块儿上,勾勒出鲜明的棱角线,犹如一粒巨型的钻石熠熠发光。

郑达磊停下脚步从远处欣赏,细细地又看一遍,便有些疑惑,再看一眼,心里忽地蹿上来一股火,掏出手机嗒嗒按了一串号码,声色俱厉地质问对方,那冰墙的位置究竟是怎么搞的?

昨天他亲自指挥摆台布展的时候,这扇冰墙原定是在放在草坪中央的。一大片绿草映衬着晶莹的冰块儿,该是什么样天然又奇绝的效果呢? 就为了营造这样的浪漫情调,天琛公司答应付给公园管理处一笔租金,作为对损坏草坪后修复的赔偿。他宁可多花这笔钱,也要为这个活动创造出尽善尽美的氛围。可是,这会儿,冰墙已被擅自挪动了位置,搬到了草坪侧面的阶梯花坛上。花坛顶端有一片小小的三角空地,卓尔曾坚持说,开幕仪式应当放在这里举行。但被他否定了,他认为这三角地的空间太小,有损于天琛的气派。电话里的声音嗡嗡的,他只听见了卓尔的名字,筹备组说是艺术总监刚才让改的。他正要大发雷霆,却见两个扛着摄像机的记者,急匆匆地跑到了他跟前,话筒伸过来了问:我们注意到今天清晨冰墙在安放时,特地为草坪留出了空间,请问郑总,这是否意味着天琛公司对绿色的保护和珍爱?

郑达磊一时无语,一腔恼怒无处发泄,不知该如何回答。他胡乱敷衍了几句,借口说开幕时间已到,便匆匆拔腿离去。

扇形的冰墙两侧,已站好十几个穿着中式裙装的女孩儿。一律的玉色双绉面料短袄,素米色齐膝搭片裙垂坠飘逸,每人均佩油青色的翠玉项链,每一串项链工料相似,款式或长或短,椭圆长方扁薄镂空没有一件重样儿。来宾们自然会把这群女孩儿当做礼仪小姐,没人会想到,这些女孩儿全是他郑达磊亲自从警校"租用"的学生,特地来为冰墙担任保镖,他还为此专门请人为她们设计了上下分开的裙装,为的是掩人耳目又便于行动。冰中"冻结"的那些宝物价值数百万计,郑达磊不能不严加防范。警车早已按计划停在树丛后面的通道上,以防意外。

郑达磊围着扇形冰墙巡视了一圈,冰墙已安置妥帖,再一次挪动是不可能了。有几个人正在忙着用冷风机降温,以延长冰块儿的保存时间。虽说这样的摆放也无不可,但他心里仍是对卓尔窝了一肚子火。只有当他的目光落在墙体的冰块儿中镶嵌的那些晶莹璀璨的翡翠玉器时,连日的疲倦和所有的烦恼才一下子散碎成了轻盈的冰珠雪沫。

又有电视台的记者围拢过来。他看看表,按着冰墙底座上冰块儿的顺序,指点给他们看:那座玲珑剔透的玉翠佛像、那块厚重的九龙璧佩、那只硕大的绿翠蟾蜍,还有那一串红玉的紫葡萄、那棵油绿中带着嫩黄丝纹的翠玉大白菜、那座红翡与绿翠相交错落雕刻的普陀仙境,还有那一对儿浮游着绿翠云纹的白玉双耳瓶……都是天琛公司的产品。其中有的已被海外的商家订购,有的是公司珍藏的陈列品。每一块儿冰里都嵌入了文字说明,可以用近镜头加以特写。这些翡翠艺术品无论是构思、材质还是雕刻工艺,在国内都堪称一流水准。天琛公司以回归自然的方式,在此展示它们浑然天成之美,并将它们与透彻明净的冰块儿融于一体,正是为了还原翡翠冰清玉洁的本质。更有趣儿的是,冰块儿将会在一小时后逐渐融化,所以来宾和观众欣赏到如此奇观的机会是有限的……

郑达磊侃侃地谈得兴致正浓,眼前飘过一个白色的影子,径自穿过花坛往上走去。那个影子在花坛顶端的扇形冰墙面前停了下来,伸出一只纤长的手,轻轻抚摸着最上层的那块冰。她长长的头发如黑色的瀑布倾泻,雪白如云的裙裾覆盖了宽大的石阶。长裙低领无袖,露出了白玉般的前胸和嫩藕样的双臂。郑达磊眯起眼睛,习惯性地将职业眼光投射过去,只见那颈项、前胸以及腕上,竟是空无一物,连一丝首饰的痕迹都没有。她旁若无人地徜徉在冰墙间,像一个高傲的白雪公主。噢,不,在中国文化中,这一身缟素该是一个身着丧服的女人。她慢慢地抬起头来,迎着他的目光睁大了眼睛——浅灰色的眼珠像两粒冷硬的冰雹,从她枯槁的脸上弹出来。郑达磊顿感一阵寒气逼人,禁不住哆嗦了一下。

是陶桃。

陶桃怎么来了？在这样的时候,这样的地方,她究竟想干什么？在大庭广众下使他难堪么吗？是要当众发表演说对他进行声讨指责和报复？

郑达磊慌慌地朝她快步奔过去。他愿意哀求她请她原谅,只要她马上离开这里。无论什么样的要求,都请她留待这活动结束以后再说。

他在走向陶桃的时候,脸上已经准备好了亲切甚至动人的笑容。他说陶桃你的身体完全恢复了吗？我本想让卓尔请你来参加这个活动,但又怕你太累了吃不消,你都看见了我实在是忙得顾不上你了你别生气我会补偿的啊,你来了好我马上带你到嘉宾席去吧啊！你今天真漂亮,我从没见过你这么漂亮……可是你为什么不戴上我送给你的那套翠玉首饰呢?你这身白裙若是配上那七件套的系列绿翠镯链,就真是完美无缺了……

陶桃拂开了他试图挽她胳膊的手。这会儿陶桃看上去像一棵白玉雕刻的玉兰花树,冰冷而绚丽地迎风而立。她望着他的眼睛,一字一句地说:

我不戴它们,是因为那套首饰中缺了一枚我曾经最想要的翠戒。

她低下头去,她的目光长久地停留在最顶端的那块儿冰上——在那块儿冰的中心位置,一枚碧绿的心形翠戒嵌于无色无形的冰体之中。它几乎有一粒巨丰葡萄那么大,四周缀着一圈精致至极的白金镶饰,将那细腻柔嫩的玉质衬托得越发鲜浓。阳光正从冰体的后面反射过来,它深潭似润泽的戒面透出一种淡蓝色的幽光,那颜色像是活的,似有细细的涟漪在其中微微荡漾。这就是那种被称为"蓝水绿"的高档翠玉吗?无论横看侧观,那绿色的浓淡厚薄都是均匀的,色力充足而那么温文尔雅……

但在陶桃眼里,这会儿,它却更像一颗在冰中瑟瑟发抖、被冻僵了的心。

它为什么被冻在这里,而不是在她的纤纤玉指上闪烁呵?

郑达磊沉下脸分辩说:陶桃你误会了,也许我应该早些对你说明——因为这枚翠戒太别致了,我想用它来做展示的样品,等活动结束后再送给你的……难道卓尔没有告诉你吗?

不。陶桃抬起头来,凄然一笑。那笑容如此哀婉,令郑达磊的心微微一震。

不,我已经不需要了。我只是一个欣赏者,只想来看它一眼,免得错过了机会。现在,我对那套翠玉首饰留下了一个完整的印象,这就够了。她说着抽回了冰面上的那只手,那只手湿淋淋的,直往下滴水。她跷着手指往地面上甩水,像是甩去了一脸清泪,然后摊开手掌,在阳光下正正反反地烤晒着,这个动作让郑达磊想起了洗手间的烘手机。

好了,你不用担心,我走啦。再不走,你的这些冰全都得化成水啦。陶桃说完,轻轻提起了裙裾的一角,快步往石阶下走去。那轻盈的白纱掠过一阵清风,像一个白色的幽灵消失在坡下的树丛后面。

4

卓尔满头大汗地冲进玉渊潭公园时,已是9点05。幸亏她穿一条宽松的牛仔裙裤,行动利索,一路小跑地钻过那条挂满了斜玉旁字幅的林荫路,老远就望见了留香园里那些五颜六色的人群,正在往湖区那个方向移动。她听见了《春江花月夜》悠扬的琵琶乐声和喧闹的人声,正从草坪那儿传过来。她在人群中看见老乔熟悉的面孔一晃而过——老乔竟然也被请来了吗?这么说,他和郑达磊之间已经达成了和解,或者说是消除了误会?可惜此时卓尔没有时间去琢磨这些同她无关的事情。老乔也看见了她,冲着她大动作地挥手,并立马丢下了正在说话的同伴儿朝她走来,眼神里发射出一串意味深长的信号,好像有一肚子话要跟她说。但卓尔一扭头便躲了,这样的时候她可不想迟到,她惦记着她的那些冰块儿,那可是分分秒秒按着时间融化的,万一还没等开幕,那冰就化得个稀里哗啦,她这个策划人的脸可就丢大了。

但卓尔就在如此严峻的情势下,刚才居然还神不知鬼不觉地抽空溜出去了一趟。就在清晨7点半多一点儿,冰块全部被安放完毕以后,卓尔对天琛的人说她饿了要吃早点,小步快跑出了玉渊潭,开着车就往陶桃家赶。从昨天夜里起,她就不停地抽空给陶桃打电话,想邀请她来参加今天的活动。卓尔的心思,除了想给陶桃显摆一下她的"天才手笔"之外,也想趁此机会能缓和陶桃和郑达磊的关系。她知道自从陶桃出院后,郑达磊忙得一次也没有去看望过她,陶桃也不给郑达磊打电话,好像两个人都被卓尔的那个冷库冻成了两块大冰疙瘩。但陶桃一口拒绝了卓尔的邀请,最后连电话也死活不接,手机也关了。卓尔在心里骂陶桃不够意思,莫非就为了跟那个郑达磊治气,连我卓尔都不要了吗？好在是个星期六,路上不太塞车,她一路狂飙猛进横冲直撞地开到陶桃家楼下——那道防盗铁门紧闭,任凭卓尔又踢又砸就差没把整扇门给卸了,陶桃终是无声无息连个头发丝儿都不见。被气得半死的卓尔只好十万火急地往回赶,就这么一副两眼血丝、满头大汗、蓬头散发的样子,总算在郑达磊宣布活动开始之前,混入了熙熙攘攘的来宾之列。

那扇冰墙安然无恙地立于清晨的阳光下,流金溢彩,晃得人睁不开眼。许多人围在那里观看,指指点点的好不热闹。

她刚站定喘过一口气,一个女人从人群中挤到了她身边,一边亲热地叫着她的名字一边搂住了她。卓尔想了一会儿,总算记起来,这人是天琛公司广告部的同事小G,自从小G被炒,离开那家公司之后,卓尔就再也没见过她。

小G用极快的语速和慷慨的词语,热烈地赞美了今天这个活动的构思布局和所有精彩的细节,倒让卓尔不知所措。小G用夸张的语气万分感慨地说:卓尔呀,你看你现在干得多棒,当初你要辞职的时候我就说过,卓尔这一走真是天琛公司的一大损失呢!

卓尔挣开了她的手,一边尽力往外移动一边回答说:不过,我要是不走,我的损失才大呢。

卓尔正想再往前挪几步以便看得更清楚些,冷不防,一条胳膊又被人一把抓住了。

卓尔,你上哪儿去?让我好找!是阿不尖细的嗓音。她不知从哪里冒出来,脸上化着淡妆,但眼睑四周、颧骨和嘴唇上都抹了荧光粉,细如金沙或亮似银粉的小点点,在她那面孔上灿若繁星地闪烁,恨不得把整个园子都照亮了。阿不身上早已脱得只剩下里面半截筒子式绷紧的短内衣,那内衣是如此之短,露出了胸脯以下至小腹以上的肌肤。卓尔惊愕地看见:在她那个圆溜溜的肚脐眼四周,不知什么时候钻上了几个小孔,小孔中缀着一片片冬青叶大小的翠玉,就像从她的肚脐眼儿里长出来的一丛绿色植物,引来了周围惊诧、好奇或是鄙夷的目光。阿不旁若无人地在众人眼神的枪林弹雨中招摇过市,不,几乎是在向卓尔示威——卓尔所有的那些设计,都远不及她这个"玉体"的创意,更酷更前卫啊!

卓尔又进一步看清了,阿不的身后还有一个中年女人,不等卓尔对阿不的肚脐发表评论,阿不已把那女人的手交到卓尔手中,故作神秘地对卓尔说:猜猜吧,这是谁,我要是说出她的名字,准能把你吓一大跳!

那女人笑眯眯地瞧着卓尔,精悍的小手在她掌心里竟有一种锋利感,像是握着一把匕首。卓尔无法确认她的年龄——从那眼角深碎的皱纹和略有些干瘪的嘴唇判断,这女人起码在 50 岁以上了;但从她快乐无忧的眼神,以及那件绯红的牛仔小褂和腰间夸张的软皮漆面皮带看去,尤其是那一顶温柔又硬朗的牛仔帽,在她半个脑袋上俏皮地歪斜着,怎么说呢?40?30?卓尔忽然对自己的年龄不自信了。

卓尔认得她胸前那个橘黄色的哈雷商标。那是男孩子喜欢的时装,带有野性的酷和明媚的帅气,穿在她的身上却如此熨帖,还透出了几分女人的俏丽,真是不可思议。

夏娃!她就是夏娃呀。阿不大惊小怪地叫道。卓尔你不是早就说过想认识她吗,我是为了你特地把她请来的。

卓尔握紧了那女人的手不再松开。那一刻卓尔的脑子像计算机的搜索系统,掠过了有关夏娃的全套故事摘要。京城的名流以及闲散族类,有几个人不知道夏娃的呢?这个出身名门的中年女人,十几岁就被送到国外留学,精通几门外语,二十几岁就担任了一家跨国公司的驻南美代表,但到了她30岁那年,也就是中国改革开放之初,她却突然放弃了十几万美元年薪的收入,回国来发展。这些年中她似乎办过许多不同的公司,成了败了赔了赚了,每隔几个月报上就会有让人吓一跳的消息。据说她先后结过三次婚,也许是四次。对卓尔造成最强烈刺激的事件,是她在那个第二任丈夫,一个天才画家大红大紫、一张画卖到上百万元天价的那一年,她居然向他提出了离婚。过了不久,她好像又一次嫁了,据说是一个比她小十几岁的老外,又传说是一个音乐学院的吉他教员……

卓尔看着夏娃的眼神,就像看着一个突然从天而降的外星来客。她不知该对她说些什么。她好像是问起了夏娃现在在做什么,又记得自己其实什么也没问。夏娃好像是回答她说,她现在什么也不做,又好像回答说她现在正在研究女权主义。这个回答让卓尔肃然起敬,因为卓尔从来没有机会认识一位哪怕懂得一星半点儿女权主义理论的女人。她原来工作的那家《周末女人》杂志,编辑几乎全是男的。

但紧接着夏娃就口无遮拦地说,她发现女权主义是一个悖论,它在用作女人自我防卫或进攻武器的同时,也可以成为一件女性慢性自杀的工具……所以千万别把那些"主义",也甭管是什么

"主义"当回事儿,一个人的个性是比性别更重要的……

如同醍醐灌顶,卓尔张着嘴说不出话来。

都说男人是泥做的、女人是水做的——夏娃大声说,泥和水一搅拌,泥沙俱下,才流出了一条黄河。哎,你说,水和泥缺哪一样,能有母亲河呀。她朗声大笑。

卓尔觉得今天自己遇到了同类,像夏娃这样的女人,才真是翻云覆雨大起大落"作"得够水准啊!

也许在今天这美女如云的草地上,散落着或是集合了京城所有暗藏的"作女",她们互相也许从未谋面,但她们心心相印、心心相通。如今"作女"已不再是散兵游勇而是一簇簇一团团成片成片的灌木林,是一个正在崛起的精神群体。没准儿哪天就会有一家又一家"作女俱乐部"悄然开张。究竟什么叫做"作"呢?"作"是女人与自己的较量,是一场看不见对手而且永无休止的心灵战争。"作"是一种创意的实现,是按自己的愿望去活,是使自己的人生有声有色。"作"是一种运动,它呈现出女人身体波浪般的曲线,因为女人的力气不够,她们想要顶开头上那块几千年沉积的盖板,只能一下一下地拱动,拱动就成为"作"的必要姿势。卓尔要为"作"字正名。一个女人"作"的动力从她身体的深处爆发出来,是欲望无法实现的焦虑。陶桃从嫩江到深圳到北京的三级跳能算是"作"吗?不,那也许是挣扎而不是"作"。"作"就是不断地放弃和开始,一个人年轻时不"作"更待何时?"作"是女性解放的标志,女人的天地越"作"越广阔。只有"作"着,女人才能感觉自己蓬勃的生命。能"作"的女人也许常常令人讨厌,她们往往会为此付出惨重的代价,但那女人自己很快乐啊,那就足够了。"作"的女人多一半儿是失败的女人,"作"得收不住;"作"进监狱里去的女人也是有的。但若是没有这支敢于牺牲的女人敢死队,女人就还得半死不活地苟且下去,只要你见到了夏娃这样的女人,你就该知道,一个女人"作"一阵子并不难,难的是一辈子"作"下去,直到实在"作"不动那一天为止。

卓尔怀着几分惭愧的心情望着夏娃——都说卓尔这人太"作",若是比起夏娃,卓尔就是小巫见大巫了。这个世界正在生长出越来越多的"作女"。那只是今日女性的一种生存状态,任人说好说坏,女人们都只能继续义无反顾地"作"下去了。

然而,卓尔在这一天清晨仍然犯了一个致命的错误。很久以后卓尔一想起当时的情形,就无地自容恨不得一头撞死。那会儿,激情澎湃而忘乎所以的卓尔,还是忍不住想同夏娃说点儿什么,在她内心深处,也许是希望能听到夏娃的好评。那将同小 G 的赞美有着本质的区别。她知道当待会儿冰化雪消之后,夏娃那样的女人就会重新跃入京城这口沸腾的火锅里,再也无法轻易把她打捞出来,于是,就在开幕仪式即将开始的最后一分钟前,她问了夏娃一句话——那句愚蠢的问话足以证明,卓尔要达到夏娃那样"作"的量级,还有相当长的一段路要走。

卓尔怯怯地问:今天的活动,你感觉怎么样?

夏娃耸了耸肩,又摇了摇头说:我没有什么特别的感觉。

卓尔傻傻地愣在那里。花坛上的冰块儿即将融化,卓尔却变成了一个冰人。

5

迷迷糊糊的,卓尔听见了麦克风的声音掩盖了琵琶的乐声。有人走到前面花坛的位置,开始致辞。好像是什么珠宝协会,又好像是什么企业文化协会,还有京城最大的那家工艺品商店。他们说了许多祝贺和赞美的话,无数的照相机和摄像机对准了他们。

郑达磊始终面带微笑地立于一侧,一套像是为他量身定做的米灰色隐条西服,熨帖雅致得无懈可击。在摄像机的反光镜头下,卓尔看见他那条鹅黄色的丝质领带上,别着一枚呈晕绿色的玉质领带夹。卓尔想起来,郑达磊曾告诉过她:那是一种名贵的印度玉——一小块条状的玉片上隐隐散落着星光般的莹点,在阳光下会有神秘的美感。此时那玉片有意无意地晃动着,将人们的目光完全聚焦于他,他的身子一动,胸口的荧光也跟着动,郑达磊自然成了全场的中心亮点。

终于轮到郑达磊讲话了。

卓尔完全没有听清郑达磊在说些什么,她压根儿也不关心郑达磊要说些什么。她仰着脖子张望前面的冰墙,时不时地看表,她只想知道在今天清晨到上午的常温下,冰块儿将会以什么样的速度融化,它们究竟能坚持多久。她不明白郑达磊为什么要在那儿说个不停,把那一堆废话说得如此津津有味。他干吗不多留些时间让人们去欣赏那些"冰清玉洁"呢?更奇怪的是,那些来宾和游客们居然也会有如此耐心站在这里听他讲演(应该说是广告)。他们对郑达磊的兴趣,似乎要远远大于对阿不肚脐眼的兴趣。阿不的肚脐被淹没在人群中,没有人再对她多看一眼。奇怪的是这些京城里文质彬彬的白领们、循规蹈矩的雅皮士们,干吗不像王晋在郑州商厦门前做冰墙那个活动时的老百姓那样,扛着槌子、榔头和铲子、锥子,扑上去凿冰砍冰,想方设法把里头的东西弄出来扛回家去呀?这些老板经理和老板经理的朋友们,这些广告界的打工仔和媒体的打工仔——所有在场的"文化民工"们,真是太缺乏想象力,太缺少参与的主动性,太没劲了!

卓尔心里巴望出点儿什么事才好——随便发生点儿什么都行。她的冰墙不完全是让人看,而是让人去摸去砸的。这些人呆如木鸡地站在这里,难怪夏娃会说她没感觉了。人群中的卓尔觉得自己的身子正在一点点陷落下去,连日来的那种兴奋和激情,正像那扇冰墙那样在悄悄融化,她心里掠过了一种也许可以被称为失望的情绪,甚至有点儿——想哭。

音乐声忽然停了下来。郑达磊底气充盈的嗓音直冲她的耳膜:

……所以,为了感谢各位来宾和朋友们今天的光临和支持,天琛公司为大家准备了一点小小的礼品,就是刚才大家在紫藤架下见到的那些精巧可爱的小首饰。散会以后,我们将把它们一一分装,赠送给各位,请大家到留香园凭请柬排队领取,礼物虽小不成敬意,却是我们天琛公司的一份真诚的心意……

人群中爆发了热烈的掌声,周围的人开始躁动起来,许多人翘首踮脚,回头往留香园的方向张望。这一刻卓尔总算恍然大悟——刚才如此安静的人们,原来是在耐心地等待着这个最激动人心的压轴节目。

一个西服革履的青年男子穿过人群,步履急促地朝卓尔走过来。他擦着脑门儿上的汗珠子,隔着老远便一个劲地朝卓尔招手。

卓尔看了看他,站着不动。这不是齐经理吗?他找她干什么?

郑达磊在掌声的鼓励下,那声音中更增加了一种颇具煽动性的磁力:

我还要告诉大家一个好消息,明后两天的清晨,8点到10点之间,我身后的这一堵冰墙,每天都会重新安放和更换,以展示更多更美的玉雕和翡翠。

最令人激动的是,本公司决定,明后两天里,待冰墙融化后,里面被冰冻的几百件玉器和饰物都将无偿赠送给游客,作为对天琛顾客多年支持的答谢……

一阵激烈的掌声淹没了郑达磊。卓尔差点儿没背过气去——那些"玉雕和翡翠饰物",我的天,只有卓尔和天琛的少数人知道,在冷库的后期几百块冰的制作中,郑达磊下令从公司运来,置入冰块儿的都是些什么样材质的大路货。那些积压多年占着库房出不了手的小玩意儿小零碎儿,这下可算是有了出路还得了人情。郑达磊郑总郑老板,你可真行!

恍惚间,齐经理已窜到卓尔面前,怒气冲冲的唾沫溅到了卓尔的鼻尖:郑总让我喊你呢快走快走!他不由分说一把捉住她的手腕拉着她就往花坛方向跑。他掌上的一股蛮力疼得卓尔直咧嘴,像是押运一个犯人似的,一直把她拽到了那个所谓的"主席台"底下。

郑达磊神色严峻地看了她一眼。

她听见郑达磊的声音突然变得柔和,甚至有点儿甜腻:

现在,我们进行今天这个活动的最后一项,我要代表天琛公司,向本次活动的总策划人——卓尔小姐献上一束鲜花,以此表达我们衷心的感谢。

掌声又响起来,像一片杂乱无章的新年爆竹。那个瞬间里,卓尔突然有些惶惑又有些气恼,她一点儿都不希望得到感谢;或者说是以这样公开的、毫无新意并且太不好玩儿的方式,来向她做出象征性的感谢姿态。她看见郑达磊正从一位礼仪小姐手里接过一束鲜红的玫瑰,那一大丛透明的包装纸把他的脸挡住了……

卓尔迟疑着。她实在不想走上去,在众目睽睽之下,她恨不得即刻化作一摊水,无声无息地流到那个被叫做玉渊潭的人工湖里去。卓尔怎么办呢?再这样僵持下去,卓尔也太矫情,明摆着就成了作秀,成了哗众取宠了……

就在那个"千钧一发"的时刻,卓尔听见了一声怪异的巨响。

那声音是如此尖利嚣张,令人心惊肉跳。最初的一刹那,她以为发生了爆炸,但没有硝烟升起也没有铺天盖地的倒塌物。也许是园中那个食品亭四壁的玻璃碎裂,但没有玻璃的碎片和碎渣迸溅。那么是冰河解冻了?她明明听见了冰排开裂流冰挤撞的那种沉闷而宏阔的声响,是她的幻觉吗?冰河在很远的地方,那是陶桃的故乡呵,但肯定是冰的声音,从容地撕裂着、清脆地跳跃着,从卓尔的正前方,那块众人瞩目的花坛上传来——

那扇璀璨夺目的冰墙,在顷刻间,毫无预兆地轰然倒塌了。它是往前面草坪的方向,弯着腰倒下去的,就像给大家深深地鞠了一躬。然后碎散成无数独立的冰块儿,就像当初卓尔在冷库里,刚刚把它们从模子里倒出来的那个样子。不,它们已经被阳光的热量磨去了棱角,像一块块椭圆半圆或奇形怪状的鹅卵石,跌落在那层铺着剪绒般绿草的花圃里。那些碧绿奶黄暗红的翡翠玉雕,在冰块儿中若隐若现,水淋淋的冰块儿沾上了草屑和细土,加快了融化的速度,一摊一摊的湿印儿,倒像是给花圃浇了水似的。

很久以后卓尔回想那天的情形,恍惚中又觉得那声巨响也许只是自己的错觉。冰墙倒塌的声音其实并没有那么惊天动地,它们的坍塌是柔软而顺畅的,就像一堆被风吹散的棉花垛,悄无声息地各自滑开去。偶尔有几块碎冰落在了花坛的石阶上,发出了古筝般细碎的琴音,袅袅地飘入湖面而后消失了……

那一声震耳的轰鸣,其实来自她自己。她心里一定有什么东西炸裂了。

那束鲜花从郑达磊手中脱落,紧接着纷至沓来的许多双鞋子,匆忙地从它的花苞和叶片上踩了过去,那粗直的绿杆上坚硬的三角刺一粒一粒地掉下来,连同那些娇艳的花瓣,在石阶上碾成了一摊泥浆。那一刻,卓尔心里竟然涌上了一阵强烈的快感。

这会不会恰恰就是卓尔内心深处一直期待和盼望发生的那个事情呢?

后来卓尔看见了曾经在电影中才见到过的场景——那些亭亭玉立的礼仪小姐,在顷刻间变成了身手不凡的侠客(或是警察),几乎在迅雷不及掩耳之际,已将散的冰块儿团团包围。一辆鸣笛的警车奇迹般地出现在草坪旁边的路上,然后,还没等卓尔反应过来,警车呼啸而去,如一辆洒水车在路上留下蚰蜒似的水迹。与此同时,那些完整的破碎的冰块儿,还有被包裹着的翡翠玉器,连同那些美丽的小姐,全都消失得无影无踪,就像化成了水的冰块儿,顺便把那些玉雕也一起化掉了似的。

那个过程是如此迅疾、利落、有条不紊,像极了一个经过多次排练的哑剧小品,或是一个即兴而才气横溢的行为艺术作品,许多天以后还让阿不的同伙们惊叹不已。据说夏娃日后评价,那才是整个活动中最能体现商业本质的一笔。但卓尔坦言说,这一笔与她无关。

卓尔只记得有一个穿红裙子的小女孩儿,像一只蝴蝶般扑向花坛,飞快地捡起了一粒核桃般大小的碎冰块儿,放进了嘴里。冰块儿在她的舌下发出了嘎嘣嘎嘣的响声,她灿灿地回头一笑,露出了一排白玉般的牙齿,那是卓尔脑子里有关玉渊潭的清晨印象中,唯一留下的温馨记忆。

第二十章 "作"就是不断地放弃和开始

1

卓尔把汽车开到自家楼下,绕了几圈儿总算找到了一个车位。

那栋十八层高的楼房已是一片漆黑。她扬起脸,朝着十一层楼望去,发现自己熟悉的那个位置上,竟然有个窗口亮着灯。再仔细辨别一番,发现那个亮灯的窗口,竟然就是她自己的屋子。起初她吓了一跳,以为是进了盗贼,再一想,却不禁哑然失笑。可以肯定,昨晚11点她匆匆离开这里的时候,根本就没有关灯。

时间已经过了12点,电梯刚停,她紧赶慢赶,还是没有赶在电梯关闭之前到达。这都是阿不那一帮疯丫头闹的,直到她沉下脸,把一杯咖啡泼在了地上,她们还嬉笑着不让她走。门在她身后重重地摔上时,她们竟然唱起了《生日快乐》。

不知道是谁的生日,反正不是卓尔的。

卓尔记不得自己的生日了。对于那些个需要用很多钱使自己活得快乐的人来说,生日真的很重要吗?

卓尔觉得自己连开车门的力气都没有了。她倒在座椅靠背上,一动也不想动。她已经连续二十四小时没有合眼了,从今天凌晨开始,她就被那个同玉池毫不相干的玉渊潭折磨得死去活来。她那活蹦乱跳的"玉体",几乎变成了一条软绵绵的"玉帛"。夸张点儿说,这两三个月来,她都像是被囚在一座玉雕的牢笼里,精致华美却令人窒息。她累了,也许不是累,而是困倦,不,是厌倦。比累更累的是，厌倦。她不知道自己这样的辛苦和费心，究竟为的是什么。

是为了弘扬那个所谓的"玉文化"吗？不，她早就告诉过郑达磊，她对珠宝首饰这类的东西从未真正发生过兴趣，也许这样说有点儿绝对——她确实不喜欢所有不会动弹的死东西。即便她已经同那些翡翠玉器若即若离地谈了几个月恋爱，最终她还是没有找到爱上它们的感觉。

偶尔的，卓尔会想起"翡翠"对她最初的吸引，直到现在，她也仍然觉得"翡翠"这个词是有趣而奇妙的——"翡"和"翠"是雌雄同体的完美组合，也许正好符合卓尔对于两性关系的想象。如果翡翠仅仅作为一种物品，确实与她无关，但它一旦成为某种象征，这来自"翡翠鸟"的"翡翠"，才会对于她有特殊意义。

她心里一点一滴地涌上来对自己的失望和憎恨。她想自己实在是一个没有文化，并且无可救药的俗人——那个费尽了她三个月心思的"文化活动"，究竟是商业还是文化？就算被她煞费苦心地披上了一件"我是我自己"的锦绣玉袍，而里面包裹的"锦衣玉食"却是一个平庸而缺乏个性的大拼盘、一个媚俗而哗众取宠的大杂烩。那算是个什么东西嘛！就连那个被人们誉为独辟蹊径的"冰墙"创意，说得好听是借鉴，其实根本就是模仿，不，简直是抄袭。她猛然想起，前几天她没有忘记给那个叫王晋的人打电话，邀请他来参加今天的活动，但在上午玉渊潭现场，她始终没有看见他，不过就是看见了她也不认识他。他也许真的来过，然后窃笑着一言不发就走了。这个轰轰烈烈曾让她如此痴迷的"策划"终于曲终人散之后，她的脑子里竟是一片空白，就像在一个路标指南无一偏漏的城市大街上——不是沙漠也不是戈壁滩，彻底迷失了方向那样。

若是用刚才在"藏酷"酒吧,那个梳着冲天羊角辫儿,穿一件后背完全裸露的软缎红兜肚儿,活像神话中那个闹海的哪吒的阿不的原话说:

我是我自己?不不不,亲爱的卓尔,我看你是越活越不是你自己啦!

那一刻,卓尔觉得自己一下子就面无人色了。

她在乎。

今天上午的玉渊潭,卓尔有意躲开了所有的记者采访,把这光荣而伟大的使命,让郑达磊一个人去承担去独享。那是因为她对这个活动所能给她带来的某种结果:声誉?机会?——不在乎。

明天的报纸上,哪怕媒体集体作弊,起哄说这个活动是中国之最、世纪之巅、可载入史册,最起码也是吉尼斯纪录什么的——卓尔肯定会把那些报纸扔到垃圾筒里去的。无论那些眼光锐利、言辞刻薄的记者们会把这个活动挖苦批评得怎样一无是处、体无完肤,卓尔都懒得理会,连眉头都不会皱一下。

这一场男人与女人两厢情愿的合谋,彼此互利互惠、相生相克,他(她)们作为时分时合、时聚时散的利益性盟军,谁也成不了最后的赢家……

但卓尔却真的在乎阿不的那句话。

因为那句话本是她想要提醒所有的女人们的,为了说服郑达磊接受这个主题,她当时恨不能变成一个琢玉人——把郑达磊的大脑沟壑重新雕琢一下。她不知道郑达磊最终出于什么样的考虑接受了这个标题,就为了郑达磊的兼收并蓄从善如流,她当时真想在电话里拥抱他了。

我是我自己——

如今，你是你自己吗，卓尔？

她不知道。

卓尔把身子整个儿伏在了方向盘上。这儿如果是一张床就好了，不软不硬的床垫，干净的床单被褥，那是她的小窝儿，充斥着她自己的气息和体味。家是什么？家就是睡觉的地方。她真的好想回家啊，进了门就倒头大睡，从这个凌晨一直睡到第二天凌晨，不吃不喝像老母猪一样发出肆无忌惮的呼噜声，然后把这一生缺的觉都统统补回来。当一个人真的需要睡觉的时候，一个人独自酣睡和两个人相拥而眠，在她看来实在没有太大的区别。

卓尔茫然地闭上了眼睛。整整一幢黑洞洞的楼房，家家都是有人住着的。而唯一亮着灯的那一家，主人却待在楼下的空地上。

那个亮灯的窗口就是她的家，是她自己挣下的家。每一件家具每一寸墙壁上，都留着她的指纹。那些笨重的桌椅书柜、啰唆的锅碗瓢盆直至一台电脑、一根钉子，都是她自己一个人像一只渺小的蚂蚁那样，一点一滴地拖拽扛拉、一步一步地搬进去的。她终于有了自己的栖身之地，遮风避雨，冷暖无虑。在那里她想干什么就干什么，想不干什么就不干什么。想笑就笑、想哭就哭，想吃就吃、想不吃就不吃，如果世界上真有神仙般的日子，怕也只能是这样了。可是今夜的卓尔，走回这个近在咫尺的暖巢却是如此艰难。

她终于下决心推开了车门，把自己的身子搬出来，再嘭的一声关上了车门。她只能从楼梯上一步一步地挪移上去，她怀疑自己走到十一层的时候，天都快亮了。

但她不回家，她还能去哪儿呢？

那是她的家，但那个房子实际上并不属于她，而是属于开发商、属于银行、属于所有她为其打工的老板的。她只为它付出了很少一笔钱然后她必须年年月月日日地一笔一笔付下去直到把那笔巨款彻底付清。据说有个英国的女作家说过,女人得有自己的一间屋。那肯定是没错的。卓尔也许就是在这句格言的倡导下,才下狠心买了自己的屋。问题在于,有了这间屋就等于获得了她想要的生活吗?卓尔有了自己的屋之后才发现她其实失去了自由。不是那间屋使她失去自由而是买下那间屋所需的钱——那么温情、那么仁慈、那么耐心、那么人道的分期付款,像一块西西弗斯的石头,推上去又滚下来,把她压在了这座楼的地基上;像一道永远不会松扣的锁链,把她拴在了楼梯的铁栏上。还有这辆宝贝汽车,喝的是油拉出来的是废气,吃的是钱吐出来的是养路费、保险费、保养费、修理费、存车费,还有隔三差五的罚单……为了她这悬在高空十一层的不动产和这间在地面上疲于奔命的流动房子,她得不停地工作,不,不是工作,是挣钱。那一笔一笔固定的开销一天都不能耽误,"月供"那两个字就像月经一样,意味着每个月必经的大流量出血,搞得面无人色、心无人情,还得买上一大包卫生巾堵漏。卓尔真的好生羡慕那些又能挣钱又挣得开心的女人,卓尔做梦都想痛痛快快地赚上一大笔钱然后去周游世界。可惜的是,卓尔从来就没有碰上过这样的好运气,或许是卓尔根本就没有那种成功女人的才能和本事。好不容易有一日天上突然掉下来一个天琛公司,她以为就要时来运转了。瞧,忙乎了百十来天,阿不却说卓尔把自己给丢了!

但卓尔却不会去找丈夫啦傍家啦再不济是个情人啦什么的,来替自己付钱,哪怕是分摊一半儿,卓尔也可以大大地松口气了。可是既然有人帮你付了钱,那屋子就有了人家的一半儿,那屋子还能算是女人自己的一间屋子吗?与人共享的一间屋,那颗心也必得分成两半的。

女人当然是要有自己的一间屋子的。女人要是没有了那间屋子,女人就只能寄居在男人的屋子里了。

只是——假如女人被自己的屋子关在了里面,假如女人只能待在那间屋子里做自己不喜欢的事情,那么,女人究竟要那间屋子干什么呢?

用它来储存或是收藏爱情?等到用旧了的时候,就把它重新粉刷一遍。

用它来生儿育女?等到孩子们都长大的时候,它最后就变成了一个病房。

或是把它当做工作室来用?然后自己做老板。做老板又怎么样?在那间工作室外,还有无数个永远的老板——顾客、市场还有别的什么,在对你吆三喝四。然后,你就像一台复印机,打开,按一下,出来了;再打开,再按一下,出来了⋯⋯日复一日地复制着相同的日子,复制钱币和心情,最后把自己给囫囵复制了。

卓尔拽着积满灰尘的楼梯扶手,恍恍惚惚地往上走。她的眼皮沉得实在抬不起来了,就像一台坏了的复印机。她的思绪变得混乱而茫然。许多年中,那些曾经疼爱过她、留恋过她,最终又离她而去的男人们,在黑暗的楼道中慢慢浮起来又沉下去,她看不清他们的面孔。她不知道自己是否也爱过他们。她那些曾经有过的可怜的爱情,有些属于自然死亡,而有些,是被她自己亲手谋杀了⋯⋯

卓尔像是在梦游状态中打开了自己的家门,浑身黏湿、汗水淋漓。此刻她最需要的是一个人大睡一觉,她把脱下的衣服扔了一地,犹豫了几秒钟,还是走进了洗手间,打开了浴缸的水龙头放水。她想最好还是在温水中泡一泡,哪怕小寐一会儿再上床。即便再困倦,她仍然无法抵御洗澡的诱惑。

是的,这枚翠戒,在卓尔看来,更像是一只精美绝伦的鸟蛋。

2

卓尔看见了一只可爱的小鸟,在树林里跳来跳去。从这根树枝跃到那根树枝,总也不肯停下来。小鸟有宝蓝色的羽冠、翠绿色的翅膀,肚皮上的羽毛雪白,就像天上的一朵云,被它用喙扯了一片挂在了自己的胸前。从那朵白云中露出两粒粉红色的小星星,一闪一闪的,滴下粉红色的乳汁。她伸手去抚摸那小鸟,却摸到了自己的乳房。她恍然大悟自己已经变成了一只鸟,一只有乳房的鸟。她把羽毛撩开了,想给她的孩子们喂奶,她四处寻找它们,发现她的孩子们原来是一粒粒金黄色的鹅卵石,散落在银灰色的湖滩上。一堆堆一群群的,好多好多呵,是双胞胎、三胞胎、多胞胎呢,卓尔不生则已,一生就生出了整整一窝。后来她听见了从云层中传来的另一只鸟的叫声,卓尔——卓尔,呼唤着她的名字,一高一低,有节奏和音韵,就像布谷鸟的叫声。她就从湖滩上飞了起来,迎着那个声音向高高的天空飞去。她看见地面上有燃烧的篝火,红蓝相间的火焰旺旺地随风飘扬,像一只大鸟扇动着翅膀。卓尔——卓尔,那个声音钻入了云层,越来越高、越来越远,消失在厚厚的云层里。那只鸟飞得那么高,她想那也许是一只鹰吧,老鹰在高空中是不常碰见别的鸟的。卓尔差点儿放弃了寻找它的念头,她想:为什么不是它来寻找自己呢?她穿过那片黑色的云海,一眼就望见了下面镜子般闪光的蓝色海洋。她贴着海面飞翔,任凭冰冷的浪花打湿了她的羽毛。她飞着,从海平面遥远的地平线上太阳升起和沉落的位置,她判断出自己正在朝着东南方向飞,她又累又饿,降落在一片小岛上。那岛上没有树也听不见鸟叫,遍地都是蠕动的虫子,方方的脑袋上,一双贼亮的眼睛在屏幕上、在背后眨动。她躲开了，从海水中叼起一条小鱼来吃。那鱼又生又咸，她想应该在篝火上烤一烤再吃就好了，但她还是把它吞了下去。她的身上有了力气，月亮升起来了，她在月光下飞行，银白色的海面上映出她蹁跹的影子，羽毛和翅膀像透明的琥珀一般发出金色的光芒。她飞过了太平洋、飞过了美洲大陆，天色微明，她看见了大西洋的波涛，从海的尽头升起了五彩的云霞，紫色的云霭中，一只火红色的小鸟张开翅膀朝着她飞过来，羽缘上绯红的绒毛在风中飘动，一架望远镜架在它的脖子上，镜头像一粒红宝石熠熠发亮……

卓尔——卓尔——卓尔……它欢喜地叫着，我一直在找你啊。

卓尔——卓尔——卓尔……它温柔地叫着她的名字，这些年你都到哪儿去了？

它们各自从地球的另一端飞来，绕过了半个地球，不，它们飞过的路程加起来环绕了整整一个地球。是海洋的季风把它们送来，是蓝色的星星照亮了空中的夜路。如今它们终于在空中相遇，因为它们原本就是同一种鸟。

它将长长的喙温柔地伸进她的脖颈，替她梳理被风吹乱的羽毛。它没有嘴唇，她也没有。它们用喙互相亲吻、互相致意。她的身体里有一团火球在滚动，她的小腹、她的脚爪、她的羽翼、她的喉咙都已饥渴难耐，她扑向他、拥抱他、亲吻他，她全身的羽毛都在脱落，一片片像雪花般飞舞。从海水中长出一棵树，满树的绿叶就像栖息着无数只翠鸟。它们落在一根粗壮的树枝上，她裸露着光滑丰盈的身体，在一片巨大的树叶上躺下来。那肥硕的叶片慢慢地卷起来，用羽绒搓成的线编织缝制成了一个小窝。月亮升起来的时候，卓尔看见那个小窝原来是一只帐篷。

是的，其实只要一顶帐篷就够了。一只随时可以折卸、可以折叠，也可以搬迁的帐篷，能遮风挡雨，能盛得下她所要的全部温情和梦想。

它伸出长长的喙,啄着帐篷的支架,一下一下地啄,像摇滚中的鼓乐……

3

卓尔——卓尔——你在吗?

有人大声喊着她的名字。卓尔迷迷糊糊地睁开了眼,她还没有从那短暂的睡梦中完全清醒过来,眼前一片朦朦绿雾,她正与那只翡鸟香甜地交颈而眠。树叶在晨风里颤颤悠悠,雨点掠过树顶,空中忽地响起一阵惊雷……

门铃和手机铃声几乎同时炸响,分不出彼此。有急促的脚步声踏过门厅的地板,像是一个不邀自来的闯入者。这些可疑的声音破坏了她的好梦——莫非有坏人?她猛地从浴缸里跳起来,一个激灵睁大了眼睛,慌乱地大喊:谁?!

一个男人沉着的声音,隔着洗手间的玻璃门传来:

是我,郑达磊。卓尔,我没走错吧?

卓尔在瞬间完全醒了,却好像越发糊涂了:

郑达磊?就是那个郑总吗?

是的,是我。那个声音在地板上站着不动。

你……你是怎么进来的?卓尔心慌意乱地抓过浴巾擦身子。

那个声音像是笑了:我敲了好一会儿门,没人开。我试着推了一下,门就开了。我想,你进来后大概是忘了上锁了。

卓尔在短短的几秒钟内回忆了自己进门时的情形,她想郑达磊说得没错,那会儿她的脑子已经处于半休克状态。这种事情对她来说也不是第一次发生了。

她半干不湿地匆匆套上一件棉布浴衣,光着脚,拉开了洗手间的门。

她看见郑达磊一动不动地站在地板中央,西服上装那条蜜糖色的领带夹,在她房顶的那只"地球仪"纸灯下闪着金褐色的幽光。

卓尔嚷嚷说幸亏你来了你来得太及时了要不然半夜进了贼我都不知道明天肯定壮烈牺牲了。还有,你要是再不来我也许就在浴缸里淹死了也说不定⋯⋯

卓尔猛地闭了嘴。她发现再说下去,那意思完全变成好像是她请郑达磊来赴约了。她怔了怔,说:郑总您坐,快请坐。您喝水吗?

郑达磊把手中的公文包放在一边,在沙发上重重地坐下来,轻叹一声说:

这十一层楼,可真够爬的呀!他忍不住掩着嘴打了一个哈欠。

卓尔这才注意到郑达磊竟是满头大汗,一脸倦容。

她拧了一块湿毛巾递给他,又从冰箱里找到一壶前天泡上的花草茶。她看着他飞快地擦着脸。他喝了一大口她用薄荷、甘菊和迷迭香叶泡出的苦水,而后皱起了眉头。卓尔耐心地等他用手指整理好了头发,像是略为变得精神一点儿了,这才问道:

哎,我说,你怎么知道我住在这儿啊?

打你的手机一直关机,我问了老乔,是他告诉我的。郑达磊回答。

卓尔狐疑地问:到底有什么急事儿啊,让你半夜爬十一层楼来找我?不会⋯⋯不会是又要让我去冷库做冰吧?

郑达磊笑而不答。脑袋往沙发背上一靠,说:有红酒吗?我得提提神儿,这两天可把我累惨了。当然,你也一样⋯⋯

卓尔总算找出来半瓶红酒。郑达磊又说要冰块儿。卓尔说,没有冰块儿,要不把酒瓶子放在冰箱里镇一会儿?他说那就算了,就这么喝吧。卓尔拿了一只空杯把酒倒上了。郑达磊说,你的杯子呢?你怎么不喝?卓尔说我刚从酒吧回来,再喝就晕了,没法听你说话了。她有点儿不开心,心想你该不是把我这儿当成酒吧了吧!

郑达磊端起杯子呷了一口酒,眉头舒展开来,眼里顿时有了光彩。

他先是简单说了几句关于今天(不,现在是午夜一点,应该说是昨天)的活动,说在午餐的记者招待会上,媒体普遍对天琛的这个活动评价相当不错,认为是今年来最具文化含量的一次广告活动,策划新颖别致且具有独创性,明天(应该是今天)京城许多家报纸都会报道此事,图片的效果肯定将吸引更多人的眼球。到时候,卓尔这个总策划少不了还得抛头露面。遗憾的是,今天(应该是昨天)记者以及他本人总是找不到卓尔,而明天,明天上午的记者采访更重要,希望她一定到场,不要迟到,所以,他只好亲自跑来找她了,以便再同她交换一下意见。

卓尔痛快地回答说:我知道了。

郑达磊沉吟了一会儿,又说:今天(昨天)晚上的董事会聚餐上,他已经把建立卓尔工作室的事同各位董事们商议过了,大家一致同意,等这个活动结束后,马上建立"天琛——卓尔工作室",专门为天琛经营广告策划业务,至于工资待遇,肯定十分优厚,可以用固定的年薪计,也可按效益提成,她完全有权自己选择。按照他个人的想法,再过一段时间,等时机成熟,他就把卓尔升职为广告部副经理……

卓尔笑嘻嘻地说:知道啦。这不重要。

郑达磊看了她一眼。在卓尔家黑色的墙壁与昏暗的灯光下,卓尔觉得他的眼神里有一种捉摸不定的落寞与恍惚,令卓尔觉得陌生。

其实,今天我这么晚来找你,还有一个更重要的原因。郑达磊停顿了一会儿,像是有什么难以出口的事情,声音有些低沉而嘶哑。

他咳了一声,下决心说:

今天晚上的聚会,是在长流水火锅城。前些日子老乔已经邀请了我好几次了。吃完了饭,等大家都散了之后,他让我留一下,跟我说了那桩官司的真相……

他抬起了头,望着卓尔的眼睛,说下去:

事情的前因后果我都知道了。我不知该对你说什么,一个谢字太轻了。那时候我的头脑太热,谁的意见都听不进去。你如果不是用这种近于残酷的办法帮我,我肯定是难逃那一劫的……

卓尔打断他说:你可得弄清楚了,那是陶桃在帮你,我只不过是为了帮陶桃。

结果都一样。郑达磊自嘲地笑了一下,反正是帮我避免了一次重大损失,虽说君子不言谢,但我仍要用自己的方式来表示我的谢意,否则我会于心不安……

他似乎是弯了一下身子,从手边的公文包里摸索着什么东西。他把一个东西攥在了掌心里,把胳膊伸长了,一直伸到了卓尔的眼皮子底下,然后他摊开了手掌——那是一只豆腐干大小的紫金色锦盒,一股淡淡的檀香味儿飘过来。

打开吧,希望你收下。他那口气有点儿过于庄严了,让卓尔不自在。

卓尔看见了一枚碧绿的蛋形翠戒——在昏暗而稀薄的灯光

下,那枚绿色的幽光中透出一丝微蓝的翠戒,竟然像一颗小小的夜明珠,在她的指间熠熠生辉,不,不是夜明珠,她从来就没有见过真正的夜明珠。她只是觉得它过于眼熟,那样圆润、那样明澈的一粒碧玉,好像很久很久以前就镶嵌在她的记忆里了,是的,是很久以前。当清晨的第一缕阳光从山崖那边射过来的时候,她和他一起望见了那一窝温馨的鸟蛋——它们本是半透明的乳白色,却被树叶的浆汁染绿,又被天空的蔚蓝与湖水的湛蓝映照,从那莹莹的绿色中透出一层水蓝色,一粒粒鲜亮饱满……

是的,这枚翠戒,在卓尔看来,更像是一只精美绝伦的鸟蛋。

她粉白的手掌如同一块柔软的衬垫,将翠戒映托得越发鲜亮明快;她曾亲手把它放在了那块冰里,又亲手把那块冰安放在冰墙的最顶端。当冰墙坍塌的那个瞬间时,它神秘地消失了。这就是陶桃那一套碧玉首饰系列中,唯独缺少的那枚翠戒啊。我的天,它怎么跑到她的手心里来了?

郑达磊俯过身来说:要不要我替你戴上啊?

卓尔一边低头把玩着它,一边说:做冰那会儿我就想问你来着,它,很贵吧?

岂止是贵,应该说是昂贵。郑达磊纠正她。在市场上至少是六位数。这种糯化底略带蓝调的翠,是纯正的芙蓉种,虽然不是老料,但品相好、亮水足,如今也已经十分罕见了……

卓尔笑嘻嘻地问道:你觉得我所做的一切,值这么多钱吗?

郑达磊从容地回答说:当然值。尽管世界上有些东西是没法用钱来估量的。

可我觉得,这只翠戒应该是给陶桃的。卓尔说。

郑达磊冷冷地答道:那我告诉你,我送给她的那套玉饰,总价是这只翠戒的三倍以上,这个赔偿数目可以了吧?我这个人从不亏待朋友。

你不觉得那套首饰会因此残缺吗?

不,作为每一个单件的翠饰,它们都是完美的……

整个城市都已熟睡,只有这两个人听见了困倦的时针正从寂静里穿过。

好吧,那我就收下了啊。卓尔啪的一声合上了锦盖,把这只昂贵的小盒子随手放在了茶几上,一声长长的哈欠之后,她想起来补了一句:

谢谢你啦郑总,这真是雪中送炭啊,等我哪天穷极潦倒的时候,按你说的那个数目,这只戒指肯定能帮上大忙。好了,咱们是不是都该去睡觉啦?

郑达磊端起酒杯,扬起头把杯中的酒一口喝尽了,放下杯子去拿酒瓶,自己又把酒斟上了。

不。卓尔,我想再待一会儿。今天这一天,我既紧张又高兴,既兴奋又惭愧,这会儿我也困极了累极了,但我回去了也肯定睡不着,心里总是空空荡荡的,就想跟你聊聊天儿。你能不能不把我当成你的老板,而是当成你的朋友呢?

郑达磊说着便站了起来,把那小半杯红酒又喝下去了。他放下了酒杯,两手叉在腋下,两眼定定地望着卓尔,神情竟有些忧郁。短暂的沉默后,眼里忽而闪过了几粒烫人的火星。

卓尔心想这下可坏了,看来他是一时半会儿走不了了。这个时候硬撑怕也是撑不走的。她觉得身上有点儿发冷,想起自己还穿着浴衣,就对郑达磊说,那你坐一会儿,我得加点儿衣服,然后咱俩再聊。说着就往卧室里走。她刚一回身,忽然有两条粗壮的胳膊从她身后环过来,猛地把她抱住了。他箍得她那么紧,她喘不过气来了。试着挣扎了几下,那两条胳膊就像两根钢缆,捆得她根本动弹不了。他粗重的鼻息吹得她的耳根与脖颈痒痒,她忍不住笑了起来:

郑达磊,你喝多了吧?

你不是说身上冷吗?现在是不是暖和多了?他说。

我看,是你的心冷,想在我这儿取暖吧?

不,我的心这会儿已经开始燃烧了。

喂,我说你到底想干什么?

我?我想跟你——做爱。

做爱?你以为这能吓着我吗?

是真的。这不是跟你说着玩儿。

你这人不太有幽默感,这我知道。

你是不是觉得这样太唐突了?可我……

我觉得很正常,男人都有征服欲嘛。

我想你……想了很久了。你能使我对生活永不厌倦。我必须向你承认这一点。

你大概以为跟我做爱会很好玩儿吧,是不是?

你怎么知道?

至少,男人都想跟那些不驯服的女人做爱……

没等卓尔说完,郑达磊拦腰一把托起了她,抱着她就往卧室里走。他用一只手粗暴地掀去了床罩,然后把她扔在床上。只穿着一件浴衣和内裤的卓尔在几秒钟之内,哗啦一下,就像一只被剥了皮的香蕉,浑身上下纤毫毕现。

卓尔蜷缩着,血液一下子冲到了头顶,脸涨得通红。她本能地抓过毛巾被盖住了自己的身体。这是她的床,一个单身女人的床,清洁的床单散发出淡淡的温香和女人气息。没有人能够占有这一块她仅有的、唯一的领地。谁也不能。现在他来了,不是她邀请来的,而是一个突如其来的闯入者。性战场上的侵略者与其他侵略者的区别在于,他们首先要做的事情是卸去自己的盔甲,就像郑达磊此刻正手忙脚乱地脱着自己的衣裤鞋袜,只需留下那最后一件随身携带的利器。

郑达磊朝着她伸出了钢缆似的双臂,他滚烫的身体将她拥住,卓尔觉得自己的皮肤像是被灼伤了,却没有疼痛的感觉。她看见他那平日里威严的面孔在她眼前晃动,忽然扭曲变形甚至有些滑稽,她忽然又有点儿想笑,她觉得自己真是无可救药。

他的身子朝着她倾倒下来,坚硬而热烈地探寻着她、压迫着她。卓尔光滑的肌肤触到了自己柔软的床单。床单在短暂的瞬间里冒出了无数根芒刺,令卓尔如卧针毡。

她捶着他的肩膀使劲地推着他说:

喂喂,你听着……

怎么了?

翻过来,翻过身来,懂了吗?

他松开了手,火热而沉重的身子朝一边侧过去,仰面朝天地就势将她托在了他的腹部。卓尔轻轻地坐了上去,从容地动作起来。她忽然觉得自己变成了一个狡猾的捕兽者,张开了柔软无形的巨网,犹如一个倒置的陷阱,深不见底,将猎物天衣无缝、严严实实地扣在其中。它被一圈圈一层层缠绕、绞杀、窒息,然后被她鲜红的小嘴一口口吞食……

上位。她说。女上位,你觉得怎么样?

女上位?他喃喃道。我不喜欢女上位……

这是在我的床上,对不起了。卓尔说着,突然剧烈地动作,频率快而幅度大。她怀着满心的好奇、热情、失望,或者说是报复的恶意,像一个熟练而剽悍的骑手,跃过湿润的河滩,驶过黑色的草地,在一片金黄色的沃土上颠簸……

他呻吟起来,紧紧地捉住了她小小的乳房。他哼哼着,忽然一阵激烈的抽搐,猛地抱住她,身子便软软地瘫了下去……

卓尔低头看了看床头的闹钟,整个过程不过持续了三分钟。

他闭上了眼睛,两个人都好一会儿没有说话。

后来卓尔说了一句:

我真没想到,你竟然这么不堪一击。

郑达磊悻悻然地说:我想,我是太累了……

卓尔自言自语地说:假如男人的性爱不是直奔主题,至少能多一点儿身体的爱抚,女人的感觉也许会好些……

郑达磊的呼吸急促起来,他的声音听上去有些恼火:

大概,你以为我这样做,对不住陶桃?

卓尔回答:不,这跟陶桃无关。

她想了想又说:不过,我觉得,你能找到陶桃这样的女人,其实已经很走运了。可惜,你也"作"得太自以为是了……

郑达磊欠起身,默默穿好了衣服。很短的时间内,他已经迅速调整好了自己的情绪。把凌乱的头发一根根抚平了,然后冷静而又清醒地说:我走了,明天早上还要开会。

他走到门边,又回头叮嘱了一句:

希望你尽快到天琛来上班。还有,明天早上的活动,别迟到了。

卓尔重重地打了一个喷嚏。

她看见郑达磊不失风度地朝她招了招手,而后是重重的关门声。又过了好一会儿,她听见楼下传来汽车发动的声音,像一声沮丧又暴躁的怒吼,疯狂地驶出了那条过于狭窄的小路,然后在无声

397

的大街上咆哮着远去。

卓尔跳下床把门锁死死地扣紧了,把电话线拔掉,然后伸了一个长长的懒腰。她想这下可以足足地大睡一觉,明天早上不会有人来找她的麻烦了。

她在迷迷糊糊走向卧室的时候,又被地板上自己扔的一堆衣服绊了一下。

4

那是郑达磊最后一次见到卓尔——在这个故事结束之前。

一天天地过去,卓尔再也没有露过面。她好像把天琛工作室的事情完全忘了。

郑达磊气呼呼地给陶桃打电话问卓尔的去向,陶桃说她也不知道。

其实,陶桃的电脑信箱里,曾收到过卓尔的一封电子邮件,上面只有短短的几句话:

陶桃好友:

请原谅我的不辞而别。我又一次让你失望了。我想我这个人,终究还是不愿被自己丢下的(设置的)东西绊倒。

我已经把那个分期付款的房子,还有汽车和滑翔伞都卖掉了,我会用这笔钱去做一些自己真正喜欢的事情。这是没有办法的。我走了,不要找我,也不用为我担心,我会活得开心的。

卓尔

陶桃在卓尔走了以后不久,按着当下经济发展和汽车、火车提速的原则,用一个时髦的词语来表达——举行了"闪婚",即闪电般结婚。新郎也许是那个比她小几岁的齐经理,也许是卢荟,也可能是她从通讯录上翻出来的以前的旧情人,但可以肯定不是郑达磊。不过陶桃同谁结婚这一点并不重要,重要的是陶桃已经结婚了,至于结婚以后会怎么样,当然不是这部小说所能容纳的事情了。

但陶桃还是常常能听到一些有关卓尔的消息,从风里雨里传来:有人说在京郊爬山的时候见过卓尔,她好像是承包了一大片荒山,雇了人在那里种树种草;也有人说在一个小镇上见过卓尔,她和一个黑脸农妇开了一家垃圾站,专门回收废电池;也有人在大西北的荒漠拍电视的时候见过卓尔,她背着一只巨大的行囊,正在徒步旅行;还有人说,卓尔承包了一个什么工程,挣了一笔钱,正在投资一种固沙植物的科研项目⋯⋯

陶桃说:是啊,卓尔"作"了那么多年,总该"作"出点儿什么名堂来吧。

老乔常常坐在他那个火锅城大厅里的餐桌旁,面前放着一瓶白酒和一只小酒杯,还有一碟花生米什么的,独斟独饮地茫然地望着外面来往的人流。他想起卓尔最后一次到他这儿来,那一天深夜,在床上,完事以后卓尔竟然俯下身子,亲吻了一下他颈上的那块翠玉坠儿。以前她可从未正眼看过它啊,其实他早该发现卓尔的走,是有预谋、有蛛丝马迹的,那一天是在同他告别啊。只是他太大意了,他当时真应该痛快地把那玉坠儿摘下来送给她的⋯⋯

老乔在难以对人言说的愧疚中,斩钉截铁地告诉每一个试图打听卓尔去向的人,说卓尔肯定去了南极,然后是北极,所以,卓尔要过很久很久,才会回到这个城市来⋯⋯

他每次这样说的时候,阿不就会当众打断他说:不!卓尔去了梅里雪山。她临走之前,我还帮她买登山鞋来着。

　　郑达磊偶尔也会给陶桃打电话,问问她过得好不好,有没有什么事情需要他办,等等。起初,陶桃在接到电话时,心里还会像春风吹过池塘那样,漾起些涟漪和皱褶。后来她发现郑达磊每一次拐弯抹角地最终都会问起卓尔的近况,陶桃就不耐烦了。

　　陶桃打断了郑达磊的话:

　　你这个玉老板,竟然不知道"翡翠"这两个字是从哪儿来的吗?

　　怎么会不知道呢?先有翡翠鸟后有翡翠嘛……郑达磊哈哈一笑。

　　陶桃认真地说:

　　告诉你吧,卓尔去找翡翠鸟了。

　　郑达磊回答说:翠鸟分布很广,哪儿都有,她用得着那么费劲吗?

　　陶桃本想说,卓尔曾经见过很美的翡翠鸟,但她也不知道它们飞到哪里去了。她又想了想,觉得郑达磊肯定听不懂她的话,说了也是白说,就把话筒撂下了。

　　隔了一段,郑达磊又给卓尔的手机打电话,要么是占线,要么根本没有应答。有一次总算通了,他的手机屏幕上却出现了几个字:无人接听。过了些日子再打,从他的手机中传来一个声音:你拨打的电话号码已停机。